北京果脯

瓦当 作品

孟繁华　张清华/主编

北京果脯

学术策划与支持

北京师范大学国际写作中心
沈阳师范大学中国文化与文学研究所

山东文艺出版社

总序
"70后"的身份之"迷"与文学处境

孟繁华　张清华

当我们决心要把一群"70后"作家装入一个笼子的时候,发现这是一件难事。因为这些人的创作确乎很难从总体上做出涵盖与评价。除了年龄相近,他们在文学上几乎再没有更多共同之处。

这恐怕与这代人的历史与文化记忆有关。总体上,比较而言,"60后"与"50后"作家之间没有太明显的界线或差异,因为他们都有着接近的历史经验与公共记忆。至于"80后"作家,几乎可以说没有什么"集体记忆",他们出生时社会已经开始剧变,走向差异与破碎了。而"70后"这一代,刚好处在历史的夹缝之间——对于历史,他们的印象是若隐若无似是而非;同时上世纪80年代以来急风暴雨式的文学革命与他们也几乎没有什么关系。当他们登上文坛的时候,80年代的文学革命已经落幕了;面对现实,"80后"又横空出世,遭遇网络文学大行其道,没有历史负担的这代人几乎可以为所欲为无所不能。"70后"就夹在这两代人之间,他们只能另辟蹊径展现他们的文学才能。因此,这一代的小说可以说一直游移于历史与现实之间,游移于个体的叙事与公共的记忆之间。

当然,这样的分析或许只是一孔之见。事实上,"70后"作家们用他们的方式仍然创作了许多新鲜而独特的各式小说。当总体性溃败之后，用"代际"概念来表达创作的差异性也许本身就是一个错误，但文学批评就是这样，虽然是临时性的概念，但要试图对之进行有效阐释时又不得不用之，而它的通约性也为我们提供了讨论问题的方便和可能。

或许这样表达不同代际作家的文化记忆或类型是合适的："50后"、"60后"可以看作是一个"历史共同体"。他们有共同的历史记忆，以及大体相似的对于历史的认知方式和情感方式，在大体相似的历史经历中，完成了一代人的文化塑形。"80后"是一个以话语方式与关注对象形成的"情感共同体"，特殊的情感认同是这一代人近似的文化性格特征。"70后"如前所述，他们隐约或模糊的历史记忆难以形成明确的历史共同体，同时又不像"80后"那样没有任何历史负担。因此，他们只形成了一个代际的"身份共同体"。这个共同体并不具有天然性，而是在文学实践过程中逐渐"建构"起来的。"70后"作家曹寇说："在早已成名的'60后'和'80后'作家之间，确实存在一个灰色的写作群体，说白了，他们就是'70后'。虽然写作者大多讨厌将自己纳入某个代际或某个类别中去，但'70后'作为'60后'和'80后'之间的那一代亦为客观事实。而且考虑到每代作家的成长环境、知识结构对他们写作的影响，剔除清高和矫情而接受中间代这一说法也未为不可。此外，'70后'与上下两代人的差异也是有目共睹的。迄今没有一位'70后'能像'60后'作家那样获得广泛的文学认可，在'60后'已被誉为经典之际，'70后'仍然被视为没有让人信服的'力作'的一群。"① 更重要的问题是，无论是"50后"、"60后"的"历史共同体"，"70后"的"身份共同体"还是"80后"的"情感共同体"，他们都是"被想象"的共同体。一方面，这一划分方式有一定的合理性；一方面，这个合理性并

---

① 见《曹寇谈70后作家：适逢其时的"中间代"》，《南方都市报》2012年3月30日。

没有被充分证实。王安忆曾经说："我们这一代的人都有人进了天国,可是还没有来得及建立一个传统,所以,千万不要再说'读你们的书长大'的话,我们的书并不足以使你们长大,再有二十、三十年过去,回头看,我们和你们其实是一代人。文学的时间和现实的时间不同,它的容量是根据思想的浓度,思想的浓度也许又根据历史的剧烈程度。总之,它除去自然的流逝,还要依凭于价值。我们还没有向时间攫取更高的价值来提供你们继承,所以,还是和我们共同努力,共同进步,让二十年三十年以后的青年能真正读我们的书长大。"[1]如果是这样的话,"70后"的身份之"迷"完全是被杜撰出来的,现在的代际划分过二三十年后也将沦为子虚乌有。那时回头看现在,原来是一场毫无意义的白忙活。

然而另一方面,"70后"作家个体的独立或分散状态,也就是今日中国文学状态的缩影和写照。文学革命终结之后,统一的文学方向已不复存在。但是,70年代出生的作家还要特殊一些,这就是他们很难找到自己的历史定位。2009年诺奖获奖者赫塔·米勒说,她的写作是为了"拒绝遗忘"。类似的话还有许多作家说过,但是,这样正确的话对中国"70后"作家来说或许并不适用。普遍的看法也认为,"70后"是一个没有集体记忆的一代,是一个试图反叛但又没有反叛对象的一代。事实的确如此,当这一代人进入社会的时候,社会的大变动——急风暴雨式的社会与文学变革都已经成为过去。"文革"的终结、启蒙主义年代的终结,使中国社会生活以另一种方式展开,经济生活成为社会生活的主体。日常生活合法性的确立,使每个人都抛却了意义又深陷"关于意义的困惑"之中;同时,自80年代开始的"反叛"又日甚一日地遍及了所有的角落,90年代后,"反叛"的神话在疲惫和焦虑中无处告别,自行落幕。不知道是幸还是不幸,不论"反叛"的执行者是谁,可以肯

---

[1] 王安忆:《在同一时代之中》,见中国作家网,2013年9月24日。

定的是，这一切都与70年代无关或关系不大。这的确是一种宿命。于是，70年代便成了"夹缝"中生长的一代。这种尴尬的代际位置为他们的创作造成了困难，或者说，没有精神与历史依傍的创作是非常困难的。但是，任何事物都有例外。在我们看来，虽然很难对这代作家做出整体性的概括，但他们也确乎没有形成一代人文学的"同质化"倾向。换言之，他们生成了另一种难得的丰富性——他们之间是如此不同，除了一个"身份共同体"以外几乎很难找到他们之间任何两个人的相似性。正是这种不同，使他们在历史缝隙中的突围成为了可能。于是，我们在世纪之交或者新世纪以来，便看到了由魏微、戴来、朱文颖、金仁顺、乔叶、李师江、徐则臣、鲁敏、盛可以、计文君、付秀莹、冯唐、瓦当、路内、曹寇、慕容雪村、梁鸿、李修文、安妮宝贝、哲贵、阿乙、张楚、李浩、石一枫、李云雷、东君、黄咏梅、娜彧、朱山坡……这样一群人构成的"70后"小说家的主力群体。

关于"70后"作家的特征，宗仁发、施战军、李敬泽三位很早即发表过对话《被遮蔽的"70年代人"》。十几年前他们就发现了这一代人"被遮蔽"的现象，比如他们完全在"商业炒作"的视野之外，还有部分作家所负载的"白领"意识形态对大众的蛊惑诱导等等。但现在看来，之所以会有这些看法，一个很重要的原因，就是"50后"这代作家形成的"隐形意识形态"对他们的压抑和遮蔽。"'70年代人'中的一些女作家对现代都市中带有病态特征的生活的书写，不能不说具有真实的依托。问题不在于她们写的真实程度如何，而在于她们所持的态度。应该说1998年前后她们的作品是有精神指向的，并不是简单的认同和沉迷，或者说是有某种批判立场的。"这些看法确乎是有远见的，上一代作家在文坛建构起的统治地位和主流形象，作为一只"看不见的手"持续压抑和遮蔽了后来者，他们被早已形成的经典化秩序规定了自己的身份与姿态——"你是一个年轻的、生于70年代的作家,你就是'新新人类',否则你就什么都不是。"这一描述道出了"70后"的身份之"迷"和精神的困窘。

但是,许多年过去之后,"70后"仍然以他们的创作实绩,显示了他们令人不可忽略的文学地位。假如要让我们举出例证,那么例证是不胜枚举的。

魏微——她的中、短篇小说,因其所能达到的思想深度和艺术的独异性,已经成为这个时代中国高端艺术创作的一部分。魏微取得的成就与她的小说天分有关,更与她艺术的自觉有关——她很少重复自己的写作,对自己艺术的变化总是怀有高远的期待。盛可以,她一出现就显示了不同凡响的语言姿态,她语言的锋芒和奇崛,如列兵临阵刀戈毕现,她的长篇小说如《火宅》、《北妹》、《水乳》以及短篇小说《手术》等,都不是以触目惊心的故事见长,甚至也没有跌宕起伏刻意设置的情节或悬念,可以说,其最大的魅力就在于她锐利如刀削般的语言。在她那里,"怎么写"永远大于"写什么"。李师江,他几乎纠正了现代小说建立的"大叙事"的传统,个人生活、私密生活和文人趣味等被他重新镶嵌于小说之中。李师江似乎也不关心小说的"西化"或"本土化"的问题,但当他信笔由缰挥洒自如的时候,他确实获得了一种自由的快感。于是,他的小说与现代生活和精神处境密切相关,他的小说也是传统的,那里流淌着一种中国式的文人气息。鲁敏,她的小说既写过去也写现在,既有虚构也有写实,关于"东坝"的叙述,已经成为她小说创作的重要部分。这个虚构的所在,在今天已是只能想象而无从经验的了——就像当年的鲁镇、乌镇或其他类似的地方。现代化的进程决绝地剿灭了这些力不从心或没有抵抗能力的脆弱区域,那些渺小而令人心痛的生命。中国的小镇是一个奇异的存在,它在城乡交界处,是城乡的纽带,是过去中国的"市民社会"与乡绅文化存在的特殊空间。在那里,我们总会看到一些奇异的人物或故事，这些人物或故事是带着与都市和乡村的某些差异来到我们面前的。张楚，他的小说的魅力，就在于难以一眼望穿的模糊。这是一个有巨大野心的小说家，他的作品难以用谱系的方式找到来路，他的小说有诸多元素：深受西方十八九世纪文学、现代派文学和后现代文学的影响，也受到中国现代小说的影响，甚至受到《水浒传》以及其他明清白话小说的影响。经过杂糅吸收和重新铺排，诞生了这个奇异的张楚。看来他是真的理解了小说，他的每篇作品，在生活的层面几乎都无可挑剔，生活的质感、细节和真实性几乎达到了"非虚构"的程度，但是整体来看，其虚构性甚至诗性又都一目了然。在亦真亦幻、真假难辨之间，张楚的小说像幽灵一般在我们眼前飘过。哲贵，这个擅长集中书写富人的存在与精神状况的作家也是一个特例。他所描写的这个阶层在中国是如此特殊——他们是一个"成功者"的阶层，是一个被普通人羡慕乃至仰望的成功人群，但这个人群无所归依、空虚空洞的内心世界，在哲贵的讲述中可谓令人有难以言喻的震惊。东君的小说写的似乎都是与当下没有多大关系的故事，或者说是无关宏旨漫不经心的故事。但是，就在这些看似不经意的、暧昧模糊的故事中，他表达了对世俗世界无边欲望的批判。他的批判不是审判，而是在不急不躁的讲述中，将人物外部面相和内心世界逐一托出，在对比中表达了清浊与善恶。计文君，她的小说仿佛出自深宅大院：它典雅、端庄，举手投足仪态万方。因此她是一位带有中国古典文化气息和气质的作家。另一方面，它诡异、繁复、俏丽，修辞叙事云卷云舒。她的小说有西方20世纪以来小说的诸多技法和元素，但是计文君却又既不是传统的也不是西方的，她是现代的。付秀莹，作为一位后来居上的新秀，起初很长一段时间，她只以孙犁式简约而又清丽的笔触书写她记忆中的乡村，乡村的锦绣年华风花雪月曾让她迷恋不已。近年来，她的创作视野也逐渐转移到了城市，但她仍然写得温婉而跳脱、节制而耐心。娜彧的小说创作，在某种程度上接续了80年代现代主义的文学传统,接受了存在主义哲学的精神馈赠。作为潮流的现代主义虽然已成为了过去,但是,现代主义文学曾经揭示和呈现的关于人的惶惑、迷惘甚至反抗的精神状态和内心要求不仅依然存在,甚至在某些方面比80年代更加普遍和激烈。娜或显然发现或感受到了这一精神现象的存在,因此,以极端化的方式表达这一精神现象,显然是娜或刻意为之的。
……

就在我们梳理"70后"创作成绩的时候,另外一种批评的声音也如期而至。青年批评家张莉认为"70后"小说家的创作,是"在逃脱处落网"。她认为:"70后作家创作遇到的困境,也是新时期文学三十年发展的一个瓶颈:从先锋写作、新历史主义到新写实主义、晚生代／新生代写作,中国文学已经被剥除文学的'社会功能'和'思想特质',它逐渐面临沦为'自己的园地'的危险。70后作家参与建构了中国当代文学近十年来的创作景观——如果我们了解,九十年代以来,中国文学一直在强调'祛魅',即解除文化的神圣感、庄严感,使之世俗化、现实化、个人化,那么70后作家整体创作倾向于日常生活的描摹、人性的美好礼赞以及越来越喜欢讨论个人书写趣味则应该被视作一个文学时代到来的必然结果。"[①]这一提醒并非惘然。整体看"70后"作家的创作,历史全面隐退已经是不争的事实。这虽然切合了这代人的身份,但也从另一个方面暴露了他们难以与历史建构关系的真实困境。

显然,如果从一般性的常识来看,"70后"作家的多样性是一个非常大的优点,问题就在于他们迄今"经典化"程度的严重不尽如人意。到了应该"挑大梁"的年代,到了应该登堂入室的年纪,到了应该有普

---

① 张莉:《在逃脱处落网——论70后小说家的写作》,《扬子江评论》2010年1期。

遍代表性的时候，一切却几乎还在镜子里，是一个"愿景"。中国文学中占据主要地位的仍然是"50后"和"60后"的一帮中年作家。究其原因，在我们看来，当然有各种难以言喻的外在因素，但如果从内部讲，恐怕就是因为个人经验书写与共同经验与集体记忆的接洽问题。在现阶段，否认个人经验或者经验的个人性当然都是幼稚的，但一代作家要想成为一代人的代言者，一代人的生命的记录者，如果不自觉地将个体记忆与一个时代的整体性的历史氛围与逻辑，与这些东西有内在的呼应与"神合"，恐怕是很难得到广泛的认可的。

或许这与作家的"抱负"有关，也许他们会说，去你们的狗屁"抱负"吧，只不过是一些历史的幻想狂或自大狂的假象，我们就是要写局部、碎片、个人情境。那谁也没办法，但是我们想提及的一点就是，任何人想进入历史都得有代价，这个代价就是如同当代法国的社会学家莫里斯·哈布瓦赫所说的，个人记忆是必须要有"社会框架"的，否则就会产生奇怪的失忆症。或许这代人过于无序的经验书写，也是某种社会与历史失忆症的表现吧。

另一方面，90年代以后的中国文学，带着西方文学的影响和记忆开始了整体性的"后退"，这个"后退"就是向传统文学和文化寻找资源，开始了又一轮的探索。值得注意的是，这个探索是在总体性瓦解之后的探索，因此它有更多的个人性。这也是"70后"作家整体风貌的一部分。"70后"隐约的历史记忆，使他们不得不更多地面对个人的心理现实——因为他们无家可归。但是，他们在矛盾、迷蒙和犹疑不决之间，却无意间形成了关于"70后"的文学与心路的轨迹。无论如何，这代作家的成就和问题，都是我们当下中国最典型的文学经验的一部分。因此，我们在注视这代人文学实践的时候，事实上也就是在关注当下的中国文学。

2014年2月25日于北京

目 录

鱿鱼 ············ 01

看守所 ············ 17

织女牛郎 ············ 33

革命逸史 ············ 43

M先生故事多 ············ 55

不孝之子 ············ 67

圣诞快乐 ············ 79

湮灭 ············ 93

哺育 ············ 113

欢乐颂 ············ 125

北京果脯 ············ 169

我的父亲母亲 ············ 205

漫漫无声 ············ 247

创作谈 ············ 371

鱿鱼

自从去敏敏家做客回来以后,利莲跟老寺念叨最多的,就是在敏敏家吃的鱿鱼。

老寺很不以为然,"鱿鱼有什么吃头,想吃我带你去街上大排档吃个够。"

"不是啦,老公,"利莲摇着老寺的胳膊,"不是铁板烧那种,是敏敏她老公自己做的,你不知道有多好吃,啧啧!"

利莲回味无穷地舔了舔嘴唇,一脸陶醉。

"不就是鱿鱼吗,什么大不了的。"老寺不屑地说,"你闪开这里,我要翻勺了。"

以前,利莲最爱吃老寺烧的菜,无论他做什么,都好。老寺是一作家,不需要上班,有大把的时间,每天在家除了码字,就是做饭烧菜。利莲的女友们都羡慕她有一位好老公,她们隔一段时间就会到他们家里来打打牙祭。

"主要是看看那个传说中的会烧饭的帅男哦,嘻嘻!"

这是敏敏第一次到他们家来说的话。敏敏是利莲她们公司新来的同事,高个,身材不错,皮肤白皙,戴一副眼镜,挺秀气的,但也谈不上多好看。那天,吃到酒足饭饱,她邀请姐妹们改天到她家里去,尝尝她老公做的菜。

"怎么？要跟我们家老寺PK吗？"利莲故意板起脸说话。

"PK谈不上，是切磋好不好。"

"哇塞！"旁边的一个女生听不下去了，"敏敏，你口气也忒大了吧，居然敢拿自己的老公挑战我们的著名美厨！"

"哪里啊，我只是说叫大家去玩嘛，我老公当然跟老寺没法比，但也喜欢烧菜，去凑个热闹嘛。是吧，利莲？还有老寺，也一起去呦！对了，我们家那口子可崇拜你了，他以前也很爱好文学……"

自始至终，老寺就在一边傻傻地笑着。她们闹着说，老寺傻傻的样子迷死人了。老寺心里暗说：少来吧，你们这些吃人不吐骨头的家伙。

上周末，利莲她们果然去了敏敏家。敏敏特意打电话嘱咐利莲一定叫上老寺，老寺不去，说："你就说我出国了。"

"出你个头啊，"利莲不满地在他肩膀上使劲一拍，"你就闷在家里出痱子吧！"

第二天中午，老寺在家做的咖喱汤。敏敏只喝了一口，就不喝了："哎呀，你这是做的什么呀，怎么这个味道？"

老寺奇道："和往常一个做法啊！"他舀了一勺品品："没什么两样啊。"

"不好吃！"利莲噘起嘴。

"那你想吃什么？"

利莲的眼睛一亮，"鱿鱼！"

"你昨天不是刚吃了吗？"

"可我还想吃，"利莲想了想，又摇摇头，"算了，还是饶了你吧，你做也做不出那种味道来。"

老寺惊讶地看看利莲，她怎么跟变了个人似的呢。

"今天，她们又要到我们家来吃饭，被我打住了。"——又有一天，利莲回家这么说。

"为什么？"

"你做的饭是每况愈下，叫人家来干吗？"利莲没好气地翻着白眼。

吃饭时，只有老寺自己吃自己烧的菜，利莲减肥了。

"敏敏的老公就做得那么好吃？"老寺还是心有不甘，"你们同事都觉着他比我烧的好吃？"

"什么叫'都'啊，我自己还不够吗？"

"看来群众的眼睛还是雪亮的，"老寺得意地"嘿嘿"道，"你属于一小撮被蒙蔽的……"

"什么呀？她们又没吃到，怎么有发言权。"

老寺愣了，"怎么，那天不是你们都去了？"

"不是啦，"利莲有些不耐烦地说，"敏敏叫了她们一圈，都不去，我就不好意思撤了，再说了，她主要是为了回请我们。"

听到"我们"这个词，老寺稍稍有些宽心，但他还是好奇，"她们为什么不去？"

"我怎么知道，"利莲霍地站了起来，"你去问她们好啦！"

老寺就吓得不敢吱声了，他洗洗涮涮忙活了一大圈，又去写作，等他想睡的时候，发现卧室被反锁了。他轻轻敲了几下，没有反应，就自己到隔壁去睡了。他弄不懂自己哪儿惹利莲生气了，但怕一问反而把事情弄得更僵。

那段时间，利莲吃了很多乱七八糟的东西，包括她以前从来不吃的肯德基的鸡腿，她一边嚷嚷着减肥，一边胡吃海逮，就是不愿意吃老寺做的饭。老寺百思不得其解。

有一天，利莲下班回来，看见老寺趴在电脑前，便"咦"了一声，"你怎么没做饭？"

老寺有气无力地回答："光我自己吃，做的什么劲？"

利莲也没在意,"不做就不做吧。"

老寺心里其实蛮苦的。他原来有个目标,就是想成为作家里面烧菜最好的,厨师里面写作最好的这么一个人。可现在,他突然没了自信。他渐渐也觉着自己烧的菜不好吃,不愿意吃,同时,写作上也遇到了前所未有的障碍。别看他整天坐在电脑跟前,其实是在网上东逛西逛。他甚至想过找个网友,搞搞一夜情什么的,但立刻就觉着这念头恶心,随即将它掐灭。

国庆节前夕,老寺给一家企业编了本纪念册,人家给了一张三千元的商场购物券。老寺转手就给了利莲,利莲正好休假,便欢天喜地地拿去 shopping 了。她中午在外面吃的,直到下午六点才回来。老寺正从冰箱里摸出鸡蛋来,给自己煮方便面。现在,他已经心平气和多了,他甚至觉着像自己以前那样讲究饮食是不对的,不就是填饱肚子吗,吃什么不行。自从他变得大大咧咧,他的写作风格也发生了变化,按照评论家的说法,就是"从以前的精心营造,变得泥沙俱下,但也更加富有生气"。生气个屁啊,老寺很不以为然:老子只是没耐心烦了撒!

水开的热气一下子蒙住了老寺的眼镜,他一面嘘嘘着拿手撩拨着热气,一边抬起袖子擦了擦眼镜。这时候,利莲提着大包小包地进来了,稀里咣当的。老寺将要捞面的时候,热气再次蒙住了他的双眼,他听见利莲近在身边说:"我一眼就看见它了!"

"谁?"老寺感觉利莲将一袋东西放在了他眼前的案板上。他没戴眼镜,看不真切,就见那东西白里透着粉色的一片,拿手一摸,软软的,冰凉,吓了一跳,"这是什么东西?"

"还有什么,就是它啦!"利莲兴高采烈地将身子转了一个圈,"给我做!"

老寺明白了,这一定就是传说中的鱿鱼。他将它从袋子里拎出来,好家伙，占了一整张菜板。以前他只见过切成小段，烧烤的鱿鱼，没见过整个的。他仔细看看这东西，像一只从底部翻过来的口袋，上面还结着一层冰。

他将鱿鱼剖开，将里面睡袋似的腹腔剪下来扔掉，一些黄色的粘稠物涌了出来。他把那些缠绕在一起长在头上的腿或触须分开，一一斩断，然后又把上面密密麻麻的环状指甲似的吸盘清除干净。

"接着该怎么办？"

老寺第一次将求援的目光投向利莲，想知道敏敏的丈夫是怎样做的。

"还等什么？"利莲把那些东西一股脑倒进锅里，然后浇上水，将锅盖好，回头对老寺说："快熟的时候再放盐，记住！"

"哦。"老寺支支吾吾地应着，他完全处于被支配地位。

利莲一件件地试她买的衣服和鞋子，老寺巴巴地看了半天，没有一件事属于他的，很有些不满。

"都花上了？"他问。

"没有，还有一点儿呢。"

"我想买件外套。"他怯怯地说。

"你穿什么外套啊，"利莲不屑地说，"你又不出门。哎，我要看电视了，别挡着我好不好？"

老寺不放心锅里的那家伙，就借机去看，他看见那家伙在水里游得正欢，一双鼓鼓的眼睛冷冷地看着他。它时而仰泳，时而蛙泳，那些乱糟糟的断肢上下翻飞着，宛如敦煌飞天，但说不上漂亮，反而感觉怪怪的。

它又在锅里游了半个小时，直到浑身起了泡，皮肤溃疡，老寺实在看不下去，就把火关了，它慢慢地恢复了平静。汤也变得红郁郁的。

"是不是可以吃了？"

利莲走过来，看了看，扯着勺子呷了一口汤，闭着眼睛咂摸了下滋味，点点头，"嗯，不错，老寺，你还真行！虽然比不上那天在敏敏家吃过的，但也蛮有味道。"

一只鱿鱼，利莲自己吃掉了五分之四。老寺觉着这是有史以来，自己做的最难吃的一顿饭。可看着利莲一副饕餮样，自己也不好说什么扫兴的话。利莲把汤喝得一干二净，最后还用馒头蘸了蘸盘子底的残汁，这才心满意足地宣告宴席结束。

他们好长时间没做爱了，今天晚上，利莲少有的兴致勃勃，双手和双腿紧紧缠绕住老寺，老寺几乎要窒息。

第二天早晨，老寺九点多才醒，他洗了个澡，肚子叫了起来，就想弄点吃的。他拿毛巾擦着脑袋，刚迈进厨房，脚底下一滑，险些跌倒。他觉着自己好像踩着了什么东西，低头一看，吓了一大跳。那仿佛是一只脱了皮的壁虎，粉嫩的肉身，飞快地钻进壁橱和地板之间的缝隙里去了。老寺以为自己看错了，蹲下身又仔细看了看，地上有一层稀薄的黏液。老寺心里咯噔一下，他明白了那东西不是壁虎，而是昨天那只鱿鱼断下的一条腿或触须。他想起来了，利莲抢过去把鱿鱼倒进锅里时，有一条腿掉在了碗橱夹缝里。他还想着怎么把它打扫掉，后来一忙活就忘了。没想到，那东西居然还活着！

利莲下班一回家，"啊"地叫了起来，她以为自己走错了门，随后就大叫："老寺，老寺！"

老寺猛地从沙发后面冒了出来："我在这里。"

"哎呀，你吓死我，咱们家是不是来小偷了？"

老寺说："没有啊。"

"没有，怎么天翻地覆的？"

老寺"嘿嘿"一笑，"我打扫卫生！"

"打扫卫生就打扫呗，看你搞得乌烟瘴气！"利莲嘟嚷归嘟嚷，但还是帮着丈夫把沙发、洗衣机、冰箱等等一点点挪回原处。

"不对吧，"她突然明白过来，"你不是打扫卫生，是在找什么东西是吧？"

老寺说："没，没有啊。"

"没有？哼，你骗不了我！你说，你什么东西找不着了？"

"没找什么东西。"老寺一脸无辜。

"我知道了，"利莲的脸色变得难看起来，"你是在怀疑我，是不是？我早看出来了，你疑神疑鬼的，你找什么？情书，还是项链？"

"你想哪儿去了，"老寺费了半天劲才把利莲安抚下，"你听我说，我不是找东西，也是找东西。"

"什么乱七八糟，你到底找什么？"

老寺就把发现那条鱿鱼腿的事跟利莲说了："要命的是，它还活着，跑得很快！"

利莲面无表情地看着激动不已的老寺，"我知道了，你得了神经病！"

一整个晚上，利莲都在啜泣，她想不通，好端端一个丈夫怎么变成这样了，今后的日子可怎么过呀。老寺也是太倔，死活不肯承认自己眼花。

"就是有这样一个东西，它还活得好好的，我亲眼所见，怎么会是假的呢？"

早晨醒来的时候，老寺看见桌子上的一碗剩饭洒到了桌子上，他马上意识到这一定是它来过的证据。他把饭收进碗里，还是少了很多，这让他大吃一惊，因为这说明它吃过了。它没有嘴巴，只是一条腿，也能吃东西？老寺迷惑不解。

下午，老寺专门跑书店买了一本《海洋水产大全》，里面有关于鱿鱼的详细介绍。看过之后，他知道了鱿鱼并不是鱼，而是生活在海洋里的一种软体动物。根据书上附的图片，他还知道了那天宰杀的那种又叫枪乌贼。鱿鱼是不是能像蚯蚓那样断肢再生呢？书上没有讲。他又到网上去查，也没查到。倒有个家伙在论坛上发帖子，说自己很想养鱿鱼，不知道好不好养，问在哪里可以买到活的鱿鱼。后面一大帮七嘴八舌的回帖，有个貌似专家的住在青岛的人说，他活了六十岁，从来没见过活着的鱿鱼。他还说，鱿鱼生活在深海，在每年只有一个月会到浅海繁殖，所以大部分捕捞到浅海就会死亡。

瞎说，我家里就有活的！老寺忍不住得意起来。他开始故意在房间的角落里撒下一点食物。过段时间，那些食物就会不翼而飞。老寺逐渐琢磨出它最喜欢吃小鱼和虾皮，就专门去超市上买来。有一天，他发现地上有一摊液体。这像尿似的东西让他琢磨了半天，他怀疑那唯一的一条腿发育成了别的动物，不然单纯一条腿上怎么会有这么多器官？

然而，老寺的举动很快引起了利莲的不满，她责备他吃东西怎么丢三落四，特别是当她从客厅的沙发下面捡到一根啃得干干净净的排骨时，她简直怒不可遏。起初，她以为那是一枚工艺品，因为她眼睛近视却又不肯戴眼镜，所以难免看错。

"天哪，你怎么跑到客厅里吃东西！"

老寺解释说："那天看球赛……"

利莲说："我就从没见过你看球。"

老寺略显羞涩地"嗨"了一声，"不是欧洲杯嘛。"

利莲叹了口气，"你也终归不能免俗。"

第二天早晨，老寺发现自己放在桌子上的那本《海洋水产大全》不见了，他感到非常奇怪。等利莲下班回来，他问是不是她拿走了。利莲没好气地说："我有病啊！"

老寺突然"啊"了一声，利莲问他怎么了，老寺捂着腮帮子仓皇地笑笑，"没怎么，咬着腮帮子了。"

过了两天，老寺又在原来的位置找到了那本书，封面弄得有些脏，他拿起来翻了翻，发现中间缺了一页。如果没有记错，那页上面应该是一幅鱿鱼的大插图。老寺呆呆伫立良久，忽然明白了什么。

"如果一个人长时间不照镜子，他会把自己什么模样给忘掉的，你说是不是？"

利莲坐在马桶上嗨呦嗨呦的，便秘。

"我没时间听你嘟囔，我要你去拿手纸，你听见没听见？"

老寺将手纸递给她，她盯着他的脸，"呀，你把脸刮破了！"

"是吗？"老寺将手一抹，手上确实有血迹，他"嘿嘿"笑笑："刀子不快。"

"也不知道你整天想什么，"利莲提上裤子，"心长到了肝上是不是？"

虽然从来没见到它进食，但老寺明显感觉它的饭量比以前大多了，现在每天要喂四五次。老寺很想看看它现在什么样子了，就远远地盯着那食物，想等它出来。可是，它似乎猜中了他的心思，只要他守着，就绝不会出现。老寺等了两天，疲惫不堪，又怕它饿坏，就只好放弃了守候，一转身的空，食物就不见了。他不由得赞叹这家伙聪明。它进食没有声音，做什么都没有声音。只有一天晚上，老寺起来上厕所，在走廊里就听见马桶的水哗哗作响，等他进去时就没有声音了。他知道那是它在喝水。

他试图找到那张插图，他知道找到插图就一定找到了它。趁着利莲不在家，他又偷偷打扫了一遍卫生，他没有找到那张插图，更没有发现它的影子，只是在电视墙后面，发现了零散的小米大小的颗粒。他用卫生纸小心翼翼地把它们收集起来，闻到一股刺鼻的腥臭，他知道这肯定是它的粪便。他摇着头将这些粪便倒进马桶，从那以后就再也没有发现类似的东东。后来，他偶尔又在马桶底部发现一些这样的粪便，他知道它学会了使用马桶，便很高兴。不过，它既在马桶里喝水，又在里面拉尿，显然不卫生。他安慰自己，等再大一点就好了。

随着夏天的渐渐来临，房间里的氧气似乎变得越来越稀薄。楼房临街，如果开着窗户，噪音就吵得人坐立不宁。空调固然能制冷，但不能除异味。利莲每次回家，都捂着鼻子质问老寺在家搞什么鬼，是不是家里有什么死老鼠之类的。利莲的话提醒了老寺，他想起这几天食物减少的速度明显放慢，开始担心它是不是病了，甚至死了。

第二天，老寺告诉利莲，自己找了一个遍，没有发现死老鼠什么的。

利莲对此嗤之以鼻，"你，做什么行啊？"她夹了一口芹菜，漫不经心地说："明天我抱只猫回来。"

老寺以为她只是随口说说，没承想第二天晚上，利莲真的抱了一只猫咪回来，那是一只小巧玲珑的女猫。

利莲说："你别看它小，它可是抓老鼠的能手。你知道它叫什么名字吗？蒙娜丽莎！"

头一天晚上，没有任何动静。第二天晚上，老寺和利莲正做爱，忽然听见"哇"的一声哭嚎，老寺吓得一下子就软了，利莲正在兴头上，拍了拍他的头："讨厌，屋檐上猫叫春呢，你急什么？"

利莲最终心满意足地睡着了，老寺轻手轻脚爬起来巡视了一番，在卫生间里拖把后面发现了蒙娜丽莎的尸体。它嘴巴里满是血，眼睛翻着，脖子上的毛湿漉漉地倒了一片。看样子，它是被勒死的。老寺的心怦怦直跳，他将猫装进塑料袋里，拎出去倒掉了。天刚蒙蒙亮，老寺一路上小心翼翼，仿佛自己是个杀人凶手。离着还有十几米，他就把死猫扔了出去，那东西在空中打了个旋子，重重地落进垃圾箱里，激起一阵潮水般的响动。那是苍蝇发出的嗡鸣，老寺转身就跑，咚咚的脚步声和心跳声融为一体。

老寺不知道它怎么样，显然它也受了伤，因为地上有一条很长的湿漉漉的痕迹，一直延伸到浴缸下面黑漆漆的水泥洞里。老寺明白了，它原来是住在这里。他弄了些药片，连食物一起送到那里，下午的时候，盘子里空了。希望它能很快好起来，老寺在心里默默祈祷。

晚上睡觉时，利莲突然想起那只猫，"咦，蒙娜丽莎呢？"

"嗨，别提了，"老寺拍着脑袋说，"今天我一开门，它就噌地蹿了出去，想必是听见昨晚的猫叫，芳心大动了。"

"啊，你怎么不追？"

"它上房了，我到哪去追？"

"那可怎么办？"利莲犯愁了，"那可是我跟人家借的。"

"大不了赔他一只。"

"赔？你知道那东西值多少钱？两千块啊！"

"啊！"老寺大跌眼镜。

到最后，利莲赔钱了事。这简直是现代版的《项链》，老寺边想着莫泊桑，边心疼钱。他想恨那家伙，却又不知为什么恨不起来。

老寺毕竟是生气了，他决定惩罚那家伙。他连着两天不再给它喂食，到了第三天，它显然坚持不住了。老寺写了半天东西，决定去厨房冲包咖啡，远远地，他惊讶地看见了它，还是那样一只腿，正吸着地上残留的一点菜根。老寺喜出望外，大步蹿了过去，可是，离这它还有一米多，他却摔倒了，头重重地碰在推拉门上，疼得直咧嘴。他从地上爬起来，它已经不见了。

这一跤摔得有些莫名其妙，老寺仔细回想刚才的一幕，就在踏入厨房的瞬间，他的脚好像踩到了西瓜皮上，但又比西瓜皮软，随即便滑倒了。他抬起脚看看，鞋底上一片浅浅的湿印。他回到书房里，打了几个字，看见旁边那本缺页的《海洋水产大全》，心里突然咯噔一下。他看见的那只脚，并不是它的全部，它已经长出了身体的其他部位，说不定长成了一只完整的鱿鱼。自己刚才踩到的，只是它身体的一部分，只不过自己看不见而已。它撕去那张图,并不像自己原先想的那样只是顾影自怜或怀旧之用,而是照葫芦画瓢,把自己完整了起来。怪不得眼见它的饭量越来越大……

它究竟有多大呢?应该有利莲买回来时那么大吧,或者比那还大?老寺又仔细看了看那本《海洋水产大全》,里面介绍的最大的一种,能长五六米。五六米?老寺第一次感到了恐惧。

如果单纯是吃点东西也就罢了,它越来越不安分。门常常自动打开,当然是用它那看不见的身子打开的,可是利莲不知道啊,她从床上光着身子跳下去用力关门,但是门背后好像有什么东西顶着,死活关不上。

"老寺,快来,看看这门咋会儿事?"

老寺赶紧跑过去,推了推,他感觉那东西庞大有力,僵持了一会儿,它不知怎么突然放弃了。门砰地合上了,老寺才长出一口气。

"怎么回事?"利莲问。

"哦,"老寺赶紧撒了一个谎,"是门轴变形了。"

"明天找人修一修。"

白天,老寺在房间里说:"你太过分了,虽然我不知道你在哪里。你天天给我闯祸,你就不能消停点?我对你这么好,你却一点儿都不体谅,将心比心……"

他说了半天,一抬头吃惊地发现门口站着一个人,肩膀上斜挎着包。

"你是干什么的?"

"修门窗的,"那人说,"不是你们打电话叫我来的?"

老寺明白了,一定是利莲在班上打的电话。

"门怎么开着?"

"我怎么知道!"那人有些哭笑不得,"是这扇门吗?"他低头看看。

"不是,"老寺说,"没事了,你走吧。"

那人定定地瞅瞅老寺，退了出去，临走还嘟囔了一句："有病！"

"你！"老寺气不打一处来，把门重重地关上。

老寺知道，刚才一定是它把门打开的。这太可恨了，它能看见他，他却看不见它，你讲的不爱听，它居然赌气开门走了。老寺感觉碰上了个无赖，不过它要是真走了还好了呢。老寺很快就发现它并没有走，或者跟着下班的利莲又回来了。老寺相信自己的直觉，那东西就在自己面前不远的地方。它现在越来越肆无忌惮，他们吃饭时，它就在桌子下面像条哈巴狗那样伏着，它不在马桶里喝水，它甚至自己跑进浴缸里冲凉，因为不会调水温，烫得从里面又蹦了出来。

晚上，利莲睡得早，老寺一般要忙活到半夜。他突然听见隔壁房间里，传来异样的声音，他走到门口一听，那声音让他心里一阵发凉。他猛地推门进去，啪地打开了壁灯，他看见妻子赤着上身，只穿着一条短裤躺在床上，蓬松的头发散在乳房上，她身子扭动着，在呻吟。老寺猛地抽出皮带，向她身上抽去。

"啊！"利莲尖叫着坐了起来，她努力睁开眼睛，"你疯了？"

她的脸潮红。

老寺将她一把拽起，床上床下地看。

"你干什么？"

老寺问："你刚才干什么？"

利莲气得脸都白了，"你还问我，你睡觉不老实还问我。"

老寺说："我几曾睡了？"

利莲也觉奇怪，"咦，明明是你的手在人家身上摸来摸去。"

老寺说："不是我，是鱿鱼。"

"你脑子进水了？"利莲叫了起来。

老寺不理她，冲到卫生间里，拿一根铁通条伸进浴缸下面的水泥洞里，一通乱杵，但除了浴缸的底座和墙壁，什么也没杵到。他又找来手电筒，趴在地上往里面照。里面如同岩洞的峭壁，光秃秃的。

他在洞里发现了一张皱巴巴的纸，他把那张纸掏出来，展开给利莲看，"你看，这就是它！你好好看看！"

利莲说，就是从那时起，老寺有事没事常拿着把刀在房间里砍来砍去，嘴里还念念有词。地板、家具都被他剁得烂乎乎的，他一口咬定房间里有一只看不见的鱿鱼，他还不知道从哪里搞来了十几只老鼠夹子，想把那家伙夹住，却一无所获，倒是不小心把自己的脚趾给夹得血淋淋的。

"他还整天翻我的包，乱拿我的东西，过了还硬说不是他拿的。见鬼！不是他，还会有谁？他真的病了，但是就不承认，更不肯去看医生。"说到这里，利莲哭了。

我给她递了张纸巾，她怔怔地看看我说："谢谢，我有。"

于是，她拉开自己的挎包，从里面取出纸巾，蒙在脸上。

"后来呢？"我问。

"那天我回家，发现门开着，他躺在地上，浑身是血，手里攥着一只鱿鱼须，鬼知道他从哪儿弄来的。一看见我，兴奋得张牙舞爪：'我捉到它了，我捉到它了！'"利莲把纸巾卷成一根长条，比画着，模仿老寺声嘶力竭地喊着。

利莲不知道，老寺跟它整整搏斗了半个多小时，但还是让它跑了。它体积庞大，壮得像一头牛，又软得像一大块胶皮，浑身黏糊糊的湿漉漉的，让人碰一下就一辈子再也不想碰。老寺说，如果不是它故意的，自己也不会撞上它。它把他重重地摔倒在地，死死缠着他的脖子，想把他掐死，又使劲想把他吸进肚子里。有一段时间，老寺的眼前一片黑暗，他感觉自己的心渐渐停止了跳动，他确定自己已经死了，死原来就是这个样子啊，他有些悲伤有些失望有些不甘。他像是在一口漆黑潮湿的井里蜷缩了很久，但突然之间，他感觉天一下亮了，黑暗扑棱着翅膀飞走了，只剩下他孤零零地躺在地上。他努力辨认着眼前的一切，一点一点地拼凑起自己的身体和意识。

或许是老寺的英勇，使它感到了某种畏惧，或许是它念起了老寺的好，最终把他放了。它临走时被门夹了一下，掉下了一只触须。老寺知道，这就是最初的那条腿。不过，已确定无疑地死了。现在，没有任何人能看到它了，可是，它还确定无疑地活着。就在这个世界上。说不定，它又爬到谁家里去。老寺死死抓着那只触须，忍不住放声痛哭。

"我不会让它得逞的！"过了半天，老寺脸上转而露出胜利的笑容，他的嘴角由于狂笑而变形，一颗门牙顺着血和唾液滑了出来。

"够了！"利莲怒发冲冠，她发疯似的收拾起自己的衣服，装了满满一行李箱，冲出门去。

"你干什么去？你回来！"老寺在后面吼叫起来，利莲头也不回。她拉着皮箱出了小区，叫上一辆出租车，然后就到了我这里。

我开门，立即认出了她。

她貌似轻松地冲我摆了摆手，"哈罗，我找敏敏。"

我说："敏敏不在。"

"她去哪儿了？"

我沉吟了一下，"我也不知道，她没有告诉你吗？我们已经离婚了。"

利莲这才想起很长时间没见到敏敏了，她想了想说："那我就找你吧。你能再为我烧一道鱿鱼吗？"

看守所

　　我的大学同学史可法担任市看守所所长已六年矣。六年来，我们只在同学聚会之类的场合见过匆匆数面。至于他所任职的那个单位，我虽常怀向往之心，却迟迟未能如愿。一个明显的原因是：那个地方不方便外人出入，而我的这位同学恰恰又是一个严肃认真之人。更主要的原因是：这些年，随着城市的飞速扩张，看守所像一只丧家犬被赶得四处乱窜，忽东忽西，很难捕到它的准确踪迹。最初，它蹲踞于护城河的南岸，一个风光秀丽的所在。那时候，我和我现在的妻子正值花前月下，每天晚上沿着河边散步，走到看守所布满铁丝网的院墙边返回。有几次，我依稀看见史可法背着枪在高高的岗亭上值勤。说"依稀"是因为隔得远不能确定是不是他，但为了俘获女友的芳心，我没少指着那座哥特式的塔楼炫耀："看，我同学，背着枪巡逻呢！"

　　我的女友从小崇拜人民警察，她因为我有一个当警察的同学，对我也肃然起敬起来。直到有一天，我用自己的"枪"顶住她的屁股，将她顶在看守所的院墙上，她才意识到我是一个坏蛋，然而一切都已经太晚了。这一幕是否被史可法看在眼里，无史可稽。

　　到我和女友结婚时，曾经见证了我们第一次的看守所的院墙已轰然倒塌，里面勃起了几座高层住宅。我们的新家就位于其中一幢的十八层上。有时，我会下意识地把头探出窗子向外看看是否有可疑人员。我在不经意间模仿了史可法的动作，这充分说明了我对他的崇拜。我手搭凉棚，向远处眺望，只见远处官道上尘土飞扬，史可法正押解着他的犯人风尘仆仆地往离城西北十五公里外的野猪林去，如董超，如薛霸。

就是在野猪林，史可法被提升为新看守所的所长，据说是全市公安系统最年轻的处级干部。彼时真是雄姿英发，羽扇纶巾。记得此前不久，我和妻子抱着刚出生的儿子走出妇产医院，正好碰见史可法和一个年轻美丽的女孩散步。我认出那女孩在电视上出现过，是市吕剧团的一名著名青年演员。

我看见妻子的眼睛里流露出羞涩的光，我才明白她根本就不爱我。她爱我只是因为我有个当警察的同学。

再后来，我参加了史可法的婚礼，新娘却不是那个女演员，而是一个相貌很普通，腿还有一点跛的老姑娘。没过几天，史可法就被提拔为看守所所长。都说他是沾了当副市长的老丈人的光，而我不是这样看。我认为史可法个人有这个能力。

越明年，史可法的老丈人因贪污腐败锒铛入狱，短期羁縻于野猪林看守所。翁婿相对无言，倍觉尴尬。好在没过多久，法院审理结束，翁被判十年监禁，转往五百里外的济南府省立监狱。史可法这才长出了一口气，暂时放下一桩心事。

"野猪林"顾名思义，常有野猪出没，而看守所就是其中最大的一只。周遭林深草密，乏善可陈。忽有一日，史可法闲来无事，便打电话邀我和另外一名同学宋兵乙去那里"田猎，吃野猪肉"。

听得这消息，我高兴非常，待星期六下午，喊了小包工头宋兵乙，开上他那辆破普桑，橐里橐嗒地往野猪林去。我们只知道这地方在西北郊外，却都从没去过。我们钻进那片林子，就再也钻不出。绕来绕去，终于迷了路。等我们第 N 次掏出手机准备向史可法求助,居然一点儿信号都没有。破普桑上面没有 GPS,我们只好依靠本能行事。

我想起看守所那座高高的岗楼,就示意宋兵乙爬到树上观望。宋兵乙白了我一眼:"你怎么不上?"我知道他爱惜自己的西装,就不和他一般见识,脱了上衣,吐口唾沫,开始亲自爬树。

我爬到树杈上四处张望,见东南角上影影绰绰有处白色建筑,就兴冲冲地跳下来,对宋兵乙说:"找到了,找到了!"

宋兵乙开车,我给他指挥方向,时间不长,前面不远处出现了一片空地,空地上孤零零地矗立着一排房屋,不是看守所,而是一家饭店。只是看上去冷冷清清,没多少生意。我们停了车,径直闯进去,嚷道:"老板,切些野猪肉上来!"

"好的,好的,你们稍等。"迎上来的是一个四五十岁的女人,她面容憔悴,但穿戴却不老套。女人招呼我们在炕桌旁坐下,宋兵乙问:"这里离看守所多远?"

"看守所?"女人看我们的目光似乎有些异样,但随即答道,"不远。"

我说:"叫史可法来,这狗日的,害我们好苦!"

"对,"宋兵乙大叫,"我们多要些酒菜,宰这小子一把!"

我掏出手机,手机依然没信号。

"CDMA 不行,看我的中国移动!"宋兵乙掏出自己的电话,也是白搭。他不甘心,举着手机在房间里晃来晃去。我叫他别晃,他白我一眼:"移动电话不移动着咋打?"

移动还是白搭。宋兵乙骂声"奶奶的",跑到外面柜台上借固定电话。我端起茶水,刚喝一口,就听见外面有吵嚷之声,遂起身去看,见宋兵乙正拍着柜台与里面的小姐来劲,"一个破电话都不给用,耽误了大事怎么办?"

我知他素爱唬人，忙挤过去。柜台里面站着一个二十五六岁的年轻女人，容貌端庄，身材也很好，只是眉宇间隐隐含着一缕愁绪。她正在和宋兵乙解释，语气十分温柔："不是不给您用啊，确实是没有啊。"

宋兵乙见我过来，更来劲了，"一个破电话都不给用，不给用也就罢了，还说没有，谁相信！"

我也觉着这个女子说谎不太妥当，就和颜悦色地上去，"小姐，就把电话给我们用用吧，我们给钱。"

"不是啊，先生，你误会了，真是没有啊。"那女人的眼里竟有了泪花。

我动了怜香惜玉的心，这个小媳妇要是搂在怀里亲上一亲，实在不错。

这时，那个上了年纪的女人走了过来，问明白是怎么回事，笑着说："你们不要生气，我女儿没有说谎，我们这里确实没有电话。你要是找什么人，我帮您去叫一声。"

"啊，真这么落后？"我、宋二人齐叫。

"是的，这里原本就什么都没有，是有了看守所，才有了这店。"

女人说到"看守所"，我和宋兵乙都兴奋起来，"对对对，我们就是找看守所。"

母女两人相互望望，脸上神情颇有些诡秘，异口同声地问："你们找它干什么？"

"我们来找史所长。"

"哦，史所长可是我们这里的常客。"老女人笑得有些尴尬。

"是吗？"我和宋兵乙相视而笑，"这可找对了地方。快，你找个人去把那家伙提溜过来！"

"什么？"老女人大惊失色，"那可是大所长，不是一般人。"

"什么大所长，他在我们面前就是小兵一个，你知道我们是谁？我们是他同吃同住同劳动的同学,拜把子的兄弟!"宋兵乙洋洋得意。

女人的脸上并没有一点肃然起敬的意思,她的微笑甚至带着几分嘲讽,"是这样?失敬失敬。"

"既然知道了,还不快去?"我有些恼。

女人把头一摇:"看守所可不是随便去的地方,我们这等小老百姓怎么敢靠近。眼看这天色已晚,你们不如酒足饭饱以后,在这小店里歇息一宿,明早再动身不迟。"说着,她指了指铺着红毡的土炕。

说也奇怪,那天天黑得格外快。不到六点,百米之内已不辨牛马。这个店里,不但没有电话,居然连电也没有。我和宋兵乙都有些惶惑,不敢轻易造次。那个年轻女子端来了野猪肉,我听见她母亲喊她"翠浓"。那野猪肉鲜嫩如婴儿一般,美得很。翠浓看见我,脸上露出羞涩的笑容,大概是觉着我不像宋兵乙那样粗鲁,感激我替她解围。乘着酒兴,我捏了她的酥胸一把,她回头冲我一笑,羞叱道:"你好坏!"

宋兵乙也没闲着,他正在给老女人看手相,一本正经,煞有介事,眉头紧皱。

"你的屁股上有颗黑痣。"

那老女人哈哈大笑:"你就忽悠吧,我怎么不知道?"

宋兵乙说:"你屁股上没长眼,怎么会看到?"

老女人有些将信将疑看了他一眼,"我不相信。"

"你不相信脱下裤子来验证验证!"

"要是没有怎么办?"

"要是有怎么办?"宋兵乙反问。

老女人狠了狠心,"要是有的话,你想怎么办就怎么办。"

"好,"宋兵乙说,"这可是你说的。"

"要是没有怎么办?"

宋兵乙"嘿嘿"一笑,"要是没有,你想怎么办就怎么办!"

"好,一言为定!"两个人都坐不住了,站起来,推推搡搡地往后面的包厢里去验明正身。我随即一把将翠浓搂在自己怀中。

事实上,如此下流的场景,只是我当晚做的一个春梦。我乃堂堂人民教师,这样的事儿可是一点儿做不出来。那天晚上,我们就着蜡烛吃了野猪肉,喝得酩酊大醉,不多时就趴在土炕上睡着了。接下来发生的事情,参见牛僧孺之《玄怪录》或蒲松龄之《聊斋志异》。一言以蔽之,早晨醒来,我们发现竟然睡在草地上,周围没有房屋,只有几个小土丘。在一片水洼里,插着半截烧黑的木炭,还在冉冉冒着白烟。我依稀记起睡梦中曾听见辚辚的车马声,还有隐约的人声,但困得实在睁不开眼睛。没想到,这座饭店一夜间搬了个精光。还好,我们的车还在,但被人挪了位置,用一根粗麻绳,系在一棵大槐树上,活像一头小叫驴。

我们慌里慌张发动起车,狼奔豕突地蹿到大道上,奔回城里。一连几天,两人都不敢提那天的遭遇。又过了几天,我们碰了一个头。我壮着胆子给史可法打了一个电话,骂这厮耍我们。

史可法在电话里笑得很爽朗,他说那天等我们一直等到很晚,打我们的电话,一直打不通,只好回家睡了。

宋兵乙在一旁听得气愤,抢过电话去啐道:"你这家伙说得轻巧,你可知道那天我们差点被鬼吃了?"

我知道那天毕竟不是什么体面事,就赶紧捂住他的嘴,他反过来拿脚踢我。

"哦,是吗?"史可法淡淡道,"这野猪林人烟稀少,有些邪魔鬼祟也属正常。"

"哼!"宋兵乙的鼻子从我指缝里往外出气。

"你们下次来就好了。"史可法说。

"下次?"我抢先说道,"饶了我们吧,我们可不想有下次了。"

史可法"哈哈"大笑,"瞧你们说的,下次,你们不需要去野猪林了，我们看守所已经搬了。"

"怎么又搬了？"我和宋兵乙齐叫道。

史可法叹了一口气，"人在江湖，身不由己。城市发展这么快，这看守所是自身难守。不过，这次去的地方比野猪林要好得多。"

"哦？这次搬哪里？"

"桃花淀。"

"桃花淀？呵！"桃花淀可是著名的国家级风景区，虽然离城足有五十公里。

我叫道："你们哪是看守所，都改疗养院了。"

"现在快到年底了，事多，等春天你们过来，我请你们去赏桃花园，游桃花淀……"

"交桃花运！"宋兵乙插了一嘴，我们哈哈大笑起来。

史可法也笑了，只是听起来，笑得有几分尴尬。

冬去春来，万物复苏。我与宋兵乙的心都有些痒痒起来，我们等待史可法的邀请，左等不来，右等不来，直等得桃花谢了春红，也没个鸟动静。

"这厮定是把我们忘了。"我对宋兵乙说。我们改被动等待为主动进攻，电话打过去，通却没人接，如是三，皆不应。再打，已然关机。

我和宋兵乙都很气愤，大骂史可法不守信用，人品有问题，决定与他断交。

又过了没几天，我突然收到一个电话，电话是宋兵乙打来的。"坏了，坏了，"他在电话里叫，"史可法死了！"

"啊，"我大吃一惊，"你听谁说的？怎么回事？"

"你别管了，先抓紧出来，我马上到你单位门口，快点快点！"宋兵乙说着就把电话挂了。

我不敢怠慢，慌里慌张地请了个假就出来。刚到门口，宋兵乙就到了，车屁股撅着，露出半只鲜艳的花圈。他摇下前窗玻璃，气急败坏地冲我嚷："胡张望什么？没见过花圈吗？快点上来！"

我上了车，宋兵乙推上档就往前奔。

我问他去哪儿，他没好气地说："桃花淀！"

车子平稳下来，宋兵乙才开始给我讲事情的经过。宋兵乙早晨去加油，碰见他家过去的一位邻居，这位邻居在市公安局工作，认识史可法，也知道宋兵乙和史可法同学，就问他："是去桃花淀吧？"

宋兵乙一愣，"什么？"

熟人说："怎么，你不是去参加史可法的追悼会吗？"宋兵乙这才知道史可法死了。

"怎么死的呢？"宋兵乙说，听那位熟人说史可法是自杀的，拿枪把自己打死在看守所里。

"为什么？"宋兵乙说，那位熟人也不很清楚，众说纷纭。有说是因为他在外面包了二奶，不堪重负，有说他私放嫌疑犯，畏罪自杀的，不过，都不像真的，因为单位既然给他开追悼会，就说明他是清白的。

"唉！这家伙，何苦！"我痛苦地摇摇头，眼泪流了出来。我和史可法同学一场，情谊非比寻常，何况他又是我的朋友中最有出息的，我有心背靠这棵大树好乘凉，他这一去，我又去靠谁！我心里直骂他自私。

车子上了南郊快速路，半个小时不到，桃花淀风景区就已近在眼前。桃花山上桃花缤纷，桃花淀里碧波荡漾。望着眼前的美景，我们心中不胜遗憾。

拐过了一道山岭，就看到了看守所的白墙。那模样跟城南的旧所别无二致，只是更加干净、秀丽，小家碧玉般贴在山坳里。那座标志性的岗楼高高矗立在眼前，我仿佛又看见了雄姿英发的史可法在上面站岗、巡逻，心头又是一阵伤感。

到了看守所门口一问，史可法的追悼会原来是在五公里外的桃花淀殡仪馆举行，于是我们就又匆匆赶往殡仪馆。到了殡仪馆，就见里面人山人海，四周摆满了花圈。我们的朋友史可法，现在已缩进了一个小木盒中。哀乐响起来了，哭声一片。我除了史可法的妻子，并不认识他的其他家人，但仔细辨认了一番，唯独没有发现他的妻子。

史可法的上级领导开始致悼词，全都是溢美之词，什么人民好公仆、永垂不朽等等，无须赘述。我回头问宋兵乙："怎么不见史可法的媳妇？"

宋兵乙也说："是啊，真是奇怪。"

这时，我身边站着一个人"哼"了一声，神情挂着嘲讽和不屑。我打量了一下这人，只见他很年轻，像是一个刚从警校毕业的学生。

我觉着这后面有蹊跷，就压低了声音，恭恭敬敬地问道："同志，我们是史可法的同学，史可法去世得这么突然，到底是为什么？"

"为什么？"那小警察的神采渐有些张扬，"史所长那是死得其所。"

"什么？"我听不明白。

小警察狡黠地笑笑，"宁从花下死，做鬼也风流啊。呵呵！"说着，钻进人群就不见了。

我与宋兵乙面面相觑，俱是一头雾水。追悼会很快就结束了，人群作鸟兽散。混乱中，突然有人揪了揪我的胳膊，我回头一看，见是一个黑纱蒙面的老女人，旁边还站着一个年轻女人，臂上插着一束白花，拿一块手绢捂住半张脸，兀自还在抽泣。

我心下一惊，这两个人看上去有些面熟，却一时想不起来在哪里见过。

"刘老师，你忘了，你和宋老板去年在我们店里住过。"那老妪说。

"啊！"我立刻记起来，心中一凛，尖叫起来，赶紧招呼宋兵乙，那厮适才奔厕所里去，还不见回来。

"刘老师，你不要害怕，你是小婿最好的朋友，您来，我们自是感激不过。"老妪说着，伸手招呼旁边的女子："翠浓，你也不要哭了。"

翠浓强收起哭声，挤出一丝微笑，"刘老师好。"

"你好。"我听见自己的声音在打颤，一边下意识地往旁边看，似乎谁都没注意到我们。

"他们是看不见的，"老妪看穿了我的心思，"除非我们想让他看见。"

翠浓也说："刘老师，不要害怕，我们都是好人。"

"嗯。"我只装什么也没听见，胡乱点点头。

翠浓伸手从怀中拿出一张纸，"可法知道今天你会来，特意叫我将这个转交给你。"

我颤抖着接过来一看，只见上面用黑笔写着一首诗："桃花淀里桃花嫣，桃花嫣熏桃花仙。半醒半醉日复日，花落花开年复年。云横秦岭家何在，雪拥蓝关马不前。知汝远来应有意，好收吾骨瘴江边。"

我看得稀里糊涂，正待询问，那一老一少两个女人却眨眼间没了踪影。宋兵乙系着裤子从厕所那边走过来，"咱们走吧！"

"靠，我还以为你掉里边淹死了呢，可把我吓坏了！"

"怎么回事？"宋兵乙丈二和尚摸不着头脑。

我将那张纸给他看，又说起刚才的事，他却抬手给我一个栗凿，"你没病吧？拿着张烧纸对我瞎白话！"

我定睛一看，手里果然是拿着一张白烧纸，吓得一哆嗦，纸被风刮走了。

我们驾车往回走，从桃花淀镇有一条路经桃花山的背面，可直通市里。这路依山势起伏，两边风景美不胜收。可惜的是，我和宋兵乙路都不熟，前面出现了一条岔路，我们一时不知道往哪边走。宋兵乙略一迟疑，拐到右边那条。

"你认识路？"我问。

宋兵乙白我一眼，"当然是拣好走的了。"

我点点头。车子又走了没几分钟，前面现出一座高塔，正是看守所的岗楼。

"咦，怎么又转回来了？"我望着那堵熟悉的白墙，心里迷惑不解。

宋兵乙也觉着奇怪，放慢了速度，渐渐来到了看守所近前停下。我们钻出车，打量着眼前这处看守所，就见它与刚才我们看过的那个没什么区别，只是里面空空荡荡，似乎没有人。是不是那座，一时不敢确定。

这时，我忽然听见有人在喊我们的名字，抬头一看，就见那塔楼上站着一人，在冲我们招手。不是别个，正是史可法。我又吓了一大跳。

只见史可法身着制服，头戴大檐帽，远远望去很是挺拔、威严，他笑着说："老刘、老宋，我等你们很长时间了，你们终于来了。"

我回头看看宋兵乙，他满脸惊恐地看看我，又看看岗楼上那人，"你……你不是死了吗？"

"死了？哪有什么死。"史可法大笑起来，他的笑声非常爽朗，有一种阳光般的魔力，我们听他笑得灿烂，心也舒缓了许多。

"你在那里干什么？"我有意避免说那个"死"字。

"赏桃花啊。"

"算了吧，"我说，"路上的桃花都败了，你不要骗我们了，你到底是人是鬼？"

"人间四月芳菲尽，山寺桃花始盛开。"史可法摇头晃脑地说，"你们见过我这样的鬼吗？我活得好着呢。你们快上来吧，这边风景独好。"

我看看宋兵乙，宋兵乙把牙一咬，"去就去，我倒要看看这家伙搞什么噱头，大白天的，总不能把我们吃了！"

我知他是个傻大胆，想阻拦没拦下，只好硬着头皮跟上去。这个看守所里，除了这座高高的岗楼，再无别的建筑。那岗楼孤零零地矗立在山坡上，不像是岗楼，反像是看园人的窝棚，心里顿时轻松许多。可是，当踏上那铁制的旋梯，听见自己哐哐的脚步声，一种前所未有的恐惧攫住了我的心。

"宋兵乙，我们不要上去了……宋兵乙，我们回去吧……"我大喊起来。

"要回去，你自己回去吧，"宋兵乙的声音从头顶上传来，"我倒要看看有什么蹊跷。"

我想想独自回去反而不妙，就吸了口气，加快速度往上爬。这个塔，足有十层楼高，我爬到上面，累得直不起腰来。

"宋兵乙，你这狗日……"我骂了一半，声音就噎住了。

我看见这顶层上面，竟然是一个铁栅栏围成的小房，史可法就站在里面，隔着栅栏冲我微笑，"见到你们，我太高兴了。老宋、老刘，我们得有好几年没见了吧？"

宋兵乙和我一起说是。我下意识地环视四周，发觉这顶层也不过五六个平方的样子，单那铁笼就占了三分之二，外面只余一条狭窄的过道。铁笼用笨重的钢筋打造而成，高有两米多，上面没有顶子。笼子里有一张木板床，床上铺着简单的被褥。

"你这是干什么？"我试探着问，"谁把你关在这里的？"

史可法笑笑，"没有谁，是我自己。"

"啊？"宋兵乙抢着说，"你不是有毛病吧？把自己关起来！"

我嫌他鲁莽，不免瞪他两眼。史可法的表情很平静，话语轻缓而淡定："这么多年来，我一直想造一座只有一个犯人的看守所，现在终于实现了。这是件好事，怎么能说是有毛病呢？老刘，你说是吧？"

"是，"我胡乱答应着，"你……你一个人在这里，就不寂寞？"

"有什么寂寞的，"史可法将手一挥，"春来姹紫嫣红，冬去大雪纷纷，闲看落花流水，梦里颠倒乾坤。"

"哈，"我被他陶醉的样子逗乐了，"你什么时候变成诗人了？"

"你看这里的风景，多美啊！"我随着史可法的手指望去，但见漫山遍野桃花灿烂，如火烧云一般，更有流泉、飞瀑，隐现于青烟叠嶂之间，宛若在天外奔涌。

"是啊，太美了！"我和宋兵乙忍不住赞不绝口。称赞过后，又不免有些惶惑。

"你要在这里待到什么时候？"我问。

史可法的笑容收住了，变得有些忧郁。

宋兵乙说："你知道吗？外面有很多关于你的传说，说你……"

史可法将手一摆，宋兵乙的话就说不下去了。史可法的情绪似乎激动起来，他看着我和老宋，脸上流露出痛苦的表情。

"我知道你们一定听说了一些风言风语，我也知道你们从哪里过来的。这些都不重要。"他的目光从我眼上移开，投向了远处的青山，"我盼着你们过来，原本是想一起赏桃花、观风景的，没想到，你们也这样俗不可耐。唉，可惜！可惜！"

史可法痛苦地摇了摇头，我和宋兵乙被他弄得满头雾水，一时不知道说什么好。

"这些年，我一直与它相依为伴，随它漂泊辗转，四处为家。你们知道我和它是什么关系吗？"他问我们，我根本听不懂他说的那个"它"到底是什么，下意识地摇了摇头。

"情人！"

"什么？"我吓了一跳，以为自己听错了。

史可法激动地说："这么多年来，我只爱过它一个。至于你们知道的那些女人，你们参加过我的婚礼，见过那个所谓我妻子的女人，想必你们也听说了我在外面包着一个二奶——这早就传得满城风雨；你们也见过那一老一少两个女人吧？这么多年来，她们鬼一样缠着我，我走到哪里，她们就跟到哪里。自从那个女人的丈夫死在看守所以后，她就把我当成了丈夫。这些人，没一个是我爱的！我这一辈子里，唯一爱的就是它！"

他说得慷慨激昂，我却听得扑朔迷离。"你说你爱谁？"我张口结舌地问。

史可法微笑着，用力晃了晃铁栅栏，那栅栏发出唰唰的响声。

"我爱的是它！"他的目光突然变得柔情似水。

一阵寒风吹来，我不由得身子一阵战栗。我看看四周，暮色渐渐袭来，满山的桃花倏然黯淡了许多。

"时间不早了，"我看看宋兵乙，又看看史可法，"我们该走了。"

"是啊是啊，"宋兵乙也说，"我们该回去了，你就在这里好好待着吧。"

史可法的脸上现出依依不舍的神情，看得出来，他有些伤感、难过，但随即他的脸上转露出温和的笑容，"好吧，你们既然想走，我也不挽留了。谢谢你们来看我，谢谢你们陪我度过这个美好的下午，再见！"

说着，他从铁栅栏里伸出手来，和我们握手道别。宋兵乙离得近，躲不开，握了一下，立刻触电般地松开。我也只好将手伸出，史可法的手很软，不像我想象的那么冰冷，相反却如一团炭火，我才意识到宋兵乙是被烫着了。一时间，我忽然为自己的离开有些歉疚。

"好好保重！"我说。

"嗯。"史可法微笑着点点头。

我们转身便走。刚下楼梯，就听见身后"砰"的一声闷响。我下意识地回头一看，史可法趴在铁笼地上，正挣扎着要爬起来。我来不及多想，扑将过去，就见他卧在一片血泊中，头上一个泉眼般的窟窿，正汩汩地流着鲜血。

"你这是怎么了？"我只觉眼晕，伸手用力扶住他的肩膀。宋兵乙也过来帮忙，两人一起才将他扶正，这才发现他右手上拿着一支手枪，枪已被血洗过。

"去年曾许诺请你们来看桃花，怎奈公务缠身，琐事不断，失信于友，一直深以为歉。今天，你们虽然来了，却错过了赏花的最佳时期。好在，我为你们保留了最艳的一朵……"史可法说着，粲然一笑，头重重地歪在栅栏上，闭上了眼睛。他头顶的血花怒放开来，硕大、娇艳的花瓣直垂到地上。

我生平从没见过如此绚烂的桃花，心中鼓荡着一股莫可名状的疯狂。我和宋兵乙忍不住抱头痛哭。谁都知道死去的人绝不可能再死，我亲眼见证了史可法真正的死亡。

织女牛郎

一天晚上临睡前，我在北京自己的寓所接到一个电话。电话那头是个男的，操着我老家的口音，叫我猜猜他是谁。我自从大学毕业以后就几乎没回过故乡，使劲猜了几个，都没猜中。

那边便骂了起来："靠！我是史可法呀，你个小子连我都想不起来了！"

我一听也骂了起来："靠！原来是你个小子！你现在搞什么呢？"

其实，到那时候我还没想起他是谁。

史可法继续说："你现在发达了，都不记得我了。我可一直都念叨你。不瞒你说，我都梦见你好几次了。"

"你是怎么找到我的？"我岂关心他什么鸟梦，径直问，"你怎会有我的电话？"我刚刚换了一个新号码，很少有人知道。

果不其然，史可法又卖了个关子说："天机不可泄露。"

我很烦这种俗气的把戏，想把电话挂掉。好在，他立即说了出来："刘玲告诉我的。"

"谁？"

"刘玲。"

我刚一打愣，他叫起来："你装什么呀，你的老情人！"

"靠！"我咬咬牙，"好吧，她怎么知道？"

"这还用问吗，"史可法说，"当然是你告诉她的。"

"好吧，"我忍无可忍地咽了口唾沫，"你怎么突然想起给我打电话来了？"

"是很突然，不然我也不会给你打电话了，是这么回事，"史可法的语气突然变得低沉起来，"刘玲她老公死了，后天发丧，你能回来吧？"

"什么？"我的惊讶不是因为这桩不幸，而是因为刘玲老公去世，跟我有什么关系？他凭什么认定我应该为这个莫须有的女同学的丈夫的死，千里迢迢回趟故乡？我幼年丧母，最近一次回家是十年前老爹去世。自那以后，我与故乡已经彻底两清，互不赊欠。

史可法误解了我的惊讶，以为我是为死者惋惜。他解释道："昨天晚上，刘玲的老公酒后驾车，一头栽进黄河里了。"

"天呐，"我尽量表示出同情心，"她丈夫是干什么的？"

"什么也不干，什么也干，"史可法大大咧咧地说，"和我一个鸟样。"紧接着，他又大叫起来，"她老公是宋兵乙啊！"

史可法说到宋兵乙，我才想起他是谁。几年前，史可法突然出现在我的办公室里。他戴着墨镜，脖子上挂一条小指粗的黄金链子，胳膊上刺着青龙，还有烟头烫出的一排西服袖口纽扣似的肉坑，像是从香港黑社会电影里走出来的。

我费了半天劲才想起他是谁，然后请他到单位附近的海底捞吃了一顿火锅。酒足饭饱之后，他说他这次到北京出差，结果不小心把钱包丢了，幸好想起我这个飞黄腾达的老同学。他问我有没有钱，帮他买张火车票。我二话没说，把身上剩下的六百块钱都给了他。

"够吗？"我问，"不够我再给你取。"

我说出这句话，立刻就想抽自己几个嘴巴子。我为什么这样说，完全是因为莫名的害怕。刚坐下的时候，他已经说过自己没有工作，何来出差？

史可法的眼睛亮了一下，"不，不用了。"

"那好吧。"我赶紧说。我想，他也一定悔得肠子都青了。

那天，史可法喝高了，拍着胸脯说，以后有什么事尽管找他。从哈尔滨到深圳，他全能摆平。

我没好气地说自己既不在哈尔滨也不在深圳，而是在北京。

"北京？北京也不在胯下，北京也有我八九十号兄弟。"

我小心翼翼地为他纠正，是不在话下，而非不在胯下。

"对，"他说，"就是不在胯下。"

我一面对史可法装出肃然起敬，一面恨不得钻到桌子底下去，因为周围的人都往这边看。我脸皮薄。

那天，史可法临走时问我银行卡号，说回去以后就把我的钱打过来，我说记不清了，你拿着花吧。他眼睛直直地看着我说："那你回头发我手机上。"

我说好，后来，我也没给他卡号，他自然也没还我的钱。我只想和他一锤子买卖。现在，他再次把电话打来，我潜意识里想：他是不是又来跟我要钱？

很不幸，我猜对了，但这次他并不是为了自己，而是为了刘玲。

他说，刘玲现在挺可怜的，怀着孕，同学一场，你如果不能亲自到场，也尽量地帮帮她。何况，他迟疑了一下，像是不知该说不该说："何况，你们以前毕竟好过一场。"

"哪有的事！"我惊叫起来。

"不要激动，咱们同学都知道的事，你就不用藏着掖着了。你还记得吗？那次，她在大街上请你吃雪糕。"

我记起来了，是有这么回事。刘玲没等初中毕业就辍学了，骑着个自行车，走街串巷地卖雪糕。有一天，在大街上遇见了，她从车子后座上的木头箱子里掏出一支雪糕来给我吃。我不要,她非要给。推来让去,车子摔倒了,一些雪糕像冬天里的冻鱼从冰窟窿似的木箱口蹦了出来,蹦到了马路上。我赶紧去和她扶车子,然后又和她手忙脚乱地把那些冻鱼塞进去。太阳晒得柏油路面发软,我从刘玲连衣裙的领口望见了她的乳房。她居然没戴胸罩,我不可避免地望见了她的乳头——像两颗晶莹的红豆。我的心跳立刻加快了许多,当时我还是一个不满十六岁的少年。

最后,我仍然没有避免吃上刘玲的雪糕。当冰凉酸甜的红豆在舌尖上滚动,我感觉那仿佛是刘玲的乳头。往事一下子硬了。

我不记得当时史可法在场,但这是无法否认的。我还想起来了,刘玲的母亲是赤脚医生,她常从家里带薄荷药片给我吃。她坐在我后排,用脚踢我的凳子:

"哎哎。"

我回头,"干什么?"

"给你药片吃。"她递给我一个医院的小纸袋。

"谢谢。"我把薄荷片含在嘴里,刚要享受一份舒爽,她又开始踢凳子。

"干什么?"

"哎哎,给你看个东西。"

"什么?"

她手持一张四寸彩色照片,一脸羞涩,"送给你,毕业留念。"

我接过来一看,上面的她穿着一件红裙子,胸脯高耸。

"谢谢。"

"你的呢?"

"我的,"我说,"等我照了再给你吧。"

我和史可法还有我们共同的好友宋兵乙,在电影院门口的青松前照了一张合影。然后,我自己又照了一张,把这张照片冲洗了十来张,送给同学。那时刘玲已经离校了，我忘记了有没有托人带给她。刘玲的那张照片，我曾对着它手淫过好几次，后来也不知道流落到哪里去了。

史可法说："她老公死了，孤儿寡母的不容易，我们同学一场应该表示个意思。不在多少，表示个心意。"

"好吧。"我听见自己的声音非常干燥。

"我把她的卡号发到你手机上，你看着给。"

"哦……"

说时迟那时快，我的手机上已经收到了一个银行账号，户名果然是刘玲。

"收到了吗？"

"收到了，"我说，"看不出来，你还是个热心肠。"

史可法被说得不好意思起来："力所能及，力所能及。你后天如果能回来最好，我们还能见上一面。"

"我回不去，等再有机会吧。"

"好，"史可法说，"我会告诉刘玲的。"

我想来想去，给史可法留的那个卡号上转了三百块钱，权当当年的雪糕钱。

过了一些日子，我突然又接到一个电话，是我老家的区号，我开始以为是史可法，结果声音是个女的。我随即反应过来，是刘玲。

"是我。"

"你还好吗？"

"我挺好的，谢谢你。"她的声音听上去有些感动。

"不用客气。"我说。

"你什么时候回来趟？我在黄河边开了一家饭店，就在我们村里。请你吃饭。"

"哦，是吗？祝贺！"我说。

"自家院子，闲着也是闲着。"

我记起来了，读初中时的夏天，我们常常在黄河里游泳。就在他们村口，时常看见她出来进去。我们站在崖头上，排成一排向河里跳，肚皮被水面拍得生疼。河滩上围绕着村庄的是茂密的树林和一望无际的碧绿的瓜地。我们没少钻进瓜田里偷西瓜、甜瓜、面瓜、哈密瓜，说不定也偷过刘玲家的。

"你什么时候回老家过来做客吧。听说你现在是作家了，得深入深入生活。"刘玲一板一眼地说。

"好啊。"

不知为什么，我的心里一下子泛起了乡愁。仅仅过了一个月的暑假后，借着一次去山东开会的机会，我居然真的回了趟老家，顺便去了刘玲家的饭店。我抱着万事随缘可有可无的心，事先没跟任何人联系联系。

这个村庄位于黄河臂弯里，紧靠村口就有一家饭店，比较陈旧。我问起那家新开的饭店在哪里，一个五十多岁的中年妇女诡异地看了我两眼，指了指一片树林。

"穿过去。"她说。

屈指算来我有二十年没来过这里了，河边搞了加固工程，堤坝比以前雄伟了许多，还修了一座凉亭，有点公园的意思。我已经找不见当年的影子，唯有那片树林，还是那么蓊蓊郁郁。

我横穿过树林，对面露出几座崭新的农舍。一只巨大的乌鸦飞了起来，嘎嘎地冲上树梢。

"刘小威！"两个跟我年龄差不多的男人远远向我招手。他们喊的是我初中时的名字，他们不知道我后来把这个幼稚的名字改成了刘大伟。

我一眼认出了史可法，两眼认出了他身边的宋兵乙，但不敢叫。

"你不是，你不是……"

宋兵乙"哈哈"大笑，"史可法这小子骗你呢。我活蹦乱跳着呢。"

说着，他屈起胳膊，亮了亮肱二头肌。

"哈哈，我不这样说，你能回来吗？"史可法说。

靠，我心想，这一对骗子！"你们怎么知道我今天来？"我感到非常迷惑。

史可法和宋兵乙相视而笑，宋兵乙说："不瞒你说，昨天晚上我梦见你了。"

"是呀，我也梦见你了，再加上早晨喜鹊叫，必有贵人到。"史可法说。

"对，必有贵人到！"宋兵乙与史可法一唱一和。

我们三个人有说有笑，进了一家名叫观河山庄的农家小院，一个三十多岁的女人撅着胸脯迎了上来，腚大腰圆，风韵正好。没错，是刘玲！她热情地拉着我屋里坐，不多时，面前的桌子上变戏法似的摆满了山珍海味。我们同学一场很多年没有见面了，一杯烧酒下去，很快就热泪盈了眶。我想起了，有一次下河游泳，正巧刘玲从岸边经过。刘玲！史可法先喊的她的名字，宋兵乙接着喊，我也跟着喊了起来。刘玲寻声望过来的时候，宋兵乙突然从河里跃起，刚好能露出锋芒毕露的阴毛和挺拔的鸡鸡。刘玲猛地低下头，加快脚步从弯路上绕行而去。那一幕在我记忆里非常深刻。

"其实刘玲爱的一直是你！"三杯热酒下肚，宋兵乙突然恨恨地说。他把烟头狠狠地掐死在牛仔裤上。他的牛仔裤还像当年一样油脂麻花，我记起来了，他是一名汽车维修工。他干活的私人汽修厂就位于长途车站对面，我考上大学，寒暑假离家回家，经常见他手持工具从汽车下面钻进钻出。那时，我们说话已经很少。只有一次，他从车底伸出手，递给我一根老刀牌烟卷。他满手都是油，烟显得格外白。那是我平生抽的第一支烟，为表示我不仅仅是他们瞧不起的书呆子，我勇敢地接过这支烟，并用他打着的焊枪点上。往事如浓烟，呛得我一阵咳嗽。

那时候，刘玲还在骑着自行车卖雪糕，像蜜蜂背着蜂箱，一路跳着8字舞。我再次见她时，她已经是修车厂旁边一家超市的女老板。有一次，我走进去买瓶水，她认出我来，死活不要钱。我费了半天劲才把她认出来，当时，她已经挺着个大肚子。

我忽然想起来，"你们的孩子呢？"

宋兵乙的眼睛里掠过一抹阴翳，刘玲的表情有些尴尬，"没，没保住。"

史可法冲我使了个眼色，我知这里有故事，就不再问。史可法晃晃悠悠地站起来，一身横肉，两臂青龙，我也晃晃悠悠地站起来，要上厕所。

"木有厕所，"宋兵乙吐了一口鸡骨头，"河里拉河里尿。"

我文明的神经受了个小刺激，"靠，这可是中华民族的母亲河啊！"

"儿不嫌母丑，狗不嫌家贫，黄河不嫌屎黄。"史可法说。

"好吧，入乡随俗。"

我想起来了，史可法一直这么恶心。有一次我们在河里洗澡，他突然背转过身去，说要送我一个礼物，不准我动。我等了那么半分钟，突然面前浮现出一样东西来，正好齐到我嘴边。靠，是史可法拉了一泡屎！

想到这里，我狠狠地擂了他一拳。

史可法没防备，一哆嗦，尿到了裤子上，"靠，你干吗？"

"没干吗，想你了。"

"神经病，"史可法突然压低了声音，"那孩子不是宋兵乙的。"

"哦？"

"刘玲被人欺负了，宋兵乙娶了她。"

"哦？"

"刘玲被人搞得肚子大了，那人又不要她了。"史可法吐掉嘴里的烟蒂。

"你知道那人是谁吗？"

我摇摇头:"是谁?"

"是你!"

"什么?我?!"

"刘玲说是你,宋兵乙对我说刘玲说是你。你们初中的时候就好上了,你考上大学,不要她了。"

"不可能!"我说,"我去问刘玲。"

"别激动,"史可法腾出系裤腰的一只手钳住我的胳膊,"事情过去这么多年了,问这个还有什么意思。有段时间,宋兵乙天天拿着扳手、榔头在车站前晃,等着修理你。"

我愣在那里,说不出话来。

"走啊,回去,"史可法拽着我,"事情早就过去了,宋兵乙已经原谅你了,大家还是好兄弟。"他提醒我进屋后不要再提这事。我满腹憋屈,望着刘玲,几次张张嘴,却不知如何开口。

"往事不用再提,让明天好好继续……"房间里不知道什么时候开了卡拉OK,刘玲深情款款地唱着。宋兵乙一个劲儿地跟我碰瓶子,情绪异常激动,仿佛我们共同拥有一个秘密。两个男人共同拥有一个女人,他们的关系就会变得牢不可破。我那天真的喝多了,居然忘记了宋兵乙明明已经死了,而且在他们为我虚构的我与刘玲的爱情中,体验到一种真切的甜蜜与伤感。

在宋兵乙和史可法单挑的间隙,刘玲轻轻碰了碰我的胳膊。

"我对不起你。"她说。

"什么?"

"那个孩子不是你的,"刘玲说,"我诬陷了你。"

我一时无语,"那…那是谁的?"

刘玲的眼圈变得通红,她的声音压得很低,但非常清晰:"史可法是个混蛋!不过,宋兵乙已经将他宰了。"

众声喧哗，我难辨真假。烧酒上头，许多幻象在我头脑里如走马灯翻转不停。我们划拳、唱歌、跳舞，兴奋起来，纷纷脱了衬衫，光着膀子，随后又脱下裤子，只穿着三角裤头。此时，我们已经不知不觉站在了河岸上。肉体已经肥硕，鸡巴尚能饭否？我们临风站立，沐猴而冠，似雄风不减当年。

"噗通"一声，宋兵乙率先跳下河，史可法紧随其后，我也不甘示弱。身体与河面撞击，发出沉闷的声响，仿佛又回到了年轻时光。沧浪之水清兮，可以濯我缨，沧浪之水浊兮，可以濯我矛。

"看我再给你们表演一番——"宋兵乙再次跃出水面，露出阴毛和性器。史可法屁股向上，朝天拉屎。"噗通"与"哐啷"之声不绝于耳，引来周围渔民和猎户一片，以为是鲸鱼出巡。俄而河水清凉，天上一轮白日，周遭阒寂无声，宋兵乙和史可法和人群都不见了踪迹。

"快来人啊，你们出来！"我大声呼喊，声音在河岸在林中回荡，却无人应答。恐惧从心中升腾，我的脚下猛地一沉，是宋兵乙和史可法，他们在水下各拽着我一条腿，拖着我向水底去。我奋力挣扎，呼喊救命。这时，刘玲忽然从岸上走来，裙裾轻摆，袅袅婷婷，举手投足间仿佛回到了羞涩的青春少女时期。我朝她大声呼救，她似乎没有听见，默默弯下腰去，轻轻抱起我的衣服，飞快地跑入林中。

革命逸史

战事如天气一样晦暗难明。空气里弥漫着刺鼻的焦炭味，一种郁闷的气息充斥四周。在稀疏的炮声中，天空偶尔会掠过一两只仓皇的孤雁，叫声潦草、凄凉。电台里预报一场大雪即将来临，这将是入冬以来第二场雪。刘众兴拼命回想第一场雪是什么时候下的，却一点印象都没有。仿佛那第一场雪，单将他蒙在了鼓里。

早晨起床的军号声中，冯宛东将军站在院子里撒尿，声音如嗒嗒的子弹，密集而响亮，显示出他体魄的雄健。刘众兴陡觉一阵虚弱，漫无目的地将大衣褪去，感受到丝丝入侵的寒意。仰头望去，星斗阑干。屈指算来，战役已经持续了将近两周，双方的阵地犬牙交错，且不断推来推去，既像是争夺又似互相谦让。前方传来的情报说，敌方已有些坚持不住，而己方也委实无力再组织起强势的进攻。将军几次发电报给总部，请求北方的部队增援，但迟迟不见答复。将军郁闷。将军袖着双手在院子里踱步，刘众兴走过去，轻轻为他披上自己的大衣。一阵风来，旁边光秃秃的梧桐树上又摇落几片枯叶。

"休说鲈鱼堪脍，尽西风季鹰归未……"刘众兴听见将军在背诗，将军一定是想家了吧。将军是山东临沂人。那里出过诸葛亮，也出过王羲之。刘众兴想不通将军为什么如此多愁善感，却又无比强大。将军可知我是谁？将军又是谁？谁又是谁？刘众兴再次陷入了迷惘。他下意识地想，也许不等战争结束，失眠就先把自己给摧毁了，但在将军面前，却不敢流露半点情绪。

晨雾散去，暖阳垂照，是一个少有的好天气。这天气使人惊喜、讶异，又有些隐隐不安，似乎暗示着今天与往日有所不同。用罢早饭，冯宛东突然命令刘众兴随他进城。三个月来，将军来往于指挥部与前沿阵地之间，从未掉头东顾，这个反常举动令刘众兴心中好生奇怪，却不敢多问。一路上，冯宛东双目紧闭，靠在座位上沉默不语。刘众兴偷眼观望，见他鬓角又抽出几根白发。他忽然想起这是某首将军背过的宋词里的意象，却如何也想不起原话是怎么说的。

汽车从南门进城，行人渐渐多了起来，马路两边商铺密集，百货公司正在大减价，人们已经开始置办年货，脸上挂着一晌贪欢的笑容。电影院门口贴着巨幅的海报，上面都是一些陌生的明星脸。冯宛东睁开眼睛，出神地望着窗外的景色。刘众兴突然感到自己十分失败，随从多年，他似乎从来不知道将军在想些什么。

汽车过了一座吊桥，河水颜色发黑，缓慢而浩大，几只白鹅突然从桥下冲出，它们并不游动，只是浮在水上，有如木雕。绕过一座年久失修的教堂，汽车拐进邵阳路一座荒芜的园林中。四周的空气倏然也暗了下来，仿佛拉上窗帘的午后。这园子刘众兴叫不上名字，也不知它什么来历，记忆中似乎曾经从它门口经过，但何年何月仍记不得半点。园中花木扶疏，虽是隆冬季节仍郁郁葱葱，几丛腊梅点缀其中，显得妖娆而又佹丽。车一进园，早有两个英俊魁梧的军人跑上前敬礼，又引领着向后院去。一阵婉转的鸟鸣不知从何处升起，"这是什么东西，叫得这么好听？"刘众兴回过头去，借寻找那鸟的踪影，偷眼望望将军，将军不动声色，鸟也遍寻不见。

车在一处厅堂前停下，刘众兴随冯宛东阔步而入。客厅里摆着一张大会议桌，上首坐着四名国民党军官，刘众兴顿时吓了一跳，再往对面一瞅，更是惊得出了一头猛汗。那个留仁丹胡的赫然就是日军本战区的鹫野大佐，刘众兴见过他的画像，旁边想必是他的副官。刘众兴下意识地摸枪，才意识到枪刚才已被门口的警卫收去。他诧异地看看将军。将军威严的目光正好扫过刘众兴的脸，刘众兴忙镇定精神，找了一个靠边的空位坐下。一名勤务官走过来，顺时针传发一份文件，刘众兴打眼一望，心登时悬了起来。那竟是一份停战协议。

协议称，三方将于次年1月1日起停火，X部承认日军对皖南、浙西4个县的占有，Y部拥戴X部成立江南临时政府。阅读是紧张的，然后讨论，最后要修改后打印……三天后也就是12月29日在此处签字，届时今天所有与会人员都要参加。周围忽然静得可以听到一根针落地响，刘众兴下意识地抬起头，只见檐下的雪如瀑布般落了下来。门口一棵松树，发出咔吧一声脆响，有如骨骼拔节。那只看不见的鸟突然再次升起，像一个人掐着嗓子突然唱歌。

刘众兴从未见过那么大的雪，仿佛把一切都藏了起来。三天过去了，会议并未再召集，自然也没有谁签字。雪停的那天破晓，战斗再次打响了。密集的炮火撕破了天空的幕布。战斗整整持续了一天一夜，最后在雪中再次归于寂静。战斗进行得异常惨烈，但似乎谁也没有取胜，仿佛什么都没有发生。

清点战场时，有人发现了冯宛东将军的尸体，被他的军大衣裹着，脸上露着一抹神秘的笑容。

十五年后一个秋天的下午，刘众兴走出监狱幽暗的房间，幕幕往事再次浮上心头。

那一年，刘众兴刚刚二十一岁，还是上海东华大学文法系的学生，在一次反日游行中被捕入狱。就是在监狱中，他认识了化名梁震的冯宛东。

梁震当时不过三十出头的样子,英俊、儒雅、出口成章,对时局分析得极其透彻,还时常说出一些富有哲理的话,令刘众兴十分震惊和钦佩。他几次被传讯,打得皮开肉绽,但仍旧谈笑风生面不改色。刘众兴好生景仰,便从自己的长裤上撕下一缕布条,小心翼翼地帮他包扎伤口,然后又把自己的薄被铺在他身下,自己只睡一层草席。梁震也不谦让,只是问刘众兴:"小兄弟,你不怕他们把你真当成共产党?"

刘众兴并没想过,经他这一说,才意识到看似平常的关心,也有可能带来杀身之祸,但他还是毫不犹豫地回答:"不怕!"

奇怪的是,刘众兴除了刚来的时候被打过一次,接下来的日子都安安稳稳地在牢房里待着,他们似乎把刘众兴给忘了。就连同屋里一个不知什么来历的糟老头,也被传讯过两次,腮帮子肿得老高。一回到牢房里,他就破口大骂:"格老子的,有本事就把爷爷杀掉!"一个看守走过来,和他对骂了几句,然后被他的上司按电铃叫走了。

老头兀自愤愤不平,对梁震、刘众兴们说:"格老子的,这帮披着人皮的狼,就知道要钱!"

第二天很早,刘众兴等人还都睡得迷迷糊糊,铁门"哐当"被打开了。看守冲进来,拎起地上的老头,就是一阵拳打脚踢。

老头从此滴水不进,过了几天就死了。还是那个看守,把他像拖死狗似的拖了出去。

"又一桩人民的血债!"梁震义愤填膺,而刘众兴突然变得沉默了。

两天后一早,梁震又被提审了,直到晚上才回来,身上似乎毫发无损,但神情却格外凝重。半夜里,他叫起刘众兴:"小兄弟,跟你告个别,我要上路了。"

"什么?"

刘众兴的身子猛地一震,他明白这个词的意思。

梁震"呵呵"一笑,"他们从我的口里得不到什么东西,终于不耐烦了。"

刘众兴不知道该说什么好，眼泪顿时流了下来。在一起待了十几天，一想到生死别离，一想到还不知道会有什么命运等待自己，真是百感交集。

"不要难过，兄弟。"梁震拍拍刘众兴的肩膀，"砍头不要紧，只要主义真。杀了我梁震，还有后来人。"

见他这般英勇悲壮，刘众兴的心也情不自禁地澎湃起来。

"梁先生，你家里还有什么人，我出狱后就去看他们。"

刘众兴说得恳切，梁震回答得也干脆："没有，全被他们杀了。"

他的眼睛里喷出熊熊怒火，刘众兴也是心中一凛。

梁震缓和了一下情绪，朗声说道："如果说有，四万万同胞都是我梁震的兄弟姐妹。守常先生就义前高呼革命口号，秋白先生临刑时仍道'此地甚好'。大丈夫以身许国，死得其所，岂不快哉！"

刘众兴顿时感到梁震的身影异常高大起来，如巍峨的山岭。几乎在那一瞬间，他下定决心：自己也要做一个像梁先生这样的英雄。

后来发生的事情实在匪夷所思，几天后刘众兴被莫名其妙地释放了。一个素不相识的保人将他带到苏州河码头上的一艘小船上，船在漫天大雾里开了一夜，然后上岸又换了马车，马车沿着弯弯曲曲的山路跑了两天，进到一个村子里，在一间不起眼的房屋前停下，屋里八仙桌旁坐着一个相貌堂堂的军人。

那个一直佝偻着身子的保人，就像突然变了一个人，立正，打了个敬礼说："报告冯将军，我把人带回来了。"

那个军人站起来，冲刘众兴笑了一声："哈哈，小鬼，还认识我吗？"

刘众兴定睛一看，竟是梁震，"啊！梁先生你不是死了吗？"

梁震笑道："没错，我是死了，如果不是死了，就不会活下来了，哈哈。"随即又说，"不过，我已经不是梁先生了，我姓冯，我叫冯宛东，记住！"

刘众兴这才明白，梁震就是冯将军。冯将军问他想不想参加革命，刘众兴大声回答："想，做梦都想！"

从那以后，刘众兴就跟随着冯宛东转战南北。三年后，在皖南地区一次与日寇的拉锯战中，冯宛东同志壮烈牺牲了，可是到了内战打响之后，他化名陈复再次活跃在淮海战役的主战场上。

偶有一次，陈复与刘众兴闲来无事促膝相谈。他告诉他的弟子："为了革命需要，我随时都可以死，但随时都可以再生，革命战士是永远打不死的。你相信不相信？"

在他问询的目光中，刘众兴再次感到一阵虚弱。

"相信。"他听见自己的声音异常陌生。

1949年麦收甫过，局势日趋复杂。国军广播里说在刚刚结束的夹河关战役中，共军主力部队苏北战区九五三师师长陈复阵亡，国军即将收复全部失地，望苏北诸县市广大人民安居乐业云云。谁知到两月后的9月4日深夜，城西突然响起猛烈的枪炮声。

天明时分，枪炮销声敛迹，唯有空气中还弥漫着刺鼻的火药气味。八点刚过，浩浩荡荡的解放军战士从已经炸毁的西门开进来了，整整齐齐集合在文庙前的广场上。黑压压的一片，足有上千人。一位年轻英俊的军官站在台阶上训话，声音威严雄壮，很快人们就知道这位就是声名远震的九五三师的代理师长刘众兴。半年以后，刘众兴被推选为临河县人民政府县长。

按照以前的惯例，陈复将还会再生，刘众兴对此深信不疑。可是好几年过去了，仍没有一丝这方面的迹象。陈复的尸体就埋在临河城外的烈士陵园里，每年清明节，刘众兴都会到他坟上洒扫祭拜，奉上一束鲜花，小心翼翼地擦干净石碑上的灰尘。当石碑上的名字水纹一样清晰起来时,刘众兴的脑海里总是变得一片模糊。

这一年的春天来得格外迟,乍暖还寒,反复无常,时近清明,居然又下了一场大雪。午后,新雪初霁。县长刘众兴坐在办公室里,批阅秘书刚刚送来的一摞文件,忽然听见窗外传来一阵刺耳的声音。抬头望去,只见门外公路上,一辆崭新的吉普车径直驶来,将雪碾得嘎吱嘎吱作响。那车有些陌生,有些莽撞,有些趾高气扬。刘众兴的心里"咯噔"一声,他情不自禁地站起身来。直觉告诉他,雪中来访,必是不速之客。

来的是省里的调查组。就这样,刘众兴没有等到陈复的再生,却等来了一个令他万分错愕的消息。有人向上级举报,反映当年陈复不是死于敌人的流弹,而是死于刘众兴的枪下。他这样做的目的,是为了夺取指挥权,窃取已经在望的胜利果实。

听到这话,刘众兴不由怒目圆睁,跟调查组的同志拍起了桌子:"如果陈复同志活着,他一定会站出来证明我的清白!"

调查组负责的是一位姓贺的干事,四十多岁,戴一副黑色宽边近视镜,不苟言笑,"刘众兴同志,我们都是唯物主义者,人死怎么能复生?荒唐!"

刘众兴激动地反驳道:"可陈复同志以前就死而复生过好几次。"

贺干事针锋相对,"那是为了革命出生入死,不是什么死而复生。"

刘众兴说:"不管怎么说,陈复同志的在天之灵也会跳出来证明我刘众兴是清白的,是清白的,我可以向党发誓,向毛主席发誓!"

贺干事面无表情地看了他半天,"刘众兴同志,你先不要激动。请你再把陈复同志牺牲时的情景复述一遍。"

"我已经讲过至少五遍了,我不知道怎样你们才会相信我。"

"现在我想再听一遍,这是工作的需要。"贺干事不慌不忙地说。

"好吧。"刘众兴颓唐地坐下,"我讲,我讲。"

刘众兴再次回到1949年8月硝烟弥漫的战场,就在战役的关键时刻,他们和一小股敌人展开了近身战,一颗斜刺里射来的子弹击中了陈复的头部,陈复当场毙命。刘众兴接过他手里的枪,继续战斗,消灭了那些敌人。

"完了?"

"完了。"

"你当时站在陈复同志的什么位置?"

"左前方。"

"是左前方吗?你再好好想想。"

"不用想,是左前方。"

"可有人说你是在陈复同志右后方。"

"胡说!尖刀组的同志们都可以为我作证!"

"你知道他们都已经死了。"

"老天爷可以为我作证!"

"不要说这样的话,刘众兴同志,我怀疑你是不是唯物主义者,从来没有救世主,也没有神仙、皇帝,只有我们自己。"

贺干事扔给刘众兴一支烟,然后自己又点着了一颗,深深地吸了一口,又吐出来,"刘众兴同志,我们再来假设一下,你的枪有没有走火的时候?"

"走火?"刘众兴一颤,烟差点从嘴边滑落下来,"不会,怎么会呢!"

"哦。"贺干事点了点头,"就到这里,刘众兴同志您可以走了。"

"走?去哪儿?"

"当然是回去了,"贺干事说,"谢谢您的合作,恭喜您通过了组织的审查,现在,您可以回去了。"

刘众兴的脑海中一阵狂喜,"谢谢!"

他就要走出门时,贺干事又把他拦住了,"等等。"

"怎么了？"刘众兴一愣。

"这是您的东西，请带好它，小心不要走火。"

"谢了。"刘众兴接过自己的枪，头也不抬地走了出去。

这次的经历，有惊无险，仿佛什么都没有发生过。

一晃，又是十年。刘众兴再次入狱，已是风起云涌的"文化大革命"中。同号里早住着一个四十多岁的戴眼镜的人，一见刘众兴，条件反射地站了起来。

刘众兴觉着这人怎么这么面熟，那人也认真看着他。最后两个人不约而同地喊了起来："怎么是你！"

原来，那人竟然是反右时审查过刘众兴的贺干事。

"你到底还是进来了？"贺干事似乎很吃惊，"那事明明已经查清了嘛，难道陈复真是你杀的？"

刘众兴反问道："你说呢？"

"我说绝对不是，这案子我办的，我最清楚。我前前后后查了半年多，才得出结论来，陈复确实死于敌人的子弹。"

"原来你们早就在调查我？"刘众兴吃惊地问。

"是的，"贺干事笑笑，"事到如今，我也不瞒你了。不过不光你，还有一大批干部。"

刘众兴沉默了一会儿，"你是怎么进来的？"

"我冤啊，我不知道！"贺干事叫了起来。

叫过以后，他又问刘众兴是怎么回事，刘众兴回答说："我也不知道。"

"这算哪儿的事！"贺干事愤愤不平。

刘众兴环视房间，问："怎么，你一个人住？"

贺干事摇摇头，"哪儿呀，那个早晨刚走了。"

"出去了？"

"哪儿呀，死了。"

"死了？"刘众兴心中一凉，随即沉默了。

贺干事爱说"哪儿呀"，这是他给刘众兴留下的最深印象。

刘众兴打入牛棚没多久，就有人提审他，要他写材料。给了他一份名单，要他如实交代自己同这些人的关系。这些人有的是他以前的战友，有的是国民党将领，他在上面发现了陈复这个熟悉的名字。

刘众兴搜肠刮肚苦思冥想。时代太久远了，记忆模糊，为了写得更翔实一些，他不得不求助于想象。他肯定记错了很多东西，张冠李戴的事情时有发生，昏昏沉沉写了一天，想再仔细斟酌斟酌，审讯员——一个穿制服的冷冰冰的姑娘已经一把将材料夺了过去。

第二日，又是一张新的名单，里面没了陈复，却有冯宛东。刘众兴大感不解，想要解释冯宛东就是陈复，陈复就是冯宛东，可对方根本不听，"要你写，你就写，怎么这么啰嗦！"刘众兴只得遵命。

第三天，名单里多了几个陌生的名字，刘众兴老老实实地填了"不认识"三个字。

晚上和贺干事一说，贺干事说："那还行？他们非认为你态度不老实不可！"

刘众兴问："那怎么办？"

贺干事说："你只管往狠里写就是，但凡上了名单的，没一个好人。"

刘众兴道："那岂不要无中生有？"

贺干事点点头，"对，不但要无中生有，还要无事生非呢。"

刘众兴又问："什么叫无事生非？"

贺干事不屑地说："你这些年的政治经验白费了，要整人自然要先整出些事来。"

刘众兴心里一惊，沉吟半晌，又问："你每天埋头写的是什么？"

他本以为贺干事会避而不答，没承想他满不在乎地亮出厚厚的稿纸的首页，"喏。"

那页面上赫然写着"×××事迹材料"一行大字。

刘众兴大惊失色："你认识×××？"

这×××可非同一般，是一位功勋卓著的老革命家。刘众兴只是从董希文画的《开国大典》上见过，没想到贺干事居然认识，这个贺干事果真是来头不小。刘众兴立时对他有些肃然起敬。

贺干事哈哈一笑，"这有什么，只要你写自然就认识。"

什么叫"只要写就认识"？刘众兴兀自琢磨，又听见贺干事说："写好了，才有机会出去。"

刘众兴琢磨着贺干事说的话，忽然灵机一动，从此变得下笔如有神起来。但凡名单上的人物，不管哪路神仙，他都应付自如。只有当他看到几个怪模怪样的外国名字，才不得不停下来认真思考一番。这几个人有的是日本鬼子，有的却是清朝后裔。刘众兴不是傻子，日本鬼子自然是交过火或痛恨的，皇胄他只知道慈禧太后，其他自然也不是什么好东西。

忘记是第六天还是第七天时，名单中出现了一个似曾相识的女人的名字，刘众兴的心里一下子长出了水草。这个女人是一位革命家的女儿，是他短命的妻子，冯宛东的女儿。冯宛东，不，是陈复，壮烈牺牲后，她的女儿由于悲伤过度不久也随父西去。如果革命家和他的女儿都不是这么短命，自己的政治前途恐怕要辉煌得多。刘众兴心头一阵惘然，他再仔细看看名单，幸好没有另一个女人。那个女人只是一个土财主的女儿，不但不会帮助自己，反而有可能家庭原因影响自己的前程。自己当初的决绝是很明智的。在他的心中，那个女人早已经死去了。想到这里，他的脸上露出近乎欣慰的笑容，可是眼里同时也流出了泪水。

这样写了半个月，牢房里又进来一位穿长衫的虬髯老者。这位老者一进来就破口骂:"说我在香港做过汉奸,我他妈的直到现在连香港在哪都不知道呢。奶奶的!"

一通姓名,吓了一跳,原来这老者就是自己前些日揭发过的人物中的一位。刘众兴当时就短了一截气,抢着给那老者铺床叠被,老者感动得眼泪直流,"现在好人都到监狱里来了。"

贺干事摆出一副老江湖的架势呵斥道:"不要乱说,还要不要命?"

没过几天,那老者也领到了一份名单。他指着上面一个名字对刘众兴唠叨:"不是我年龄大记性坏了,这个人我实在不认识。"

刘众兴一看,惊出一身冷汗,正是自己的名字,赶紧说:"老同志,这可不能乱写,这个名字正是在下。"

老者眯着眼睛看了刘众兴半天,"是你呀,这么说我认得呀。"

刘众兴明白这老者脑子有问题,差点气昏过去。不知怎么,他觉着这人模样酷似自己平生第一次入狱时,遇见的那个说四川话的老头,感觉很是荒唐。

忘了这样写了多少天,名单没有了。刘众兴百思不得其解,竟然生出一场病来,又是咳嗽,又是发烧,时而冷,时而热,整夜都做噩梦。梦见的都是名单上那些不认识的人,奇怪的是他们偏偏都认识他,知道他的来龙去脉所有的一切。他们不但不恼恨他,而且鼓励他:写得好,继续写,写下就是真的,写下就是一切,写下就是永恒……黑暗中,仿佛有人碰了他一下,给了他一支笔,他接过来,铺开纸,一种积蓄已久的勇气驱使他写下了那年的那场大雪。仓皇的孤雁从他的笔下掠过,像生命里的一些人影,奋力将他的笔踢开。一个魁梧的军人冒雪向他走来。

M 先生故事多

M 先生演出独角戏

这天早晨，M 先生显得格外烦躁，在房间里团团乱转，"忽忽若有所亡"。后来，他一阵心血来潮，把妻子和孩子都赶了出去。听着自行车铃欢快地响着，将他们带得越来越远，M 先生的心里同时感到了轻松和孤单。

M 先生半躺在沙发上，翻开《安娜·卡列尼娜》——"奥布朗斯基家里一切都乱了套……"瞧瞧，这简直是在说我。他把这本书扔到一边，又抓起一本叶芝的诗集——"又怎么样？柏拉图的幽灵唱道：'又怎么样？'"什么乱七八糟的，他恨不得把这本书撕碎。

他在房间里"嗷嗷"乱叫，几次动了自杀的念头。因为，他的一位小说家朋友刚刚给他讲过一个自杀的故事。这个记不清叫皮兰·德娄还是爱伦·坡的朋友，反正是一个神经兮兮的家伙。M 先生意识到这一点，就不和他玩了。他只和自己玩，他只玩自己和，他和自己只玩，他玩只和自己，他自玩只和己——费了好半天劲，他总算把一个生词插在了他和自己中间。随后，他灵机一动，钻到床底下，搬出一个木头箱子，里面都是儿子不玩了的玩具，他却玩得着了迷。最后，他索性钻进了那个箱子，变成了一只玩具。这下，他感到了作为一件无人玩耍的玩具应有的无聊。于是,他只好自己玩起了自己。

有一刻,他盼望有人来敲门,不管是谁,只要是个人就可以,哪怕是一个卖苹果的巫婆。如果是个迷路的姑娘来讨一碗水喝,比如白雪公主,他就先把她强奸了再说。如果来的是一帮歹徒,他就主动把保险柜打开,任他们把这个家庭洗劫一空。他想象着妻子回来,见此情状,跌坐在地上号啕大哭:亲爱的,这可怎么办!M先生的脸上浮现出令人难以置信的微笑。或者,他干脆自己打扮成歹徒,进来后先把妻子强奸掉,顺便把她揍个鼻青脸肿,然后逼她交出所有存款,扬长而去。很难说,在这个过程中,妻子不会识破他,但却装作一无所知,而且积极配合。不愧是一对举案齐眉的夫妻。然而,妻子受虐时发出的充满快感的尖叫,必将成为他心中无法化解的忧云。

这一天发生的事情实在疑窦重重,当妻子晚上回到家里的时候,发现M先生头破血流地躺在地上。他一个人既扮演了歹徒,又扮演了受害者。随后,妻子哭着埋葬了他。

M先生遭遇风尘女

为惩罚丈夫长期以来对自己关心不够的行为,星期天下午,M先生的妻子要他陪她去做头发。去的是一家以时尚著称的发廊,里面全都是一些穿着和打扮奇形怪状的人。比如,给M太太做头发的是一个绿毛水怪似的家伙,鼻子和耳朵上都有一圈钉子。每张椅子对面的镜子上都写着理发师的名字,绿毛水怪面前的写着"果冻"两个字,M先生怀疑这其实是旁边那个火鸡女孩的。旁边还有一圈女人,全都摆出既百无聊赖又青春焕发的样子。这些吃饱了撑得慌的女人,打倒你们!M先生坐在沙发上翻了一会儿杂志,杂志上也净是些贱女人。他感到很无聊,就抱着孩子出去了。

孩子在台阶上爬上爬下,他也不管,他真不是一个好父亲。门口立着一只一人高的音箱,嗡嗡地唱着爱呀爱呀的歌。整个街道上都在唱歌,因此谁也听不出什么歌,只是吵。M先生透过玻璃窗,看见妻子在微笑,她在和那个年轻小伙子聊天。那个男孩轻轻抓起一缕头发,似乎在赞扬,似乎在轻嗅。有一刻,他的整个脑袋都埋在了她的秀发里。这应该使M先生吃醋,可他却若无其事。孩子继续在台阶上爬上爬下。你这样有什么意思?把衣服都弄脏了!他仅仅是呵斥,并不制止。妻子显然沉浸在发型师的艺术中,连孩子也不顾看一眼。

所以,M先生感觉很无聊。正在这时,有两个小瘪三横穿马路,又有两个西服崽从公厕里出来,也急匆匆地过马路。他们在斜对面的车站站住,抽着烟等车。一连过去了好几辆,他们都没有上。M先生想,他们大约并不想走。后来,M先生又看见对面偏北处来了一个瘦高个的姑娘。那姑娘穿一身黑,背着一只黑包,形象十分靓丽。M先生觉着有几分面熟,他发现她也在看自己。M先生是站在那里静止地看,她却是边走边看。M先生恍惚想起好多年前,某个春风沉醉的夜晚,似乎拥有过这样一个姑娘,但又不敢确定。于是,只能看。后来,那姑娘被树挡住了。M先生便把目光收回来,看见妻子正在洗头,然后那个绿毛水怪把她交给一个白发少年。孩子尿了,尿顺着台阶流下来,流到街上。他笑了,这下不能再爬了。臭孩子!

M先生无意间看了看对面,惊讶地发现那个姑娘与那几个等车的家伙会合在了一起。她摆出风尘女子的造型,风衣敞开,露出雪白的衬衣,颠着一条腿,抽着烟,还朝这边指。M先生有些诧异,赶紧低下头去看孩子。不一会儿,他们就从对面过来了,浩浩荡荡地来到他跟前,那个漂亮姑娘指着他的鼻子说:就是他,就是他!他这才发现,自己其实并不认识她。没等他辩解,他们的拳头就打了过来,把他打得头破血流,打得在地上乱滚。临了,那个姑娘还在他的腰上踹了一脚:呸!一口香痰吐在他脸上，他想舔一舔，又怕别人看着肮脏，就没去舔，而是任它慢慢晒干。这时，妻子正陶醉于自己的美丽，以及与发型师的暧昧和缱绻中，孩子在哇哇大哭。很难说这事与她无关。

M 先生召开情人会

众所周知，M 先生有很多情人。你别管 M 先生是谁了，反正他有很多情人。而且，重要的是而且——他喜欢带不同的情人到同一个地方吃饭，去同一个酒店投宿，最好是同一个房间。M 先生喜欢观察她们在相同的场景下的不同反应，当然她们对他也有不同的反应。这里面有乐趣吗？也许有吧，但更多的是为了满足其灵魂观察员的特殊癖好。赫胥黎说过：当知者的视角发生变化时，被感知者也发生相应的变化。卡夫卡则说：与人交往导致自我观察。M 先生的确喜欢在自己的生活里，摆出一副旁观者的姿态。他观望他的情人，也观望自己，也观望她们眼睛中的自己。这样，他就不会再感到孤独。因为有很多人了嘛，就像镜子里的繁殖。而这时，M 先生自己就湮没在其中，这让他感觉安全。M 先生就是这样一个超级表演艺术家，他最大的本事不是扮演别人，而是扮演自己。

M 先生梦想组织一个聚会，把他所有的情人聚集在一起，时间就定在牛年马月春暖花开之时花好月圆之夜。他已为此草拟了一份会议文件，初步委任了会务组领导成员，只是还未正式通知她们本人。当然，这些都是他本地的心腹了。他甚至犹豫着是否要提前订好酒店，最好是要错开两会、十七大、奥运会……

总而言之，看着这些漂亮女人穿着漂亮衣服，心照不宣地聚集在一起，谈论女人之间可笑的话题，最好不要谈论他，这是多么有意思的事情。她们中间，年龄最大的比年龄最小的大整整十七岁，差不多是一对母女了。她们散布在祖国各地，她们栖居于亚非美拉澳，她们工作在工农商学兵各条战线，她们住在同一个城市同一个小区却素不相识……现在，她们奉了一个男人的召集，生命之中尘埃落定，漂洋过海来相会。这真是一次伟大的团圆。

为此，M 先生在睡梦中笑出声来，被妻子狠狠地踹了一脚：有病啊，睡觉都不安稳！于是，他连人带被子一下子从云端掉到了地上。

M 先生效仿查拉图斯特拉

很久很久以前，M 先生为了写一本书，过起了离群索居的生活。他告别了妻子儿女，告别了朋友和仇人，踏上了一条绝对孤独的道路。他像查拉图斯特拉一样居住在荒凉的高山上，或者，就住在我们身边。如果读者相信，在这个沸腾的城市深处，还存在着另一个隐身的城市，这个城市的居民由一些弃绝无限的人构成。哦，弃绝无限是一首传说的歌……现在，M 先生加入到了他们中间，可他在他们中间也像一个异乡人，这是怎么回事呢？

M 先生在写书。实际上，他什么也没有干，只是"在着"。他并没有彻底了断尘念，有时他与山上的游客攀谈，借以了解人间的消息。他甚至偶尔会给家里打一个电话，妻子会告诉他邻家的女儿（是那个扎蝴蝶结穿红色连衣裙和白色长袜的女孩吗？）出嫁了，或同事的老爹去世了，还会告诉他窗台上的忍冬开了很多花——你没见过。是在诱惑他吗？儿子则会一边喊着爸爸一边问：你在哪儿呢？他总是回答：在外面。在外面？儿子嘟囔着又问：你什么时候回来呀？于是，他便一遍遍地回答：快了，快了……

事实上，M 先生的书迟迟未动笔。事实上，他还没有想好要写一部什么样的书。甚至，他可能根本就没有写书的念头。他只是听说过这样一件事情，并不知道是否与自己有关。在这一点上，他同所有的人说了谎，包括他自己。可是，如果视 M 先生的生命是一本书的话，这本书已经翻到了中间。不管他满意还是不满意，前面已经用各色的笔墨填得满满当当。这使得他不得不慎重，仿佛是因此而耽误了写作的进度。他庆幸这慎重，他宁愿剩下的半本书里充满空白，可是，就在 M 先生犹豫的瞬间，纸上又多出了几道笔画。

M 先生暗自思忖：也许用不了多久，自己就要从山上下来了……

M 先生热爱短途旅行

很少有人像 M 先生这样认为：短途旅行其实是比长途旅行更有意思的事情。如果说长途旅行是一个假期，一段预谋已久的婚外恋，那么短途旅行就是偶然的一次出轨，一次一夜情，或者酒足饭饱后的一段瞌睡。在人不至于疲倦的时候已经结束，且回味无穷。

在一马平川的鲁北平原上，星罗棋布着一座座贫乏的县城，彼此相隔至多不超过五十公里，有着大致相同的地貌、风俗、景物，酷似一对对孪生兄弟或姐妹花。然而，"幸福的家庭都一样，不幸的家庭各有各的不幸"，这些粗制滥造、相互模仿复制的城堡，也各有各的瑕疵。即使达·芬奇也画不出两个完全一样的鸡蛋，上帝也造不出两座完全相同的县城。

这些小城里的人们，也许经常到市里，到省城甚至北京去办事，但很少留意近在咫尺的其他兄弟县城。年轻人结婚旅行，去的都是繁华的大都市和著名的风景名胜，没有谁会想到游览一下邻近的村庄和城镇。

那里有什么看头？神经病才会有这样的念头！

那座邻近的县城里有什么？看看自己住的地方就知道了。无非是三两条街道，一堆麻雀虽小五脏俱全的政府机关、医院、中小学、邮局、商店、饭店、宾馆、几家工厂、一两个荒凉的公园、一座汽车站，最多多出一座火车站、一座码头……可是，这些地点的位置并不相同。

M先生不可能轻车熟路地找到一个修车铺、一个鞋匠摊，他少不了问路，这样就暴露了自己一个外地人的身份。M先生虽然只出门半个小时，可已经来到了外地，就好比还没离开罗马市中心，已经到了梵蒂冈。举目无亲，拔剑四顾心茫然，咫尺门外即天涯，M先生索性悄悄藏起了日常使用的方言，操起了普通话，彻底把自己变成了一个异乡人。他拿出大都市来客的气派，肆无忌惮地挑逗小酒店里的姑娘，问她们肯不肯跟他到北京到上海到香港到美国去；他对大街上那些循规蹈矩西服革履骑自行车上班的公务员报以轻蔑的微笑，他满嘴脏话，随地吐痰、大小便……多么快意！要是M先生在这座县城里爱上一位姑娘，她偏巧是一个和他一样对县城生活感到绝望的年轻人，一个还未成为包法利夫人的爱玛，M先生就是那个影子般的子爵，这才叫美妙。即使不能带她私奔，也让她的一生因他而完蛋。

如果长途旅行中出了意外，就会变成短途旅行。比如，M先生在列车上遇到一位相貌脱俗的小姐，随身只带着一个小小的挎包。M先生做梦也没想到她就在临近的一个小站下了车，为了她，他毅然放弃了接下来的几千里路程。

M先生跟着这位小姐走出了和自己的家乡一样破烂的车站，踏上似曾相识的街道，却有着身在异国他乡的惆怅。在这里，除了这位小姐，M先生不认识任何人，他不敢相信她属于这个地方，他除了继续跟着她走别无选择。M先生跟着这位小姐，一直走到一间门上写有"婚姻"二字的屋子，住了下来。他们开始了夫妻生活。

M先生逐渐忘记了五十里外的家，也忘记了几千里地以外的事业。他短暂一生中能够拥有的，只有这短途旅行中的一段生活，它被无限放大，放大成整个世界。好多年过去了，M先生和她又想起了出门旅行，这时他们已经老了。他们又去了当初的出发之地，两人曾经熟悉又遗忘的小城。在出站口，他们像陌生人一样分手，各拿各的行李，消失在身边的人海。只有到下一次旅行，才会再见。唉，我们的 M 先生！

M 先生绣衣夜行

　　M 先生在寒夜里穿越南京。他从马路两边茂密漆黑的丛林里穿过，他不但在路这边，也在路那边。他和另一个他隔着马路相互眺望，树与阴影再次将 M 先生分割。只有在两棵树中间的缝隙，才能看见完整的 M 先生。M 先生和 M 先生完全是两个陌路人，也可能是两个相爱很久的人，怀着深深的敬仰和敌意。

　　两个 M 先生在一座桥上逗留了一会儿，水中有半个月亮和一张清冷的陌生人的脸。对面山上的寺院传来袅袅的钟声，惊动了一群乌鸦，炊烟般地飘过他们的头顶。群鸦去后，M 先生继续行走。这树林里真静，听得清松针断裂的声音，每一次松针的断裂都在他心里激起云雷般的鸣响，而浑身闪着银光的松鼠趁机摘走了秋天残存的果实。

　　这林中真静，杳无人迹。M 先生渐渐感到恐惧，点着一支香烟给自己壮胆。他看见对面那个自己也停了下来，背过身去，避开风。好了，烟火在那边亮了，M 先生和 M 先生是不是到了彼此讲和的时候？M 先生和 M 先生就像一对孪生兄弟，刚刚安葬了老父母，又为一个女人而失和。在漫长的光阴里，无聊和情欲将他们吞噬。M 先生这样想着，缓缓越过了丛林的拐弯处。这时，再看对面的那人，也已消失不见。

　　拐过一片杉树林，进入一片松树林。在松林的尽头，是黑暗幽深的洞穴和水井。M 先生曾在水井边歇息，就着木桶喝水，那凉意直沁到骨头里，而浑身却热了起来。是什么样的泉水，同时传递着狂热和冷峻？M 先生静静等待另一个自己到来，等待着马上开始的决斗。多年漂泊，

M先生一贫如洗，唯一不缺的是耐心。身边松软的沙地上，隐隐有蜘蛛做巢的痕迹，那纤细到无法言说的丝网一波一波连绵无尽……

M先生梦见飞

前天夜里，M先生梦见自己在飞。在一个巨大的类似仓库的房间里飞，轻飘飘地飞，上上下下，很是愉悦。飞的技巧不难掌握，主要是轻，用心感觉身体的质感和空气的浮力，双臂不紧不慢地振动。

不要害怕，不要紧张，也不要掉以轻心。M先生飞得久了，双腿有些发酸，但不知怎么没有停下来。好像外面是一座打谷场，很空旷，M先生似乎从窗子里望见远远的有人走来，而他在飞，满心舒畅，因为他是在飞。M先生只是上上下下地飞，却没有飞远的意思。大概是生性胆小的缘故吧，大概是因为还处在实习阶段吧，大概是志向不够远大吧。M先生记得少年时代曾经做过类似的梦，好多年过去了，又做这样的梦，是返老还童了？

M先生还梦见自己乘飞机去了印尼，又去了澳大利亚、然后又去了巴西和非洲……什么乱七八糟！飞机并不是理想的飞行器，最好是有像鸟一样的伸缩翼，想上哪儿就去哪儿。没有翼也可，因地制宜，根据国情和个人实际情况，不做统一要求，只要能飞。不过，女人不适宜这样单飞，因为容易走光。M先生的梦想是，玛格利特骑着刷子，他骑着玛格利特——飞。

M先生去散步

一天傍晚，M先生像往常一样出去散步。走着走着，忽然一个人从旁边冲过来，对他说："你是M先生吗？我注意你很久了，我甚至偷偷跟踪着你呢，我甚至模仿过你走路的姿势呢，我都快要爱上你了。我做梦都想和你一起散步，但直到今天才鼓起勇气，你同意吗？你快同意吧！"

M先生看了看他那可怜巴巴的样子，没有理会，继续往前走，那人一下子变了脸，恶狠狠地说："你等着吧！"然后就跑掉了。

第二天，M先生又出来散步，无意中回头又看见了那人，他和很多人在一起，他们是一起出来散步的。那人雄起赳气昂昂地走在最前面，并不认M先生。他们很快就超过了M先生，把他甩在了身后。为了改变这个局面，M先生就转过身去往回走，可是那些人也转了过来，再一次超过了他，把他甩在身后。

M先生迷恋俄罗斯套娃与旋转木马

俄罗斯套娃是这样一种玩具，你从一个娃娃里面取出一个个更小的娃娃，它们长得一模一样，只是一个比一个小。在医学上，这种现象被称为寄生胎，而作为一种玩具，它叫俄罗斯套娃。当M先生拿起一个金发娃娃，露出下面更小的一个金发娃娃时，他感到高兴，随着娃娃越来越多，他会越来越高兴。可是，终于有一次，M先生拿起一个娃娃，发现它的身下空空如也，这时，M先生的失望比他得到的所有娃娃加在一起更多。

有没有一种取之不尽的套娃？在一个咧着嘴巴开怀大笑的娃娃下面，总有另外一个娃娃的笑脸？永远这样，无穷无尽。M先生已经数不清外面有多少个娃娃了，可剩下的娃娃多得还是没有尽头。M先生的快乐渐渐变成了不耐烦，可穷究到底的好奇心，还是驱使他继续下去。万事万物都有个头呵，套娃也不应例外。M先生这样想着，手上的动作在加快。M先生总有筋疲力尽的时候，而套娃依然心平气和、不动声色，最后，M先生终于累得趴在了地上。事先谁也没有想到，人会在一件套娃上付出了生命。

除了俄罗斯套娃，M先生还暗恋一家超市门前招揽顾客的旋转木马，比他那三岁的儿子还要喜欢。儿子因为胆小还不敢坐呢，M先生有一次强抱他上去，他却吓得哇哇大叫。可是，M先生喜欢。M先生记起多年前的一个初冬的夜晚，一个乡村庙会上，寒冷的路灯下，只有旋转木马在孤独地旋转。M先生幻想成为那个手持鞭子神色威严的驭马者，他的鞭子发出清脆的哨音，一声令下，万马奔腾。马背上的小骑手们个个神采飞扬，围观的人群一片喝彩。木马孤独地旋转，不是一匹马，是整座旋转木马，感到了身心俱裂的悲伤，但没有主人发话，不敢驻足。旋转木马带动了天上的月亮一起旋转，最后连人带马一起跌进了月亮里。

时隔多年，M先生再次看到旋转木马，只见它老态龙钟，眼睛里泪光闪动，装出不认识他的样子。它自己拿着鞭子，拼命地抽打自己，想把自己从身体里赶出，怎么可能？！M先生在后面紧紧追赶，木马上面空无一人，不过，像他这样的也不多见。

不孝之子

一出单位的门,隋遇才发现外面下雨了,而且下得不小。密密麻麻的雨线,回环往复地编织着一张网。开弓没有回头箭,隋遇硬着头皮向车站走去。距离车站只有二百米之遥,可是走到那里,他的衣服已经淋透了,好像走了整整一生。站在站台上,隋遇一阵寒冷一阵心酸。他既盼着车快来,又盼着它最好不要来,永远不会来。

"是福不是祸,是祸躲不过。"

半夜里,隋遇唉声叹气,被吕馨摇醒,问他为什么发愁。隋遇就把自己的难处讲了:父亲和母亲分别交办的任务,一件都没完成。他原指望吕馨安慰她,没承想她净拣泄气的说。

"他这病怎么都没治。"

"是这么回事儿不假,可是,"隋遇愁眉苦脸地说,"问题是,我没给他办呀。"

"你上次不是给了他五百块钱吗?我还给他买过药呢。"

"钱是小事,他说他要的不是钱,而是精神安慰。"

"哼,精神安慰,说得好听,"吕馨一脸不屑,"到咱们家里来寻什么安慰?"

"毕竟是父子一场……"

"什么父子一场，他要念父子之情，当初就不会把你们娘俩抛弃啦！"

隋遇不言语了，他回想起两个月前，父亲来找他的情景，那是他最近一次见到父亲。

尽管母亲极力反对，隋遇还是偷偷跟父亲来往。要不，父亲怎会知道隋遇的电话号码。那天中午快下班时，隋遇突然接到一个电话。"喂——"声音很苍老，隋遇起先没听出是谁。"你是？"他问。那人没回答，而是又问："你在哪里？"隋遇这下听出来了，不由得一个激灵："我在单位，你……你有事吗？"不知为什么，一跟父亲说话，隋遇就感到紧张。"没事，我现在在茨城呢，想起你了，就给你打个电话。""你在茨城？"隋遇吃了一惊，"你来茨城干什么？""没，没事，出来走走，老在家里太闷。""哦？"隋遇满腹狐疑。"十一点半了，你还不下班吗？""马上就下。"这时，同事们已经都开始换衣服了。"隋遇，去吃饭啦。"有人跟他打招呼。隋遇回头示意："你们先走吧，我过会儿。"父亲在电话里说："我没啥事，就是有些想你，你快去吃饭吧。""没事，"隋遇迟疑了一会儿，"要不，你过来吧？""好的，你单位在哪条街上来着？"父亲的爽快出乎隋遇的意料，他这才意识到父亲其实是蓄谋已久。

十几分钟后，父亲到了，穿着一件厚厚的灰色的羽绒服，像一只棕熊慢吞吞地从出租车里钻出来。要知道，那时候天气还早得很呢。隋遇避开同事，请父亲去楼下一家餐厅吃了一顿水饺。父子俩点了黄瓜素、虾仁和茴香三种馅各一份，又要一大碗蛤蜊汤。隋遇问父亲要不要喝酒，父亲摇摇头说："你自己喝吧。"隋遇就作罢了。父亲的饭量还可以，只是吃得很慢。父亲又黑又瘦，手有些发抖，吃一会儿歇一会儿。这一顿饭，足足吃了大半个小时。父亲临走时嘱咐隋遇，要他在网上给他查查"有关这方面的信息"。他点头答应。

"别忘了啊,"父亲从车窗里探出头来说,"我倒不是怕死,多了解些信息终归没错。"

隋遇对吕馨说,自己一辈子也忘不掉父亲当时那饱含期待的眼神。

隋遇天天上网,偶尔还浏览一下黄色网站,可就是迟迟没给父亲查。这只能说明他是一个不孝之子,他意识到了这一点,但又替自己委屈。隋遇想来想去,觉着自己其实一直很爱父亲,是那种默默的爱。尽管,父亲早已经不属于他。隋遇十三岁那年,父亲爱上了一个年轻女人,同母亲离了婚。在此后很多年里,隋遇都把他当成母亲和自己共同的仇人,甚至路上碰见扭头便走。直到结婚以后,心态才逐渐平和起来,知道父亲毕竟是父亲,尽管有千般不对,父亲也依然是自己的父亲。母亲是那种铁石心肠的人,直到现在说起父亲仍然牙根发痒:"等着吧,不得好死的东西!"

隋遇明白,这其实说明她爱得很深。

隋遇不知道该不该把父亲得病的消息告诉母亲,可是他又很好奇地想看看母亲对此的反应。就在这个时候,他意外地收到了母亲寄来的一封信。这可是一件非同小可的事。母亲从来没给他写过信,他甚至都不知道母亲会写信。他只知道母亲只上过一年小学,勉强能写自己的名字。母亲当了几十年的马路清洁工,去年才退休。最早是听吕馨说过,母亲在家扳着一本《新华字典》学写字。今年春节,隋遇回家第一次见到母亲的学习成果:一张张写满铅笔大字的白纸,糊了半个窗户。那些字,个个都有指甲盖大小,挺别扭的,活脱脱出自小学生之手,而字的内容,也无非是"山石土田"、"为人民服务"之类。

"我就是一个小学生,"母亲一脸谦逊的笑容,"毛主席不说了吗,活到老学到老!"

隋遇只当母亲识字练字只是闲来解闷,没想到不知不觉中,她竟然能写信了。信是用钢笔写的,而不是铅笔,这首先表明母亲态度的郑重。

更令隋遇称奇的是信上没有任何涂抹的痕迹，给人的印象简直就是一气呵成。不过，隋遇猜想先前她一定写废过好多张纸，从字里行间影影绰绰的痕迹中可以得到印证。信的内容很短，只有寥寥数句，中心意思是托隋遇在茨城市里为她买一本成语词典，供她学习之需。母亲说，她在家乡小城的新华书店转过，没买到合适的。母亲说，她要的是那种每条成语后面带一幅插图的。她怕隋遇不明白，就进一步解释道——"就是你小时候用的那种。"

最后，她还嘟囔了一句："那本跑哪儿去了呢？"

隋遇实在记不起自己小时候有过一本带插图的成语词典，他想一定是母亲搞错了。他把那封信反复掂量了好几遍，心情越来越沉重。既然用母亲的话来说她已"盼望很久"，自己上个周末回家时，为什么不直接说给他，或者打电话给他，而是选择了写信的方式？邮局离自己家足有三四里路，母亲从来不舍得花钱坐车，去一趟多不容易啊。何况，信件既慢又不保险，中途丢失的情况时有发生。隋遇翻来覆去想了半天，渐渐悟出了门道。母亲之所以写信，一来是想展示一下自己的学习成果，让儿子明白，自己不是无理取闹，而是确实到了该有一本成语词典的地步了。二来，虽然信很慢，她实现自己愿望的时间也会相应地放慢，可是这样却会给儿子造成一种无形的压力，让他一看到那封信就坐立不安，不至于把自己的话当成耳旁风。至于信件容易丢失这茬儿，隋遇想，就凭着母亲写信费的心思，她肯定能考虑到。既然知道，还铤而走险，只能说母亲是在听天由命。她对这件事并不抱多大希望，只是听天由命。她似乎已经料定了结果：即使儿子知道，也不会去为此费心。因此，她才没有把自己的愿望当面或者从电话里说给儿子听。要是明白无误地说给了人家，人家置之不理，或者明里应着，暗里不办，那不是自讨没趣吗？母亲仿佛早已看穿了隋遇一定会辜负她，写信只是对此加以验证……母亲用意之深，令隋遇暗暗吃惊，他觉着自己长期以来低估了母亲的能量。

话又说回来，母亲这样刻苦地学习，究竟是什么目的呢？难道仅仅是为了看看报纸解解闷？母亲的眼睛不好，看电视都晕，何况是书报呢？隋遇把信叠好，放回信封里，心拧成了一根麻花。

"我知道老太太想干什么，她在写书呢。"吕馨嬉皮笑脸地说。

"什么？"隋遇一愣，随即笑了，"开什么玩笑！"

"不信，你去问问她，"吕馨说，"我见了，厚厚一本演草簿，写得密密麻麻。"

隋遇渐渐有些半信半疑，自从离家工作，他对家里的什么事都感觉茫然了。

"我困了。"

他把头歪过去，但马上被吕馨一把拽了过来："你根本就不困，你脑子里净是事儿，哪儿能睡得着？"

"我真的困了。"

"你别睡了，你不如和我玩玩。"

"玩玩？"隋遇看见吕馨的眼里跳跃着两簇明艳的火苗，这火苗令他心惊肉跳："我不想。"

"那好吧，你睡你的，我自己玩自己的。"

隋遇闭着眼睛，感觉到吕馨将手伸进他的内衣里，将那东西掏出来玩。

"像截屎。"

"屎你也玩？"

"脏了我的手，"看隋遇没反应，吕馨把那玩意儿用力一摔，"还不如自己玩自己。"

吕馨说着，翻过身去，把手伸进自己内裤里摸了起来，一边摸，一边说："我要叫了！要叫！"

隋遇把头钻进被子，用手捂住了耳朵。

"我和你去看看他吧,说真的,我倒真想见识见识他什么样子,我还没见过呢……"吕馨不知怎么突然严肃起来。

那是旧城区一条狭窄的巷子,巷子两旁都是老式的二层红砖楼。年久失修,砖碱得厉害,棱角都变成了圆的,地上积着一层砖粉。一个穿一身蓝色布衣的小孩,手里拿着一枚铁钉,边走边划墙,砖粉簌簌地落了一地。一株高大的泡桐树,从一户人家院子里探出头来,抖乱满头花叶。

"就是这一家。"一个担着挑子卖豆腐的老头指着右首的一扇红漆木门,"我认识你,你是老艾的儿子,你回来了?"

隋遇支支吾吾地敷衍着,手忙脚乱地去推那扇门。隋遇的父亲姓艾,母亲姓隋。隋遇本来是随父姓,母亲和父亲离婚后,就给他改了姓。

"我早就知道你会来的。"父亲欢天喜地地说,"早晨起来,喜鹊那个叫!"

父亲的神色看上去比上次还要好,阳光照在他脸上,显得温和而慈祥,但还是掩饰不住憔悴和疲惫。隋遇心里一阵愧疚,他想自己应该对他好一些,早该来的,却非得拖到他病了。

"我现在很好,你别担心。"父亲似乎猜出了隋遇的心思。

"吃饭还好吧?"

"吃饭没问题。"

"那药还有吗?没有我让吕馨再给你拿点。"

"还有,吃完我再找你,你别担心,我什么也不缺,我要的是精神安慰。"

又是精神安慰……隋遇心想怎么没见那个女人呢,犹豫半天,还是问了一句:"阿姨呢?"

"她上街买菜了,她说给你包饺子吃呢。自打上次从你那里吃了饺子,我一直馋呢。"

隋遇想父亲是在说谎了,她怎么知道他要来呢?如果不是吕馨鼓励,他自己也不会来的。吕馨呢?他这时忽然想起了吕馨,看看身边,只有父亲和他。

"吕馨?吕馨……"他惊慌失措地喊了起来。

"我在这里呢,在这里。"隋遇的手被结结实实地攥住,攥了又攥,一抬头,正对着吕馨微笑的脸。

"你刚才去哪里了?可把我急坏了。"

"我在这儿呢!"吕馨凑上来,在他脸上轻轻一吻。

隋遇一看,可不——阳光从落地窗窗帘缝隙里照进来,照在自己的脸上,用手一抹,手上竟是一些泪水。

吕馨拿了一块毛巾过来,递给他,"快起来吧。"

隋遇背过脸去,擦了擦眼泪,从床上跳下来。吕馨穿着亚麻睡衣,站在那里升国旗似的拉窗帘。隋遇从后面抱住她,把脸埋在她的头发里,嗅见一股馥郁的玫瑰油香。吕馨回过头来回应他,两个人紧紧地抱着,隋遇感觉浑身一阵战栗。他知道这不是由于爱而是因为孤独,但同时他又觉着自己越来越离不开这个女人。吕馨的手伸向他的隐秘之处。

宽敞明亮的门诊大厅里,摆放着许多枝繁叶茂的花木,有富贵竹、巴西木、橡皮树、发财树、贡菊,郁郁葱葱宛如一座植物园。这些欣欣向荣的植物,有助于缓解病人心头的焦虑和忧郁。围绕花坛的玻璃钢回廊旁,是一张张绿色或蓝色的塑料座椅。不时有穿着轻快的平底鞋的护士,同吕馨打招呼。她不时停下来,和姐妹们拉着手说话。隋遇落在一边,她们偶尔会把好奇的目光投过来,偶尔爆发出阵阵银铃般的笑声。隋遇总觉着她们的说笑同自己有关,他红着脸,佯作无事状地盯着头顶的电视屏幕——正在演一部无聊的古装武侠片,感到脸上滚过一阵接一阵的烫。

穿着白大褂的吕馨从药房里出来,拨开那些排队的病人家属,边走边扇动手里的药单子,似乎热得满头大汗。

"把这些药带上。"

"非要弄得大家都知道不行?"隋遇不买她的情。

"胡说什么呀?快拿着,别跟个小孩子似的。"吕馨不耐烦地推了他一把,"你先回去吧,我还有病号呢,今天忙死了。中午——冰箱里什么都有,你自己对付点吧,鸡蛋在下面的橱子里,记着,是下面那个……"

不知从什么时候起,吕馨对待隋遇开始拿出一种对待孩子似的态度,这种态度让隋遇既气恼又无奈。

"别拿我当小孩子。"他不止一次表示抗议。

"又来了,"吕馨皱着眉头,"你就不能乖点?轻易不回家,一回来就闹。"

"是你在无理取闹,却每次都把责任推到我身上。"

"好,好,是我的错,"吕馨认真地盯着隋遇的脸,"隋遇,勃起困难并不可怕,可别成了精神病!"

隋遇觉着吕馨是在对自己实施心理暗示,就像刚才,她和那些小妖精似的护士们交头接耳,保不准说自己什么坏话呢。她们一定都站在她那边同情她,谁曾想到他才是真正的受害者。隋遇拿定主意,一定要好好爱自己——"除了自己,谁也靠不住!"这是母亲最常说的话,隋遇从小就耳熟能详,说得多么正确啊,简直是一句顶一万句。

想想自己的病,可也真是奇怪,打从知道父亲得了不治之症,自己就萎掉了。父亲就要死了,你怎么还能寻欢作乐呢?每次和吕馨做爱时,总有一个声音在他耳边响着,像是不怀好意的嘲讽。隋遇一直想战胜那个声音,但屡屡以失败告终。那个声音仿佛就是父亲的化身,多么可怕的敌人!他试着恨他,却又总是恨不起来。

隋遇拎着药袋子出了医院，望着车水马龙的街道，猛一阵头疼，感觉无路可走。家不愿意回去，只有自己一个人，守着一口空荡荡的房子，有什么乐趣可言呢？平心而论，他倒是挺想念母亲，可又怕她问起词典的事来。在茨城那边，隋遇没少逛书店，几乎每家书店里都有成语词典卖，只是没有母亲要的那种带插图的。实在不行，随便买一本回去，也未尝不可。隋遇不止一次把词典一本本抽下来，托在手里翻来翻去，最终还是放下了。不是心疼钱，一本词典能值几个钱呢？那么到底是因为什么呢？隋遇自己也搞不清楚。在他的童年时代，或许真的存在过一本插图本成语词典，只是他忘记了。其实，不用吕馨告诉，隋遇也知道母亲这样刻苦学习是想干什么。隋遇曾经听母亲说过这样的话："我的一生要是写出来，是一部大书呢！"语气半是骄傲，半是伤感。那是去年秋天母亲生日那天，坐在饭桌前，看一部名为《激情燃烧的岁月》的电视剧。母亲突然有感而发，她的脸被两杯葡萄酒染得绯红，眼睛熠熠发光。

隋遇现在明白了，从那时候起母亲就立下了这个志向。她将在那本书里写些什么呢？

"当然是对你父亲的诅咒了。"

"你怎么知道？"

"傻瓜都猜得出来。"

"为什么要诅咒？"

"不诅咒难道还要感激？"

隋遇无言以对，他内心里那个吕馨的声音也沉寂了。有人对话，总比没人好，隋遇忽然感觉到自己对吕馨一直很依恋，这使他大吃一惊。

隋遇沿着泡桐大街，向着母亲的住处走去。拐过梅花寺的黄墙，一座二层的店铺正在装修，刚刚贴上一个"商"字。隋遇想起来了，那里原来是一家冷饮店。几年前夏天的午后，他和吕馨经常去那里坐坐。隋遇记起那时吕馨有一件薰衣草颜色的齐膝裙，手腕上经常缠着一些莫名其妙的金属丝线。他们通常在这里要两杯果汁或两支甜筒，吃完喝完后，沿街逛逛那些小商店。在街道对面不远处胡同底，一幢十几层的楼房正拔地而起，楼房前面，是即将拆迁的一排古色古香的平房区，隋遇家的老家就在这里。结婚以后，他们很少来母亲这边，也再没去吃过冰激凌。冷饮都是吕馨从街上买回来，存在冰箱里。如果不是看见这家冷饮店已经消失，隋遇也许就不会回想起过去。望着梅花寺的黄墙，隋遇心想那就是爱情吧。

母亲提着一只老式的塑料绳编织的篮子，从巷底一点一点地走了出来。她穿着一件咖啡色的毛衣，低着头，走得很慢。隋遇知道她要横穿马路，到梅花寺后面的小市场去。那只提篮，把手上缝着一块褪色的红布条，据说比隋遇的年龄还大。已经好多年没人用这种提篮了，卖东西的都有免费的一次性塑料袋，可是母亲却依然我行我素。

看见母亲，隋遇未免有些慌张，连忙把头藏在路边的 IC 卡电话亭后边，透过写有"中国电信"字样的有机玻璃，偷偷观望。母亲一头灰白的长发，挡住大半张脸。自从儿子结婚后，母亲莫名其妙地加速衰老起来。隋遇清楚地记得几年前，母亲可不是这副模样。那时，母亲梳着时髦的半分头，穿着紫色的毛裙，哪像清洁工的样子？街坊四邻的大婶阿姨，买衣服、布料、家什，都拉着她给长眼。小遇妈看中的，没错。她们说。可是，一眨眼的工夫，人就老了。来往的车辆不停地切断隋遇的视线，母亲走走停停，心慌不定地东张西望，头发被风刮起，像一顶飘忽不定的帽子，那只彩色塑料绳编织的提篮，仿佛一只哈巴狗，紧贴在身旁。

直到母亲的背影消失不见，隋遇才穿过马路，向着巷子里走去。大街上的喧嚣渐渐远了，巷子旁边的宅院里，一株高大的杏树正缓缓抽出嫩绿的芽，一群鸽子在屋檐上咕咕叫着，电线杆子上缠着一只风筝。走到自家铁门前，隋遇掏出钥匙，捡了一把最大的，捅开门锁。锁是不久前刚换的,而那把锈迹斑斑的旧锁此刻像一只蟾蜍,一动不动地蹲在老屋的窗台上。接着,他又用一把铜钥匙打开老屋的门。

屋子里十分清洁,这是母亲多年的生活习惯。无论多忙多累,她都不允许一点混乱存在。隋遇在沙发上坐下,倒上一杯水,心平气和地打量着屋里的陈设。靠着洗衣机的墙角,摆着几盆花,刚刚浇过水,叶子上面还滚动着晶莹的水珠。墙壁的涂料有些脱落,毛茸茸的,上面挂着一张风景画,那是隋遇大学二年级暑假画的。隋遇打开电视机,里面却没有节目信号,只有一些无声的雪花,他换了好几个台,都是这样,就只好又把它关掉。

隋遇慢慢把水喝完,从沙发上一跃而起。他推开母亲的卧室,卧室里除了一张床,一张衣柜,再就是一张老式的写字台。两只抽屉开着,中间一只上了锁,隋遇翻了半天,在右侧的抽屉底层的报纸下面找到了一把小巧玲珑的铜钥匙。随着一声清脆的喀吧声,锁环跳了起来。隋遇一把拉开中间那个抽屉,里面露出一本蓝色塑料封皮的《新华字典》,字典下面压着一个厚厚的本子。

隋遇的心怦怦跳了起来,他把那个本子抽出来,又把抽屉锁好,钥匙放回原处。他捏着本子装订线一侧,飞快地抖了一下,里面密密麻麻的都是圆珠笔写的大字。隋遇拿着本子来到厨房——厨房里冷冰冰的,把它塞进蜂窝煤炉炉膛。火柴盒有些潮湿,划了好几下才把本子点着。烟火忽地蹿了出来,呛得他好一阵咳嗽。他弯腰拎起一把水壶,礅到炉口上。烟从烟囱里源源不断地冒出来,翻腾变幻着,汇成一颗瘦弱的白发苍苍的头颅,怒发冲冠地张着大嘴,瞪着眼睛滔滔不绝地哭着笑着说着骂着,摇摇晃晃,恋恋不舍地消失在窗外的天空下。

圣诞快乐

女人在临睡前碰了碰男人的手机,发现上面有一条新的短信。

"隋遇,"她叫着他的名字,"你过来。"他刚刚洗完澡,正在吹头发。他的头发很短,根本用不着这么可劲儿地吹,然而他似乎陶醉其中不能自拔。那嗡嗡的声音在卫生间里窜动,像是一个重金属摇滚乐现场。声音突然静止了,是女人把电拔了。

"隋遇你过来。"女人拉着他的胳膊,走在前面。女人穿着长长的睡衣,他感觉她几乎是半漂浮在空中。

"来,"她引他到床头桌边,看上去不动声色地把手机递给他,"怎么回事?"

他的心里"咯噔"一下,他看见了那个熟悉的号码。

他尽量装出一无所知的样子,平静地看了看那条只有两个字的短信:想你。

"这有什么,发错了呗。"他说着,就把手机关了,回到卫生间继续吹头。心里却在想:她要是再问,我怎么办?事实证明,他的担心是多余的。她跳上床来,钻进他的怀里,温柔得像一条毛毯。在平淡无奇的性爱过程中,他再次感到负罪。半夜醒来,妻子睡得正香。他在黑暗中盯着她看了半天，似乎想看她梦见了什么，结果看到的只是团团云雾。随后，他爬了起来，溜到书房里，回短信：对不起，我刚看到。现在想必你已熟睡，好梦！

初冬的早晨，城市笼罩着一层薄雾。天还蒙蒙亮，他就坐上了上班的公车。单位在二十公里外的开发区，班车提前一个小时从城里开出。他在车上昏昏沉沉睡了一路，直到下车才醒。进了办公室，他打开手机，里面很快地跳出一条短信——"太阳照常升起。"

他知道这是一部刚在热播的电影的名字，只是没看过。他猜测这则短信的意思，大概她看过这个电影，也许她说的只是此刻的情景，太阳确实像往常一样升起了，他看着玻璃窗外的那个火球，心里有些茫然。他没有再回她的短信，而是给妻子发了一条，告诉她自己到单位上班了。过了老半天，妻子平淡地回答：知道了。

他能清楚地想象到妻子送孩子上学回来，又去了一趟菜市场，然后回家收拾屋子，洗衣做饭。这是她每天的工作。太阳照常升起，日子没有任何的变化。他想，这对谁都一样。

几个月前的一天早晨，也是在上班的公车上，他倚着车窗瞌睡。每当紧急刹车，他就会被弄醒。尽管这样，他还是做了好几个梦。不知从什么时候开始，他迷恋上了在车上做梦。这样的梦自然很短，像影视剧的一段片花，或预告片。他摆弄着这些小梦，酷似一个透过万花筒看世界的孩子，满是欣喜和惊异。他下意识地想，大概是自己的工作把自己给毁了。那天早晨，在穿越城市上空的高架桥上，他居然梦见了和自己的妻子做爱。后来，不知为什么，妻子把他从她身上推了下来。过了一会儿，他才明白妻子并没有推他，而是车辆从立交桥上绕行下来，产生的离心力将他抛出了梦去。这使他有些怅然若失，因为他感到那个梦里有他们生活中未曾有过的温暖。

他的手机，在闪着晶莹的蓝光。这才想起昨天晚上忘了关机，但愿不是什么烦恼的工作找上门来。自从有了这小小的一官半职，没完没了的会议、加班，就山一般压了过来，压得他喘不过气来。他经常感觉自己马上要崩溃，就要崩溃，可第二天还是好好地活着。他盯着手机半天，才有勇气去看上面的内容。有两个未接电话，是一个客户打来的，时间是在晚上十点一刻，大概是叫他喝茶或洗脚。有四条短消息，一条是某楼盘的广告；一条是订阅的手机报，告诉他美国很有可能出兵伊朗；还有一条是某个同学下周结婚（二婚）的通知；最后一条，来自一个陌生的号码，像一枚竹签插进了他的眼睛：我要死了。

他的心猛地一紧，看看发信时间，是凌晨一点四十分。当时，自己已经睡着了。这个人是谁？是男是女，他（她）为什么在深更半夜给自己发这样的短信？他在脑海中飞快地检索自己的记忆，试图寻找到些许蛛丝马迹，但很快就全部排查干净了。这条突如其来的短信给他一个自省的机会，他发觉自己是一个清白的人。这条短信，想必是发错了。一个人，在深更半夜里说他（她）快要死了，无论如何，这都是一件事情。直觉告诉隋遇，这条短信极有可能出自一个女人之手。他的眼前浮现出这样的画面：一个女人在垂死之际，给她生命中某个极其重要的人发出了最后一条短信，由于手在颤抖，而输错了电话号码。隋遇想象着那是一只鲜血淋漓的手，她极有可能是割腕，像电视上报纸上那些司空见惯的报道，那些走上绝路的女人。她不大可能在深更半夜爬上某处高楼的楼顶；如果是服安眠药自杀，因为那样就有足够的时间留下一封遗书，又不至于把一条如此重要的信息发错。她一定是喝醉了酒，无法自控，才做出如此决绝之事。她看着自己的鲜血汩汩地流出，身心沉浸在疼痛和轻松交织的快意中。我要死了，或许是她在这个世界上发出的最后的声音。

隋遇想得激动起来，他颤抖着拨出了那个电话号码。无论那人是谁，面对一个濒临死亡的人发出的求救或告别，都不应该置之不理。不出隋遇所料，打了很长时间，电话一直没有人接听。他看看表，距离收到短信已经过了八个小时，那人大概已经死了。到了中午，他又拨打了一次，电话关机了。似乎是心有不甘，他发了一条短信：愿上帝保佑你平安无恙。这条短信也如泥牛入海，一去无回。

此后的一段时间，隋遇特别留心关注自己周围的亲戚朋友和同学，等待着某处风生水起，揭开这个谜底。在半个多月时间里，他没有听到任何熟人发生意外的消息。唯一的一个死者，是单位一把手九十岁的老母亲。他参加了葬礼的全过程，直到把老太太的骨灰护送到乡下入土。整整忙了一天，众哭声散了，太阳已落山，他的头上、身上满是灰烬，心中一片索然。他拍打完全身，跟着一帮同事回城大吃大喝。可能是太累了，喝得有些高，临走时把手机落在了桌子上。服务员叫着"先生"，追出来递给他，那个年轻善良的女孩让他心生好感。

"谢谢。"他接手机时被电了一下。"静电无处不在。"他嘟囔着，将手机揣进兜里，手被一束蓝光割伤。他惺忪着眼睛，辨认屏幕上的文字：谢谢你，我没事了。

你是谁？他在心里问，突然明白过来，心头蓦地一阵惊喜，眼睛竟湿润了，急不可待地给对方回过去：没事就好。他感到高尚盈满心间，像是做了一回救命英雄。

不知怎么，隋遇没有把这事告诉妻子。晚上临睡前，他特意没有关机。第二天早晨，没有收到任何意外的短信。上午，他坐在洒满阳光的办公桌前，想想这事有几分荒诞。他几次拿起桌上的电话想拨，最后都放下了。这个人会是谁呢？或许是什么人的恶作剧，但对方能从这个恶作剧中得到什么呢？他百思不得其解。但他有个奇怪的预感，这个人一定不会就此消失。

到了第四天，他终于忍不住，用手机给那个神秘的号码打了个电话。对方没有接。过了很长时间，他收到短信：你找我吗？

他想了想，输入：我想见你。

那边沉默了，他又发了一条：怎么不说话？

又过了很久，那边回答：我不想。

这一来二去，隋遇明白了，对方一定是把他当成了某个跟自己有过千丝万缕关系的人。他已经可以完全肯定对方是个女人。他琢磨着，用一种温和、宽厚的语气回复道：好吧。

对方的再次回复令隋遇心里一惊。三个字，明明白白：我爱你。

妻子的冷静让隋遇不知所措。他甚至觉着有些不可思议。以他对她的了解，不大吵大闹到不可开交是很难的，最起码也要追问个究竟，岂是他一句"发错了"就能轻易打发掉。十几年的夫妻生活，隋遇原本自以为一切都驾轻就熟尽在掌握。现在，妻子的面孔突然在他心里陌生起来。外面下起了雨，这本该下雪的季节，却下起了雨。他看看街道上慌慌张张的人群，感觉一切都莫名其妙。他拣起桌上的一张不知从哪儿来的扑克牌，折来折去。那是一张梅花Q，他把两个手持蔷薇花的阿金尼王后对倒、重叠在一起，又小心翼翼地把她们分开，从缝隙里偷看她们的表情。

突然，他的手里空了，抬头一看，是单位的司机小王。

"哈哈，折坏了还怎么玩？"小王笑嘻嘻地拍出一包中华烟。看他那得意的样子，隋遇就知道他昨晚赢了不少。

小王拉着隋遇去了趟联通公司。隋遇骗他说是查一个骚扰电话，他知道小王有个同学在那里当运营经理。小王的这个同学看看隋遇写在纸上的那个号码，摇摇头表示爱莫能助。

"这是我的部长。"小王示意同学不要原则性那么强。

"不是我不帮您查……"那人一解释，隋遇才明白。这种号码属于不记名用户，在街上随便哪个报刊电话亭都能买到，即充即用。

"那万一手机丢了,号码还能补办吗?"

经理摇头,"不能。"

"那什么样的人会用这种卡?"

那位经理继续介绍说:"一般本地有固定工作的人很少用,主要是外来的打工的、学生什么的。他们图便宜,打完了一扔,也不需要销号。"

走出联通公司大厅,隋遇不由眉头紧皱。小王开着车跟他开玩笑:"男的怕什么骚扰,怎么没有骚扰我的呢?我倒巴不得有人天天给我打电话呢。"

隋遇就骂:"你这个熊毛孩子,对象都没有,知道个屁!"

小王点点头,装深沉,"是啊,万一被嫂子看见,那还得了。不过,话又说回来了,嫂子不看紧点也不行,您这英俊倜傥才华横溢的,哪个小姑娘不惦记着……"

他的话还没说完,隋遇突然喊"停车"。小王一愣,放慢了速度,"有事?"

隋隅点点头,小王就没再问,将车停在路边的行道树下。他看见隋遇大踏步向对面的大众商场走去。

隋遇在大众商场一楼拐角电梯旁的美甲铺找到了自己的目标。一名年轻时尚的美甲师,正在给她的顾客涂净手液。

"你还认识我吗?"隋遇的话让美甲师一愣,她看看眼前的这个男人,正待露出礼貌性的微笑,却忽然明白,这个男人原来不是在跟自己打招呼。桌子对面,两个穿着酒店制服的小姑娘面面相觑。

"不记得了?那天我在你们那儿吃饭,手机落桌子上了。"这个男人对着其中一个十指修长的女孩,急切地发问。

小王吃惊地看着部长抱着一堆乱七八糟的食品上了车,他显得十分兴奋,仿佛这一会儿就年轻了十岁。下车时,小王提醒他别忘了提东西,他回过头来怔怔地看看那堆塑料袋,"放你车上就是!"

我爱你。

隋遇轻轻把这三个字在心里重复了一遍，觉着有些陌生，继而又有些欣喜，最终忐忑不安起来。他感觉自己仿佛是一个路人，捡到了属于别人的珍宝，却不舍得归还，反而小心呵护着，时不时拿出来擦拭一番，然后又把它秘密藏在箱子底下，不为人知。汉字有一个有趣的现象，如果你盯着一个字一个劲儿地看，就会觉着它非常怪异，越看越不像一个字。这天夜里，隋遇瞒过熟睡的妻儿，蜷缩在书房的沙发上，亮出那闪闪发光的三个字，他竟然一个也认不出来，眼睛里蓄满了泪水。

他有多少年没见过或没听过这三个字了，更不懂得这三个字什么意思，那只是三个远古的象形文字，在这样一个寒冷的冬天的夜晚，照亮了黑暗的房间。他拉开窗帘的一角，向着外面的世界窥探。外面街道冷寂，没有一个行人，风追逐着落叶，一直追出很远。

在这个世界上，我一定要找到你。隋遇像一个地下电台工作者，朝黑夜中发出密码。

然而，无论隋遇如何邀请和引诱，那个人就是不同他见面。

你有那么恨我？

不知道。

要怎样证明你才相信我？

过了很久，隋遇看见了回答：时间。

时间已经是凌晨四点，他悄悄潜回到妻子身边，将她抱紧，就像从未离开。

那个女孩名叫沈阳，今年二十一岁，老家是湖北，在茨城教育学院念了两年旅游管理大专，毕业后就留在茨城打工。她长得很秀气，但是没有什么特点。她长着一张近乎完美的脸，白皙、光滑、细腻，没有酒窝，没有虎牙，没有雀斑。

"这样的地方我还没来过呢。"她好奇地打量打量咖啡馆的内设，脸上露出腼腆的微笑。

几乎在一瞬间，隋遇突然怀疑起自己约这个女孩来这里的目的。仅仅是因为联通公司那位经理提供的关于那种电话号码常用人群的分布情况，就认定这个女孩是那个神秘的号码的主人？这也太荒唐了。还是为了表示对那天晚上她拾手机而不昧的感谢？

他问她要喝点什么，咖啡还是奶茶。她笑笑："咖啡吧。"

"哪一种？"服务生好奇地看了看这个女孩。

她看着茶单上满满的照片，一时不知所措，胡乱指了其中一个："这个吧。"不料，服务生却说："对不起，这个没有了。"

女孩的脸一下子红了，他假装没看见，把茶单拿过来，点了两杯摩卡，然后又点了几样小点心。

咖啡馆里响着王菲哀怨的歌声，隋遇一时恍惚起来。他记起好几年前，他和妻子来过这里。就是在《香奈尔》的音乐里，妻子低声说："咱们回去吧，这里多贵。"那时，他还是个普通的办事员。现在，王菲也老了吧？

他的嘴角不由露出一缕微笑，"你是哪里来着？"

"湖北，"沈阳笑了，"你已经问过一次了。"

"哦，对不起。"隋遇抱歉地拍了拍脑袋，"我忘了。"

沈阳看来属于那种话很少的女孩，隋遇不问，她也不说。隋遇摸出烟来问她要不要，她依然笑着，摇了摇头。

抽了半支烟，咖啡和茶点也上来了。沈阳小心翼翼地转动着手里的杯子，隋遇的眼睛突然一跳。

"你的手腕怎么了？"

他猛地抓起了沈阳的手，沈阳"啊"了一声，咖啡洒了出来。隋遇看到沈阳的手腕上系着一条红色的丝线,上面还缀着一个小玩意儿。

"啊,对不起。"他出了一身冷汗。

沈阳的脸红了,"没什么。"她说,"你要看我的招财猫吗?"

她扬起手腕上的那个小玩意儿给隋遇看,那条红线在隋遇眼中荡来荡去。

"戴这个有什么用?"他装出好奇问。

"招财进宝啊。"她笑得灿烂起来。

隋遇看见那是一只豌豆大小的塑料小花猫,小花猫还举着一只前爪。

"这有什么讲究?"

"讲究可多了,"女孩变得神采飞扬起来,"这个猫呢,举左手是招福,右手是招财。举右手的是郎猫,招财;像我这个,举的是左手,是女猫,招福!"

"如果两只手都举起呢?"隋遇像一个无知的小学生那样问。

"两只手都举?财和福就都有了。"女孩欢快地笑了起来,隋遇也笑了,接着,又陷入了沉默。

音乐换了一支超级女声的快歌,气氛变得轻松起来,隋遇问:"你在想什么呢?"

女孩笑笑,不语。隋遇又问了一遍,她才说:"我在想,要是能在这里工作该有多好。"

隋遇忍俊不禁,哈哈大笑。这个女孩真的是很可爱,他望着她皎洁的额头,心里不由得想:要是跟她发生一段爱情,也不一定是一件坏事……

"你有男朋友吗?"他突然问。

"哦?"她看看他,摇了摇头,"没,没有。"

"为什么不找一个?你这么漂亮,应该有不少人追求你吧?"

她被他看得有些不自在,身体由前倾改成了仰靠在椅背上,慌里慌张地说:"没有就是没有嘛……"

就在这时,手机铃声响了,不是他的。女孩从兜里掏出一只小巧玲珑的手机,瞄了一眼,站起来,红着脸到露台上去接电话。他听见她嘟囔了一句"我在外面",后面什么也听不清了。他看看自己的手机,木偶似的站在铺有绿色桌布的台面上,纹丝不动。他感觉整个世界都把自己遗忘了,包括自己的妻子,也包括那个从未露面的人……

女孩清脆的脚步声由远及近,"隋部长,"她彬彬有礼地叫着他名片上的称谓,"时间不早了,咱们是不是该走了?"

"好。"他听见自己的声音虚弱而可怜。

明晚是平安夜,你能陪我吗?她在短信里说。

收到短信时,隋遇在北京出差,事情办得差不多了,正在和客户做最后的洽谈,准备后天周一会上向老板汇报。

"哦。"隋遇心里一动,她终于要现身了。一直很忙碌,其间虽然也收到过几条客户发来的祝福短信,但都没仔细看。如果不是她的提醒,他还真不知道后天就是圣诞节了。一年就这样忙忙碌碌到头了。

他抑制着内心的激动,想了想才回复:我在北京出差,最早明天下午才能回茨城。

好吧,我等你。她说。

他受了感动:圣诞快乐!

圣诞快乐!

晚上,客户邀请隋遇参加了一个盛大的宴会,随后又硬拽着他去蒸了个桑拿。他知道对方如此盛情,只是为了让他回去替他们向老板美言,所以接受起来也心安理得。回到酒店房间,已经是午夜,隋遇辗转难眠,打开已经关掉的手机,试探着询问:你睡了吗?

没有想到,刚刚过了一会儿,就有了回复:没。

怎么还没睡？

睡不着。

能和你打电话吗？

不行。

为什么？

那边沉默了一会儿，回答：他在。

那个女人的形象一下子变得鲜明起来，那是一个结了婚的女人。而自己，是她隐秘的情人。那个睡在她身边的男人长什么样？他想象不出。

好吧，明天晚上在哪儿见？

随你吧。

他想了想：索菲特可以吗？

那边犹豫了一下：可以。

他脑海中一阵冲动，借着残余的酒劲追击：明晚你就不要回家了，行吗？

那边又一次陷入了沉默，他能想象到她的内心在挣扎在搏斗。他的心也怦怦直跳起来。不知过了多长时间，他感觉彻底没戏了，开始后悔自己不该说刚才那句话。他知道女人做事常常会后悔，这个要求确实有些过分，说不定她会连见面也一起取消。他犹豫着，想给她再发一条短信，收回自己刚才的话。就在他按动键盘的瞬间，她回复了，多少苦苦挣扎凝成斩钉截铁的一个字：好。热血涌上隋遇的心头，他觉着为这个字，做什么都值得。

第二天下午五点，飞机在茨城机场落地，距离他们约定好的见面时间刚好还有一小时。他给她发短信说，自己已经到了，索菲特顶层旋转餐厅准时见。刚刚发出，就收到一条短信。他惊异她这次怎么回复如此迅速，打开以后才发现，那是妻子发来的：你什么时候回来？隋遇没有马上回复，他看着窗外流逝的街景，感到这个城市起了变化。尽管今天不会下雪，这个圣诞节也与往日不同。汽车驶入拥挤的旧市区，驶过大观园商场和红星影院门口，拐上树木遮天的马鞍山路。他看见了儿子读书的小学，看见了不远处位于一幢六层灰色公寓顶层的自己的家，以及阳台上晾晒的衣服。这是平生第一次过家门而不入，他的脑海中忽然出现了古代治水的大禹，有些滑稽，有些不安。他记起妻子的短信，掏出手机匆匆回复：明天。

那个女人一直没有回复，这让他多少有些失落。最后，他把这理解为她没有收到，就又发了一遍，这次她很快就回了：知道了。虽然只有淡淡的三个字，但已让他安定下来。他能想象到她正在做出门前的化妆，对他的催促有些不耐烦有些难为情。

隋遇在酒店前面二百米的地方下了出租车，以免遇见熟人不好说话。然而，接下来看到的一幕，立刻粉碎了他的自得。一个二十出头的小青年和一个年龄相仿的女孩，突然从旁边咖啡馆里走了过来，他赶紧转过身去，装作欣赏路边的广告牌。他盯着广告上的女人大腿足足有一分钟，才缓缓地把目光移开。那一对小青年并没有向这边走来，而是进了地下过街通道。他想到这个女孩向她的男友讲述几天前，自己是如何在这家咖啡馆里力拒一个动机不纯的老男人的诱惑，想到那番关于招财猫、招福猫的扯淡谈话，心里既好笑又悲凉。最好笑和悲凉的还不是这个，而是那个男孩，隋遇第一眼就认出来了，他正是自己的下属司机小王。

这突如其来的一幕，对于隋遇无疑是一个沉重的打击。已经到了索菲特大酒店门口，他却突然丧失了进去的勇气。酒店前的广场上伫立着一棵十几米高的圣诞树，上面覆盖着棉花做的白雪，缀满各式各样闪光的铃铛、卡片。戴着圣诞老人帽子的迎宾为他开门，微笑着对他说"圣诞快乐"。他不得不停下来吸了一支烟，吸到一半又狠狠地掐灭了。活了四十岁，隋遇想自己应该有了直面任何命运的勇气。于是，他怀着近乎悲壮的心迈进徐徐敞开的电梯门。随着电梯的飞速上升，他的身体里竟然有了一种无比轻快的感觉。

　　电梯在56层顶楼停下，隋遇步入华丽的旋转餐厅，映入眼帘的同样是一副庆祝圣诞的热闹景象。以前，他只是陪客户来过这里。今天不同了，自己生命里伟大的一天，要在这里度过。隋遇沿着环形过道，走向昨天预定好的位置。远远地，在鲜花装饰的落地窗边，坐着一个女人。她的脸孔有着岁月漂洗过后的宁静，随着餐厅的旋转，像一朵行将枯萎的百合，决然地开放在他的面前。

湮灭

德家接到妻子的电话是在上午十点刚过,当时他正在报社赶一篇稿子。

"德家,"姣繁的声音有些嘶哑,"小孩吃进东西去了。"

德家一惊,"什么东西?"

姣繁说:"我也不清楚,可能是松子什么的。"

"吃到哪儿了?"

"吃到气管里了。"

"什么?"德家霍地站起来,接着颈椎一阵钻心的疼痛,"他……他怎么样?"

"现在倒没什么大事,就是一直咳嗽。起初我还以为是感冒的缘故,吃消炎药也不管用,今天到医院里一查,说是支气管异物,明天早晨做手术。"

听得出来,姣繁在那边哭了。

"哪家医院?"

"人民医院。"

"我马上就回去!"德家把手里的稿子一扔,连假都没顾上请,便风风火火地朝火车站赶去。

火车站售票大厅永远都是人山人海。排了足足半个小时，终于轮到了自己。

"要一张去茨城的最快的票！"

"下午两点三十可以吗？"售票员问。

"可以！"

"事先声明，没座啊！"

"不要紧！"德家坚定地说。

德家买到的是一张福州到长春的过路车票。他查了查列车时刻表，发短信告诉姣繁，自己大约晚上十点三十到茨城，叫她不要慌张，该吃就吃该喝就喝。

姣繁回复：路上小心。

等车的过程中，有一个三十多岁、目光浑浊的女人，抱着一个四五岁的残疾儿童在乞讨。那是一个浑身脏得看不出模样的男孩，穿着一套说不上颜色的脏毛衣，双脚像蛇一样缠绕在一起，一动不动地瞪着一双漆黑的眼睛。看到那双眼睛，德家不由想到了自己的儿子东东。德家供职的报纸曾经做过冒牌乞丐行骗的报道，可这次，当那个女人抱着孩子来到自己面前时，他竟毫不犹豫地从兜里掏出全部一圆的硬币，扔在女人手里托着的铁盒里——"当啷啷！"

女菩萨，保佑我的孩子平安无事！德家心烦意乱。

德家暗想，如果孩子万一在手术中不幸死去，尽管这种担忧几乎完全没有必要，只是如果万一，那么，他的婚姻也就随之结束了。这几年，他和妻子的婚姻似乎完全是靠着孩子维系着。但他又想，也许孩子没了，共同的悲伤会把两个人更加牢固地拴在一起，一生一世。

无论是哪种情况，都是德家不愿看到的。因此，他现在唯一的盼望就是孩子安然无恙。

德家忽然想起了自己的小时候。那时，他和母亲住在乡下老家。母亲是一所中学的老师，父亲是茨城一家事业单位的领导，平时很少回来。母亲有一次病了，给父亲打电话，父亲居然不信。德家后来回想，母亲当时很可能真的没病，只是想父亲了。

母亲叫十四岁的德家去茨城找他父亲："最好叫他回来！"

德家认真地点点头，他看见母亲站在车下，一条红围巾在她脖子上火苗般攒动。经过三个小时的颠簸，德家来到了茨城，一下车就迷路了。他逛了大半天，也没有找到父亲所在的单位。最后，在一个好心人的帮助下，他重新回到车站，坐上了一天里最后一趟返回乡下的长途汽车。车到家时，已经是晚上九点多。这是德家第一次出门。这天的经历写出来完全可以更长，只是他不愿过多回想。

"你见到你爸爸了吗？"母亲焦急地问。德家不无难过地想，自己一天都没吃饭，母亲居然也不问。

"见到了。"他说。

"你爸爸怎么说？他在干什么？他什么时候回来？"

"他说，过两天就回来。"

"真的？"母亲打量着儿子空空的双手，按住他的肩膀摇晃着，"你在撒谎！"

"我……"德家的眼泪终于忍不住涌了出来。

母亲口口声声说自己有病，却安然无恙。可是过了不久，城里就传来了父亲的死讯。父亲和本单位的一名有夫之妇在一起，被那男人当场捉住，打得鼻青脸肿。随后，他和那女人就一起跳楼自杀了。那女人身后撇下了一个和德家差不多大的孩子。在此后的日子里，德家经常想起那个从未见过的孩子，想知道他叫什么名字，长什么样，现在在哪儿……有时候，他觉着自己就是那个孩子，或者是父亲和那个女人生的孩子，甚至是母亲同那个女人的丈夫生下的孩子，就不是他自己。然而问题在于：如果这种感觉是真的，那么那个真的由父亲和母亲合生的孩子又去了哪儿呢？

德家曾经向他的诗人朋友阕涤谈起过自己这个奇怪的感觉，阕涤打着哈欠说："你这是过度自恋的表现，是移情？是病？"德家笑了，"你这等于没说。"阕涤一听来了精神，"我怎么知道你呢？我连自己都不了解，谁又能了解自己？"就在那次谈话中，德家给自己的朋友起了一个拗口的绰号：虚无爱好者。阕涤却不领情，他反而认为这个名字用在德家自己身上更贴切。

有人撩起死者身上裹着的白布，德家看到了一张经过整容的陌生人的脸。那张脸既不英俊也不丑陋，既不苍老也不年轻，像一张假脸，停留在时间的深处。德家当时就想，是不是有人做了替换，而真正的父亲仍然还活着？他只是借助假死来脱身，好摆脱自己不爱的妻儿？母亲把父亲的遗物全都烧掉了，姑且称为遗物吧。随着时间的推移，关于父亲的记忆也从他们母子的生活里逐渐清除干净。德家有时甚至怀疑自己是否真的有过一个父亲，他丝毫没感到没有父亲有什么不便，父亲又有什么用处。就像自己，有什么用？

坐在候车室的塑料椅子上喝着矿泉水，吃着火腿肠和干面包，德家再次回忆起自己小时候那次去茨城寻父的经历。然后，他又鬼使神差地想。自己如果在杭州一直不回去，说不定有一天，妻子会打发儿子到杭州来找他。

"你看看你那个该死的爸爸，他是不是还活着！"姣繁拍拍儿子的头。东东高兴地冲出家门，像一只初出马厩的马驹，四蹄翻开奔上了去往南方寻父的旅途。

"这是一个不错的小说题材！"德家想着想着情不自禁地笑了，夹心面包里的肉松有一种煤油味，在越来越快的咀嚼中变得越来越难以下咽。

电子屏幕上显示，列车要晚点十五分钟。等好不容易剪票进了站台，列车竟然还没有开过来。铁轨空荡荡的，裸露着桐油浸泡过的枕木和砾石。人们个个翘首张望。两名女值班员挥舞着手里的黄色小旗，遥遥相对，不断地呵斥着："向后退！向后！""小孩，退到黄线后面！"伴随着一阵刺耳的汽笛，火车终于轰隆隆地开过来了，速度很慢，但铿锵有力。德家看着那个庞大的钢铁怪物步步逼近，心想：现在只要纵身一跳，就能撞个正着！

假如这样的场景真的发生，那么所有的不幸与烦恼就都和他无关了，都会加到姣繁身上。可以想象姣繁将是多么错愕，她万万都不会想到这个男人居然懦弱、自私到这般地步。如果早知道是这样，那么连最初的爱也不要发生！而那个躺在医院里等待手术的孩子，随着一天天长大，他终将明白自己有一个多么可耻的父亲。这难道也是一种继承？！德家的腿颤抖着，不由自主地一点一点地向后退去，可后面的人们立刻不由分说地把他顶到火车门上，像将一个犯人押赴刑场。

德家已经做好了站一路的准备，然而上车后，他惊喜地发现车厢内居然还有空位。这是一节空调软座席，车厢里干净整洁，空气也没有通常火车上那么污浊。德家坐下来，长出了一口气，紧绷的神经也随之放松了许多。这是一个好兆头，德家发短信告诉姣繁：不要怕，孩子不会有事的，因为我们都没有任何错，我们都是好人。

这些跟孩子有什么关系？德家都变得迷信了。

不知怎么，姣繁这次没有回。德家按捺不住，把电话打过去，姣繁却关机了。德家猜她可能是忘记充电了。他皱着眉头，向主编补了一个假。主编在表示关心之余，没忘问："那稿子怎么办？"

"稿子？"德家愤怒地喊了起来，"我孩子都快没命了，还管你稿子！"

主编吓了一跳，抢先挂了电话。

车到达茨城是晚上十点三十五分。出了地道，一股寒风扑面而来。外面飘着小雪花，德家抬起头来望望，天空灰蒙蒙的压得很低，在靠近楼宇和灯光的地方呈现出不可思议的红色。德家记得上次回来也正好下雪，不过那次时间是傍晚。那次回来，姣繁事先并不知道。等到第二天早晨，姣繁开门看见他，不由吓了一跳。

马路对面站着一个穿黑色风衣裹着围巾的女孩，看见德家，欢喜地跑过来。两人相拥着，沿着人行道向西走去，呵出的雾气像一群调皮的孩子簇拥着他们。

两个人去了云南路一家庭院式的宾馆，那家宾馆离她家很近。

她的嘴唇湿润而富有弹性，她的身体柔软、透明，她的香气若即若离，她欢快的啜泣让他沉迷……

后来，索伊从床上下来，没有穿衣服，站在窗前拉着窗帘缝往外望。

"看什么呢？"

"我看见我妈在家里做饭呢。"她说。

德家从她肩头上望出去，外面白茫茫的一片，不是雪而是雾。

"我怎么什么都看不到？"德家问，"你在想什么？"

索伊抓着德家的手，微笑着说："我在想，我妈知道一定会气坏的。"

在火车上，德家对面有一对看上去已不年轻的恋人或夫妻，正通过笔记本电脑看碟片，一副耳机两人各塞一只。从桌子上的封套上可以看出是《花样年华》，德家看着封套上的张曼玉，想到了索伊那美丽的身体，一种夹杂着忧伤的温暖把他包围了。德家想索伊了，他感觉自己的下面慢慢坚硬起来，可是，迄今为止他仍然没有和她联系的念头。孩子的事情堵得他心里满满的，无暇他顾了。

德家竖起衣领，叫了一辆出租车赶往医院。车上的收音机里播放着天气预报：今夜到明天小雪转多云，今天夜间最低温度零下四度，明天白天最低温度零度，最高温度九度。比杭州整整低了七度，怪不得感觉这么冷。车子刚好经过那家宾馆门前，德家看到宾馆一楼酒店的橱窗上已经贴上了圣诞老人的画像。时间过得真快啊，马上又要过年了。现在，索伊在干什么呢？

德家推开病房门，意外地发现阕涤也在，正坐在窗边和母亲说话。房间里只开着一盏昏暗的壁灯，孩子还没有睡着，闭着眼睛在姣繁的怀里滚来滚去，一边不住地咳嗽着。妻子的脸似乎有些发红，是房间里的暖气太热的缘故吧。阕涤似乎有点结巴地问："还不慢吧？"

"最快的一辆快车。"德家说着把包递给母亲，环视了一下四周。这是一间小病房，墙壁雪白，除了妻子和孩子占的这张，外首还有一张空床。

"怎么也得八个半小时吧？"阕涤问。

"正好八个小时。"

"又提速了。"

姣繁轻声告诉德家已经找好了大夫，是阕涤帮忙联系的，这个房间也是他帮着定的。德家冲阕涤笑笑，"谢谢你了。"

"你跟我客气什么？"阕涤反而不高兴了。

阕涤讲明天做手术的吴教授，和自己住在一个小区，"这吴教授不仅医术高明，还是个居士呢。"

"是吗？"德家有些心不在焉。

姣繁问德家有没有吃饭，德家点了点头。

"在火车上吃的？"

"嗯。"

姣繁就说："你帮我抱会儿，我出去一趟。"德家明白妻子是要去卫生间，就把孩子接了过来，拿自己的额头往儿子的额头上碰了碰，感觉有些烫。孩子穿着他奶奶亲手缝制的棉衣，身上散发出特有的奶香味。德家的鼻翼莫名地一酸。他下意识地用手掌量了量，这小家伙不到三周岁，已经眼看有一米高了。

"发烧呢？"

母亲凄然地点点头。

"多少度？"

"刚才量着三十八度四。"

"到底怎么回事？"

"你问姣繁吧，"母亲没好气地说，"那天星期天，她在家看孩子呢……"

母亲喋喋不休地说了起来，最后的结局是德家把她连劝带哄地送走了——"现在不是谈论谁的责任的时候，反正我已经回来了，也用不了这么多人，您老要是累病了，我们更着急。"

临上电梯，母亲又回过头来，泪水涟涟地说："你们才让我不放心呢，你们这些孩子！东东要有个闪失，我跟你们没完！没……"

没等她说完，电梯门已经迫不及待地关上了。

德家问阕涤要不要请吴大夫出来坐坐，阕涤想想说："也好，我给他打个电话，来就来，不来就算了。"

吴大夫在电话里起先推辞了一番，最后说："也好，我正想见见大作家呢。"

德家笑了，阕涤说："吴老绝对是性情中人，性情中人！"

吴老来了，六十岁出头，俊朗矍铄，戴着一顶红色的棒球帽，德家怎么看都无法跟居士的形象联系在一起。阕涤悄悄告诉德家，吴老刚刚同音乐学院一位年轻漂亮的大提琴师结婚，德家更迷惘了。

"他不可能没结过婚吧？"

"怎么会！老伴早去世了，两个孩子一个在英国，一个在香港。"

三人在附近找了一家茶馆，要了一壶乌龙。在幽雅的古琴声中，开始了谈话。那个抚琴的女孩穿着一件蓝色旗袍，相貌清秀，领口上露出一段和索伊一样雪白的颈部，德家忍不住多看了几眼。

吴老说："胸透的结果我已经看过了，肺叶纵隔摆动明显，可以肯定是异物。不过从孩子的情况来看，应该不是很大的东西，不然当场就会卡住气，不至于现在才发现。"

德家惶惶地说："都大意了，孩子正感冒呢，他自己又说不明白。"

"生儿育女可不是一件简单的事，"吴老道，"小病小灾是免不了的。好在只是一个小手术，也不需要开刀。将支气管透镜从嘴里探进去，吸出来就是了。"

阆涤也说："好在现在医学发达。如果放在过去是不可想象的，好多人莫名其妙地死掉，也不知道什么原因。"

"呵呵，诗人就是想象力丰富。"吴老呷了一口茶，神色庄重起来，"可是医学无论再发达，终究也无法免除人间的疾苦。"

"说的是，说的是。"德家和阆涤都点头。

吴老刚从栖霞寺参加一个法事回来，阆涤就问起了这方面的情况。吴老滔滔不绝地讲了起来，他的嘴里不时冒出"心性"、"执迷"、"般若"、"四相"一类的词句，听得德家一脸茫然。最后，吴老还念了一句偈："有作用者气宇定是不凡，有智慧者才情决然不露。"德家不由肃然起敬。

闲谈中，阆涤说起他新近采访过的一桩名誉侵权官司，吴老便顺势很虚心地向德家请教一个继承权方面的问题，说是他一个亲戚的事。一定是阆涤告诉过吴老，德家以前是大学的民法学教师。然而阆涤一定不会知道，德家教过的一名学生做了他的情人。那个女孩大学毕业后在一家律师事务所工作，他们已经相爱两年多了。阕涤以为德家当初辞掉教职，接受南方一家报纸的聘任，只是因为厌倦了陈腐的学院生活，就像他经常在自己面前抱怨的一样，却不知道德家的此举更是出于对两个女人的逃离，既不能忍受婚姻，又不想彻底投入爱里，把生活烧得一干二净——德家清楚，自己如果和索伊继续朝夕相处，最后的结局只能是这样。

"过分的亲密让我恐惧，不管是谁。你懂吗？"

他说这话时，索伊的眼里简直要冒出火来。可是，她并没有同意就此分手。她要向他证明，她是对的，爱要么是全部，要么不是——"不管怎么样我都不会放弃！"

德家讲得有条不紊，既有法理上的依据，又结合了几个现实中的案例，末了还就现代家庭模式和社会福利保障制度发表了一通自己的看法。吴老频频点头，"哦，对，是这样，我说呢……"吴老又问德家最近有什么新作，德家不由得发窘，"什么都没有，净瞎忙了。"吴老却以为他是在谦虚，说像他这样既有学识又有责任感的作家，一定能写出了不起的作品，叫他再有了新作，一定要给"老朽""拜读拜读"。德家不好意思地点头表示恭敬不如从命。

一曲《望秦》终了，吴老提议和德家下一盘棋。德家抱歉地说自己不会围棋，"是吗？"吴老略带遗憾。阕涤要来，吴老却不买账，"你想下，改天到我家下去。"阕涤哈哈大笑。德家看出两人不是一般的熟。想想自己离开茨城半年，阕涤又有了新朋友，而且是像吴老这么宽厚豁达的人，德家真为阕涤感到高兴。吴老叫小姐换了象棋，不费吹灰之力胜了德家一盘。再来，复胜。其间，吴老的手机连响了三次。每次接听，他都像做错了事的小孩唯唯诺诺，满脸通红。德家猜得出来，一定是他新婚的大提琴师妻子。

阕涤在一旁笑道："吴老终不能六根清净啊，呵呵。"

吴老自嘲地笑着叹了口气,"罪孽!实在是罪孽!"

最后一局,吴老显然有些心不在焉,也是有意相让,两人和棋。三个人站起身,德家走在前面去付账,没承想阆涤已经在他们下棋时结过了。

外面的雪且降且停,若有所思。

"春有百花冬有雪,夏有凉风秋有月!"吴老喃喃自语,双眸闪闪放光。他摘下帽子,露出一颗和尚般的光头,钻进一辆出租车,阆涤也钻了进去。

德家独自走回医院,远远望见病房楼微微的灯光,心里忽然难过起来。孩子在遭罪,自己一点用处都没有,却说了一晚上的废话。除了漫无用处的空谈,还会什么呢?德家真为自己感到羞耻。

夫妻俩把两张床拼在一起,把孩子放在中间,熄灭了房间的灯。走廊里的灯仍然亮着,在对面墙上投射出田字格的光影。医院特有的消毒水的味道在寂静中漫溢开来,带给德家一种陌生而奇妙的感觉。德家想起了云南路上那家庭院式的宾馆,也想起了家里那张现在空荡荡的双人床。

"我们现在像是在旅行呢。"他笑着对妻子说。

姣繁没理他的话茬,而是问:"妈是不是对你说我坏话了?"

"哦?"德家忙说,"没,没有。"

"我看得出来,"姣繁说,"什么都怪我。"说着就哭了起来。德家迟疑着,最后还是把她搂在了怀里,感觉到她的胸脯在急剧地起伏着。她的胳膊从侧面绕过来,抱住他,把头伏在他腿上。

"我知道孩子不生病,你是不会回来的。"

"怎么会。"

"不要骗我,我什么都知道。"

德家不言语了,听着走廊里不知谁的脚步,由远及近,然后又慢慢地消失在寂静中。

第二天早晨,东东醒来,看见德家就高兴地叫了起来:"爸爸!爸爸!"德家暗自抱怨昨天走得太匆忙,连件礼物都没给孩子买。姣繁冷冷道:"你不用买什么礼物,他缺的不是礼物。你多在家陪陪他,比什么都强!"

德家脸上的笑容僵住了,将孩子抱在怀里亲了又亲,拿胡子去扎他那粉嫩的小脸。孩子突然一阵剧烈的咳嗽,眼泪都流了出来。这时,护士送来体温表,试完后,姣繁点了点头,"还好,没升,可也没有降。"

按照吴大夫的嘱咐,手术前六个小时内不能给孩子吃饭喝水。两口子也没吃饭的心思,只等着孩子手术完了再说。这时候,阕涤开门进来了,后面还跟着他的妻子魏虹。两人手里拎着早点。德家和姣繁都有些过意不去,一起说:"瞧你们麻麻烦烦的,手术不允许吃饭。"阕涤反问:"小孩不吃,大人还不吃吗?"魏虹也说:"反正我们在家也得吃。"

四人吃了饭,又说了一会儿话。姣繁看中了魏虹身上穿的裙子,问她在哪儿买的。魏虹说,阳光购物广场正打折呢。姣繁叹了口气,"唉,我都半年没逛街了。"

魏虹道:"怎么不雇个保姆?老人家看孩子毕竟力不从心。"

"谁说不是啊,"姣繁叫了起来,"可我婆婆哪里肯呀,拿东东跟命根子似的,连我都不信任。"

魏虹看看德家,"这就是你的不对了,你倒劝劝老太太呀。"

德家红着脸说:"我不是不劝,我不是不在家嘛。"

"他哪儿说得动,人家可是出了名的孝子,人家才不管这闲事呢!"姣繁一个劲儿地揶揄。

魏虹摇了摇头,"唉,男人有几个有良心的?我说这话,阕涤你没意见吧？"

阒涤正抢着收拾桌子上的残局，听这话吓了一跳，停下来，一脸无辜地笑，"怎么越扯越远了，跟我什么关系呀？"两个女人像一对亲姐妹那样很自然地搂着腰，拉着手，一起抬头看着各自的丈夫，目光一样的寒冷一样的咄咄逼人。

魏虹赶着上班先回去了。德家对阒涤说："你也去吧。"阒涤摆摆手，"我那儿又不用坐班，去不去的，我陪陪你。"

吴老换了手术服，德家都认不出来了，等到他主动过来打招呼，才恍然大悟。

"德家，你尽管放心。"

"有您在，我一定放心。"德家有些感动，想和吴老握手，见人家戴着手套就只能作罢。东东没有哭，相反倒有些兴高采烈。这孩子还什么都不知道呢。德家心里很不舒服。这时，身边的姣繁眼圈已经红了。

"你回房间里躺一躺吧？"德家试探着说。

姣繁摇头。

德家和阒涤站在手术室门口，看着那些进进出出的穿白大褂的医生。德家情不自禁地说："医生是个多好的职业啊，比诗人强得太多了！"

阒涤一听使劲点起头来，"是啊，外界看来诗人整个就神经病！"两个人心照不宣地哈哈大笑。

手术进行得很顺利，没用半个小时就结束了。出来时，东东已经从麻醉中苏醒了过来，号啕大哭着，"妈，妈……"他拒绝了德家伸出的双手，直接扑到了姣繁的怀里。

"什么东西？"德家问。

"黏糊糊的，果肉一类的，具体都看不清楚了。"吴老摘下口罩。

吴老说，打几天针，消消炎，体温降下来，观察观察没其他问题就可以回去了。德家问他的时间，中午或晚上一起吃饭，吴老摇头道："自家兄弟别那么客气，先照顾好孩子要紧。"阕涤也说："那就改天吧，改天我请。"

阕涤临走塞给德家一张稿纸，让他有空看看。德家回到病房，护士已经给孩子打上针了。一番惊吓后，孩子又睡着了。姣繁喘口气说："这次多亏阕涤了。"德家没来由地说了一句："什么亏不亏的，举手之劳而已。"

"你怎么能这样说？"姣繁气愤得不得了，"亏你们还是好朋友，真没良心！"

从心底说，德家其实也很感激阕涤，两人确实是最好的朋友。德家知道怀疑阕涤和妻子有什么问题没任何道理，简直可以说是无稽之谈。可他为什么会萌生这样的念头？更奇怪的是，即使有些莫名的怀疑，德家心里并没有对阕涤产生一丝怨恨或不满，只是有些莫名其妙的惴惴不安。德家默默地想，也许自己真的该去看看心理医生了。

德家打开阕涤塞给他的那张稿纸，看见上面写着几句歌词似的东西：

　　你在天空飞翔
　　我在地面游荡
　　看似两个地方
　　其实都是一样

中午买饭时，一个染着金黄头发、身材窈窕的女孩排在德家前面。德家怎么看，这个女孩都和索伊很像。正自奇怪，女孩突然回过头来，两个人都"啊"的一声呆住了。不是索伊，又是哪个？

索伊嗔怪道："你什么时候回来的？怎么不告诉我一声？"

德家就把孩子生病的事说了一遍，索伊叹了一口气，"养个孩子可真不容易。"

德家问："你来医院干什么？"

索伊回答说，她母亲病了。

"什么病？"

"还没最终确定，胸腔里面长了个东西。"

两个人都沉默了。过了一会儿，索伊又问："你在哪儿？儿科？"

"不是，耳鼻喉科。"德家反问，"你妈妈在哪儿？"

"胸外。"

"哦。"

"我去看看你儿子吧，"索伊诡秘地笑笑，"我还没见他长得什么样呢，像你吗？"

"免了吧。"德家有气无力地说。

"她和你一起？"

"是的。你妈怎么病的？"

"被我气的。"索伊突然半真半假地冒出这么一句话。

"你不会依了她吗？"德家微笑着说。

"快了，你希望吗？"索伊抿着嘴唇，盯着德家的眼睛。

两个人脸上的笑容都冻住了，索伊低下头搓着地上的一张破报纸，她的脚上穿着一双仿鹿皮靴子。

德家买了饭上来，母亲已经坐在床头了，正拿着汤匙给东东喂饭。旁边的柜子上摆着一大碗热气腾腾的鸡汤。

"不是不让你送饭吗？我们买着吃就行。"德家说。

"咱妈说她可得听啊！"姣繁正在叠一件孩子的衣服，也加入了进来。

"医院的饭吃不得，既没营养又没口味。"母亲气呼呼地说，"听你们的，你们知道个什么！"

第二天午后，天放晴了，阳光好得出奇。打完针，两人带着孩子在院子里走了走。医院后面有一片很大的草坪，草坪上面放着一架生锈的足球门。草坪四周种植着许多梧桐树，寥落的几片叶子在风中颤抖不停。和煦的阳光照在脸上，竟然有一种春天的气息。东东在草地上打了几个滚，夫妻两人也感到心情少有的舒畅。

晚上去买饭，德家又遇见了索伊。其实，两个人是早约好的。

"我看见你们了。"她第一句话便说。

"我们？"德家一愣，随即明白过来，"什么时候？"

"你们在草地上。"

"哦，你在哪儿？我怎么没看到？"

索伊淡淡地说："你别管，反正我看到了，你们还牵着手。"

"有吗？"德家真不记得。

"有。"索伊点点头，"我看到了。你们，很般配。"

"不是这样的，"德家说，"你不明白。"

"我不明白，我永远都不明白。"两行眼泪顺着索伊的脸颊淌了下来。

"你别这样。"德家伸手就想去擦，索伊把脸扭到了一边。几个拎着饭盒的人从他们身边经过，投来好奇的目光。

"你妈妈怎么样了？"德家转移了话题。

"还要打几天针，才能做手术。"

"是良性还是恶性？"

"现在还不知道，要等切片化验。"

"现在谁在陪着她呢？"

"我爸。"

"我去看看她吧？"

"不要。"

"为什么？"

"我不会掩藏,我怕他们看出来。"

德家沉默了。

"我想和你散散步,我很难受。"索伊的嘴唇抽搐着。

"现在?"

他们走到草坪后面的树林里,紧紧地拥抱在一起。德家闻见了久违的熟悉的香水味道。索伊死死咬着他的肩膀,呜咽着战栗着。

"要是我们有个小孩,你也会这样吗?"

"别说傻话。"

"你说我妈妈会不会死?"

"不会的。"

"我很害怕。"

"不要怕。"

德家用力地抱住索伊,仿佛一松手就会失去对方。可是他的心里却在下意识地想:每个人早晚都会死的,谁也不能幸免。他想起了自己那也许并不存在的父亲、日见衰老的母亲,想到了姣繁、自己和病床上的儿子。他突然明白了,母亲为什么事事不放心,事事都要亲自动手。她其实是想在有限的生命里抓住点什么,可随着时间的流逝,能够抓住的一定只会越来越少,直到所有的一切都从指缝里漏掉。他想到一本书里这样写:生命在继续,死亡不可避免。

"你爱我吗?"

"爱。"

"我也爱你。"索伊的舌头像一尾泥鳅滑入他嘴巴深处,她的身体柔软又绝望。

他们整夜整夜地做爱,潮水把他们一次次地卷入大海深处,又一次次地抛上岸边。早晨洗脸刷牙后,两人在宾馆一楼的自助餐厅吃了早饭。

他们已经很熟悉了，像一对多年的夫妻，却还保留着新婚的喜悦。每一次指尖的触动，都会勾起内心无尽的暖流。他们喜欢相互凝望，直到对方的眼睛变成一片汪洋，而自己也融化在其中。其实很早以前，在课堂上，他们已经学会了用眼睛和微笑默默交流。现在，只不过是那些无关的观众都已退场，只剩下台上的罗密欧和朱丽叶。

"罗密欧和朱丽叶！"当她听到这个比喻，笑得把牛奶喷到了桌子上，引得旁边的人都往这边看。索伊的脸变成了红苹果，低头拿纸巾擦着桌子，嗔怪地看着德家："狼狈死了！"

两个人一起出了宾馆的大门，一个向南一个向北。走了几步，索伊心头突然一阵难过，感觉就好像是两个陌生人匆匆相遇又各奔东西。她忍不住回头去看，看到的是德家松松垮垮渐行渐远的背影。

"这是我爱的那个男人吗？"

她在心里自问，却听不到回答。

两个人从树林里出来，阕涤也正好出病房楼三楼的电梯。他无意间抬头，看见对面窗外一男一女正从草坪那边走过来，在路灯下面松开了原本攥着的手，心里蓦地一惊。他推开病房的门，迎接他的是姣繁苍白的笑容。

东东的体温很快就降了下来，咳嗽也渐渐收敛。护理医师给他停了药，又观察了两天，孩子已经完全恢复了健康。下午吴大夫来查房，对夫妻两人说："明早就可以出院了。"

前一天晚上，德家带着两条香烟去谢吴老。吴老怎么也不肯收下，"德家，你这就见外了，何况我已经把烟戒了。"

"戒了？"德家不相信，"我记得那天晚上您还抽着呢。"

"就是从那天晚上开始戒的，"吴老做了个鬼脸，指了指里面，低声说，"不让了。"

德家顺着他的手指看去，看见一个红衣女人坐在钢琴前的背影。起先他还以为吴大夫自己在家听音乐呢。德家哑然失笑，说了几句话就起身告辞了，自始至终这个女人也没有出来。

第二天又是一个晴朗无云的好日子，电台请来做嘉宾的气象专家已经振振有词地下结论说今年又是一个暖冬。阕涤打电话说过不来了，他要去北京出差。德家道："不来不来罢，我也该回去了。"他说着看了看姣繁，姣繁面无表情。看来，她对此已早有准备。

他们抱着孩子从电梯里出来，几名医生和病人家属正推着一副担架等在那里。病人穿着条纹服，闭着眼睛静静地躺着，是一个面容慈祥的老太太。德家一眼认出了担架旁边站立的女孩——索伊。今天是她母亲手术的日子。

索伊的左侧是一个头发灰白的高大老人，毫无疑问是她父亲。索伊的右侧站着一个二十来岁的年轻人，个子足有一米八几，一张英俊的脸，一副严肃庄重、责无旁贷的神情。年轻人一只手里举着吊瓶，吊瓶里的液体一晃一晃的，亮得刺眼。德家的第一感觉是：他们很般配。

电梯门关闭的瞬间，德家和索伊的目光对在了一起。索伊那忧伤的笑容从电梯缝里逸出，猛地豁开了德家的胸口。

哺育

A

  这是溽热的夏天。绵延半月的阴雨过后，太阳带着大病初愈的虚弱，脸上生满了白癣。而黑夜仿佛是一件从水中捞起的衣服，它由于浸泡得太久，因而散发着难闻的恶臭。孩子的出生是在晚上十点左右。产妇的叫喊声盖过了窗外建筑工地上的噪音。这是扩建中的县人民医院，一座尚未完工的十三层大楼把住院部截成两半，妇产科病房位于大楼的北面。这是建于二十年前的一排平房，走廊里的墙皮脱落得非常厉害，光怪陆离，酷似一幅巨大的未知国度的地图。黑菌和黄斑触目即是，潮湿虫身上都沾满了它们的绒毛。一道道裂缝像人手心上的纹路，这些纹路的正中央被一张发黄的宣传画所覆盖，上面画的是一个女人在给孩子喂奶，旁边一行红色的大字写着：母乳喂养有益婴儿健康。画的右上角卷了起来，仿佛是戴在女人头上的一顶帽子。画的左下方有一个褪色的红叉，可以看出那是有人用手上的血抹上的。那一定是很久以前留下的，因为现在连苍蝇也不肯光顾。它们成群结队，茫然地、低头耷拉脚地一圈一圈地转悠，喋喋不休地向自己也向世界提问着。

  医生和护士不断地从一间号码为13的门里进进出出。产妇的丈夫和婆婆被清除出产房，丈夫很年轻，而他的母亲看上去却非常衰老。他们把眼睛贴在门缝上往里看。护士这时从里面出来，迫使他们把身子让开。"你们别碍事好不好？"年轻的护士蹙起了好看的眉头，丈夫和婆婆就堆出满脸歉意和讨好的笑容。

产妇的叫喊声在持续，一声比一声高亢，又一声比一声沉闷，像一道道闪电，使天空弯曲。对于外面建筑工地上的那群工人，这也是一种噪音。不过他们对此却颇抱好感，因为从塔吊和楼板上都可以清清楚楚地看到房间里的一切，一个近乎赤裸的女人的蠕动和呻吟，这使他们想入非非又精神百倍。

丈夫透过门缝看见一双戴着胶皮手套的手伸向了妻子的下身，那是一个三十多岁的男人的手。他对此一直耿耿于怀，为什么是一个男人来给自己的女人接生？他曾经对医院表示了自己的不满，然而医院的态度是：你不愿生到别处去，我们这里还忙不过来呢！婆婆示意自己的儿子不要太冲动，她说："惹烦了医生对我们可没好处！"接下去，丈夫看见了血，沾满了橡胶手套，两个护士死死地按住产妇的身子，产妇肥硕的身躯几次都要把她们甩下去，最终都被她们按住。她们那艰难颠簸的样子，让人觉得像是在乘船，丈夫也跟着眼晕起来。这时候，产妇的号叫达到了高潮，吓得对面楼上一个胆小的农民工险些从脚手架上掉下去。这是一个十七八岁的年轻人，胡子刚刚长出来，他从来没见过这阵势。他想起了家乡过年杀猪的场面。他的心怦怦直跳，裤裆里的命根子却硬得吓人。

很快，医生就捧出了一个浑身是血的婴儿，但却没听见哭声。丈夫和婆婆就急忙闯了进去，医生示意护士把他们赶出去。护士对他们说："要抢救，抢救！知道吗？"她倚在门上，这样，门外的丈夫和婆婆就无法继续通过门缝往里看。丈夫就愤愤不平："我操，自己老婆生孩子，都不让看！这算啥事？"他母亲就斥责他："不让你乱说，你就是不听，叫大夫听见多不好！"医生用一只手抓住婴儿的两只脚，把他倒提在空中，他看上去就像是一只剥了皮的猫。医生伸出另一只手，在婴儿的脚后跟上拍了两巴掌，婴儿才哇地哭了一声，嘴里吐出一团半是水半是血的东西，接着就又沉默了。医生冲着一个护士说了句什么，那个护士就推门出去了。

这个护士一开门，丈夫和婆婆就急忙围着问："怎么了？怎么了大夫？"护士冷冷地说："你们让开，让开！快让开……"说着便踩着高跟鞋跑开了，大约跑了五米，又停了下来，扶着走廊上的窗户，脱下一只鞋，在地上磕了两下，什么也没有磕出来。她嘴里不知道骂了两句什么，又把鞋穿上，继续咔嗒咔嗒地跑。五分钟后，她跑了回来，推着一辆氧气车，后面又跟着一个护士，拿着一团乱糟糟的管子。这阵势把丈夫和婆婆都吓坏了，结结巴巴地迎上去："这……这……这是做什么？"两个护士都没有理他们，尽管丈夫讨好地替她们打开了门。他看见大夫手里提着一块血淋淋的肉，他猜想那大约就是自己的孩子。然而，他和母亲仍然不被批准进去，他想看清自己的妻子在干什么时，门已经关上了。

十分钟后，孩子的哭声再度响起。这十分钟里，丈夫和婆婆虽然一直扒着门缝往里面看，可他们只能看见三个护士和一个大夫的白大褂。丈夫的眼力较好，因此他不但看见了四件白大褂，还看见了一件白大褂下面一条肥胖小腿上的丝袜有一条长长的跳线，他认出这就是刚才出去推氧气车的那位。丈夫很快就能区分开这三名护士了，他根据所观察到的她们各自的特征把她们分别取名为"跳线""马尾巴"和"小腰"。她们三个里面，他最喜欢小腰，就是刚刚抱着管子来的那个，虽然他还没跟她说过一句话，可他已发现她是最漂亮最苗条最年轻的一个。孩子的哭声传出不久，医生就出来了，他摘下血淋淋的手套、口罩和眼镜，丈夫发现他白色大褂上也都是血。这个陌生的男人身上沾满了自己妻子的血！他顿时感觉非常不舒服，但没法说什么。医生对惊魂未定的丈夫和婆婆说："你们白捡了个孩子！"婆婆的眼泪就涌了出来，她揉搓着像核桃壳一样多褶的眼皮对医生说："真是谢天谢地，谢天谢地！多亏了您，多亏您了！"

丈夫和婆婆进到病房里，丈夫看见跳线正抱着孩子往一盆水里洗，孩子像一只刺猬那样吱吱地叫着。跳线抬起头对他们说："你们白捡了个儿子！"婆婆的喜悦溢于言表，她嘴里嘟囔着："这是我家第四个小子，第四个小子！他爹是老四，他也是老四！"说着，她伸手去摸婴儿的小鸟。他儿子说："娘，你别光摸，他还不硬生……"婆婆一听就不愿意了："你懂个屁！小子的鸟，不摸不长，你要不是小时候我光给你摸，你还生儿？哼，你生个屁啊！你还嫌弃你娘摸……"这时候，旁边有人咯咯地笑了，是小腰。儿子就有些不好意思，走到妻子的床前去了。

这时，产妇正一动不动地躺在床上，脸色苍白如纸，额头上堆满豆大的汗滴，双眼紧闭，胸脯缓慢而均匀地起伏着。她依然赤裸着下身，大量黏稠而又腥臭的血堆积在大腿和阴阜上，活像马蒂斯的作品。丈夫从床头挂着的一个塑料袋子里掏出一包卫生纸，把那些血一点一点擦干净，然后又把被子盖上。他伏在妻子耳朵上问："喝水吗？"妻子费力地摇摇头。他又问："吃东西吗？"妻子又费力地摇摇头，这次摇头的时间较长，丈夫明白这是叫他别跟她说话，她没有力气回答。

孩子洗干净以后，又经过好几双手的传递和忙碌，才裹着襁褓躺在了产妇的身边。这已经是两个多小时以后了。产妇这时已能吃力地张开眼睛注视着婴儿，她脸上浮现出疼爱和羞怯的笑容。婴儿哭个不停，婆婆就说："闺女，你给他吃吃奶看看！"产妇就从衬衫里面掏出一对浑圆的乳房。这时，她仿佛听见远处有人"啊"了一声，然后就是一声闷响，仿佛是重物的坠落。她怀疑是自己的错觉，因为病房里的其他人都对此没有反应。她听见医生在赞叹道："这么早就下来奶，真是少有！我还真没见过……"这使她感觉有些不好意思，可是一想到刚才是他为自己接生，又觉得没什么不好意思的。她偷眼瞅了瞅医生，看见医生刮得干干净净的下巴上一层青虚虚的胡子茬，觉得特别好看。她的丈夫对医生的赞叹颇为不满，他狠狠地瞪了医生一眼，他想说：现在不需要你了，你出去吧！可是又想到母亲的告诫，就忍住没有发作。医生对此好像毫无反应，因为他戴着厚厚的茶色玻璃眼镜，别人根本无法看到他的眼神。丈夫看见自己妻子的乳房，也吃了一惊，他不明白，怎么只是一会儿的工夫，它们怎么就变得这么大了。婆婆说："你先挤挤！"产妇就用手捏了捏其中的一个乳头，"哧"的一声，一股乳液就射到了床单上。产妇把乳头往婴儿嘴里塞，婴儿却死活不要，累得产妇吁吁直喘，婴儿的哭声也越来越大。婆婆说："这孩子真是格外！"这时候，医生淡淡地说："需要输液。"护士就飞快地去取吊瓶。婴儿的头上稀稀疏疏地覆盖着一层绒毛，这使他看上去并不像一个新生命，而像一个干瘪的开始腐烂的苹果。丈夫情不自禁地想："真是新生孩子丑似驴！"医生亲自给孩子扎针，孩子的父亲看着他足足扎了四下才住手。"血管太细了！"医生摇摇头，用袖口擦了擦汗。"为什么不扎在胳膊上？"婴儿的父亲有些敌意地问。"胳膊？"医生把婴儿的胳膊从襁褓中拽了出来，"你看看，这是扎针的地方吗？会把胳膊给扎断！哼！"婴儿的父亲看到自己儿子的胳膊并不比一只老鼠爪子粗多少，就不作声了。"可是，这样会不会伤着大脑？"他迟疑了一会儿，说出了自己的担心。"一般不会。"医生斩钉截铁地回答。这时，他已经把针头用胶布固定住了，然后，他站起来调了一下输液管上的调节器，"慢一点，快了，他受不了。"

医生和护士们都出了门。马尾巴临出去时还塞给婴儿的父亲一个蓝色的心形小塑料牌，正面是一个三根毛的儿童漫画头像，反面则写着：No: 98-021、××县人民医院、出生时间、父母姓名、家庭住址等等字样。孩子的父亲把它反复看了半天，揣进了怀里。这时，丈夫的母亲探过头来想看，已经晚了。她有些不满地看了看儿子，"那个数字是什么意思？""那是号，不是数。""号是干什么用的？""生一个就给起一个号。"儿子不屑地说。母亲火了，"你这是对谁说话？你听听你的态度……"儿子说：

"你又不懂,知道了又没用……""我……"母亲刚想发作,这时候,躺在床上的产妇说:"行了,行了……你饶了我们娘俩吧……"说着眼泪就顺着眼角滚下来,于是她就扭过头冲着墙。她丈夫就不言语了,婆婆说:"她是累,我那生你大哥时也是这样。头胎就是难……"

"你这孩子太弱了,得好好打两针。"医生再次出现在病房的时候,天已经亮了。一瓶葡萄糖已经下去一大半,孩子也不哭了。"哭累了,一黑夜没住声。"孩子的奶奶说。医生打了个哈欠,又说:"这里面全都是些养药!"说着,他走到产妇的床前——这时,她还在沉睡——伸手摸了摸她的额头。这让产妇的丈夫感到很不舒服,他总觉着医生的茶色眼镜后面的一双眼睛有些不怀好意。"嗯,母亲也正常!"医生满意地在地上踱起了步,嘴里念念有词:"甲丙苯胺、环氧沙丁、甲丙苯胺……"婴儿的父亲问:"大夫,你在那里说什么?"医生一脸得意:"我是在想再给你的儿子加上几种药,让他长点力气!"婆婆听了马上满脸堆笑,"那可好了,大夫。我这四孙子就是弱。我有四个儿子,四个孙子。我大儿叫解放,二儿叫拥军,三儿叫红卫,四儿——就是这个,叫富民……"医生笑了,"老太太跟形势跟得还挺紧。""俺爹也念过书!"婆婆一听夸奖,得意起来,"是他爹——文革他爹教俺的——就是俺这老四他爹,当兵,十八就入党了,一年好几个奖状。拥军、红卫也当兵,也是一年好几个奖状。(他爹)回来就当大队书记,教俺认字。他说毛主席说活到老就学到老……""您今年高寿?"医生打断了她的唠叨。"六十二了,属小龙的……"婆婆说这话时,发现医生已经推门出去了。

产妇睁开眼睛,寻找她的儿子。婆婆走过去,"闺女,行吗?"产妇说:"我没事,孩子呢?"婆婆指了指旁边的小床,"那不是。医生说你和孩子在一块儿,谁都歇不好。"她接着又说,"刚刚你大嫂送来一碗鸡汤,她说你三个嫂子轮着送。你先喝点……"产妇"嗯"了一声,挣扎着要爬起来。婆婆急道:"你干啥?"产妇说:"我想解手。"婆婆就叫醒正坐在墙角打瞌睡的儿子,"富民,富民,快拿尿盆!光睡,还不如我这上了年纪的!"富民从床底下端出一只白色的搪瓷痰盂,往妻子的身下塞。婆婆一边扶着媳妇,一边埋怨:"非买个白的不行。"儿子咂了一下嘴:"一个破尿盆,啥颜色不行?"他母亲就打了他的手一下,由她自己来扶尿盆,"说你,你就是不听,人家不是有那个粉红色的,还有蓝花的,还有带猫的……你非买个白的,一点儿也不吉利!"她说到这儿,就觉着自己说了不该说的话,下意识地抬起另一只手,摸了摸自己的嘴。儿子说:"不吉利,你光拣着不吉利的说!"这时候,产妇的尿哗哗地响了起来,大弦嘈嘈,小弦切切,顷刻间已经注满了满满一盆,最后又晃悠着滴下几滴,余音袅袅,芳香沁人。婆婆说:"能尿出来就好。"那尿液的颜色有些发红,婆婆就又说:"得消消炎,还没歇过来。"

　　产妇很想抱抱自己的孩子,可是医生不让。产妇哭着说:"他不吃奶会饿死的。"医生笑了,"他吃什么奶?他能吃么?现在要紧的是保住小命。"产妇只能眼睁睁地看着婴儿头上的针、白胶布、吊瓶。她看着看着,眼泪就下来了,她想这么小的一个孩子,连着打了两天了,头里全是药水了。他什么时候才能吃奶,什么时候才能叫妈啊?她的鼻孔一翕一张,婆婆看见,就掏出一块脏兮兮的手绢给她擦泪,"闺女,你别哭。小孩子都是这样。富民生人时,光青霉素就打了十来瓶……"产妇仍然哭,婆婆就说:"你吃点啥?有鸡蛋,用红糖水冲冲。不吃?那你就再等等,你三嫂快送鸡汤来了。"产妇摇摇头,"富民呢?富民上哪儿去了?"

　　富民正在走廊外面工地旁的空地上抽烟。他听见几个民工在谈论说昨天夜里,从架子上摔下一个年轻人,现在还昏迷不醒。他想自己家孩子也一天没醒了。他感到非常烦躁和苦恼。这时,他看见小腰端着盘子从施工的大楼下面钻过来,小心翼翼地绕过铁丝护栏,就迎上去。"大夫!"他知道医院里的护士都喜欢别人喊她们大夫,你如果喊她护士,就会使她不高兴。小腰一听果然很高兴,她冲他莞尔一笑,"是你？""啊,是我,"富民问,"你这是给我孩子去送药？""不,我去八号病房。""八号也生孩子？""是,这排病房住着的都是生孩子的。""是个男的,还是闺女？""是个女孩。""哦,那个……我的儿怎么老不旺相？""你那个孩子先天不足,人家都七八斤,你那个五斤还不到。""她那个多咱生的？""今天早晨。""哦,我说我怎么一天都没见过你,原来你在那里忙来。""可不,忙了一天。""哦,你今年多大？"小腰笑了,"你问这干什么？""我……"富民说,"我随便问问。"小腰狐疑地打量了打量富民,一脸严肃地说:"我得去上药了！"说完,迈开脚步走了。富民赶紧说:"你别误会,别误会！我是随便问问……"看到小腰已经进了长廊,听不见了,他又对自己说:"我的儿子不好,我心里快难受,憋得慌,我就想找个人说说话,她还不和我说……"

产妇的乳房越涨越大,涨得她有些受不了。孩子不能吃,就只好往外挤。婆婆看着心疼得不得了,"你看看,人家的奶都不够,咱这还瞎了。"产妇说:"那有什么法子呢？这小祖宗不和人一样。"婆婆说:"要不,你挤到碗里,留着多咱饿了多咱吃。"产妇白了婆婆一眼,"谁吃？"婆婆说:"孩子不吃,你不会吃？你不吃,让富民吃。富民不吃……我吃！总比瞎了强。"产妇不说话了,她看着白瓷碗上面有两只苍蝇在嗡嗡地转圈。

白天稍纵即逝,然后是漫长的黑夜。当婴儿打上第六瓶药的时候,婆婆开始不断地咳嗽,并且自言自语:"咳、咳……我是不是病了？这小家伙真折磨人,哼、哼……把这两只该死的苍蝇赶走……富民、红卫、拥军、解放小时候都没有这么难伺候,剪了脐带就会自个儿玩……那时候还有他们奶奶……咳、咳……小红卫、小拥军、小解放生人时也没这么麻烦……我怎么这么难受？我今年多大了？六十二？对,足六十二,他爹比我大三岁……他没了几年？富民结婚那年,腊月八日晌午下的雪,我说你好歹过去这个年再走。他偏不……咳、咳……哎呦、哎呦……这该死的苍蝇……哼……哼……"

在婆婆的自言自语声中,产妇睡着了,而且很快就做起梦来。她梦见一个穿白大褂的男人伏在床头上喝自己挤出来那两碗奶,他可真能喝啊,一口气就喝了个精光,最后又舔干净了碗。他对她说:我还要喝!她就把自己的怀解开,他就伏了上去……她觉着那是自己的儿子,又觉着是那个为她接生的医生。他的吮吸使她感到一阵难以言说的快感,她感觉自己的身体正在高高地飞翔,远离大地,晕眩、沉迷……可是,他喝得太多了,她渐渐感到无力支撑,她说,我要掉下去了,我要掉下去了……她说,你不能再喝了,你会把我喝死的!他不作声,还是一个劲儿地喝,她感到自己的身体正一点一点地瘪下去,这使她感到无比恐惧。我必须制止他……我必须!她试图把他从自己身上赶下去,她撕他扯他咬他……然而这一切只是徒劳,她非但没有将他甩掉,而且越来越紧地被他吸住。她忽然感到他不是在吸她的奶,而是拼命想钻进她的身体里,这使她的恐惧达到了极点。"不!不!不能这样……"她一下子从床上坐了起来,汗水像雨水一样浸透了全身。她看见婆婆斜倚在墙角,嘴里流着口水,她听见她在说:"……我十七,他爹二十。我说我以前有过,他打我,打了就没事了……"她看见富民正伏在床头橱上打呼噜,她在他的脚底下发现了两只已经摔得粉碎的碗,地上一片潮湿,散发着奶腥味,几只苍蝇正趴在那片奶渍中。她下了床,来到婴儿的床前。婴儿熟睡着,眼睛紧紧地闭着,像是从来都没有睁开过。两只苍蝇正在紧张地拨弄着他的嘴唇,试图让他开口,但他却始终保持沉默。

B

医生小心翼翼地把它放进最下面的一档,然后把冰箱门轻轻掩上,脸上露出心满意足的笑容，"这是今年第十二个了，眼看就要放不开了，看来得再买个冰箱……要不就买个冰柜……或者也许，该卖掉一部分了。"

医生把它从冰箱里取出来，是在两天之后，它不再是一团软肉，而是硬得像一块石头。医生先给自己倒上一杯牛奶，然后，动手切它。刀是一把轻盈的不锈钢刀，刀面亮得像面镜子。刀擦着它发出快乐的哧哧的响声，这使他想起昨天刚刚做过的那个手术。那个手术没有使他获得他所想要的东西，因为那是一个不成熟的胚胎。他对那个女孩的男朋友说："以后，千万别做这种傻事，你看她多让人心疼！"

她和他从医院里出来。她的脸色比三天前红润了许多，这也减轻了他的恐慌。"你不知道，吓死我了。现在，我总算放心了。"他对她说，并且故作轻松地冲她笑了笑。

"我都差点死了呢！"她对他说，"我看见那些工具就毛了，当它们进入我身体的时候，我简直要死过去。而且，突然感到特别恶心……"

他们拦住一辆出租汽车。

"医生说这是他本周做的第四例，全是从市里来的学生……"

"明天就得上课了，你行吗？"男孩关切地问。

"我感到特别累，"她把头靠在他的肩膀上，"不行也得去上课，否则就露馅了。你在干什么？"

他摸着自己的口袋回答："烟。"

"别吸了，我不想闻烟味。"

他就把手从口袋里拿出来。他看见汽车已经驶出了县城，行驶在通往市里的郊区公路上。他突然感到手背上有些湿润，不禁吓了一跳，"怎么了……你？"

他看见她的嘴唇在剧烈地颤抖，眼泪顺着脸颊簌簌地流着。

"孩子，"她用双手捂住脸，"那个孩子……"她说着，情不自禁地呜咽起来。他心头一颤,慌忙用力搂住她,胡乱去擦她脸上的泪水。足足过了五分钟,她才抑制住了哭声。她用他递过来的手绢擦干了眼泪,把头埋进他的怀里。他听见她哽咽道:"我是你的,你一定要对我好……"他猛地打了一个冷战。

她不解地抬起头,"你怎么了?"

"车太震。"他心烦意乱地往车窗外面张望,然后说:"师傅,你停一下车,我去买一盒烟。"

她没能制止他,只能由他下车。她看见马路边有一个小酒馆、两架台球桌,还有一个小卖部,却没有一个人。她看见他绕过台球桌又走过了小卖部,她向他喊道:"喂,你干什么去?"他没有理她,继续往前走。他走过小酒馆后听见她第三声呼唤,这声音充满了凄凉和绝望——"你到哪里去?你!"他情不自禁地又打了个哆嗦。这声音逼使他回过头去。他看见她穿着白色的连衣裙站在红色的桑塔纳汽车旁边,风吹动她的裙子也吹动她的长发,仿佛是要就这样永无休止地吹下去。他想了想,对自己说:"我也不知道自己要到哪儿去……"

医生的早餐在继续。白瓷盘里盛放的一片片的红色瘦肉在不断减少。当最后一片咽进肚子里后,他突然猛地站了起来。他的脸色煞白,太阳穴上的血管在紧张地跳动着,他像一头猪撞开了卫生间的门。他趴在马桶上大口大口地呕吐着,听上去就像有人在冲厕。他足足呕吐了半个小时,他感觉自己的五脏六腑都要吐出来了,这使他无比恐惧。过了十几分钟,他终于从卫生间里出来,头重脚轻,仿佛虚脱了一般。他在沙发上坐下,汗水像数不清的虫子在脸上爬着,但他没有力气和心思去擦。他一心想着那个差点要了他命的胎盘。他突然感到自己是多么愚蠢。

那肯定是一个有毒的胎盘,不能滋养生命。它所包裹的那个婴儿刚刚死去,我居然食用了它!医生想到这里,有一种大难不死的欣慰。他情不自禁地笑了,笑了一会儿又奇怪这有什么好笑的,就止住了笑。他闭着眼睛休息了一会儿，突然想起那名产妇生产那天夜里他路过护士值班室，看见小腰胳膊底下压着一本实习报告，趴在桌子上睡觉。他走进去，在她面前站了很久。四周突然静极了，静得让他不知道该干什么。最后，他蹲下身去，小心翼翼地撩开小腰的白大褂，里面是一件白色的短袖衬衫，然后他又小心翼翼地把衬衫撩开，他惊奇地发现她居然没戴乳罩。一对白玉般的乳房令他怦然心动地映在眼前，他认真端详着它们，听见自己的心在怦怦跳个不停。他情不自禁地伸出手去，又触电般地缩回来。他脑海中有个声音在不停地问：怎么办？怎么办……

　　我是怎么回来的？记不清了……医生斜倚在沙发上，努力回忆着。他突然觉着小腰的乳房同那名孕妇的乳房非常相像，这使他十分迷惑。我究竟有没有看到？也许是我在做梦。那天，我看到的只有那名产妇的。她的孩子死了……我爱小腰？也许，不管怎样，这都是我的秘密……他扶着额头，陷入沉思，看上去，这名年轻医生显得非常憔悴和苍老。

C

　　这时候，跳线和马尾巴坐在护士值班室里。跳线对马尾巴说："你别不好意思，他只比你大十岁。不是吗？你二十六，他三十六。他是咱院里最有前途的医师，你不能再犹豫了。那个小腰，我看她心眼不少。她想在咱们院里留下，昨天我还看见她向他抛媚眼呢，你可千万得提防……呀，不早了。我得去换药了，你好好想想我说的话……"

　　这时候，年轻的建筑工人小 X 正躺在外科病床上，他看见窗外即将完工的大楼上自己的同伴们正在辛勤地忙碌着。他的脑海中再次浮现出一对哺乳的乳房，再次感觉自己是多么不幸。

欢乐颂

一

　　一家八口围坐在一张老式八仙桌旁。

　　左侧是老大农民林木和他老婆李彩芹，以及他们十二岁的儿子林小木。右侧是老二林石和他的妻子于瑜，他俩都是城里中学的老师，林石教数学，于瑜教英语。桌子下首坐着一对年轻夫妇，那是老三林水和她的丈夫张森林。林水是城里百货大楼的售货员，她凸起的小腹有力地托举着桌面。张森林是土产公司的仓库保管员，一张木讷的脸，两只手规规矩矩地放在自己的腿上。

　　老太太独自坐在八仙桌的正面。虽然是酷暑盛夏，可她依然穿着一身黑色的长袖衣裤，而且丝毫不见热意。这是一个骨瘦如柴的白发老人，层层叠叠的皱纹使脸部显得有些变形，眼睛凹陷在阴影中，看不真切。一盏二十五瓦的灯泡在她脑袋的后上方嗞嗞响个不停，几只飞蛾围着电灯跳来跳去。灯光把老太太的影子放大在大半个房间里，她的身子微微颤抖，影子也随之呈现游离状态，不时地划过孩子们仓皇的脸庞。一顶吊扇在桌子上方有气无力地转着，发出纺车似的吱呀声。桌子上摆满丰盛的饭菜，但是谁都没动，谁也不说话。

　　五分钟后，这种沉闷的局面终于被林小木打破了，这个胖乎乎的男孩站起来，弄得椅子嘎吱嘎吱作响，准确地说他其实不是站起来，而是跪在了椅子上，这样他的身子就难免有些晃悠，桌子也跟着动起来。

"老实点！"李彩芹呵斥道。

"奶奶，我饿了……"小木噘着嘴，不满地从椅子上爬下来。

"嗯？"过了足有一分钟，电灯下面才传来老太太的声音，像一块石头重重地砸在桌子上——"都到齐了？"

"齐了。"连大人带孩子七个人几乎是同时回答。

"老二来了吗？"

林石赶紧说："娘，我早就来了。您忘了？于瑜给您买来了荔枝……"

"小石怎么没来？"没等他说完，老太太就把他的话打断了。

"我也跟您说过了，他去参加学校组织的夏令营了。"

听到"夏令营"三个字，林小木的眼睛里立刻流露出羡慕的光。

"夏令营是什么东西？"

"夏令营不是东西，"林木笑着解释，"夏令营是一种活动……"

"你别唬我了，国家干部林石同志……"老太太的声音一下子锋利起来，"啥事儿那么重要？我就不信不去能死人……"

"我……"林石不知该说什么好。

"你啥也别说了……"

四周都静了下来。老太太的胸腔里发出一连串呼呼的风声，仿佛是有人在拉风箱。林木无意间瞥见对面文质彬彬的弟妹，正从眼镜玻璃后面投射出一抹冷漠的眼神，他的心里也不由得泛起些许寒意。

"今天是什么日子？你们知道吧？""风箱"的嚣张声中，老太太再次开口说话。

"知道。"七长八短的声音很低，有如小学生挨训时的嗫嚅。

"老三，我要你说……"

林水慢慢抬起头，她漂亮而又苍白的脸庞上布满了蝴蝶斑。

"知道。"声音很轻,很脆,如同一声水滴。

"知道?你说……"

"今天……是我爹的忌日……"声音越来越弱,到了"日"字,已几不可闻。

"好……"又是一阵拉动风箱的声音,然后老太太的声音再度不容置疑地响起:"大木,准备酒……"

林木应了一声,他打开一瓶白酒,小心翼翼地把酒倒入一个矮矮的、粗粗的怪模怪样的茶色紧口玻璃瓶,仔细看,会发现瓶身上有一道三四厘米长的裂纹。一斤白酒刚好倒满。

"好了。"

"让我摸摸……"老太太的手像一只焦躁不安的螃蟹在桌子上爬了好半天,它碰倒了茶杯、茶壶,热水流了一桌子,弄得大家一阵手忙脚乱,接着,它又爬进了一盘红烧茄子中,最后才爬到林木的手上。

老太太摸着瓶子的手在不住地颤抖,瓶子里的酒洒到了她的手背上。最后,她又伏下身去,把整个脸凑在瓶口,使劲闻了闻,这才满意地抬起头。

"好。"她把手一挥,示意林木把瓶子拿开,"从你开始……"

林木端起瓶子,一仰脖子,喝下了三分之一。随后,他把瓶子放在妻子面前。李彩芹也扬起脖子,但只是咂了一小口。随后,她把瓶子伸到桌子中央,林石刚要接,老太太的声音突然不期而至:"慢着……小木喝了没有?"

"喝……喝了……"李彩芹慌忙答道。

"放屁……你欺负我眼瞎是吗?"

"他还小……"

"小个屁……十三了还小?除非他不是林家的人……"

林木和妻子对视了一下,从妻子手中拿过酒瓶,递给儿子。

林小木十分兴奋，他端起瓶子就是一大口，随即呛得咳嗽起来。李彩芹一把夺过瓶子，心疼地给儿子捶背，嘴里骂道："你这个不知好歹的东西……"眼睛却瞅着老太太。

林石也喝掉了三分之一，把剩下的大约五分之一递给妻子，示意她喝干。于瑜似乎没有明白丈夫的意思，她咂了一口，随即端起旁边的水杯，不动声色地把酒吐在了水中。接着，她把瓶子放在了林水的面前。

林石想阻拦妻子，已经来不及了。

"娘，别让水妹喝了。"他只好说。

"是啊，她怀着孩子呢……"林木夫妇也说。

"不——行……"老太太的声音嘶哑得活像有人用力撕开一块破布。

"大娘，我替她喝吧。"林水的丈夫张森林请求道。

"没你的份儿……"老太太断然拒绝，"你不是林家的人，你没有资格……"

张森林一脸尴尬，手停在半空里忘了放下。林水焦急地看看他，又看看两位大哥。

"水，你过来……"

林水犹豫着站起身来，她小心翼翼地绕过二哥二嫂，来到老太太面前，颤声道："娘……"

老太太伸出一只枯树枝般的手，青筋暴突的手，开始在女儿身上摸索，从脸蛋摸到肩膀，又从肩膀摸到胸脯。林水感到母亲的手捏得她的乳头直疼，禁不住发出一声微弱的尖叫。那只手在她肥硕的屁股上轻轻拍了几下，最后准确地停留在她隆起的腹部。

"嗯，很好……"老太太一边抚摸，一边满意地点点头。她的举动令林水很尴尬，她满脸通红，偷眼看看自己的丈夫，发现他正目瞪口呆地注视着自己的母亲。而两位哥哥，此刻都低下了头。

"几个月了？"老太太问。

"四……四个月。"

"嗯,你回去吧。"

林水一步一步地挪回到自己的座位上,惊魂未定地掏出手绢擦了擦脸上的汗。

"水,我知道你有了孩子,可是正因为你有了孩子,所以更应该喝……"老太太思维的严谨和表达的清晰与沉闷的喘息形成鲜明的对比。

"你说呢?"她沉默了一会儿又问。

林水麻木地点了点头,她似乎忘记了母亲根本就看不见这一事实。

"你说,你爹为谁死的?你娘为啥瞎的?"老太太的声音突然变得急促而高亢。

林水再次麻木地点点头,她默默地端起瓶子,一饮而尽。紧接着,她就"哇"的一声,吐了一地。张森林赶紧俯身把她扶住。

"嗯,好……"老太太心满意足地点点头,"孩子们,你们把酒全喝了,你们把仇全喝到肚子里了。现在,你们再听听我讲讲那天的事……"

二

林石和妻子是在午后四点乘公共汽车到达村子的。他们从公路上下车,然后还要步行走一公里左右的土路,路两边的地里盛开着金黄的油菜花。林石刚刚剃了一个短发,于瑜戴着一顶竹篾凉帽,他们手里都提着满满的东西。就在他们下了公路一百米左右的地方,一辆黑色的摩托车迎面疾驶而来。那车手穿着黑衬衫和牛仔裤,戴一顶厚重的红色头盔,无法看清他的脸。他的车技显然不高,车晃动得很厉害,在与林石夫妇交会的时候,险些撞到他们身上。

林石夫妇包裹在摩托车掀起的尘土中,他们不得不转过身去,面朝路边的田野。林石看见妻子捂住了嘴和鼻子。就在这一瞬间,他的脑海中电闪雷鸣般地闪过一个念头,他猛地回转身,向公路上望去,这时,那辆摩托车已经消失得无影无踪。他听见妻子在不解地询问:"你怎么了?怎么突然出这么多汗?"

"没什么,"林石从妻子手里强接过一袋水果,"我们走吧……"

"我来就行。"于瑜说。林石没有理会,大步向前走去。

林家靠近村子的偏西首,像当地的大多数农户一样,有一个没有院墙的大天井。家中有五间正房,其中靠西的三间土坯房是林石父母亲的,靠东的两间砖瓦房住着林石的哥哥和嫂子。此外,还有一间闲置的西厢房,孤零零地缩在一边。那是林石少年时读书、居住的地方。院子里原本有两棵高大的梧桐树,去年因雨水多涝死了,林木就把树伐掉了,这样一来,院子显得分外空旷。只是在东屋墙角边,生长着一簇茂盛的牵牛花,爬满了一面土墙。紫色的花朵如繁星一般,为这院子添了许多生机。看到它们,林石不由得想起了自己的父亲。这牵牛花和那两棵已经不存在的梧桐都是父亲当年种下的,父亲生前曾是一位不错的花匠。林石望着牵牛花暗想:这就是父亲唯一的遗物了……

正房屋檐下摆着一张小小的供桌,上面香烟缭绕。林石走过去,恭恭敬敬地跪下磕头。这时,东屋的门开了,李彩芹探出头来,"呦,你俩来了?刚才你哥还念叨呢,快上屋里来……"林石笑笑说:"好的,嫂子,我先见见咱娘……"

老太太一动不动地坐在八仙桌旁,从门外射进来的阳光,方方正正地铺在她的脚下,像一块金色的地毯。八仙桌上,摆着她老伴的黑白遗像。林石每次回家,看到母亲总是保持这样一种坐姿。林石眼前忽然一阵恍惚,他看见坐在那里的赫然就是自己的父亲,而母亲正在桌上那张遗像中向自己微笑。他的心里"咯噔"一下,差点从门槛上摔下来,抓住门框,定睛再看,父亲和母亲又回到了现实中各自的位置。

"娘,我回来了,还有于瑜。"林石迈进门槛,妻子紧跟在她身后。

"你是谁啊？"

"我是小石啊。"

"我没有你这个儿。"

于瑜情不自禁地皱起了眉。这时，林木走了进来。他嘴里衔着一根香烟，进门后又递给弟弟一支，"我刚才还和咱娘，和你嫂子说呢，说你一准儿就要到了。哎，怎么没见小石？"

林石把烟点着，"倒是想早来着呢，上午有课。教毕业班呢，没一点儿空，小石参加学校组织的夏令营去了。"

"哦，你们吃晌饭没有？"

"吃过了。"于瑜微笑着回答。

"林石，我问你，到底怎么样了？"老太太突然插话道。

"我昨天刚去问过……"林石欲言又止，叹了口气。

"你得天天盯在那儿，那帮公安，你不盯上，没人着急……"

林石嗫嚅着答应，林木扯了他一下，"走，上我那屋里喝水去……"

老太太的声音追出了门外，"大木，你带着老二，带上小木，赶快去给你爹上坟……"

兄弟两个提着酒和水果等祭品，扛了一把铁锹向村后的柳树林走去，墓地就在树林后面。他们经过小河时，看到了林小木。今年十二周岁的林小木正和七八个同龄的孩子一块儿蹲在河沿上，他们用空罐头瓶装上馒头、骨头来诓鱼。诓上来的全是些寸把长的小鲢鱼、小鲫鱼。这些鱼根本没法吃，他们也纯粹是为了玩。诓上来就扔在地上，蹦不了一会儿，鱼就都晒死了，一片片地泛着白光，惹得苍蝇成群，嗡嗡乱叫。可是，孩子们还是乐此不疲。

"小木……"林木远远地喊，"你看谁来了。"

"叔叔……"林小木站起来，把手里的提线交给小伙伴，飞快地跑了过来。

"又长高了……"林石笑着拍打着侄儿的头,"什么时候放的假?"

"前天。"林小木回答得很干脆。

"考试考得怎么样啊?"

林小木一下子低下了头,"不……不算好。"

林木在一旁说:"他呀,光知道玩了……"

他们来到坟前,摆好祭品,点着黄表纸,点上三炷香、两支烟,将一瓶酒围着坟洒了一周,一股酒香弥漫四周。父亲生前喜欢喝酒,这酒便是他最喜欢的高粱醇。兄弟俩一人拿一根树枝拨弄着火苗。灰烬漫天飞舞,像一群黑蝴蝶。

他们叫小木也一起跪下磕头,照例谁都没有作声。纸烧完后,兄弟俩站起来,掘了两锨黄土,培在坟上,又在坟头上压上了一张新黄表纸。

林石突然说:"哥,我进村时,碰见一个人……非常像他……"

林木的手猛一哆嗦,手里的香烟掉在了地上。就在他俯身捡烟的这一刹那,平地里突然刮起一阵旋风,他身后那堆刚刚熄灭的纸灰猛地又熊熊燃烧起来,火苗足足蹿起一米多高……兄弟两个顿时吓得面如灰土,"扑通"跪倒在地,捣蒜似的磕起头来。

"爹,您老放心,您的仇,我们兄弟俩一定给您报……"

他们的声音里充满恐惧,直到看见那堆火彻底熄灭,才胆战心惊地站起身来。

"你怎么当着爹的面说这话?"他们刚刚走出墓地,林木就把儿子支走了:"你快跑,回家看看你姑姑来了没有……"林小石一溜烟地跑了,林木这才抬起胳膊擦了擦额头上的汗珠,开始责怪弟弟。

"难道,"林石停了一下,"难道你也见过他?"

"最近一段时间,那家伙时来时走。我到乡里通知过民警,他们来过两次,全都扑空了。他家里人死活不承认他回来过,乡亲们也没人敢出来作证。这事,难啊……"

"你怎么早没有告诉我？"

"告诉你又怎么样呢？"

林石沉默了，半天才说："公安局也不怎么把这当回事儿了，我每次去，他们都说，都五年了，线索都断了。五年了，呵，五年了……"

"那家伙有枪……"

"什么？"林石吓了一跳，"你怎么知道？"

"上个大集那天晚上，我在后村胡同里和他走了一个对面。他好像从家要走的样子，我当时真想一把把他抓住。谁知他从怀里拽出一个乌黑锃亮的家伙，真家伙……当时，我的头皮子嗡嗡直响。我心想：这下完了……这狗日的可是亡命之徒啊……我的腿都软了，幸好，他没有真开枪。他骑上摩托车，一溜烟窜了。我过了好久才迈动脚。"

林石又沉默了。

"你还记得，父亲去世后，公安去他家里调查的情景吗？"林木问。

林石的眼前顿时浮现出当时的场景。警察在孟家一无所获，跳上警车离去。这时，孟天德突然把林氏兄弟叫住："林木，林石……你们弟兄俩再敢到我家折腾，等我儿子回来，让你全家死光光……"

孟天德脸上的肌肉一跳一跳的，左颊上一道十几公分长的刀疤也随之拉长。林氏兄弟不寒而栗，全村的人都知道那道刀疤的来历，那是四十年前孟天德与人火拼留下的记号，对手被他打成了残废，他也为此坐了十年的牢。有其父必有其子，他儿子孟强的残暴只他父之上。因此，做出那事也就不足为奇。

"兄弟，"林木沉默了片刻，接着又说，"你住在城里不要紧，我得照顾咱娘，小木才十来岁，真是提心吊胆啊……"林石看见哥哥眼角流出两颗浑浊的泪滴，心里不禁隐隐作痛。

"那……咱爹的仇……就这么算了？"他忍了忍，还是说了出来。

"怎么会算了呢？"林木说，"天网恢恢，疏而不漏……那狗日的，早晚会自己把自己糟践死……等着吧，老天爷是长眼的！"

"等着……"

兄弟两个都不再说话，直到在小桥上遇上了林水夫妇。他俩原本手挽着手，远远见到他们，就把手松开了。

"我以为你们不来了呢，就没叫你们。"林石说。

"你还来做什么？"林木心疼地看着妹妹，"身子都这么笨了……"

"不来怎么能行。"林水的声音轻柔得像桥下的流水。

"别去了，我和大哥代表了就行了。"林石说。

"不，我得去。"林水喃喃道，"有森林陪我，不要紧。"

三

林水在她两个哥哥留下的纸灰堆上点燃了一卷烧纸，往事在那些轻盈的火焰中间簸扬开来。

林水和孟强不仅是同村老乡，而且是小学、初中时的同学。林水是一个生性文静的女孩，孟强是一个出名的捣蛋鬼。上学时，他俩甚至都没说过几句话。林水初中毕业后在哥哥林石的帮助下，进了城里的百货大楼当上了售货员。孟强中学没有上完，就因为打架斗殴被学校开除了，但他后来凭着当村长的父亲的老关系，进了城里的化工厂，做了一名合同制工人。

那座化工厂位于城市东郊，与火电厂、炼油厂相邻。那里密布着高耸的烟囱、炼塔，成年累月散发着呛人的味道，那里的天空永远是一片灰暗。

孟强初进城时，十分无聊和寂寞。与那些城里的公子哥相比，他土得掉渣。那时候他还没有融入他们中去，整日像一只孤狼游荡在大街小巷。一天，他在百货大楼闲逛时，意外地认出了林水。他惊讶地发现，当年那个不起眼的小丫头，不知什么时候已经出落成了一个丰满秀丽的大姑娘。从那以后，他开始有事没事地去找林水，约她去看电影，给她买衣服，向她大献殷勤。林水刚开始还有些犹豫，但经不住孟强的狂轰滥炸，加之本身也很孤独。渐渐地，两人竟已形影不离。

　　林石偶然得知了林水和孟强的事情，生气地责备妹妹："你怎么能跟他在一起？他原先是村里的小痞子，现在是化工厂有名的刺儿头……你听你哥的，再也不要跟他在一起！"

　　爱情是盲目的，林水虽然也深知孟强的习性，但她对哥哥的告诫只是表面上答应，实际上却已经无力自拔。林石失望之余又无可奈何，一次回家探亲时，就把这件事情告诉了父亲。老头子一听顿时暴跳如雷，他一口气跑到城里，找到女儿。他爬楼梯时，右腿一颠一颠的，显得既吃力又滑稽。

　　"我绝不让你跟那个小流氓在一起……"一见到女儿，当着很多人的面，老头子就嚷嚷起来。

　　林水又羞又委屈，眼里涌出了泪花。

　　"走，跟我回去……别在这里丢人现眼……"老头子说着，就去拽女儿的胳膊。

　　林水哭出声来，"我回去能干什么呢？"

　　"好，不回去也行，"老头子心软了，松开女儿，"不过，你得发誓一辈子也不跟那家伙来往，他家从祖辈就没有一个好东西……你忘了那年冬天出夫上工程，那是六九年，那时候你才两岁。那年冬天上工程，他爹那个狗日的，硬说我偷了他的铁锹，我不承认，他就把我推到了一人深的水沟里。那是啥天气呵，寒冬腊月，滴水成冰啊……我这静脉曲张就是那时候落下的毛病……他这狗东西还能生出个好儿来？全村子谁不知道孟老蛋的儿子从小不学好？你瞎了眼了，还是鬼迷心窍？"

　　见女儿低头不作声，老头子又说："好，你不听。你不听，我就从这百货大楼上跳下去，我跳到大街上摔死……我让全城里都知道你这个不孝的闺女……你别拦我,你拦我干啥?你让我跳,你让我死,你拦我做啥……你别喊我爹,我不是你爹,我没你这个女儿……"

从那以后,林水就开始有意回避孟强。孟强像一头受伤的狮子,不断地跑到百货大楼来闹。一天,他醉醺醺地跑来,打破了柜台上的玻璃,推倒了两个货架,架上的货物碎了一地,大楼保安把他扭送进了派出所。

一个多星期以后,林水下班回宿舍的路上,碰见了刚刚从派出所出来的孟强。他倚在电线杆子上,闷头抽着烟,脚下大大小小有五六个烟头。看样子,他已经在这里等她半天了。林水低头装作没看见,却被孟强一把拦住。孟强伸出一条胳膊让她看,上面密密麻麻缀着十几个烟头烙印,有的还往外渗着脓血。

"我想你一回,就烫一个……"孟强不动声色地看着林水。

林水一下子就吓哭了,"你快走吧,我不想见到你……我爹我哥不让……"

孟强一把拽住她,"我不管他们让不让,你跟我走……"

林水死活不肯,这时路上去食堂打饭的同事多了起来,孟强不得不把林水放开,林水趁机赶紧跑开。接下来,连续几个晚上,孟强都到林水宿舍前大吵大闹,他用力踹门,把门上的玻璃震得粉碎。同宿舍的几个女孩全都吓得尖叫起来。

林水永远忘不了那天晚上,孟强又一次被保安人员带走时,他声嘶力竭地喊着:"林水,你不见我,你会后悔的……我让你不得好死……让你不得好死……"

孟强走后,林水浑身被汗水浸透了,坐在床上不住地瑟瑟发抖。一名舍友叹了口气,"唉……小林,你可真得小心,这种人可是什么都做得出……"她见林水没有反应,就转移了话题:"小王给你介绍的那个对象,你看着怎么样呢?人家可等着回信呢……"

林水还是没有反应。

第二天，林水一下班，就急匆匆赶往车站。明天，轮到她休息，她不知道孟强还会来怎么折腾。因此，尽管天阴得很厉害，她还是决定回家。她刚下车，倾盆大雨就哗然而至。林水跑到家时已经浑身湿透，她一进门就抱着母亲哭了起来。随后，她把这段时间发生的事情一五一十向父母讲了一遍。

"我操他八辈祖宗……"老头子一跳多高，既而又冲着女儿喊道："哭啥？我不让你跟他谈，你偏不听……"

"你就别说她了。"老太太轻轻推了女儿一把："水，你先换件衣裳……"

以往每次林水回家，都是睡在西厢房。这次，看见天气恶劣，老太太就说："水啊，你就在小里间睡吧……"

四

"那天夜里的雨真大啊，虽然是十六，但根本没有一点儿月亮。只有雨，大雨，三十年没有的出奇的大雨，下得天都塌下来了……我听见房顶上的瓦全都泡成了泥。"老太太喘了口气，又说："还有沥青，从我的耳朵里往外流，沥青滚烫滚烫的……

"我睡睡醒醒，醒醒睡睡，我其实一点儿都没睡。有一把锉一直在我心里一锉一锉的。嚓嚓嚓、嚓嚓嚓……你们不知道那滋味！我的肠子和胃也跟着疼，钻心地疼……我睡不着啊，我总觉着要出什么事，没来由地觉着要出事。后来，我对自己说：我去看看水睡着了没有……"

老太太蹑手蹑脚地下了炕，她的心怦怦直跳。她没有开灯，而是点着了一支蜡烛。每逢下雨阴天，她的枕头边总要预备下一支蜡烛。老太太没有文化，对电气一类的东西总怀着一种莫名的畏惧和不信任。她端着那微弱的火焰，一步一步地往前走。走到屋子中央，突然一声炸雷传来。她的手猛地一哆嗦，一滴滚烫的蜡油滴在了手背上。

"我到现在仍记得那闪电，那光亮……"老太太的牙齿发出咯叭咯叭的声响，"我看见屋子外面，天井里数不清的长虫……有碗口粗的，还有胳膊粗的，全都银光锃亮……"她边说，边用手比画着。

老太太忘了自己是怎样又开始迈动脚步的。她在小里间门口站住，支起耳朵听了听，里面没有一点动静。她把门上挂着的塑料帘子撩起来，那帘子在她手中发出蛇皮似的唰啦唰啦的响声，她险些把它扔掉。随即，她看见女儿静静地躺在蚊帐里面，胳膊和大腿都裸露在毯子外面。女儿的皮肤白皙而光洁，乳房高耸，使她想起自己年轻的时候。她颤抖着手伸进帐子里，轻轻地放在女儿的额头上。她感到了女儿的体温，但仍然有些不放心。于是，她又把手挪到女儿的鼻孔近旁，直到感觉到女儿均匀温热的呼吸，才露出满意的笑容。她如释重负，缓缓退出小里间，退到自己的炕上。

"我看见水没事，就放心睡了。就连那狗日的进来，我都没有察觉，多亏了你爹——"老太太说着，剧烈地咳嗽起来，把面前碗里的米粥喷起一圈小小的涟漪。

老头子听见咯吱咯吱的声响，起初并没有放在心上。因为，他知道老伴有睡觉咬牙的毛病。他断断续续地睡着，听见那咯吱咯吱的声响也时断时续，直到一道刺眼的强光逼使他睁开双眼——

"啊——"

一声刺耳的惨叫把林木夫妇从睡梦中惊醒。惨叫在持续，一声比一声高亢。"爹……"林木一下子从床上跳了下来，没穿鞋子，就蹿到了门口。惨叫没有间断，林木也在不住地呼喊："爹！爹……"他突然发现门不知什么时候已经被人从外面锁上了。他拼命地拉、拽，仍然无济于事。接着，他就听见门外传来发动汽车的声音，借助一道闪电，林木看见一辆深色的轿车在院子中央画了一个圈，飞快地消失在雨幕中。这时，父亲的惨叫消失了，代之而起的是母亲和妹妹凄厉的哭声。

"爹！爹！娘！娘！"林木狂拍着门，把嗓子都喊破了，他听见妻子和儿子也被这毛骨悚然的哭喊吓得哭出声来。

五

林石闻讯赶到是早晨六点半多一点。大雨刚刚停止，村子里积水遍地，泥泞不堪。远远地，他就听见了不绝于缕的哭声，这使他非常心焦。昨天晚上，他备课一直到深夜，喝了两杯浓茶，半梦半醒地挨到黎明，既而就被电话叫醒。他披着衣服坐上学校的破吉普车，脑子里一片混沌。有一阵儿，他甚至感觉自己是在做梦，直到看见满院子的人，才彻底清醒。林家院子里已经挤满了看热闹的人，他们交头接耳，议论纷纷，看见林石来了，自动地让出一条小道。林石看见在父母门前摆放着一扇用黑色的油布裹着的门板，哥哥、大嫂、妹妹和侄子正伏在上面痛哭。林石的眼泪一下子就流了下来，他上前把大哥拉开，林木一见是弟弟来了，一言不发地拍了拍他的肩膀。巨大的悲伤使他的脸都扭曲了，嘴张得很大，却一个字也说不出来。

林石揭开门板上的油布，他的身子一下子就瘫倒在地。这是一具被强酸烧焦的尸体，脸上的器官已经无法辨认，只有两个眼球绝望地凸起在眼皮之外。脖子烧烂了，血和脓浆一直流到地上，胸膛上一片血肉模糊。他身上唯一的衣服，一件短裤已经难以认出——它和死者的生殖器烂在了一起。

"爹！"林石大叫一声，昏了过去。几分钟后，他苏醒过来，问身边的哥哥："娘呢？"

"娘在屋里炕上歇着呢。"林木的声音沙哑得送不出喉咙。

林石看见了满屋的血迹，从炕头一直延伸到小里间的门口。"这是爹被那狗日的扎的！"林木哑着嗓子告诉弟弟。

母亲脸色煞白，一动不动地躺在土炕靠墙角的那边，胸口发出一阵阵呼呼的风声。妹妹林水倚在被褥上，蓬头垢面，面色雪白，双目紧闭，嘴角不停地抽搐着。她们对林石的到来一无所知。

林石走进小里间，他看到一具满是窟窿的蚊帐，床上的凉席、毯子上也有几个窟窿。他在床底下发现了一个空空的玻璃药瓶，里面残存着几滴呛鼻的药水。他听见哥哥哽咽着说："就是这个瓶子，满满的一瓶硫酸，原本是想泼水妹的，爹一挡，全泼在了爹身上……"

乡派出所的民警来了，他们一到就把看热闹的人们轰开了。人们退到街对面的高地上，并不散去，继续指指点点交头接耳地观望。

"你们怎么一点儿也不知道保护现场？"一个四十来岁，个头不高，被称为周所长的人皱着眉头埋怨林氏兄弟。

有几个人忙着用卷尺里里外外量个不停，又用石灰在地上画了一个又一个圈。林石把那个空瓶子递给周所长。周所长命人收好，他义愤填膺地对林氏兄弟说："这么残忍的案子，别说咱乡里，全县也没有发生过。我参加革命几十年，还是第一次见……哦，县局的孙队长到了——"

"昨天夜里十一点左右，局里接到一个出租车司机报案。他描述的劫车犯的身高、长相跟林水描述的孟强非常相像。现在，现场的车辙充分证明了这一点。"县公安局刑侦大队的孙队长对周所长说："走，我们一起去孟强家看看，李局长随后就到……"

六

正当人们张罗着为死者安葬时，天知道林水从哪儿弄了一瓶安眠药，全都吞进了肚里。看来，她已抱定与父亲一同上路的决心。幸亏人们发现得及时，送到医院把她抢救了过来。这个秀气的姑娘面色如纸，牙关紧闭，谁看了都不由得为她揪心。

死者化作了袅袅青烟。半月之后，那辆被劫持的红色桑塔纳汽车在河北任丘郊外一条水沟里被发现，但是没有见着凶手的踪影。

老头子死后两个多月，老太太在院子里上厕所，站起来就看见漫天都是纷飞的灰蝴蝶，这使她十分惊讶，提着裤子惊慌失措地招呼正在做饭的大媳妇："小木娘，你看看，怎么这么多蝶子？"李彩芹扔了烧火棍从屋里出来，"哪儿呢？哪儿？娘，什么蝶子不蝶子的？"

"你看不见吗？这么多你也看不见？不是蝴蝶还是雪吗？"老太太有些生气地挥舞着手，想把那些不速之客赶走，它们却越聚越近，越积越多。

傍晚林木从地里回来，端起饭碗，看见李彩芹神色凄凉地坐在那里。

"咋了？你怎么不吃？"

"咱娘的眼坏了，"李彩芹说，"从今往后没好日子了。"

"白内障是一种常见病，没什么大不了的，你看啊——随着年龄的增长，水晶体会慢慢发生硬化、浑浊的情形，在我国，五十岁以上患者有百分之六十，六十岁以上患者有百分之八十，七十岁以上高达百分之九十……"林石从皮包里掏出一张《健康报》念，然后又拿出一盒药水："你先点点这个，点一个疗程，不行咱去做手术切除，手术也简单。"

"我是也不吃药也不动刀，"老太太说，"眼好有啥用？我活了六十多了，黑的白的，俊的丑的，啥都看够了。你们别看我瞎，我心里亮堂着呢，你们想的啥，我一清二楚。"

"我们能想啥？"李彩芹有些不高兴，"我们愿意一家人旺相，您老少受点罪，我们少受点累。"

"我绝不拖累你们，我说不定哪天就完蛋了。"

林石赶紧把话头打住："娘，你可越说越远了。"

老太太的视力越来越差，听觉却变得越来越敏感，她渐渐习惯了用耳朵来代替眼睛,黑夜和白天也渐渐混淆了边界。她能听见露水坠落压弯草叶发出的尖叫,能听见一公里之外小河一刻也不停息的呜咽,听见太阳下山特有的沉重的喘息,听见当年老头子汗津津的身体泥鳅一样快活地游动,听见青烟钻出火葬场烟囱向上蹿与空气摩擦发出的嘶啦声。她感觉死者从来没有离开自己,只要她愿意,随时都能触摸到他。他常常在夜深人静时来到她身边,像黑夜一样无所不在地包裹着她,直到让她感到一阵阵幸福的战栗和窒息,然后倏然离去。他走后,她就整夜整夜睁着眼睛,仿佛是在目送他,偶尔听见隔壁的儿子儿媳的卧室里床板嘎吱作响,就愤怒地骂起来:"死折腾,不要脸的东西!"

早晨,李彩芹端着钵子在院子里喂鸡:"咕咕咕咕,咕咕咕咕。"回头看见婆婆正扶着门框迈了出来,就随口问:"娘,起来了?"

老太太"哼"了一声:"臭不要脸的。"

"你说谁?"李彩芹一愣。

"我爱说谁说谁。"老太太直瞪着白太阳。

李彩芹把手里的钵子一扔,"我怎么了?我哪儿点对不起您老人家了?"

"不要脸。"老太太鄙夷地吐了口唾沫,又退回了屋里。

中午,林木回到家,发现没有生火,再一摸灶台,冰凉,不由"咦"了一声,"李彩芹,你越来越懒了!"见没人吱声,又喊:"李彩芹,你给我出来!你做啥了,你这个臭婆娘!"还是没人应声,林木越发奇怪了,到卧室一看,李彩芹正背对着他坐在床沿上,拿碎布条搓一条花花绿绿的绳子,那绳子已有一米来长,像一条蛇尾巴甩来甩去。

"李彩芹你搞什么鬼?我快让你饿死了,你搓这绳子做啥?"

李彩芹抬起头来,大声吼道:"上吊!"

林木来到母亲屋里,"娘,你对彩芹说啥了?把她都气疯了。"

老太太瞪着一双浑浊的眼睛,"你给我滚一边去,不争气的东西!

成天光知道日老婆,你爹的仇几时报?我没你这样的儿子,你给我滚开!滚开!"

林木的脸一下子变得煞白,他转身去厨房抄起一把菜刀,向后街奔去。孟天德家院门紧闭,林木朝着门上咣咣踹了两脚,院子里的狗汪汪叫了起来。"姓孟的,给我滚出来!狗杂种,我和你拼了!"林木跳着脚骂。左邻又舍都跑了出来,"林木,你这是干啥?""怎么了,木子?"林木不理他们,"老孟家的人呢,那老狗日的呢?"有人回答:"林木你真是糊涂了,老孟早不在这里住了,他不是和他村长侄子办工厂了吗?"林木一听这话,又向村北场院奔去。孟天德的侄子孟亮原来是个杀猪的屠夫,前些年挣了不少钱,摇身一变成了村里的人物,前年秋上被选为村长后,便放下屠刀,借老队部的院子办起了一家肉制品加工厂。人手少,又不放心用外人,就把自己的大爷聘了过来做管家。孟天德老伴早就去世了,唯一的女儿远嫁异县,儿子又逃亡在外,正好一人在家冷清得难受,加之多多少少怕林家上门骚扰,便将侄子的工厂当成了自己的家。这肉制品加工厂破烂而又肮脏,顺风时整个村子都笼罩在一片熏人的肉臭里。林木身后跟着许多看热闹的人,稀稀拉拉形成一支小小的队伍,向着肉制品加工厂开去。这消息还在四处扩散,不断有人从各家的房前树后跃出,加入进来。

孟天德和孟亮都在院子里,孟亮站着指挥工人干活,孟天德半蹲在地上,拿块石子在脚下画着什么,看样子是在算账。林木喊:"孟天德,狗日的,把你儿子交出来!"孟天德吓了一跳,从地上蹦了起来。"林木,你这是干什么?"孟亮上前挡住林木。"你闪开,和你无关!孟天德!孟强!狗日的!"孟亮眼一瞪,"孟强在哪呢?你胡说什么!林木你把刀放下!"说着一把攥住林木的手,林木哪肯撒手,两个人就在那里争夺起来。孟天德在一旁说:"我侄你别管,你叫他杀,我就不信他有这个胆!"周围的人全都上来拉架,那孟亮一身的蛮力,林木不是对手,刀被他夺过去，远远地扔到了二十米外墙角的硬石上，当的一声脆响。

"有事通过正当渠道解决，看你动刀动枪的！林木，你这是犯法你知道吗？"孟亮叉着腰，一副义愤填膺的样子。

"是啊，林木，村长说的对，不能胡来啊！"

"木子，你冷静冷静，你冷静！"周围的人们异口同声地来劝。林木捂着脸蹲下身去，嘴里发出阵阵无助的哀号。

七

案件侦破工作还是不见任何进展，孟强好像从这个世界上消失了一般。这一年间，兄弟俩不下十几次去找周所长和孙队长，林石还通过学校校长和教育局领导找到县公安局的李局长。无论是周所长和孙队长，还是县公安局李局长，都表示一定严惩凶手，可是案件还是似乎遥遥无期地挂了起来。后来，不知从哪里传来一些风言风语，说孟强一位表舅在省里当政法委书记（也有的说是省政府秘书长），更有甚者说孟强已经逃到了香港……对于这些谣言，林石自然有把握不信，可是母亲和哥哥、嫂子都深信不疑。他们鼓励他给《焦点访谈》写信，林石口头上答应着，但随即就把他们当面口授的信扔进了垃圾桶。《焦点访谈》哪管得了那么多，他暗笑家里人天真。此后，见中央电视台的记者迟迟不来，老太太和林木夫妇愈发焦急和绝望了。林石从学校图书馆借阅了一些法律方面的书籍，又咨询了本校一位在外做兼职律师的政治课老师。春节后开学第二个星期一，他请假偷偷去了一趟省城。没想到，正好碰上开两会，省委省政府人大政协都戒备森严忙碌不停，林石只好记下了这些部门的地址就回来了。一周后，他看电视里报道两会已经结束，就又去了省城。在省人大信访处，一位和蔼的中年女同志详细记下了他反映的情况。他没有提及那些谣言，只是把父亲的遭遇详细讲述了一番。女同志叫他相信政府相信法律，让他回去耐心等结果。林石感觉浑身轻松，回家后把这事告诉了全家，全家都很高兴。

"这下好了，这下有盼头了！"林木激动地搂着兄弟的肩膀，眼睛里凝出两颗硕大的泪珠。

果然，过了不到两个星期，林石接到了县公安局的通知，李局长亲自叫他去一趟。林石兴冲冲地赶到李局长办公室，一进门就感觉气氛不怎么对劲。李局长沉着脸把一个牛皮纸信封掷到他面前，"看看你做的好事！"李局长说话带着浓重的鲁西口音，声音洪亮、威严。林石看见信封上红色的寄信人印刷地址处赫然写着省人民代表大会，脸上的笑容顿时冻成了冰。省人大责成县人大调查落实，县人大又把这情况反馈给了公安局，就这样转了一个圈后，信落到了李局长手上。

"还反映情况！这里为你这案子闲着了吗？你知道全县一年有多少刑事案件？你了解公安工作吗？你真是太那个了！"李局长气不打一处来，一股脑儿地发在了林石身上。

林石捧着那封信，有口难辩，只是一个劲儿地说："李局长，您误会了，我不是那个意思，真不那个意思……"

"哼，我误会了？你不是那个意思，你什么意思？你这是不相信我们干警，你这是不相信党和政府，既然你不相信，那你自己去办吧，我倒要看看你有多大能耐！"

林石还想申辩，李局长一把把信从他手里抽了回来，"你快走吧，走吧！"

林石只好说声对不起，退了出去，门在他身后嘭地关上了。他感到脸上火辣辣地疼，眼睛不由自主地湿润了。他来到大街上，感觉所有的人都在看着自己，两条腿沉重得像灌了铅。望着穿梭而过的车辆，有一刻他真想一头钻进去。林石从小就知道爱面子，学习、工作从来不肯落在别人后面，长这么大，从没有人这样对待过自己。林石感觉自己受了莫大的侮辱，虽然他也明白这不能怪李局长。那么，怪自己吗？他又不甘心，他觉着自己没有做错什么，自己已经尽了全部的心血。最后，他想到了父亲，他在心里默默对父亲说："爹呀，这都是为了您，如果您老在天有灵，就告诉我那家伙在哪儿，让我们捉住他，给您报仇，也给我们出口气！求求您啦！"

为了上访的事，校长也把林石责备了一番。校长是一个热心肠，为了林家的事没少出力。他再三告诫林石一定要处理好跟公安局的关系，因为案子归根到底还是人家办。他带着林石买上东西，去李局长家道歉，第一次李局长的爱人推说丈夫不在家，又去了一次才见着。李局长一见林石就说："我就不说你了，过去的就过去了，案子该咋办还咋办，东西你拿回去，我不能收！"最后，在校长的坚持下，李局长才把东西留下。"好，冲陈校长的面子我就收下，改天请你校长喝酒。"在李局长爽朗的笑声里，林石如释重负地告了辞。

八

就在林石跑上访的时候，林木也没闲着。十月初五那天，他去乡政府驻地卖棉花，中午在一家包子铺要了一盘包子，无意间听卖包子的郑老五和一个修缝纫机的人谈天，说六十里外的南里镇上来了一位神通广大的占卜先生，能掐会算，未卜先知，每天上门问卜的人络绎不绝。郑老五和李彩芹娘家是对门的街坊，清楚他家里那档子悬案，就对林木说："喂，木子，你不如也去算算？"林家的事情早就传遍了四里八乡，林木最怕人问，走路都专拣人少的地方走。今天如果不是郑老五出来泼泪水，撞见了给硬拖进去，自己是无论如何也不肯下馆子的。经郑老五这一提，旁边几个好事的也都围了过来。"就是啊，有一搭无一搭地算算，心里也踏实啊！"林木嘴里直说不信那个，却不由也动了心，暗暗记下修缝纫机的人所说的占卜先生的住处，是一家名叫"中华"的旅社。回家后，跟李彩芹一说，李彩芹说："算算就算算吧，不管准不准，寻个安慰也是好！"李彩芹要跟他一起去，林木却不答应。李彩芹感觉奇怪，问他原因，先是不说问了半天才肯告诉。原来，据那修缝纫机的人说，问卜有个讲究，见了女人就不准。李彩芹啐道："啥也重男轻女！"却不再坚持。

第二天天刚亮，林木就出了门。李彩芹喊他吃完饭再走，林木不肯，"到了那里还不知道什么时候挨上号！"刚上了大道，李彩芹在后面气喘吁吁地追了上来，把一个滚烫的鼓鼓囊囊的笼布小包塞进林石的手里。

"什么？"他诧异地问。

"鸡蛋，还溏心呢，叫你等等，你等不及。"

林木心里一热，这是小木期末考试的待遇啊，情不自禁地想：一定灵，一定灵！

"灵不灵的，我就求个安稳！"李彩芹仿佛看透了丈夫的心思，眼窝红红的。

林木辞别了妻子，坐上车到了南里镇，费了老半天劲才找到那家"中华旅社"。这中华旅社在一条死胡同头上，是一栋破得不能再破的二层灰楼。门前的小汽车和自行车停了一地，前廊下排着一条十来米的队伍。一打听，都是来找那个占卜先生的。林木看着高兴，暗想有门，刚想往前挤，立刻被好几个人恶狠狠地拽回："排队！"林木闹了个大红脸，回到末尾排着。陆续有人从里面出来，有的喜形于色，有的沉默不语。大家都拦住打听先生测得准不准，大多数说准，也有那么一两个直摇头。有个胖子嚷嚷着："我算碰见神仙了！连我屁股上几颗痣都说得一清二楚，我自己都不知道！"林木来了一句："你不知道怎么说准？"旁边的人都乐了，那胖子也不恼，"我当时也不信啊，当场褪了裤子照着镜子数了数，一个不多半个不少！"在大家的哄笑声里，林木渐渐挨到了门口。

　　这算命先生约莫四十来岁，清癯，面白无须，戴一副茶色眼镜，一见林木就"哎呀"了一声，林木的心顿时"咯噔"一下。

　　"你这位兄弟有大不如意。"先生说话南腔北调，听不出来历。

　　"是不如意。"林木顿时感到很紧张。

　　先生又说："家门有所不幸，不是父母就是儿女有大灾。"

　　"是啊……"林木的眼泪就差点掉出来，不等先生详问，就一五一十把心中的郁结讲了出来。

　　"我帮不了你。"先生严肃道。

　　"先生！"

　　"这是天道，不是人力能为。"

　　"先生，求求您给指条路，啥时候能平安昭雪……"

　　"唉！"先生叹了口气，"这事只能看机缘。"

　　"什么机缘？"

　　先生笑而不答。

　　"难道就没有办法？"林木又问。

　　"机缘不可强求，心急只会适得其反，等——"先生眼睛一亮。

　　"等到什么时候？"林木感觉自己的胸腔快要炸了。

　　"上下无常，非为邪也。进退无恒，非离群也。即鹿无虞，以纵禽也。君子舍之，往吝穷也……"先生一口气吐出一串文言，林木傻了眼。

　　"下一个——"先生叫道。

　　"先生你再说明白点。"林木不甘心。

　　"我已经说到家了，下一个——"

　　林木被随后进来的人搡出门去。

　　"你说这到底是好还是坏？你念过大学，你琢磨琢磨。"林木从南里镇直接去了县城，找到刚刚下课的弟弟。

林石抖了抖满身的粉笔末，脸上露出一抹苦笑，"没有好也没有坏，和我的上访一样。"

"有没有门？"

"不知道。"

"我看是有。"林木憋了半天，"那先生可不是一般的人，那么多人找他呢，如果不灵，怎么会有那些人，而且很多人坐着小汽车，你说呢？"

"我说……"林石一时语塞。

九

端午节过后的一天早晨，老太太把林木叫到跟前，"你到派出所把那个瓶子要回来……"

林木不解地问："要它干什么？"

"我叫你去，你去就是了……"老太太不耐烦地吼着。

派出所对林木说："那瓶子早交给县局了。"

老太太对林木说："就是交到中央，你也给我要回来……"

林木把这件事托付给了弟弟。半月之后，林石带着那只瓶子回来了。林石这次没有找李局长，找的是公安局管档案的一个自己过去的学生。这位学生先是有些犹豫，后来说："你拿回去也好，留个纪念吧，留在这里说不定哪天就当废品卖了。"这话让林石听了很有些难受，接过那只瓶子，连声谢也没说就匆匆离开了。他把瓶子递给哥哥，"娘是怎么了？神神道道的。"

"我也不知道，自从爹故去以后，娘的脾气就一天不如一天……"

老太太看到这只瓶子，非常兴奋。这时，她要把它贴在眼上，才能认出它的形状和颜色。她激动地亲吻着它，用舌头不住地舔它，唾液涂得瓶子外面湿漉漉黏糊糊的。

"你把它泡到屋山上那个破瓮里。"

"什么？"林木没听明白。"叫你去，你就去……娘的话，你不听了？"

林木只得依言行事。过了十几天，老太太又发话了："大木，你把那瓶子给我捞上来……"

林木把那个瓶子捞上来，它里里外外生满了绿色的苔藓。

"你把它洗洗……"林木就把瓶子洗干净。

"盛上酒……"

这下，林木惊呆了。不仅是他，林石、林水和李彩芹、于瑜都瞪大了眼睛。

"今天，是你们的爹的忌日，"老太太说，"你们要用这个瓶子来喝酒。这样，你们喝的就不仅仅是酒，你们把仇也喝下去了。你们就会永远记住：为你们的爹报仇……"

十

"我的眼睛是怎么瞎的？我是哭瞎的……你们的爹死了五年了，你们这些做儿女的还没有给他报仇啊……"老太太突然用力拍打起桌子来。

她的儿女们全都不动声色，对于他们来说，这已经是司空见惯了。五年来，每当父亲的忌日，她都要上演这样一幕。他们早已准备好了承受这一切。

"大木，你爹给你盖屋娶妻，你把他忘了，不给他报仇…… 二石，你爹为供你考大学，舍不得吃舍不得穿，一个汗珠摔八瓣。如今，你一家三口在城里吃香的喝辣的，你把你爹忘了，不给他报仇……小水，你爹为你死的，你是你爹的命换来的，你也不给他报仇……"

李彩芹突然说:"娘,这就是你不对了。自从俺爹去世以后,我们弟兄姊妹们为这事没停下来过,没喘过一口气,没睡过一个踏实觉。花钱、求人、耽误工夫就别说了,我为俺爹这事急得流了两胎,这个你不是不知道吧?林木你别拦我,你拦我干啥?我憋得慌,我要说,我不说咱娘不知道……"

"哼……就数你横亏不吃……"老太太声音矮了半截。

"娘……吃饭吧……"林木想缓和一下气氛。

"吃……吃个屁……你爹死了,你们光知道吃……"老太太捶胸顿足,号啕大哭起来。她老泪纵横,鼻涕一直耷拉到了碗沿上。

全家人面面相觑,李彩芹拿起了筷子,"小木,吃……快吃……"

老太太猛地止住了哭泣,她那一双圆鼓鼓的眼球一动不动。

林石心中一凛,他脑海中又浮现出父亲惨死的情景,母亲此刻的眼神与父亲死时的眼神一模一样。

一家人闷头吃饭,谁也不说话。林石感到饭菜是那么难以下咽,他不自觉地再次把目光投向母亲。他突然发现,在母亲的碗沿上立着一只苍蝇。这只苍蝇像一个走钢丝的杂技演员那样战战兢兢,它几次试探着下去饮水,又都受惊似的赶快爬上岸,看样子似乎很饥渴,林石心里蓦地泛起一阵怜悯。忽然,那只苍蝇一不小心掉了下去,它在黏稠的米粥中奋力挣扎,林石就感觉自己的心猛地一沉,他几乎听见了它喊"救命"的声音。过了一会儿,苍蝇不动了,静静地浮在白色的米粥上。紧接着,一双筷子仿佛急不可待地插入了碗中,林石情不自禁地"啊"了一声。这时,母亲已经把碗端到了嘴边。林石的声音很低,没人注意,而且,他自己也突然有些狐疑,不知为什么没有继续制止。当母亲的碗重新放回到桌子上,林石发现里面的那只苍蝇已经没有了。林石又恍惚起来,他无法解释自己刚才的行为。他想:也许自己看错了,那根本不是什么苍蝇,而是一片炸焦了的葱花。

好不容易吃完了晚饭。男人们抽烟喝水，李彩芹和于瑜洗碗，林水也争着要洗，被她们两个制止了。

林水确实有些不舒服，虽然那口酒她全部吐了出来，但她仍觉着肚子里阵阵难受。"我还想吐……"她悄声对丈夫说。

张森林扶着妻子来到天井前面，那两棵梧桐树原来的位置上有一小块洼地。

"我恨不得当初死的是我。"

"吐吧……"他说。

林水弯下腰，张大口，过了半天又直起身，"我吐不出来，肚子里的孩子动弹呢……"

"大娘也真是的……"张森林摇摇头。

"你别说了……你看看月亮，真亮……"

两个人仰起头来看月亮，月亮在云端里走得飞快。

十一

林水和张森林结婚是在父亲死后第三年冬天。林木和林石都为此感到万分高兴。几年来，他们为妹妹的婚事操碎了心，现在她终于答应结婚了，这似乎说明她已渐渐走出那件事情的阴影。事实上林水的内心只有她自己清楚，她之所以选择婚姻，只是因为不忍心再看着家人为自己操心。她只想随便找个人嫁了，不管是谁都行。新婚之夜，原本不多的客人渐渐散去，三十一岁的张森林，这个老实巴交的男人在热情过后才发现自己的妻子原来并不是处女。虽然他早已经想象过这情况，但当事实摆在面前时，还是有些悲愤。

"你现在后悔还来得急，我早就被他毁了。"她赤身裸体平静地躺在那里，眼睛瞪得老大，没有一丝泪痕。三年过去了，她只有想起父母的恩爱才会流泪,而内心的耻辱变成了麻木,甚至仇恨也漠然了。报仇雪恨是人间的事,那个林水已经随着父亲的死而死去,往后的生活便与她无关了。

张森林抱着妻子哭了起来,纵然他心思粗糙,也感觉到了妻子在自己怀里僵硬得就像一具尸体。

这天晚上,林水小两口被安排在西厢房住,林石夫妇睡小里间。于瑜起初很不情愿,但她却很快就睡着了,而林石死活都难以入睡。他对妻子在饭桌上的表现颇为不满:明知道水不能喝酒,她还是把酒递给了她,真不知道她是怎么想。于是,他又想起了早晨临出发前发生的事情。小石根本没有参加什么夏令营,是于瑜不让他来。于瑜本人也颇有牢骚,她说:"当你们林家的媳妇真倒霉,这么忙的时候还老请假……"林石责怪她不懂事:"你不能不去,不去,会让街坊邻居笑话。"于瑜牢骚归牢骚,毕竟知书明理,事情该怎么做还是怎么做。可是,她仍坚决不让小石同去。她说:"我绝不让我的孩子去接受你娘的复仇教育……绝不让……"

"复仇教育……"

林石反复琢磨着这几个字,心里很不是滋味。他觉着于瑜说话越来越尖刻。回顾不算短暂的婚姻生活,林石沮丧地发现其间填满了漫长、琐屑的争吵。他们曾是大学时代的同学和恋人,四年同窗又加十年夫妻,朝夕相处,可爱情还是像只小鸟,扑棱扑棱翅膀就没有了。妻子的脾气不好有她的生理原因,分娩受伤导致的宫颈炎久拖不愈,使她无法过正常的性生活,每一次亲近都会疼痛不已,性爱的欢娱逐渐被恐惧所吞噬。而林石一回家,闻见满屋子高锰酸钾的味道,心里就溢出一种莫名的失败感。他们住在一间狭窄的不足二十平米的筒子楼里,屋子里堆满了旧家具、书籍和生活用品,一切都杂乱无章,一切都让人烦躁不安。孩子都这么大了,还不能分床。

"这猪狗不如的生活，何时才能摆脱！"林石一次次在心里暗骂。

于瑜肚皮上的赘肉越来越多，不得不靠节食来减肥，从不敢吃油腻的荤菜，每晚只喝一碗米粥，可体形却还是日益肥胖起来。而不知从什么时候，她开始对林石充满了警惕。这种担心不无原因，林石一表人才，是学校的业务骨干，连续多年的优秀班主任，他的课格外受到学生的欢迎。可是如果他和一个女学生单独说话，就会遭到妻子的一通冷嘲热讽。

"你这样有什么意思？你不觉得无聊吗？"一天晚上，林石从一群重返母校的大学生举行的宴会上回来，挂起西服外套，妻子就问起那个喜欢打篮球的高个女生有没有去。

"哪一个？"他感到莫名其妙。

"你忘了？她还给你写过信呢。"

林石经常可以收到考上大学的昔日学生的书信，于瑜曾经几次拿这些信说事，他都一笑了之，可是今天当他看到妻子嘴角挂着的嘲讽的笑，突然忍无可忍了。

"没意思就离婚。"

"你已经是第五次用这个词来威胁我了，这不好。"他郑重地警告道。

"我威胁你？我威胁你？是你逼的我。"于瑜的嗓门更大了。

"我怎么了？"

"你自己清楚。"

"我不和不讲理的人说话！"林石径直走到卫生间里洗脸、刷牙。突然，他觉着背上一凉，回头才明白是怎么回事——于瑜竟然把手里的一杯凉开水泼了过去。

"我不讲理，我就是不讲理！"

林石吼道："你给我滚！"

于瑜显然没见过这阵势，从沙发上跳下来收拾东西，哭着喊着跑回了娘家去。临出门时她用力一摔，没承想竟把门锁摔坏了，林石找了把改锥修了一晚上才修好。其间，一不小心还割破了手，他翻抽屉找胶布，最后发现自己连药盒在哪儿都不知道。这似乎在暗示他妻子的重要性，最后他把受伤的手指含在嘴里吮了吮完事。

林石带着孩子熬了几天，感觉再也坚持不住了。孩子已经十岁了，可每晚还要听故事睡觉，他却常常不等孩子睡着，自己就睡着了。他犹豫不决，不知道该不该去叫妻子回来。

第四天中午，吃饭时有人敲门，林石以为是妻子，开门一看居然是大哥林木。

"小于怎么不在？"

"没……没回来，你有事？"

"哦。"林木坐下来，说明来意。原来，他准备承包东滩二十亩棉花地，钱不凑手，想借个。

"棉花……行吗？"

"看今年的样子绝对是好行市，想包的人多呢，价钱也就水涨船高地抬上去了，不过，一包可是五年呢。"

"二十亩种得过来吗？"

"收花的时候雇人，平时俩人多受点累也够了。"

"哦，用多少？"

"五千，多了更好。"

见林石皱着眉头踌躇不决，林木也就没再说话，闷头抽完烟，站起来，"人得靠自己啊，就是亲兄弟也不行啊。"

"你吃了饭再走。"林石的脸腾地红了。

"省省吧。"

林石不知说什么好，晚上去了岳父家，岳父也是干了一辈子中小学教师，大谈了一通夫妻和睦互敬互爱的道理，又借机抒发了一番世风日下人心不古的感慨，林石只能唯唯诺诺地低头敷衍。于瑜好歹跟着回来了，林石鼓起勇气把哥哥借钱的事说了一遍，于瑜板着脸说："随你的便，你是一家之主，你爱怎么着就怎么着。""我不是跟你商量嘛。""我已经说了随便你，可我要提醒你，马上要盖楼了，我不想在这破房子里住一辈子憋死！"

"我也不想，可是……"林石支吾着，"到时候再说吧……"

第二天林石带钱去给哥哥送，林木没好气地说："不是没有吗？"林石红着脸说："你也看到了，于瑜不在家。"林木拖着林石进了母亲的房间，指着新安的密封门窗和暖气炉说："天快冷了，我的钱给咱娘用上了。我也不是白使你的，明年收下秋来连本带息还你！"

又过了一个月，沸沸扬扬闹了很长时间的单位盖房一事终于尘埃落定，学校在城北郊外新征了三十亩地，要盖六幢职工宿舍，户型是三室一厅，八十个平米，首付四万，入住时再付五万，学校另外每户补助三万，共计十二万元。夫妻俩原本存着三万块钱，于瑜又从她爸那里借了一万。交上钱，两口子都觉着舒心，盘算着这日子总算有盼头了。很久不曾肌肤相亲的两个人，依偎着睡到天明。

过年时，李彩芹进城送来了十斤蒸年糕用的糯米面和十斤杂面，林石叫于瑜给李彩芹买了一套衣裳还回去。李彩芹穿上一边觉着好看，一边又心疼，"还不如给咱钱。"

"给你钱你好意思要？"林木白了她一眼。

"给我就拿着。"

"你呀，脸皮可真够厚的。"

"为啥不要，咱成年照顾咱娘，他一年来几趟？"

"他想来可得有工夫……"

"那还是不想……"

"你想！"

"我也不想，我是没办法。"

"谁有办法？摊上了谁都没办法……"

十二

辗转反侧最终仍难以成眠，痛苦万状的林石悄悄下了床。他走到外屋，听见炕上母亲正发出阵阵沉闷的鼾声。他走近她，借着皎洁的月光，他清楚地看见母亲只穿着一条花短裤，两只细细的腿仿佛是两条露出地面的枯树根。母亲的身子像只刺猬一样蜷缩成一团，散发着一股令人呕吐的气味，看样子好多天都没有洗澡了。两只干瘪的乳房像两个空空的水袋，无力地拖在凉席上。她的脸上布满了皱纹，像一只无法缀补的破鞋子，或者一只腐烂不堪的桃子。从她的嘴角逶迤延伸出的两道口水，消失在红色的枕巾上。在枕头旁边，还摆放着一副假牙，猩红的牙床，洁白的牙齿，圆张着，似乎随时要咬住什么。林石长久地注视着母亲，一阵烦躁夹杂着没来由的恐惧突然袭上他的心头。他只感到胸腔中有一股热流往上一蹿一蹿的，像摁不住的一头野兽。他感觉自己马上就要吐出来了，不是吐出食物，而是要把心吐出来。他突然举起了自己的拳头——他不知道自己什么时候攥起了拳头。他心中从未有过如此强烈的渴望——他渴望听到自己的拳头落在那张丑陋、衰老无比的脸上时发出的声响。

突然，林石的身子像遭到雷击一般，猛地一晃，迅即又恢复了平衡。他呆呆地站立着，听见心脏像一架巨大的打桩机发出阵阵沉闷而富有节奏的铿锵声，汗水劈头盖脸地落了下来。随后，他一转身，打开房门，跑了出去。

林石跑到天井前面的洼地上，腿肚子发软，"扑通"跪倒在地。泪水如泉水一般涌出，他哭丧着脸，喉咙里发出低沉的呜咽声。过了足有十分钟，他才扶着膝盖缓缓站了起来。

林石点上一支烟,默默地吸。吐出第二口烟时,他想起了下午从墓地回来,将要走回家时的情景。他在前面,哥哥在后面。林木突然说:"老二,你的头发怎么白了这么多?"

林石愣了一下,回过头,"是吗?我没注意。"

"其实,我的比你的更多。"林木苦笑着,"我的背都驼了,不是吗,老二?"

林石看了看哥哥,但没有作声。

"你不说我也知道,"林木说,"我总觉着有一块石头压得我喘不过气来……"

"我也是。"林石小声说。兄弟俩对看了一眼,眼神都有些酸楚。

一支烟吸完了,林石的情绪也稳定了许多。他缓缓走回天井中央,忽然听见东屋里隐隐约约好像有人说话。"这么晚了,还没睡?"林石不由得好奇,蹑手蹑脚地摸到窗台下,就听见里面传来大哥的叹息:"唉……一到了这一天,我就睡不着,一个大男人连杀父之仇都报不了……"后面的声音很低,根本听不见。过了一会儿,李彩芹的声音响了起来,尖锐而又急促:"我恨死她了,我倒希望她死了轻省,反正病也折腾着她,没多长时间了……"接下来,她的声音突然哽咽起来:"不是我不孝顺……可总不能为了一个死人,就不让活人过安生,你说这日子什么时候是个头?这几年节衣缩食,光钱花了好几万,求人办事还要低三下四看人脸色,她一点都不知道?从来不为儿女们想想,光想着报仇报仇,把我们都当成了仇人!你不知道,吃饭时,我真想把那个瓶子给砸了……"

林石身子又是一颤,险些摔倒。他赶紧悄悄地离开,走到屋门口,鬼使神差地冒出一个念头:去看看妹妹睡了没有。他来到西厢房门口,就听见里面传出一阵嘤嘤的啜泣,他的心像是被针扎了一般,连忙转身就走。

林石刚迈进堂屋门槛，不由被眼前的情景吓呆了。他看见形容枯槁的母亲，半裸着身子，手执一小节蜡烛，正从外屋缓缓地向小里间走去。虽然她双目失明，但方向却掌握得极其准确。显然，她不知道这样走过多少次了。直到她就要走到小里间门口，林石才从惊诧中醒转过来。

"娘……你干什……"林石的话还没说完，就听见母亲喃喃自语道："我看看水睡着了没有……"

林石跟在她的身后，走进小里间。他看见母亲把手伸进蚊帐里，放在妻子的额头上。林石的心都提到了嗓子眼，他真怕妻子这时突然惊醒，一定会吓个半死。还好，于瑜睡得很沉，丝毫没有察觉。林石这才有些放心，接着，他看见母亲又把手放在了妻子的鼻孔旁，过了十几秒钟，才把手收回。她的脸上浮现出满意的笑容，她转过身，林石赶紧把身子挪开。

林石看着母亲回到炕边，吹熄了蜡烛，重新躺下。立刻，那沉重的令人窒息的鼾声再度响起。林石猛然意识到：这就是五年前那天夜里发生的一幕……

十三

"大喜事啊，大喜事！"校长还没进屋就嚷嚷起来，他身后还跟着一个人，进了屋才认出是李局长。

"这下你可真要好好感谢感谢我，"李局长兴冲冲地说，同时还夸张地扭了扭脖子，"不容易啊，真不容易。"

"你的意思是已经抓到了？"林石的心一阵怦怦直跳。

"那是自然，难道还有别的喜事吗？"旁边有人搭话，是个女的，有些面熟，林石一时没想起是谁。

"这得多亏你反映的情况啊，里应外合才把案破了。"这样一说，林石想起来了,这女的就是省人大信访处的那位同志,可是她怎么也来了?里应外合是什么意思?

"我和于瑜可是老战友了,在政法学院就是同学了。"李局长这样一说,把林石搞蒙了。半天,他才明白过来,原来这个女同志也叫于瑜。天底下竟有这么巧的事!可是,妻子于瑜呢?里里外外都是人,他张了半天没有望见。

"苍天有眼啊,苍天有眼!"大哥挥舞着手臂跳到了面前,眼睛里的血丝冒红光。大哥后面紧跟着李彩芹和水妹,水妹穿着一件月牙白的裙子,肚子平平的。

"水,孩子呢?"他感觉十分诧异。

"孩子跟着他爸爸过夏令营去了,这时候还有空管孩子?"水妹明亮的眼睛闪闪发光,"报仇要紧,大快人心啊!"

"是啊,大快人心!"林石刚刚淡下的喜悦又升温了,同时又有些莫名的伤感和疑惑。

"真的报仇了?"

"那还有假?"李局长不高兴了,"你又不相信人民公安了。"

旁边有两个人附和道:"就是啊,就是!"林石一看,是周所长和刑侦队的孙队长。孙队长手里还拿着一团卷尺,正往胳膊上缠。

林石赶紧说:"您误会了,我不是这个意思,我真不是这个意思。"

"你什么意思,赶紧认错吧!"校长用手捅了捅他的腰。

"对不起,对不起。"林石忙给李局长赔情。

"赔礼道歉就行了?"李局长把脸沉了下了。

"等不及了,等不及了!"

"少啰嗦少啰嗦!"哥哥、嫂子、妹妹都喊了起来。

林石心里一热,他也多么急切地想看到凶手啊,孟强那个杂种!可是,他在哪呢?他跷起脚,看看到处都是人头,就是不见孟强。

"死到临头了还东张西望！"不知道谁说了一句，林石没反应过来，脑袋就被摁了下去。

"没想到啊，没想到！"林石头刚刚抬起来，大哥林木伸手就是一巴掌。这一巴掌把林石打得丈二和尚摸不着头脑，他捂着嘴巴，瞪大眼睛，"哥，怎么了，是我呀，你怎么打我呀？"

"打的就是你，你这狗杂种！"林木愤愤不平地骂道。

"大哥是怎么了？"林石看着嫂子和妹妹。

"别装蒜了，孟强！"李彩芹喝道。

"孟强？"林石张口结舌，"天啊，水，水，你说说，我是你二哥啊。"

"呸，你是臭流氓孟强，你烧成灰我也认识你。"林水手里端着一个玻璃瓶走上前，瓶口冒着白烟，一股刺鼻的怪味呛得林石咳嗽起来。

这是怎么搞的，全乱了，林石喊道："娘，你在哪儿呢？快拦住我妹妹，她疯了！"

"我早就来了，我看着呢。"身后一个声音在说，林石回头一看，原本那人大的女同志变成了自己的母亲。

"你怎么是我娘呢？"

"想不到吧？"那女的说，"还有更想不到的呢，你往后看看，你爹也来了呢。"

林石又一回头，李局长摘下了大檐帽，露出父亲烧得烂乎乎的脸。父亲赤身裸体，那玩意儿像一根烂草绳，挽成个疙瘩，系在裆前。

"冷啊，冷啊，地下真冷！"父亲哆里哆嗦地抱着胳膊，眼睛里射出恨恨的光，牙齿咬得山响，"你住着好屋，冬天不冷夏天不热，老婆孩子长天熬日头，把我忘了，不该，不该呀！"

"杀了他，杀了他！"母亲和哥哥、嫂子、妹妹，还有一些分不清模样的人都吼叫起来。

"不是我，不是我！"林石本能地向后退去，人们排山倒海地压了过来。林石惊恐地闭上了眼睛，他感觉到黑暗离自己越来越近，黑暗越来越深。这时，他突然想起了妻子和孩子，他唯独没有见到他们。他不甘心，就竭尽全力喊了起来："于瑜！于瑜！小石！小石……"

"我在这里呢，喊什么喊？"

林石猛一抬头，发现那些人都不见了，妻子嘴里含着一把梳子站在床边。

"又做梦了？"

"嗯呢。"林石有些不好意思，支吾地答应。

"起来吧，时候不早了！"于瑜说着，把窗帘拉开，一缕灿烂的阳光打了进来，林石的眼睛本能地一跳。

"我起不来，我发烧了，替我请两天假，我要……我要好好休息……休息一下……"林石双手撑了撑床，又躺了下去，并用被子捂住脑袋。

十四

两天后，林石又去了县公安局，没有见到熟悉的李局长，接待他的是一个威武干练的中年人。

"李局长调走了，孙队长现在管行政了，有什么事你跟我说吧，我姓陈，你叫我老陈就行。"

"这是我们刚来的陈局长。"旁边一个戴眼镜的秘书介绍说。

"哦，陈局长你好，我是县一中的数学老师，我叫林石，我是为我父亲的案子来的，我来反映些情况。"尽管公安局已经来过无数遍，可林石还是不由自主地紧张。

陈局长对林石父亲的案子十分重视，特别是当他听林石说最近回家时碰见过孟强时，脸上流露出兴奋的表情。陈局长立刻调出卷宗，又把改做办公室主任的孙队长和一个姓严的新刑侦队长叫来研究了一番,然后果断命令:"马上布控!"

"这么急吗?"孙主任有些诧异地看了看他。

"警情就是命令!"陈局长威严地回敬他的下属。

说也奇怪,当警察再次进入孟家之后,孟强就再也没有回来。除了兄弟两个,也没有一个人能够证明孟强曾经回来过。几个月后,周局长宣布撤控,他不得不承认案件的复杂超出了原先的设想。

房子终于在翘首期盼中开建了,眼瞅着房子一天天地长高,林石既高兴又犯愁。房子就要封顶了,这意味着交钱的日子也近了。

经不住于瑜的唠叨,林石这个星期天回了老家一趟,吞吞吐吐地把用钱的事跟哥哥说了,寻思着看看他的反应。

"再等仨月不行吗?"林木问。

"再等……"

"那我去借借。"林木站起身拍拍屁股就往外走,林石惊讶地发现他的裤子竟然打着两个补丁。

"哥——"他叫了起来,"我再想想办法……"

秋风一凉,老太太的身体便急转而下。

"我听见有人在我心里磨刀,霍霍作响。"她泪眼汪汪地躺在炕上,她的声音淹没在沉闷的喘息和咳嗽中。"你听见了吗?"她问伏在炕桌上叠纸飞机的小木。

"我什么也听不到,你总是大声喘气,我不是让你别跟我说话吗?"小木有些生气地说。

"你别把我的白糖全吃了。"她的脑子一会儿东,一会儿西。她仿佛看见几天之前的一个上午,她突然非常非常地想吃糖。儿子不在家,她不敢把这愿望告诉儿媳,她只好央求小木:"好孙子,你给奶奶弄点糖吃。"

"奶奶，你都没牙了，咋还这么馋啊？"小木有些不屑，但还是很听话地跑到东屋里取来了一袋子白糖。

她颤抖着手，哆里哆嗦地抓起一把白糖就往嘴里塞。有些糖粒顺着她的脖子撒到了炕上，她就趴下身，小心翼翼地去舔。小木说："奶奶奶奶，你慢着点，又没人和你抢……"

李彩芹就是在这时候出现在了她的面前。

"你把我的白糖全吃了……我包糖三角了，糖却没了。原来是你偷来了，有你这个吃法吗？你吃倒不要紧，你还把糖都撒在炕上……"

李彩芹从她手中夺走了糖，她继续舔那些撒落在凉席缝里的糖。

"尝尝这块水果糖。"老头子微笑着说。

老头子那时候真年轻，是个蛮帅的小伙子呢，戴着一顶神气的狗皮帽子。自己也年轻，穿着红棉袄，梳着大辫子。

"甜，真甜！"糖纸也是红的，上面还带着花。

"甜就多吃点。"她用筷子又夹了一只糖三角放到老头子碗里，"吃完了我再给你包。"

"就是面有点硬。"老头子说，"别只顾着给我夹，你也吃啊。"

"好，我吃，我吃……"凉席划破了嘴，老太太的嘴里同时感到了甜和咸两种滋味。

小木依然没有听见她的话，他说："奶奶，我听见汽车喇叭响了。叔叔接你去医院。"

老太太听见汽车在院子里停下，却看不出有多高兴，她歪着身子，觉着有三个男人走了进来，其中的两个应该是她的两个儿子，另外一个的脚步很陌生，一定是司机。于是，她就扬起头，对那个陌生人说："你别听他们的，我知道他们想啥，他们怕人说，让我死在家里多难看……"

陌生人笑着问兄弟俩："老太太说什么呢？"

"她说给你添麻烦了呢。"兄弟俩连忙给他翻译。

十五

检查结果一出来,一家人都吓了一跳,是肺癌!

"已经开始扩散了,"医生对林家兄弟说,"赶紧化疗还能多支撑些时候,但也难说,你们家属商量商量吧。"

兄弟俩相互对视了一番,彼此的眼里都满是恓惶。

"我跟你商量个事儿。"晚上睡觉时,林石对于瑜说。

"什么事儿?"于瑜一愣。

"要不……咱们先不要房子了……"

"什么?把房子退掉?你疯了?"

"我这不跟你商量吗,事情赶到了一块儿了。"

"治也白治,得了这病就等于判了死刑。"

"话是这么说,可不能……"

"随便你吧,怎么都是一辈子,我就住这里住到死。"

"别生气啊。"林石又觉着对不起于瑜。

"我生什么气?我睡觉!"于瑜拽着被角转过身去,不用看,林石也知道她哭了。

"我何尝不是做梦也想住新房子啊,可是事情赶一块儿了,娘受了一辈子苦,到最后了可不能不管呀!"林石与其是说给于瑜听,更像在自言自语。

"糊涂!房子不是别的,一辈子的事啊。"第二天岳父急匆匆地来了,"你娘活不了多长时间,可是你们还有半辈子呢,不能退。再说,你们不为自己着想还不为小石想想吗?他连个书桌都没处放!"

"您说的我都知道,可房子还可以再盖,娘却只有一个。"林石平静地说。

林石下了狠心要把房子退掉，关键时候校长出面制止了，"先给老太太治病要紧，房子也不能退，我帮你贷款！"校长的爱才之情溢于言表。

作为一名肺癌晚期病人，老太太一生中最后的日子是在极端痛苦中度过的，但她的儿子、女儿、儿媳、女婿在她住院期间的表现令医院里的医生、护士们都称道不已。一位年过花甲的老大夫眼含热泪，逢人就说："这么孝顺的孩子们，真是少有啊……"老大夫的话传到他们耳朵里，他们的脸无一例外都红了。

"你们……"老太太奋力喊出她一生中最后的一句话，同时双手笔直地伸向空中。她的动作使医生感到有些可笑，他暗想：跟董存瑞炸碉堡一样壮烈……他把她的两只胳膊放下后，它们就再也没有举起来。她的遗言并没能传到她的孩子们的耳中，而是埋没在一张白色的床单下面。因此，他们也就永远不会知道母亲最后说了些什么。

最令林氏兄弟难堪的事情还是发生了：老太太的心脏停止跳动了很长时间，眼睛却总也不肯闭上，而是圆睁睁地突起，跟他们父亲临死时一模一样。弟兄二人费了老半天力气，才把她的眼皮拉下来。

"娘，您老放心。"林木低声念叨，"那狗日的一定活不长……"

"是啊……"林石也说，"善有善报恶有恶报……"

葬礼结束后，兄弟二人都筋疲力尽。他们相互搀扶着，回到家中，坐在空荡荡的老屋里，周围死一般寂静。兄弟俩心中从未像现在这样空，空得让人发慌。林石听见耳旁似乎有个声音在不停地询问："是否一切都已结束？……结束了？真的结束了？总算结束了？……"

林水没能参加母亲的葬礼，当时正躺在同一所医院里的产房中痛苦而激动地等待着一个新生命的诞生。几乎与老太太入土同时，林水顺利地产下一名男婴。这是一个分外安详的男婴，哭了短短几声就停了，半小时后，他开始睁大眼睛四处张望。林水抱着他，反反复复地亲，蓦然看到婴儿的脸上浮现出一种久违而又熟悉的表情，一种属于自己父亲特有的怨恨而凄凉的表情，林水浑身一阵痉挛，发出"啊"的一声尖叫，这尖叫划破了周围的宁静，划破了窗外渐渐暗下来的天空。

林家兄弟一直坐到天黑。这时，村子里管传呼电话的王电工跑了进来："大木、二石，城里电话——你们的妹妹生了！""生了？""男的女的？""是个小子……"兄弟两人同时蹦了起来，"真的……"他们像孩子一样欢呼雀跃，林木叫嚷着："彩芹，快炒菜做饭……小木，去买酒……快……快……"

这天晚上，兄弟俩喝得一塌糊涂，连哭带笑，连闹带唱，一直弄到深夜。邻居们都有些看不惯，他们议论纷纷："这家人实在是太不像话……"

送走了老太太，紧接着迎来了棉花大丰收。硕大饱满的棉球绵延无际如瑞雪铺满大地，一眼望上去蔚为壮观令人心神愉悦。这一年，中国的纺织业如火如荼，出口势头强劲，棉花价格上涨百分之七十。这一年风调雨顺，林木承包的棉花地共产皮棉三千五百公斤，卖了四万一千元。卖了棉花，林木喜滋滋地去还兄弟的钱，林石先是不肯收，可林木哪里肯依。最后林石只好收下，利息却分文不取。林木说："还了你这钱我就彻底松口气了，明年开春，我盘算着先把那两间老屋拆了重盖一下，你看怎么样？"

"好。"林石说。

十一月二十日星期六，一个风和日丽的天气，林石一家拿到了新居的钥匙。新居位于四楼，空空的房间里散发着好闻的油漆的气味，人一说话引来回音阵阵：

"这间给小石这间……"

"这间是大卧室这间……"

"这间是餐厅这间是厨房这间……"

阳台正对着一片郊野——平缓起伏的一带黛色山岭，树木掩映一汪明净的湖水。

"真是一个好地方！"林石赞叹道，脸上带着疲倦的笑容。"呀——嗨！"小石跳起来打了一个漂亮的飞脚。

"快赶上房顶高了！"于瑜笑得少有的夸张和灿烂。

转眼又进了年关。一个暖暄暄的晴天里，林木一家在做迎接春节的大扫除。李彩芹从老屋一个角落里扫出一个脏兮兮的玻璃瓶，她有些迷惑地将它捡起来，嘴里嘀咕着："这是什么呢？"

"快扔掉它……"正在堂屋里剁肉的林木扔下手里的菜刀站了起来，他的声音充满恐惧。

"不……"林小木一把从母亲手中夺过那个玻璃瓶，"我要留着它诓鱼用，它肚子大口小，鱼儿进去就跑不了……"

他说着，就跑到院子里去了。院子里的铁丝上晾满了花花绿绿的被子，他在被子里钻来钻去，模仿着一辆汽车，嘴里发出呜呜的声响。他的父亲站在门槛上问："小木，你是愿意喝肉汤还是吃猪排？"菜刀在林木手里明晃晃地发亮。在他身后的八仙桌上，摆着一张电脑合成的双人彩色相片。

北京果脯

那天晚上,下着小雨,树人在一家公园门口的电话亭给皎蘩打电话,请求皎蘩寄五千块钱来买一台电脑,遭到皎蘩的拒绝。

皎蘩说:"光一个宝儿就够我受的了,你别整天跟个孩子似的,想要什么就要什么,你太自私了,从来不为别人着想。"

树人最恼的就是皎蘩这一点,她总是把自己当成一个孩子看。她甚至逮谁对谁说:"我们家那老大和老二……"

这话明显不合乎逻辑,树人辩解:"一你没有生我,是我妈生了我,虽然她早死了,也轮不到你;二即使我真是你的儿子,你也不应该比我还小一岁。"

"你歇着吧,我没空和你胡搅蛮缠。""咣"的一声,似乎是皎蘩一脚把身旁的脸盆什么的踢了。

那天晚上,树人一边打电话一边搓脚,就像是得了脚气。他走回自己租住的屋子,连打了好几个喷嚏。北京太冷了,虽然刚刚立秋,树人想怪不得皎蘩不肯来。

在都匀老家时,他曾经和皎蘩提过搬家的事。

"搬到哪儿?"

"北京。"

"北京？"皎鬟瞪大眼睛，一脸的愕然。

"你不觉着一个人一辈子没去过北京很可怜吗？"

"你还没去过美国呢！"皎鬟没好气地说。

"美国，呵，有机会，"树人敲打着墙上的地图，"北京、北京！"

皎鬟张了一眼，"比长沙都远呢！"皎鬟有个从未见过面的姑姑在长沙。

"比俩长沙都远！"树人用手拃了拃，将近两拃，比例尺是一比六十万。

"那是什么概念？"夫妻俩都惶然了。

说起来，皎鬟和树人还是初中同学呢。皎鬟生在都匀，长在都匀，初中毕业参加工作，一干就是十几年，轮到生孩子歇产假了，工厂也倒闭了，从那开始一直待在家里。现在孩子一岁多了，她心里有些蠢蠢欲动，想出来找个事做。不过皎鬟从没想过去北京那么远大，用她的话来说："那是电视上人们待的地方，可不是咱的。"皎鬟所说的出来，无非是走出家门，在都匀做点零工，摆个摊，当个钟点工什么的，最远也就到贵阳。实在不行，就去她哥哥们那里帮忙。她有两个哥哥，各有一桩不小的店铺，只是皎鬟同两个嫂子关系都不太好，不到万不得已，不会去叨扰。皎鬟下了岗，家里的开支就全靠树人了，好在树人的单位还不错。

树人是工商所一名小小的市场管理员，别看只是一名小小的市场管理员，在都匀市井上也是一号人物。隔三差五，树人在吉祥市场里转上一圈，夹着个包，戴一墨镜，谁见了都赶快递烟。树人后来在北京回忆自己当初的市场管理员生涯，感觉就是这么一个形象。事实上，夹着个包是真的，但从未戴过墨镜，树人戴的是一架茶色近视镜。近视镜说明树人是念过书的，虽然只是一个地区商业中专。树人从一号走到四百五十一号，挨家挨户把条子递过去，挨家挨户地敛管理费。两个舅子的店也照收不误，这惹得两个舅子和嫂子都大为光火。树人不理，树人有他的原则。舅子也真是的，愣不给，树人也不强求，反正是公家事。树人厌倦这份工作久矣，树人厌倦都匀久矣，他想远走高飞一走了之，他想到北方去，到北京去，每天晚上《新闻联播》之前，红旗总是先从天安门升起，你要是没到过祖国的心脏，你就不配是祖国的公民。树人注视着五星红旗冉冉升起，心中豪情万丈激流澎湃，双目灼灼内心升华，越发觉着自己的生活那么不堪。

使树人厌倦的还有一桩事，不知从何时开始，树人觉着皎絷不漂亮了，岂止是不漂亮，分明有些丑。满脸的黄褐斑，一口四环素牙，头发像草垛，整天邋里邋遢。于是，他就常常借故住在单位的宿舍里不回去，镇日和一帮闲人喝酒、打牌。皎絷觉出了他的冷淡，但也不表态。两个人暗地里叫着劲，两个人仿佛一起看到了尽头。本来，孩子的降生应该意味着希望，可是孩子一出生，额头上就长着一圈疣，个个豆粒大小，足有一二十颗。刚开始两口子风风火火看了一些医院，也没见好转，两个人也就慢慢接受了这个现实。树人回家一看到孩子，就觉着憋气，他觉着命运又在跟他开玩笑。

儿子倒是和树人很亲，一见树人就爹着小手扑过来："爸——爸——"

"上一边去，连个七八九十都数不过来，忒笨！"树人没好气地在孩子屁股上击了一掌。力量不轻不重，孩子咧了咧嘴没哭，傻傻地望着爸爸。

"他才多大个人啊，"皎絷把孩子揽到怀里，"你这么大的时候还不如宝儿呢！"

"你看见了？"

"还用看吗，看看你现在这样子就知道了。"

"我这样子怎么了？"树人嘟囔着围着孩子转了一圈，孩子一边吃奶一边高兴得直蹬脚。

"踢，踢死他！"皎蘩咬着牙说。

"这还不知道谁的孩子呢。"树人突然冒出一句。

"你说什么？你再说一遍。"皎蘩怒发冲冠地攥起了拳头。

"这日子没法过了！"有一次，树人忘了找了一个什么借口，出门时灵机一动扔下这么一句话，而且重重地摔了一下门。结果，他感觉心里说不出的畅快。从那以后，这个好动作屡试不爽。

皎蘩越是不屑理会，树人的心越发狂放起来。一天早晨，借着昨夜残存的酒兴，树人迎着朝霞写下了一份辞职报告。仰天大笑出门去，我辈岂是蓬蒿人。此地一为别，孤蓬万里征，去他娘的！

所长是个小矮子，站在院子里的枣树下刷牙。

"所长！"树人叫了一声。所长回过头来，满嘴白沫地问："啥事？"

"我写了个东西。"不知怎么，树人一跟所长说话，声音就卑怯。

所长定定地看了看树人，又看看他手里拿的那张纸。

"放我兜里吧！"所长侧了侧身，继续低头刷牙。树人把那份辞职报告卷成卷，塞进所长的裤兜里。

树人上了楼。办公室里只有他一个人，树人拿起一块抹布擦玻璃。玻璃上有些苍蝇屎和鸟屎，怎么擦也擦不掉。树人象征性地呵了一口气，鸟屎中看见所长进屋放下牙缸，又出来，贴着屋檐底下匆匆去了厕所。树人放下抹布，打开写字台的抽屉，里面只有一只烟盒，一些烟蒂，还有一支圆珠笔。树人把烟盒拿出来，才发现里面是空的，他把烟盒攥成一个团，又拿出那只圆珠笔，喀吧喀吧地摁了几下。这时，他听见所长在喊：

"树人，树人！穆树人！"

树人把头探出窗外，看见所长一只手提着裤子，另一只手扬着那张纸，"操你娘的，你写的什么鸟玩意儿！老子差点擦了屁股！你给我下来，滚下来！"

树人没想到所长竟很爽快地答应了他，似乎早就盼着他滚蛋，甚至连问他准备干吗都没有问。他早就想着把自己的小舅子安进来，正好有了这个空缺。这个傻逼树人！树人心里有些不爽，但从财务上领到钱后就忘了刚才的不快。同事们七嘴八舌地议论，树人只是笑笑。别看平日里在一起有说有笑，他们哪知道树人内心里对他们是多么厌恶。工资加乱七八糟，总共领到五千六百八十元。树人回家把制服一脱，把六百块钱往皎蘩的眼前一扔，揣着五千元就上了火车。树人没有告诉皎蘩自己辞职和去北京的事，他觉着说出来只会自找麻烦，别无裨益。树人不是没有想过多留一点钱给皎蘩，即使不念夫妻之情，还有孩子嘛。可是树人转念又一想：给了她，自己怎么办啊？这可是自己辛辛苦苦赚来的血汗钱。虽然皎蘩下了岗，可她娘家有钱啊，这些年，自己没少照顾两个舅子，现在也轮到他们照顾一把了。至于孩子，爱咋养咋养吧！有一阵，树人还羡慕起古人来，那时候一纸休书就可以解决问题。树人后来回想自己其实当时确实动过离婚的念头，离了婚就彻底解脱了，可是不知怎么没有付诸行动。大概是因为懒的缘故吧，世事如烟，树人已经想不出一个究竟了。

树人到北京是第三天早晨六点多一点，他在西客站旁边找了一个小旅馆登了一个记，就连忙赶往天安门去看升国旗。可惜急中出错上错了车，等他到天安门时，升旗仪式已经结束了，树人感到十分遗憾。但他又想，来日方长，以后机会多了，就释然了。他花了十块钱，照了四张相片，分别以天安门、人民英雄纪念碑、毛主席纪念堂、人民大会堂为背景。参观毛主席纪念堂时，他惊讶地发现毛主席纪念堂居然不收钱。也不像家乡人们传说的，必须买一束鲜花敬献，树人看见有不少人确实捧着鲜花，让他很是羡慕。一问鲜花二十块钱一束，就没舍得买。毛主席躺在水晶棺材里，那样慈祥那样伟岸。树人默默地说：毛主席，我来看您了。毛主席仿佛在说：来了好啊，来了就不要走了，北京需要你呢。接着，树人去了故宫、王府井，第二天又去香山、颐和园，第三天去了长城，他把这些地方逛完后，觉着自己已经深深爱上了北京，离不开北京了。他需要住下来，彻底地融入北京里去。于是，他从招待所里搬出来，辗转换了几个地方，最后在西直门外落下脚来。

这是一座五十平米的两居室，位于一座旧楼的底层，掩藏在一座三十几层的摩天大楼的阴影里，终日见不着阳光。屋子里有一股呛鼻的霉味，树人走进卫生间看了看，水管上搭着几件面目模糊的衣服，上面爬满了虫子。屋子里陈设简陋，几个笨重的木头橱子和一圈烂沙发，墙角摆着一台旧电视。

树人租住的是两居室中的一个小间，勉强可以放开两张单人床和一张桌子、一个柜子。树人并不是自己独租，先于他住进去的是一个复习准备考研究生的小伙子。房租每月四百，两个人每人每月出二百，这个价钱，树人经过多方比较，觉着是蛮划算的。小伙子姓张，24岁，湖北人，身材瘦长，皮肤纸一样白且透明，隐约能看见血管。房东偷着告诉树人："他已经在北京待了两年了，每次就差那么一点儿！"

房东打量了一眼树人，"也是学生吧？"

"哦。"树人就胡乱点了点头。

房东是一个寡居的老太太，说是老太太，其实顶多也就五十岁出头。树人知道她姓李，就自作主张地喊她李妈，后来他发现考研生也是这样称呼她。李妈五短身材，偏胖，患风湿病，大夏天，房间里没有空调，李妈经常光着上身在屋里晃来晃去，一对干瘪的乳房像两只空空的褡裢垂到裤腰上，两臂上贴满雪白的膏药。树人起先觉着很别扭，但转念一想她是一个老太太，就原谅了她。

李妈孑然一身，没儿没女，也几乎不出去，整天不是睡觉，就是一动不动地坐在看电视。电视坏了，不但色彩失真而且没有声音。树人纳闷，她看个什么劲啊。

小张不爱说话，每日早出晚归，见了只是草草打一个招呼，一脸漠然。树人印象中，小张唯一一次笑是在他看到树人在长城上拍的照片时。他甚至讲了一个笑话，是 GRE 辅导班上的老师讲的。说一个考生，去八达岭，一看见写着"八达岭长城"字样的双语路标牌，惊叫起来：呦！长城上也有 GRE，原来，他把 GREATWALL 看成了 GRE AT WALL！

树人问："什么是 GRE？"

小张不屑地把嘴一撇，"连这个都不知道，和托福差不多！"

树人并不是大老粗，在都匀时也看报看电视新闻，大体知道托福是怎么回事。

"通过 GRE 考试就可以到美国去……"小张说。

树人插了一句话："你到底是考 GRE 还是考研？"

小张白了树人一眼，又咬紧嘴唇，"我啥都考，考上研就读研，考上 GRE 我就上美国！"

树人瞥见小张苍白的眼神，心中一凛，那眼神里有什么东西蛮吓人的。

小张好像也问过树人来北京干什么，树人回答得支支吾吾。小张也并不真的关心，拿着书就出去了，树人也忘了自己编了一个什么谎，反正从那以后，再也没人问过。

小张带着一个大皮箱，上面挂着一把铜锁。每次出门和归来，他总要先打开箱子，把里面的东西翻个底朝上，然后又一一放进去，却从来没见拿出什么来。树人想，他那里面一定藏着什么特别珍贵的东西。

早晨醒来，树人就听见李妈在隔壁嘟囔着什么。他把脸贴在墙上，断断续续地听明白了，原来她是在抱怨浑身的腰酸背疼。

"起不来了，起不来了……"与此同时夹杂着砰砰的捶打声和阵阵咳嗽。

树人想要不要自己过去扶她一把，但最终没动。过了一会儿，他听见老太太的房门响，接着，厕所里传来淅淅沥沥的声音，随后，锅碗瓢盆响了起来，客厅里的桌子椅子吱呀呀响成了一片。

从那以后，天天莫不如此。树人暗自感叹："老太太这也是活着……"

一天半夜里，树人睡梦中感觉鼻子上有个什么东西，用手一摸，是个活物，以为是老鼠，慌忙往地上一摔，"啪"的一声脆响。树人开灯一看，竟是只蟑螂，足有十几公分长。

"我的天啊！"树人惊出了一身冷汗。没想到，北京也有蟑螂。

"没什么大惊小怪的，这里多的是，还有比这更大的呢。"考研生躺在那里翻着白眼，却不看树人，嘴里兀自嘟囔着什么。

"你在干什么？"树人问。

"背单词。"

"你几时回来的？"

考研生白了树人一眼，"干什么？"

"问问，随便问问。"

"和平时一样。"

"一样是几点？"

"两点！行了吧？"考研生大吼，把背扭到了墙里。

树人吓了一跳，再也不敢吱声。树人捂着惊魂未定的心，想自己赶紧搬出才好。这小伙子，分明神经不正常。可是，到了白天，他就把夜晚的不快忘掉了，因为北京太迷人了。

大约兴奋了一个星期，树人忽然醒悟过来：原来到处都要生活，北京也不例外。新鲜劲一过去，就不知道该干什么了。不能老这样，得用生活把时间填满。傍晚,树人坐在回住处的公交车上,望着一座座灯火通明的大厦,想像不出那里面是怎样的景象。北京就像一座巨大的迷宫,深深吸引着树人求知若渴的心。树人明白了,要想把北京了解够,一天两天是不够的,一个月两个月甚至一年两年都不够,必须一辈子永永远远地住下来。树人琢磨着自己也许该找点事干干,可是干什么呢?在都匀的时候可以收市场管理费,在北京谁要自己收管理费呢?树人悲哀地发现,自己多年来的工作根本算不得一个职业,连一门手艺也不是呵。树人下午去银行取钱,又吃了一惊,不知不觉已经花掉了一千多块了。如果按照这个花法,用不了几个月,自己就完蛋了。树人一下子感到北京的高楼大厦名胜古迹就要远了。

这天早晨树人像往常一样去小区门口马路上喝豆浆吃油条,他已经养成了这样的习惯。喝豆浆吃油条时,他觉着自己俨然就是一个北京人了。油条往豆浆里一泡,真叫那个香!他看见在自己对门住的一个长头发青年也出来喝豆浆,另外带着一个女孩。树人每次见他都是和不同的女孩在一起,但无论哪个女孩,都是勾肩搭背一样亲昵。树人感觉有些奇怪,有些惴惴不安。今天长发青年碰巧坐在他对面,他看见那个女孩也就二十岁左右,穿着一件纱似的吊带裙,乳房一撅一撅的,脸不由得一红。长发青年打量了打量树人,树人愈发窘了,谄媚般地憋出两个字:

"你好。"

"你干什么的?"长发青年打着一颗烟。

"我……"树人说,"我是外地的。"

"早看出来了,"长发说,"我又没问你是哪儿的,我问你是干什么的。"

"我刚来,还没工作。"

"哦,别急,慢慢来。"

"您……"

旁边的女孩说:"他导演。"

"导演?"

"拍片子。"长发潇洒地做了一个手势。

树人一下子肃然起敬,"就是电视里那个……导演?"

"导演"点了点头。

"能有我可以做的事吗?"树人突然唐突地问。

"你……"长发愣住了。

"你想当导演?"那女孩把嘴里的豆浆喷了一桌子,也喷到了树人的脸上,树人的脸腾地红了。

长发青年也乐了,"你呀,不如写小说吧,跟老王学吧——"

长发说着拿手一指。树人一回头,发现又来了一个人,是一个歇顶的中年人,穿着一套米黄色的休闲西装,戴着一架金丝眼镜。

"宝贝,你好吧?"老王把手放在女孩的腿上,女孩啪地打了一下,"死秃子!"

老王"哈哈"乐着把手缩回去,那"导演"也在乐,一点儿看不出恼火。

"导演"一指树人,"老王,我给你推荐一个学生。"

老王认真地看了看树人,"你?"

"王老师好。"树人谦卑地站起来点了点头。

"你是干什么的?"

"我刚来北京,还没想好。"树人有些口不择言。

"我可没工作介绍给你。"老王严肃地说。

树人有些尴尬,本来他就没想到让人介绍工作。他只是随便问问,他并不知道自己想做什么,能做什么。

"你这个秃子,谁让你介绍工作了,你教教人家写小说不得了?"长发青年说。

"就是啊，"那女孩也说，"那笔杆子一摇钱就哗哗的！"

"呸！"老王狠狠地往地上啐了口唾沫，"你们以为小说那么好写？文学是很神圣的，你以为跟你们影视圈似的，啪啪把衣服一脱，就成了？"

这下，那女孩不干了，"我靠！你怎么说话了？什么叫啪啪一脱就成了？"

那导演笑骂道："你他妈的脱得还少吗？"

"我不屑和你们这种俗人争论！"老王抬手招呼那守摊的说："给我一碗豆浆两根油条——别炸糊了啊！"然后转身问树人："你真想写小说？"

"我……"树人不知道该怎么回答。

"你读过《红楼梦》吗？"

没等树人回答，旁边那两个又开始起哄了：

"你自己读过吗？"

"你也就比人家多知道个《红楼梦》。"

"一边去，一边去，我八岁就读了，怎么着？我可是北大中文系毕业！"老王不耐烦了。

"蒙谁啊，谁不知道你那文凭是假的！不是北大，是白搭！"长发导演搂着那女孩，狂笑起来。

老王告诉树人，他就住楼上，并且说欢迎树人过去玩，除了晚上，他都在。树人问他晚上干什么，老王目送那对情侣相拥而去，清了清嗓子说："给各大学讲课！"临走时，他还送给树人一张名片，上面用中英文两种字体印着：

　　环球国际作家协会　名誉主席
　　加拿大泛美大学　　名誉博士
　　　　　　云　帆

"云帆是我的笔名。"老王微笑着解释道。

说者无心，听者有意。树人第二天下午还真的去了楼上，老王还真的在。老王开门一看是树人，先是一愣。

"云帆老师您好，"树人冲他笑了笑，怯怯地说，"我看过《红楼梦》，看过。我上中学的时候，写作文在学校里还得过奖呢。"

树人说的是真的，很久以前，他也曾经是一个文学青年。他还模仿汪国真给皎蘩写过诗呢，那时候他上中专，皎蘩每个星期都给他写信，还寄钱给他，树人就写诗还赠，把她比成花呀草呀云呀，比得皎蘩脸通红。可是，只是自从参加了工作，结了婚，那些花呀草呀都没有了。老王的脸上露出了笑容，把树人让进了屋里。不愧是作家，房间里有一面墙都是书架，上面密密麻麻摆满了崭新的书。写字台上电脑开着，屏幕上正在放一个外国电影，树人还没看清，老王眼疾手快就把窗口关了。

"你有电脑吗？"他问。

"啊，没有。"

"写小说得有电脑啊。"老王说。

树人动了心，晚上给皎蘩打了到北京后的第一个电话，要求皎蘩支持自己，因为自己这是一个光明正大的理由。树人说自己只是一个中专生，老王却说，高尔基一天学都没上呢。老王还说，你是个工商所的办事员，外国一个大作家叫什么来着，就是写过一个人一觉醒来变成个虫子的那个，他是个保险业务员呢！老王又说，你要趁着年轻多学习，不要跟那个长毛屁导演似的，整天就知道玩女人。树人暗想玩女人有啥不好，自己还没玩过呢。临走时，老王还送给树人两本书，一本是长篇纪实文学《天亮了分不分手？》，一本是电视小说《燃烧激情的日子》。后面这一本，树人在家时已经从电视上看过同名的电视剧，很感动。今天，居然见到了他的作者，树人激动之情溢于言表，抓着云帆的手，让他在那两本书的扉页上签上了他的名字。

"我挤奶也挤不出那么多钱啊,"皎繁在电话里说,"你是不是发高烧?那是电视里才有的,导演、作家,都住在北京,你别忘了你是在都匀,你就是爱做梦,醒醒吧,少给我添乱吧。"

树人说:"我这就是在北京。"

"你在上海来还在北京!"

"你咋不信呢?你看看来电显示,010——"

皎繁"呀"了一声:"你真在北京?"

"真的啊,我站在天安门城楼底下,人民大会堂前面。"

"你啥时辰去的?你去干什么?你啥时候回来?"

"我不回来了,我在北京长住久安了,你和孩子都过来吧!"树人开始信口开河。

"你疯了!"孩子在电话那边哭了起来,像是打碎了什么东西,皎繁气急败坏地嚷嚷:"和你爸爸一样讨厌,我打死你打死你,你这熊孩子!"

没有电脑就不能写作,就当不了作家,就成不了导演,就不能身边美女如云,就成不了老王和长发那样的人。买电脑这事提醒树人想到了生存问题:要在北京待下去,就得工作,工作是树人最不愿意干的。可为了北京,树人不得不委屈自己。他特意擦亮皮鞋去了人才市场一趟,发现那里没一件工作是自己愿意干的,倒是有很多和自己一样茫然的外地人,袖着手转来转去。如果能让树人选择,他宁肯继续去干他收管理费的老本行,但前提是:在北京!

树人离开人才市场,走了没多远,被一个穿西装的男人拦住,塞给他一张电影票似的东西——"听课证!二十一世纪成功的最佳机会!晚了就来不及了!"

那人大喊大叫着:"抓紧,抓紧!"

树人被那人赶鸭子似的赶进旁边胡同里的一幢不起眼的建筑里，又被更多的陌生人裹挟着三拐两拐进了一间教室般的屋子。里面原来是一个不大不小的会场，挤满了男女老少，足有一二百人。会场里人声鼎沸，会场前面挂着三幅标语，左边一幅写的是"有志者事竟成"，右首一幅则写着"爱拼才会赢"，中间的横幅是"美国爱尼玛伟（中国）有限公司成功课堂"。

一个洪亮而热情的声音通过麦克风喊："掌声有请。"

会场里立刻响起了雷鸣般的掌声。

那个声音又说："再次掌声！"

掌声又起。

那个声音提高了："下面就请大家用最棒的姿态、用最真挚的掌声，欢迎我们公司做得最棒、人长得最帅的直销先生张金龙老师——掌声有请。"

一个西装革履风度翩翩的年轻男人在掌声中昂首阔步走上台，接过旁边递过的麦克风，朝着下面深鞠一躬，"最最亲爱的朋友们大家好！"

掌声甫歇，张金龙开始了激情演讲："今天我给大家介绍的是，全球五百强之一的美国爱尼玛伟公司最新专利产品加勒比海象油，已获得国际六十四项大奖，全球十六位诺贝尔科学奖获得者联合推荐这是二十一世纪人类最伟大的发明，从改变人类基因开始，人类从此可以活到一百八十岁，它具有调节体内循环提高免疫力增强力比多的功能，全球畅销一百零二个国家和地区，已使二十亿人受益。今天，它来到中国，是中国人民的福气也是在座各位的幸运……"

张金龙说："谁人没有梦想？哪个不渴望成功？不想当将军的士兵不是好士兵，不想成功的人生是残缺的人生！世界大潮浩浩荡荡，全球一体化的车轮滚滚向前，中国入世，申奥成功，冬天已经过去春天还会远吗？我们已经错过了星星，难道还要再错过太阳吗？成为百万富翁千万富翁亿万富翁的机会已经摆在我们面前,拥有爱尼玛伟就是拥有成功!请大家跟我一起喊:我要成功!"

几百人跟着一起喊:"我要成功!"

张金龙喊:"我一定行!"

众人喊:"我一定行!"

张金龙又喊:"世界是我们的!"

众人喊:"世界是我们的!"

……

混乱的人群把树人挤到了一边,看着这些热血沸腾的人们,树人深深地感到自惭形秽。他们多么投入啊。树人不无羡慕地想。树人在工商所干过那么多年,明白这应该就是所谓的传销吧。树人没觉出这有什么不好,也觉不出有什么好。"成功"这样的词吓住了他,他想象不出成功是什么样子有什么意义。可是临走时,树人的手里还是多了一盒价值980元的包装精美的加勒比海象油,当然,作为听课者,树人享受的是优惠的试销价:560元。树人买回去以后,并没有再往外卖。他按照中英文说明书的指示,每天两粒吃了下去。吃了一个星期,瓶子空了,树人没感觉身体有什么变化,只是心里更加空虚了。

后来,树人又去了一次人才市场,莫名其妙地被一家高科技公司聘用了,为他们推销"玉人"牌电子恒温坐便器盖。这种玩意儿,树人还是第一次见。插上电,盖子就会自动升温,冬天坐上就不会冰屁股,下边还有两根管,拉完屎,那管子里喷出一股暖流给你冲刷干净,不用纸擦。另一根管子是专门为女性设计的,可以治疗子宫炎附件炎性冷淡,树人看着说明书不由得啧啧称赞:"先进啊,真先进!科技啊!不愧是高科技!'人性化设计',太周到了!"树人想等自己在北京安定下来,一定给自己家装上这么一台。树人信心百倍地提着这么一台机器,穿梭于北京的大街小巷。他开始出入一些高档酒店,那里面净是一些光彩照人的男女。男人潇洒，女人漂亮。他们或冷淡或彬彬有礼地拒绝了树人的推销，在保利大厦，一位好心的小姐告诉他：你找的地方不对，你应该去找那些房产商和建筑商。

于是，树人开始一家建筑工地一家建筑工地地询问。9月10日下午，在北四环一处建筑工地，树人被保安当成小偷带进了办公室。一个工头模样的家伙不等树人解释，一把将那个雪白的坐便器盖套到了树人的脖子上，"快滚，你这头驴！"

保安把树人推了出去，他踉跄了几步，终于跌倒在地，爬起来，半天才把那台坐便器盖子摘下来。周围的人一片哄堂大笑。

树人瞠目结舌，他从没有受过这样的污辱，在都匀的时候，谁敢对自己这样啊。树人第一次感到了北京的冷酷。

"人和人怎么能这样呢？你不要你也不能这样呀，你把它套在我脖子上什么意思啊？我是驴对你有什么好处？"树人愤怒地咆哮着，而办公室的门"哐"地关上了，把他一个人留在了那里。

树人失去了工作的兴趣，躲在房间里天天闷头睡觉。老王那里也没兴趣去了。考研生照样是神龙见首不见尾，半夜里回来天不亮出去。树人发现考研生有个怪毛病，他把手纸一张一张地夹在一本词典里，每次从外面回来，都先要翻一翻数一数。"谁稀罕你的手纸！"树人对此很有些不屑一顾。考研生还深更半夜里也不住声，汉语和英语搅在一块，到底是背单词还是说梦话，树人也搞不清楚。早晨醒来，树人的头仍然嗡嗡地疼。树人处处小心谨慎，处处躲着他让着他，尽管这样，两个人还是发生了争吵，原因是一天树人扫地时挪了挪他的箱子，也就挪了十公分，结果他回来后大动肝火。

"你动我东西了？"

"没有啊。"树人开始还以为他丢了什么东西。

"没动？箱子自己会走？"

树人恍然大悟，"我扫了扫，地上太脏了。"

"不要动我的东西！"考研生嚷了起来，"就是不能动！"

"不可理喻。"树人叹息着摇摇头。

君子不和牛生气，树人索性出去走走。小区旁边有条不知名的小河，河边有个河滨公园，这是一个开放公园，不收费，树人暗悔自己早没发现这一点，早知道不收费早来了。晚上，有很多人在公园里跳舞，跳探戈跳华尔兹跳平四，跳得真好啊。树人羡慕地看着他们，他真想走进去和他们一起跳舞，可就是鼓不起那个勇气。天晚了，音乐沉在夜色中，人们都散去，树人感到一种无可奈何的留恋和失落。他爬上一架藤绳编织的软床，躺下来，这床吊在两棵树中间，树人嘴里嚼着一枚草叶，仰望着满天的星星，默念着：北京啊北京，这是北京的星星和月亮，不由得热泪盈眶。微风播扬着淡淡的花香，河水在月光下静静流淌，两岸高楼顶投射出的霓虹灯柱在天空交汇出一道道彩虹，虫子和青蛙此起彼伏地鸣叫着，吊床晃啊晃啊……不知不觉中，树人竟睡了过去，醒来时已经是清晨。夏天天早，四点多就亮了。树人伸了一个懒腰，跳下藤床。细数双手上，只有四个蚊子咬的痕迹。在家的时候，树人就是出名的不怕蚊子咬。皎鳖说他血臭，连蚊子也不叮。回到屋里，树人又睡了一个回笼觉，一直睡到中午，感觉真是好极了。

自那以后，树人就天天晚上去公园，待到歌舞既罢，客散天清，他怀着秘密的幸福爬上藤床睡去。有时候，碰上下雨阴天，不能去公园，树人就辗转反侧难以成眠。有时候，在公园睡到半夜，雨把他淋醒，他才恋恋不舍浑身湿漉漉地回来。有时候，他站在窗前，看着那雨，翘首直等它停。雨一停，他便穿戴整齐，直奔公园那张床而去。只有那张床，才能带给他芳香的睡眠，带来连绵不断的美梦，虽然醒来便即忘得一干二净。一想到那张床，树人每每心花怒放，几乎要笑出声来。

一天夜里，来了两个来历不明的男人，看不清长相，粗鲁地摁住树人。树人惊醒过来,起先,他以为他们要杀自己,不禁大呼"救命",可是他的嘴巴很快被什么东西塞住了。那东西又脏又臭,一直塞进喉咙里,树人直想吐出来。"完了!"他在心里默念。随后,就觉一只粗糙的手褪下了自己的裤子,不由有些莫名其妙,接着,肛门一阵剧痛,树人疼得一个激灵,眼泪差点掉下来。紧跟着,五脏六腑都跟着翻滚起来。那东西在自己的身体里抽动着,一下、两下……伴随着沉重的喘息,这喘息持续了十分钟,又是一阵剧痛,那个东西从他身体里出去了。可是好景不长,它又进来了,树人很快明白这是另外一个人的。在这过程中,有人咯咯笑了两声,那声音很特别,尖而远,像是从远处树上乌鸦、猫头鹰一类的鸟嘴中发出的,树人只觉毛骨悚然。天上的星月疯狂旋转起来,一河里的水也甩将出去。前后过了大约有半个小时,两个黑影放开树人,无声无息地消失在黑暗的灌木丛后。树人伸手拔出嘴里的东西,那竟然是一件女人的红色内裤。树人把它扔到地上,摸到屁股上有鲜血和一些浑浊的体液,他撕下一片树叶,缓缓地擦了擦屁股。

这突如其来的不幸几乎击垮了树人,他拖着沉重的疼痛的身躯,沿着河边的甬道向大街上走。这时,太阳从东边露出一张苍白的脸,公园里出现了第一批客人。那是一些没有睡眠的老人,三三两两,有的拄着拐杖,有的背着剑,有的手里拿着收音机耳朵里塞着耳塞,他们好奇而警惕地看了看树人。树人含着凄苦的眼神,低下了头。走到桥下的时候,树人突然发现桥孔里面爬出一个什么东西,猴子一样半立着。仔细一看,那竟然是一个人,蓬头垢面的一个乞丐,他光着屁股,挂着一根棍子,身后还拖着一条尾巴似的东西。等他转过身去,树人才发现那不是什么尾巴,而是一根乌黑的钢筋,它划过粗糙的石砾,迸出点点火星。那钢筋的上端,竟是直接从那人的肛门里出来的。发现这点时,树人情不自禁地"啊"地尖叫起来,同时下意识地捂住自己的屁股。

树人的尖叫惊动了那个乞丐,他艰难地抬起头,朝树人招了招手,牙缝里挤出一句嘶哑的颤音："兄弟。"

树人被这声音引着,直走到桥面跟前,仰起头和那人面对面看,那人约有四十多岁的样子,一脸悲苦,说话是河南一带的口音。"兄弟,救救我。"

"你怎么回事——"树人战战兢兢地指着那根钢筋,上面正点点滴滴地渗血。

"我被坏人算计了,两天了,"那汉子说,"我快死了。"

"你快去医院吧。"树人说完这话就赶紧往桥上走去。

"兄弟,帮我叫叫医生,我求求你了。"汉子苦着脸就要给树人跪下。

树人赶紧扭过头去,一口气蹿到桥头上才停下来。那人怎么那样?比我要惨得多了。树人感觉十分恐怖,心怦怦直跳。是真的吗?天知道他搞的什么把戏。过了一会儿,树人又庆幸没上那家伙的当。走了一二百米,树人迎面碰见了一个警察,警察倚在警车旁,冷眼看着过往人们的脚尖。树人突然一阵冲动。

"那里有一个人,屁股眼插着钢筋。"他指着桥,上气不接下气地说。

警察一愣,"快去看看吧,晚了就来不及了!"树人又说。

警察惶惑地向那边张望了两眼,骂了声:"神经病!"

警察说这话时,树人已经走开了,可是这句话还是落在了耳朵里。他怎么不信呢?我都被人强奸了。树人感到十分委屈,屁股又隐隐作痛起来。他突然觉着看见的那个乞丐就是自己,那一定也是真的。他们不同的仅仅是插入的工具不同,可是结局是一样的,被插入了!

经了这一出,树人再也不敢到公园去了,随着屁股上的伤势逐渐愈合,那事似乎也要淡却了。

考研生这段时间老不在,问李妈才知道他这几日考试,不知道是什么考试,反正是考试。树人想,说不定他考完试就直接去美国了。

考研生不在,树人的天地就宽广多了。他买了一些方便面、火腿肠、榨菜，每日吃了睡，睡了吃，倒也逍遥自在。一天夜里，树人被尿憋醒，一出门和李妈撞了个满怀，李妈依旧是裸着上身，下面只穿一件褪色的花短裤。李妈冲他一笑：

"没睡呢？"

"哦，没。"

树人用脚踢开卫生间的门，一泡尿尿了足足半马桶，树人站在那里站得脚都麻了。好不容易尿完，那东西竟也不软，反而越发硬了起来。树人将它揣进裤子，锁死，眼前浮现出皎鳘的形象来。纵然有千般不好，皎鳘也是一个女人，是女人就能解决男人的问题。掐指一算，自己已经很久没做过那种事了。不过，如果把那次河边发生的事情算上，也不过一两个星期的事情。树人肯定不会把那次算上，那是强迫的，而且是被两个男人！怎么还有人有这癖好？树人百思不得其解。说来也奇怪，树人回想那夜，竟有些惊心动魄的快感。那次经历，提醒树人在吃和睡之外，还有一件事情存在。这事情就是一个理想，不远不近地在面前候着，你想绕开却是万万不能。

两天后的夜里，树人和李妈再次在厕所里相遇。很难说是巧合还是蓄意，树人一股热血涌上心头，把还未提上裤衩的李妈摁在马桶上，狠狠地和她做起爱来。李妈那里有些松，有些干，像一口枯井，干硬干硬的疙疙瘩瘩的，像一条冬天的胡同，萧萧索索冷冷清清。可是，树人却得到了一种从未有过的快感。树人后来回想李妈的反应，那才过瘾呢，她像一头熊抱住树干一样抱住自己，嗷嗷地哭嗷嗷地叫。她是在求饶呢？她是在享受呢？那声嗓和北风一样干裂，树人不得不用自己的嘴巴把风口堵住。树人闻到了一股恶臭，如同夏天污水道里泛出的味道，可是，奇怪的是树人竟然没有吐出来。树人当时是怕李妈的喊叫引起别人的注意，树人在恐惧和快乐中战栗了。他扔下李妈，李妈像一口袋垃圾蹲在马桶上一动不动，他回到自己房间里，扑通瘫倒在床上。

过了几个小时，树人缓过劲来，从床上跳下来，开门跑了出去。当他走到门口时，扫了一眼洞开的厕所，发现李妈还坐在马桶上，而且轰隆隆地打起呼噜来。

树人在街上游荡了一天，深更半夜又鬼使神差地摸了回来。他蹑手蹑脚地打开房门，发现李妈已经关灯睡了。树人进了自己的屋，桌子上奇迹般地摆着一碗香喷喷的鸡蛋面条，冒着热气。树人一天都没吃饭，他馋得就要流下口水来。可是，他忍住没动。因为他弄不清楚面的来源，考研生不在，屋子里一切如故。暖瓶是空的，树人摸黑从床底下摸出一包方便面，干嚼了下去，总算止住了肚子里的动静。

"面条好吃吗？"

第二天一早，树人刚想出去，李妈在客厅里橱子后面突然冒了出来。

"什……么？你怎么藏在那里？"

"面条，打了两个鸡蛋呢。"李妈和颜悦色，甚至有些羞涩。

"哦……"树人的脑子昏了。

"你没吃吗？"李妈很失望，脸上的光泽暗了下来。

"是给我的？"

"不是你还有别人吗？"

"我还以为是考研生的呢。"

"你这孩子。"李妈嗔怪道。树人这才注意到，李妈今天没有光着上身，而是穿上了一件白色短袖衫。

"哦，谢谢……"树人不敢看她，开门要走。

"你要出去吗？你有事？你几时回来？"李妈一连串地问，树人全当作了耳旁风，他拐出楼道，还听见李妈在门口喊："晚上回来吃吧，我给你包饺子，我等着你。"

树人又瞎逛了一天，晚上居然没忘记李妈的嘱咐，乖乖地回来了。他想，如果自己不回来，李妈肯定会失望。而且，她的所作所为分明让自己有几分感动，这是来北京后第一个对自己好的人。

李妈果然很高兴，热气腾腾地盛上饺子，还变戏法似的拿出两瓶啤酒。

"我专门买的。"李妈说。

树人扶着杯子让李妈倒上酒，李妈说："你知道吗，我十三年没和别人一起吃饭了，十三年啊。"李妈的眼睛里涌动着浑浊的泪水。

吃着饭，李妈给树人讲起了自己的事。李妈老家是河北保定，李妈的老伴是抗美援朝的残疾军人。

"他从朝鲜回来，只有一条胳膊，一条腿，只能算半个人，他比我大十六岁，可是我跟了他一辈子，一直把他送到八宝山。"

李妈说着说着就哭了，树人局促不安地看着她，不知该怎么办。最后，他起身拿了一块毛巾，递给了她：

"擦一擦吧。"

这顿饭总体吃得比较温馨，两个人好像都把那天夜里发生的事情忘了，也许，那就压根没发生过，树人想：一定是自己的脑子坏了。

夜里，树人睡得迷迷糊糊，突然又感觉一个东西爬上了自己的身体，刚开始他还以为是蟑螂，后来觉着不对，那是一具热乎乎的身体。树人惊问："谁？"那个身体不回答，只是在他身上拱来拱去。树人摸到床头的开关，灯一亮，树人看到是一个松松垮垮的身子。"我要，我要……"一个苍老的声音颤动着。树人叹了口气，灭了灯。那个声音在黑暗中扩展开来，吞没了一切。

就这样，树人和李妈搞在了一起。那个考研生一直没再露面，直到有一天，有人敲门。来的是两名警察，其中有一个就是那天树人在桥上遇见的那位。两天前，在距离那座桥一公里左右的下游，有人打捞起了考研生的尸体，警察顺藤摸瓜找到了这里。他们仔细询问了两个人考研生的情况，又经过调查论证，最后得出这样的结论：考研生是自杀而亡。

警察打开考研生的箱子，里面除了几件破衣服都是书。警察把书倒出来，胡乱翻了翻，并没有发现什么特别的东西。对考研生的死，树人虽觉着有些突然，但细想其种种表现也就不怎么奇怪了，倒是李妈一连几天都掉眼泪。树人想，她真是一个善良的人。过了几天，树人打扫卫生，无意间从考研生床底下发现了考研生遗落的身份证。他这才知道考研生原来叫张振民，老家是湖北省嘉鱼县。树人随手把这张身份证揣进了自己的口袋里。

几天后，考研生的父亲风尘仆仆地从湖北赶来了，那是一个面色如铁的农民，和他儿子一样沉默寡言。他带走了儿子的箱子，自始至终没说一句话。

考研生再也回不来了，这个家彻底是他们两个的了。一个晴朗的周末，李妈带着树人去了西单。与其说李妈带着树人，还不如说是树人带着李妈。虽然是北京人，但李妈已经好几年没去西单了，树人倒成了导游。他们中午吃的肯德基，大落地窗边，李妈把冰水喝得哗啦啦直响，引得一屋人都往这边看，树人忍不住笑了出来。

那天，李妈为树人买了一套西装、一套内衣内裤、一套衬衣衬裤、两双袜子一双皮鞋，从里到外花了一千五百多块。

树人感觉很不好意思，"这用得着吗？"

"钱不花来带到地底下吗？"李妈爽快地说，"又没便宜外人，你快换上，换上我看看，转过来，转过来！"

李妈自己也打扮起来，甚至穿起了套裙，化起了妆。有一天晚上，树人惊讶地发现她竟然躲在卫生间里，往胸脯上抹着什么药膏，看见树人进来，涨得脸通红："讨厌！连门也不敲！"

李妈说这话的语气分明来自港台电视剧。家里那台坏了很多年的电视机，只有图像没有声音，树人歪打正着地居然把它鼓捣好了，喜得李妈不得了。两个人每天晚上都坐在破沙发上看电视，看超女，也看快男，一直看到很晚。李妈盘算着到了年底,把沙发换一换,就和树人商量,换个真皮的还是布艺的好。树人说换它做甚,能坐就行。李妈听了就不高兴了,骂树人不懂得过日子。树人说什么日子不是日子啊,李妈说既然过就往好里过,要么就不过。树人惊异地看着她,他忽然觉着李妈似乎年轻了。李妈确实年轻了,早晨起来也很少抱怨腰酸腿疼了。树人每晚睡前拿暖水袋给她敷着,这样还真的管用。

他们过起了夫妻生活。这是树人从没有想象到的,而且从内心深处拒绝的。可是,一到夜晚他心里就发慌,黑暗中仿佛有无数小虫子咬着他的心他的五脏六腑,使他不得安生。树人无所适从欲罢不能。树人吮吸着李妈干瘪的乳房,吮吸够了又像吹气球一样一个个把它们吹大,吹圆,而他自己正一点一点地缩小,缩成了一个婴儿,然后又顺着她的阴道钻了进去。那里面那样隐秘,那样温暖,那样安全。外面刮着狂风下着暴雨,整个世界颠簸动荡,唯有那个地方安稳如故。树人感到那里才是世界的中心,是北京的中心。然而夜晚越是疯狂,白天就越是悔恨。每一个早晨醒来,树人都痛感再也不能这样下去了,他们必须得分开。可是,只要他一提到分手,她就哭个没完。

"你是想要我的命,你看我头发都白了,我没多少好时候了。要么你不来,要么你就别走。你是老天爷给我送来的,老天爷知道我一辈子不容易。老天爷可怜我。有了你,我的白头变黑了,胸脯也挺了,走了多年的大姨妈又来了。你把荒漠变成了甘泉,你把死马骑成了活马。"

"咱俩这样下去没什么好结果,你想过没有?"树人尽量摆出一副平心静气的样子。

"我不管。"

"不管不是办法。"

"我对你不好吗?"

"不是因为这个。"

"那是为了啥?"

树人不知该说什么。

"我知道了,你一定是看上了哪个年轻的小姐。"李妈泪水涟涟地说,"我明白,这也难怪,我老了,我承认。可是,她们也会老的呀!"

"你想哪儿去了,绝对不是为了这。"树人叫了起来。

"你不用骗我,我不傻,我懂。"

"真不是。"

"不是那是为了啥?"

树人答不上来。

"一日夫妻还百日恩呢,虽然我们不是夫妻,可胜似夫妻。我没几天活头了,等我死了,你爱和谁好就和谁好,你答应我行不行?"

见树人无动于衷,李妈把牙一咬,"你要走也行,先把我杀了!"

李妈说着跑进厨房,拿来了一把切菜刀和一根绳子,扔在树人面前的桌子上,"用刀还是用绳子,你自己挑,反正我活够了!来!你到底用啥?快来,给我个痛痛快快的!"

"你——"树人既无奈又有气。

"求求你了!"李妈抱着树人的腿,眼看就要跪下。

"你千万别这样,"树人心软,"我最受不了女人哭了。"

李妈跑到了自己卧室里,很快又跑回来,手里抓着一大把人民币和几张存折,"我有钱,只要你和我好这些都是你的!"

这些钱是她老头子留下的和政府发给她的抚恤金,她省吃俭用攒起来的。

"我不是为了这个!"树人急得简直要哭了。

不管李妈怎么死缠烂磨,树人还是铁了心要离她而去。这天早晨,在床头,李妈又哭着闹着拿出了绳子和刀,那根绳子在树人眼前晃着,像条蛇吐着芯子挑逗着他诱惑着他。树人一把抢过来,把它套在了李妈的脖子上。是故意还是失手，树人自己也弄不清了，是一种气急败坏的厌倦，紧紧地勒住了李妈的脖子。树人几乎是迫不得已。树人把李妈放倒，李妈的舌头和眼睛都翻在外面，样子十分难看。树人惊恐之下，又抓起那把菜刀，闭着眼睛朝着那张脸上猛剁了几十下。

最后，树人把李妈的钱翻出来，现金一共是四千七百二十六，存折上有七万块钱，树人把存折放下，只拿了现金，然后，穿上李妈买的那套西服，像往常一样走了出去。

走了没多远，树人忽然想：门是不是锁了？于是就又返回来。开门的时候，树人才发现门上有血迹。这一发现吓了他一跳，接着他看到自己手上也有血。树人哆里哆嗦地开门，却怎么都找不着那把钥匙。这时候，楼梯里突然传来一声咳嗽，钥匙啪地掉到了地上。树人弯腰捡钥匙，腿一弯竟坐到了地上。这时，他又听见了脚步声。那人已经到了身后，是老王，夹着一只黑色的公文包。

"呦，怎么坐地上了？"老王伸手去拉树人。

树人借势爬了起来，"不小心……"

"多吃点好的就有了！"老王有些心不在焉，丢下没头没脑的一句话，下了楼。

树人如释重负，开门进去，刚一开门，老王又在外边喊："树人——"

"哎！"树人又是一哆嗦。

"郭子回来就说我去天津了，别说我回来过，听见没有？"郭子就是那长发，树人知道。

"哦。"树人用背把门顶上了，一只手紧紧按住胸口，生怕那颗心跳出来。

树人脱下衣服，在卫生间里洗了一把脸，水管上早就没有了那些湿漉漉的衣服，窗户上贴的一些旧报纸也换成了玻璃纸，卫生间显得清爽空旷了许多。阳光从窗户里照进来，树人闭着眼睛擦了擦脸，他不敢看墙上的镜子。树人在几个房间里乱窜，有一刻他还庆幸地以为李妈出去了，过了半天才发现李妈还躺在地上。树人不小心踩着了死者的手，脚底下一滑，"啊"的一声尖叫起来，打开门跑了出去，刚出去就发现自己忘了穿衣服，赶紧又跳了回来，好在楼道里没有人。树人换了衣服，再次出来，阳光一团乱麻样打在脸上。他后来发现身上的钱时吓了一跳，他不记得自己什么时候拿过李妈的钱，觉着是李妈偷偷塞给自己的，好像还对他说：该吃就吃，该喝就喝。

树人并没有离开北京，他转到了朝阳一带，用张振民的身份证登记住进了一家四星级酒店。这家酒店，他以前推销坐便器盖时曾经来过。总台小姐早把树人忘了，她认真地把身份证号码记下来，却没有对照树人和照片上人的长相。在等待登记的时候，树人抬起头看了看大厅的穹顶，那上面安着一只巨大的玻璃吊灯，正散发出令人眩晕的光。

树人住了下来，出入有迎宾为自己开门，保安敬礼，煞是风光得意。这使他产生了一种幻觉，他觉着这些人都是在保护自己。在这里，没有人会伤害他。

一天晚上，树人躺在床上看电视，床头上的电话突然响了起来。树人一惊，没敢接，电话就停了，又过了一会儿，电话再度响起，树人的心提到了嗓子眼。但他又想，是福不是祸，是祸躲不过。于是，横下心，一把抓起电话，"谁？"

"先生您好，"是一个温柔的年轻女声，"我们是酒店休闲服务中心的。请问您需要服务吗？"

"什……什么？"

"我们这里有桑拿、足浴、按摩……"

"哦，"树人松了一口气，"不，不用……"

"那好，打扰您了，欢迎您到我们这里来，我们一定会竭诚为您服务，我们的电话是 8088，如果您需要，我们可以随时为您服务。"

电话挂了，树人出了一身冷汗。他想起自己下午在走廊里，曾经遇见过一群穿着妖艳、暴露的女孩，打电话的想必就是她们中的一个。

第二天，树人退了这家酒店，搬到了国贸附近一家三星级酒店，照样是顺利地用张振民的身份证登记住下。他白天只是下午出去，晚上也早早回来。

永远令人惶恐不安的夜晚又一次降临了，树人溜溜达达走进了三里屯一家酒吧。树人已经多次从这里经过，今天终于按捺不住走了进去。一个漂亮女孩走过来，向他推荐一种外国啤酒，树人就要了两瓶。女孩又向他介绍一种他从未听说过的外国香烟，树人也要了一盒。酒吧正中有一个不大的舞台，有三个和那位长发导演一样的披头士正抱着电吉他唱一首粤语歌。这歌声有些耳熟，树人依稀记得多年前在学校里曾经听过，他去看三个歌手身后的大屏幕上的歌词："原谅我这一生放纵不羁爱自由，哪怕有一天会跌倒……"树人心头蓦地掠过一阵难过，举起酒杯一饮而尽。强劲狂野的音乐响起来了，两个只穿着三点式的染着金发的女孩跳起了钢管舞，她们一面展示着性感的身体，一面顺着闪闪发光的钢管奋力向上攀去，一直攀到星光灿烂中，看得树人眼花缭乱血脉贲张。当他随着钢管女郎的动作，把仰得酸痛的脖子和头放下来时，惊讶地发现自己对面不知什么时候坐下了一个穿白色 T 恤的女孩。那女孩看上去有二十一二岁，一张清纯秀丽的脸上带着几分忧郁，手上燃着一支香烟。她冲树人微微一笑，树人的脸红了。

女孩扬了扬另一只手里的酒瓶，"朋友，干一个！"

树人慌慌张张地举起酒杯。

两个人边喝边聊，女孩告诉树人她叫秦琴，是一家科技公司的文员。女孩问树人叫什么，哪里人，是干什么的。树人回答说他叫张振民，湖北人，没工作。

"没工作？"女孩好奇地问，"那你来北京干什么？"

树人红着脸告诉她："考研。"

"考研？"女孩的目光立刻变得崇敬起来，"我说看你文质彬彬的，原来是个大学生啊。"

树人不好意思地说自己其实已经工作几年了，因为对工作不满意，所以就横下心来考研。

"考了几次了？"女孩又问。

"两……两年！"

"我真佩服你！有志者事竟成，来，干！"

两个人越说越近乎，甚至都有了相见恨晚的意思。树人问秦琴怎么一个人跑来酒吧。女孩红着眼圈说自己失恋了，自己的男朋友，上了别的女人的床。树人想安慰她，但笨嘴拙舌的说不出一句像样的话，只有频频地劝酒，两个人都喝得一塌糊涂，哭得一塌糊涂。女孩抓着树人的手激动地说："谢谢上帝让我今天晚上遇见你这么善解人意的人。"

树人含着泪点着头，"我也是，我也是。"

两个人一直喝到十二点多，才互相搀扶着，东倒西歪地从酒吧里出来。

树人问："你上哪儿？"

"你上哪儿，我就上哪儿。"女孩回答。

"我上哪儿？"树人想了半天才想起自己住哪儿。后来，他带着女孩回到了酒店自己的房间。两个人互相脱掉衣服，女孩像一只小鹿快活地叫着："我要你！我要你！"

树人说："我给你，我给你，我什么都给你！"可能是酒喝得太多的缘故，找了半天就是找不对地方，最后还是女孩抓着它主动迎了上去，可是刚一接触，树人就泄了。泄完了树人就趴在女孩身上睡着了，女孩想把他推开，没推动，自己也睡了过去。

直睡到第二天早晨太阳高照，树人先醒了过来，对着那个女孩愣了半天，才想起怎么回事。树人把她唤醒，她眨了眨眼睛问："我们做了吗？"

树人说："没，没做。"

"那我们现在做吧，"女孩说，"我想做。"

树人一下子受了感动，"不行，你不了解我，我不是好人。"

"你是好人，"女孩说，"好人坏人我看得出来。"

"我是个杀人犯。"树人说。

"杀人犯？呵呵，我还是刽子手呢！"女孩勾过树人的脖子，用舌头封住了树人的嘴。树人闻到一阵馥郁的芬芳，一夜的宿醉也无法湮灭的少女的芬芳，树人感到柔情像空气里的水一样湿润，弥漫开来，树人知道爱情来临了，带着惴惴不安的恐惧不期而至，这是树人二十七年生命里没有的。美丽的爱情啊，北京的爱情，你来得为何这么突然这么晚？树人紧紧地抱住秦琴，想用全部生命的热情来回应她。可是，当他挣扎着进入那个芳香四溢的身体，就立刻像一个在沙漠里长途跋涉的旅客那样扑倒在地了。房间里静了下来，只剩下树人沉闷的喘息。不知过了多长时间，秦琴默默地穿好衣服走了。门"砰"的一声关上了，树人的眼泪哗哗地流到枕头上。

这天晚上，树人又去了那家酒吧，可是没有看到秦琴。树人连去了三天，都是失望而归。第四天晚上，秦琴仍然没有出现，树人知道她永远都不会来了。他带了另外一个女孩回来，那是一个相貌平平的妓女。树人成功地干了她，足足干了一个小时，女孩的呻吟渐渐变成了号叫。这号叫使树人想起了李妈，他浑身一阵战栗，情不自禁地掐住了女孩的脖子，直到那声音完全消失。

树人不得不又搬了一次家，这次他搬到了石景山。再往西走，就到山里了，树人呆呆地向西望去。灰蒙蒙的天空下，黑色的青山阴影般一点一点地包围过来，树人恐惧地闭上了眼睛。

树人身上的钱只剩下不足一千元了，不得不省着花。尽管知道危险，他还是选择了一家小小的招待所，这和他来北京时住的那家差不多。过了两天，树人开始乘地铁进城。天已经冷了起来。快到八月十五了，月亮一天比一天圆了，树叶越落越快。那天下午，树人在王府井看到一个和自己孩子差不多大的孩子，这才想起自己离开家乡已经三个多月了。这三个月发生的事情，真像做梦一样啊，树人自己买了个月饼，双手捧着坐在马路牙子上一口口地吃完，最后呜呜地哭起来。

哭罢，树人继续漫无目的地向前走，不远处停着一辆很大的画着红十字的客车，一名手持宣传单的年轻女护士拦住了他，"同志，义务献血是每个适龄、健康公民应尽的社会义务，义务献血利国利民，献一个吧！一人献血，全家受益，您看这里——"护士一边介绍，一边把树人引到了车上，又热情地让他坐下。车上还有几名医生、护士，都热情地和树人说话。让他填表，树人就填了张振民的名字。树人稀里糊涂地坐下了，被那医生抽了满满一管子血，然后有人递给他一个手提袋子，里面有两袋奶粉、一袋面包和一个献血证。

树人边放袖子边问："哪里还有这样的车？"

"怎么了？"那名医生一愣。

"问问。"树人勉强笑笑。

"真没见过这么觉悟高的同志，您完全可以当上我们北京市的献血模范啊。"那名医生恍然大悟。

"东单、西单、城乡、国贸，人多的地方都有！"树人最先见到的那名小护士快人快语地答道。

第二天，树人就去了西单，在那里成功地又献了二百CC。

树人连着献了三天血，终于撑不住了，浑身像散了架子一样疼痛，心口憋得喘不过气了。早晨上厕所的时候，他惊讶地发现自己的阴茎、肛门和股沟处都密密麻麻长满了菜花状的疙瘩。

树人走进了就近的一家医院。

"姓名？"挂号处一位中年妇女的目光从镜片上面望出来。

树人犹豫了一下。

"姓名？"那名妇女又问。

"穆树人。"树人颤抖着声音说出自己的名字，竟感到一阵轻松。

医生诊断树人患的是尖锐湿疣，同时又严重贫血。树人抚摸着身上那些疙瘩，想起了河边那个噩梦般的夜晚，想起了李妈，想起了秦琴——那昙花一现的爱情，想起了酒店里那个死于非命的年轻的妓女。树人想，自己的血竟也是肮脏的，献了也是白献了。他想象着血站的工作人员，正把自己的血挑出来，一袋袋地扔进垃圾箱里，心头滚过一阵触电般的痉挛。医生说过两天要给树人做艾滋病检验，树人想，不用检验，自己肯定会有，而那也不是最悲惨的结局。

这天晚上树人睡在医院里，梦见了李妈。李妈还活着，只是被他传染了。李妈说：唉，我倒没什么，可是你路还长呢。李妈是个多好的人啊，是北京对他最好的人啊，树人真觉着对不起她。他俩一起来到了医院，就像一对过了一辈子的老夫妻那样手挽着手。

"来了？"医生的声音有些耳熟。树人一愣。医生摘下口罩，露出一张微笑的脸，"不认识我了？"树人一看，竟是那个乞丐。他手里拿着一条锈迹斑斑的钢筋，"来，来，趴下！""趴下，趴下！"旁边有两个人在黑影里咯咯笑了起来，这声音告诉树人他们就是河边的那两个恶人。树人从梦里尖叫起来。

天刚蒙蒙亮，树人悄悄溜出了医院。地上铺着厚厚的一层落叶，脚踩上去发出唰唰的响声，树人又想起了自己刚到北京的那个早晨。他走到地铁站门口，看到墙上贴着一张白纸，他扫了一眼，竟是一张公安局发布的协查公告，上面赫然印着自己的画像和名字。树人长吁一声。地铁站里涌出潮水一般的人群，顷刻间淹没了他。

　　树人买了一张火车票回到了都匀。车到都匀时是夜半无人时分，车站里静悄悄，空气湿漉漉的有几分凉意。树人走过寂静的脏乎乎的街道，狗在不知哪条巷子里吠着，街道两边的房屋全都黑着灯，路灯也只亮了一半，几个没有盖子的窨井不怀好意地守在那里。树人走进他熟悉的吉祥市场，市场里的店铺也全都关着门，市场中央照旧堆满垃圾，一切和他走之前一样。树人特意看了看两个舅子的店，他们的小货车都还停在门口，这说明他们的生意还是那样忙忙碌碌红红火火地做着，这让树人感到很安心。树人夹着包从一号一直走到四百六十五号，只是没有人出来和他攀谈，给他敬烟。树人自己给自己点了一支烟，火光"嚓"的一声照亮了他那还算年轻但饱经风霜的脸。树人不无伤感地想，自己再也不是从前的树人了。市场对面就是工商所，工商所的大门开着，树人想起看大门的是一个老爱忘事的糟老头子，姓什么来着，树人怎么也想不起来了，只记得他是所长大人的岳父。所长现在肯定还搂着老婆睡觉吧？大门正对着的二楼就是树人的办公室，借着月光，窗玻璃蓝荧荧地泛着光，树人注意到上面的苍蝇屎还在。想想这些年，自己擦玻璃从来没蘸过水，总是敷衍了事，实在有些不该。

　　拐过二道街，从邮电局门口那条巷子走到底，再往右拐，就看见自家住的那幢灰楼了。楼梯的水泥扶手掉了大半，走廊里的灯坏了很多年了，这很容易伤着人。树人小心翼翼地摸黑往上走，两边墙上的广告越贴越厚了，不知谁家的奶箱开着门，像一眼鸽子笼等着鸽子飞进来。没有鸽子，只有蝙蝠，白天不知道它们藏在哪儿，一到夜晚就成群地飞出来，在倾斜的天空底下盘旋。树人把脚步放慢了，他的心怦怦跳着，甚至不得不停下来扶着过道的窗台歇了一会儿。然后，他继续往上走，一直走到位于五楼的顶层。自家的防盗门罩着绿色的纱网，那纱网早就千疮百孔了，颜色也风干成了白色。皎鳌曾经多次提议换一换，可树人却懒得动弹。苍蝇从窟窿里飞进去，蚊子从窟窿里飞进去，老鼠从窟窿里爬进去，蟑螂从窟窿里爬进去，蛇从窟窿里爬进去……树人却熟视无睹，仿佛这根本不是他的家，是的，他的家在北京呢，这里无非只是一个落脚的客栈而已。树人发现纱网变成了新的了，自己不在家，皎蘩就只好自己动手了。"指望不得——"皎蘩那种失望的表情栩栩如生地跃入眼帘。防盗门缝里插着小广告，送广告的推销员真是一丝不苟，不辞山高路远。那张纸像垂下的一只翅膀，树人轻轻把它拔下，扔在地上。

树人悄悄打开了房门，树人居然还带着家里的钥匙，他踏进屋，一股久违的尿臭味扑面而来。树人没有开灯，他轻车熟路地绕开客厅里的茶几，地上的板凳、玩具火车、一盆富贵竹——那是所长扔掉被自己捡回来的，在他的悉心照料下，居然起死回生枝叶繁茂起来。所长两口子过年时来串门，居然恬不知耻地要搬走，树人死活不干。树人想不通自己为什么对那棵花那么好，他甚至从来没有那么悉心地照料过皎蘩和孩子。

树人推开卧室的门，门发出吱呀呀的微弱的响声。床上的母子二人都没有一丝反应，树人走到床边，随手把拎着的一兜北京果脯放在旁边的桌子上，这是他在北京站等车时买的。树人看着熟睡的皎蘩和孩子，娘俩依偎在一起，睡得正香甜。皎蘩那样年轻那样漂亮，完全是没结婚时少女的样子，嘴角还露着微笑。孩子斜着身子，头在母亲的臂弯里，两只脚调皮地搭在母亲的腰上，他双腮通红，额头上的痘痘晶莹剔透，如露如电如梦幻如泡影。树人缓缓地躺下，躺在母子两人的外面，面朝着他们，孩子柔软的头发刺得他直痒痒，孩子鼻孔里扑出的带着奶腥的热气直扑到他的脸上，他情不自禁地笑了。躺了不知多长时间，树人从床上爬起来，轻轻地退了出去，把门关好。他连夜乘车回到了北京，就像没有回去过。

事实上，这是树人在回都匀的火车上的想象。真实的场景其实是这样的:火车刚到都匀,树人一下车就被守候在车站的两名警察抓住了。他们揪着他的头发,掐着他的脖子,扭着他的胳膊,使他抬不起头来,一支冷冰冰的手枪顶在他的腰上。

皎蘩闻讯抱着孩子赶到车站派出所时,树人已经被押解上了去北京的列车。

"你是犯罪嫌疑人的家属吗?"一名四十来岁戴眼镜的警察问。皎蘩木讷地点点头。

"这是他留下的,拿走吧!"警察指了指墙角的桌子。

桌子上放着用塑料绳捆扎的一兜色彩鲜艳的盒子,最上端一盒上印着大大的四个字:北京果脯。

皎蘩还没有动,她怀里的宝儿一把把果脯提了起来。

"爸爸!"他兴奋地嚷嚷着,声音那样稚嫩、动听。

我的父亲母亲

旅程中的父亲

那是我第一次乘火车。尽管我是一个在铁路线旁边长大的孩子，天天都能看见那个傻大黑粗的家伙。它大模大样地从我家屋顶上空的天桥上呼啸而过，像一个肺气肿病人那样发出一连串沉闷的咳嗽声，房子也随之颤动起来。"我们家早晚会被它震塌的！"母亲有一次这样对来访的邻居说。她说得那样若无其事，给客人倒茶的时候，一滴茶水都没洒出来。可是，我却听得心惊胆战。从那以后，我就经常半夜里被火车叫醒。我听见它拔着锐利的哨子，像一张碎玻璃嘶哑着喉咙呼喊——

"和我上路，和我上路！"

这时，我就会想起白天里看见的那些幸福的人们。他们裹着厚厚的衣服，表情严肃地拎着各自的行李，女人们抱着孩子，男的打着阳伞，那些比我小得多的孩子伏在母亲怀里睁大黑葡萄似的眼睛。我想到他们小小年纪就能乘着神奇的火车，驰骋在一眼看不到边的大地上，就感觉自己活得实在没劲。我家境贫寒，父母祖祖辈辈生活在这个偏僻的小县城里，没有文化，没有事业，没有远亲，过着足不出户的生活。我不想一辈子和他们一样，守着火车不动心。火车把烟尘撒到我家院子里，我都会小心翼翼地用笤帚把它们收起来。要知道，它们来自我从未去过的远方。它们没有脚，却比我去的地方都多，多么不可思议！

　　终于有一天，幸福突然从天而降。事先没有任何的征兆，早晨，也没有喜鹊在树上鸣叫。树上只有一群灰头灰脑的麻雀，它们比其他任何地方的麻雀都黑，歌声也不比别处动听，但天天从早唱到晚。我和母亲坐在饭桌旁，听"宝石花"收音机里播放刘兰芳说的评书《杨家将》。大郎替了宋王死，二郎替了赵德芳，三郎马踩如泥，四郎八郎失落番营……母亲突然命令我说："去，拿张纸和笔。"我愣了一下，母亲又说了一声："快去啊！"我从书包里掏出团成饼状的演草本，撕下最后一页，然后把本子垫在下面，咬着钢笔屁股看着母亲。这时候，评书已经播完了。母亲说："快呀，记下这个广告，主要是地址——写详细些！"于是，我就飞快地记了起来。许多字重合在了一起，像是在叠罗汉。还有的字，我不会写，只好写拼音。母亲拍拍我的头说："没关系，过会儿还播一遍呢！"

　　我们吃完晚饭，又待了一会儿，天还没有黑。红鲤鱼似的云彩在天上活蹦乱跳，看样子明天又是一个艳阳天。父亲回来了，光着膀子，下面穿着一条大裤衩。海魂蓝背心搭在肩膀上，走起路来东倒西歪，他是累得。父亲的工作就是把火车上的东西卸到仓库里，再把仓库里的东西搬运到火车上。但是，他和我一样从来没被火车带走过。父亲拧开水龙头，用凉水洗了洗头和脸，肥皂泡沫在他的身上变幻成黑色。母亲把毛巾扔到他头顶上。接下来，父亲开始吃饭。父亲把碗里的汤喝得哗哗作响。其实，汤根本没那么香。睡觉的时候，父亲还会发出比这还要响亮得多的鼾声。收音机里已经开始播全省新闻联播，台风袭击了三百公里外的半岛，青苹果滚得满地都是。我的嘴里一下子满溢起酸涩的口水。母亲不紧不慢地摇着扇子说：

　　"我想到泉城去。"

父亲一愣,喝汤的声音依然响亮。母亲又说:

"成天在家闲着也不是个办法。眼看着一天天花销大起来。我听收音机里说了,养蝎子能挣大钱。本钱也不大。"

父亲低头舀了一勺稀饭,他的拇指纹路里沾满了洗不掉的煤灰。母亲继续说:

"收音机里说三天就能学会,蝎子大了包回收。"

父亲突然插了一句:"你又不识字,怎么学?"母亲很干脆地回答:"我早想好了,让瓦和我一起去,瓦开学后就上初中了,他也是个知识分子了,能行。"父亲不言语了,继续哗啦哗啦地喝汤,我听见那汤声仿佛在说:"随便你!"我被这不期而至的幸福压垮了,搂着母亲的脖子跳了起来,"什么时候去啊?什么时候?"

"明天!"母亲看了看父亲,父亲什么也没说。第二天一早,母亲就去火车站买票。去往泉城的火车全都是过路车,每隔一个小时左右一班。售票房的铁栅栏被手磨得锃亮,有人把鼻涕也抹在了上面,风干后,起了皮子,像塑料布似的飘来飘去。母亲扒着窗台向小孔中询问:"七点三十五的去泉城的票还有吗?"黑洞洞的房子里传出一个女人慵懒的回答:"有,你要几张?"母亲如释重负地出了口气:"那,给我一张八点二十的。"我以为自己听错了,可是母亲手里的车票上确实打着"临河——泉城,8:20,19××年×月×日"的戳。"娘,"我问,"你为什么不买七点三十五的?"母亲没有做声,她把票从我的手里拿走,插进自己的口袋里。

我们刚刚拐过天桥,一个男人急匆匆地迎面走来。他看上去大约有三十五六岁,穿着浅灰色短袖衬衫,夹着一个黑色的公文包,个子很高,走起路来很精神。他远远地冲我们笑,我心里很是奇怪:咦,这个人我不认识,他为什么冲我笑呢?他走到我们近前时,我听见母亲轻轻说了一句:"快去吧,还有……"那个男人"嗯"了一声,却没有停留。我闻见一股淡淡的烟草的味道,不像我父亲身上那种挥之不去的浓烈,而是淡如一阵清风。我从来没有闻过这么好闻的烟味。他过去了很久,我还在问母亲:"他是谁?""一个熟人。"母亲不动声色地回答。"他一定是一个干部。"我又说。母亲笑了,"你怎么知道?""因为,"我自信地答道,"他抽那么好的烟,还有那个包……"

行李早在昨天晚上准备好了。一个黑乎乎的大人造革皮包,过年走亲戚的时候,常用它来装糕点。因为平时不用,上面生了一层绿毛。母亲用洗衣粉水里里外外刷了好几遍,又在破损的毛边上抹了点鞋油,然后晒干。放进去两三件换洗的衣服,还有牙缸、牙刷,一把黑色的大伞,伞太大,把手露在皮包的外面,拉链不能拉到底。母亲说:"别看我们这里快旱死了,可是,泉城说不定天天下雨。要不然哪有那么多的泉水?"最后,她又嘱咐我带上一个笔记本,一支钢笔,好到了那里认真听讲,"把老师讲的全都记下来。"我还是弄不明白骇人的蝎子养来会有什么用处。母亲不耐烦了,"收音机里不说了吗?蝎子在大城市里是上等的美味佳肴,一盘要二十多块钱,比鸡鸭鱼肉贵多了!"然后,她就扳着指头算了起来,"我们要是养一千只,就能卖两千块钱呢!""那么多钱啊!"我惊叫起来。不过,比起蝎子,我更感兴趣的还是泉城这个大城市。我的语文课本里有一篇课文,题目就叫《泉城的冬天》。那篇课文很深,我稀里糊涂的没有看明白。不过,既然是课本上都说好,那里一定错不了。

我们拎着包再次来到火车站的时候,正好看见父亲扛着一袋子化肥,从乌黑的火车匣子上下来。一根竹篾跳板在他脚下颤巍巍的,看得我心惊胆跳。他刚走下跳板,跳板的另外一端就迫不及待地弹了起来。"爹!"我喊了一声,父亲歪着脑袋吃力地看了看我和母亲。"我们这就走了!"我不无炫耀地说。父亲没有吱声,转过身去。"走!"母亲拽了拽我的胳膊,然后对着父亲的背影说:"别忘了晚上把鸡捉到筐里!"

候车室的破烂连椅上横七竖八地躺着四五个人，脚底下是凌乱的瓜皮、烟盒和浓痰。苍蝇们嗡嗡地叫着，墙上的留言牌上涂抹着一些不成句的文字。一幅巨大的铁路图占据了整整一面山墙，我仰起头，试图在上面找到临河和泉城。可是，我看得脖子都酸了，也没能找到它们。因为，我压根就分不清东西南北。中国真大！我情不自禁地想，垂头丧气地挨着母亲在墙角坐下。

这时候，那辆乌黑的货车鸣叫着开走了。我努力向外望，没有看到父亲的背影。在铁轨拐弯的地方，有一簇橘黄色的班房。我想，父亲现在一定正在和他的工友们在里面休息，打牌，或者抽烟。很快，我隐隐又听见一阵鸣笛，由远及近。地图上方的挂钟"当"地一响，我的心狂跳起来。

一道铁栅栏门隔绝了火车和我。绿色的火车像一条大长虫，甩了甩尾巴就不动了。火车真长，我数了数，总共十八节车厢。火车头在距离我一百米的地方，圆睁着脸盆大小的眼睛。总共下来六名旅客，从门的另一侧进来，他们脸上挂着疲倦的表情。我想不通他们为什么那么无精打采，难道世界上还有比出门旅行更快乐的事情吗？火车是从一个我没听说过的城市开往泉城的，在这个三等小站只停留五分钟。我数了数排队的人，连我在内总共七个。可是，大家整齐地排成一排，没有人乱插队。他们是不是也是和我一样对火车怀着莫名的敬畏？母亲把票递给一个穿着绿色制服、戴着一顶绿帽子的年轻姑娘，她长得很漂亮，左腮上有一个酒窝，长发挽在帽子后边。她用一把银色的剪刀在票上剪了一个小口，然后把票还给母亲。我跟着往里走，却被她一把拦住了。"你干什么？"这么漂亮的一个姑娘说起话来却冷冰冰的。"我……"我愣了一下。母亲赶紧转过身来说："同志，这是我的小孩。""我不管谁的小孩，"姑娘指着我问，"他买票了吗？""他还是个孩子。""孩子就不买票了吗？"姑娘指了指栅栏门柱上的一行红漆杠，"你站那里比比！"我怯怯地靠上去，红杠刚好抵到我的眉毛。"你不能光看身高，他长的个子虽然高，可是他年龄小，到九月初九他才满十二岁！"母亲焦急地辩白着，一只手不自觉地摁着我的头顶。"快去补票！"姑娘说，"我没空和你噜苏！你爱走不走！"这时候，列车车厢门口出现了一个不算漂亮的姑娘，也喊了起来："快点快点，时间马上就到了！"我一听，脑袋里一下子"嗡"的一声，紧接着就"哇"地哭了。母亲生气地拧了我一把，"哭啥？我这就去补票！"

那几个人都上了车，只剩下我和漂亮姑娘面对面站着。她用那把剪刀修剪着自己长长的指甲，嘴里哼着"请到天涯海角来"的歌曲。列车上的人都扒在窗户上往这边看，有人吹了个响亮的口哨，大概是想逗引这个漂亮的姑娘。但她连头也不抬，高傲得像白雪公主。我看见火车身子颤了一下，我的腿一阵发软，母亲还没有出来。我突然感到一种从未有过的委屈，泪水怎么也擦不断。她冷冰冰地瞪了我一眼，但没有说什么。这时，母亲终于在我泪水模糊的视线中出现了，她飞快地奔跑着，屁股一扭一扭，样子很难看。两条辫子滑稽地在后面摆成"人"字形，像是一只大雁不停振动的翅膀。她气喘吁吁地跑到我们身边，随着漂亮姑娘喀嚓的剪刀声，火车猛地拉了一声笛，我和母亲跳上了徐徐启动的火车。

我们穿过了大半个车厢，最后才在一节车厢的尽头找到我们的位置。母亲让我临窗坐着，树木、房屋、电线杆都开始倒退，我欢天喜地地向它们挥了挥手。县城离我们越来越远了，列车开始在苍茫的原野上奔驰。车厢里的喇叭响起来了，告诉我们下一站是水州。水州是临河的邻县，离临河有一百里地。

母亲突然变得急躁起来，她不时地越过我的身子往外看。外面是碧绿无边的玉米地，围困着一座座荒凉的村庄。我看得眼睛都乏了，不耐烦地问母亲："怎么泉城还不到？"母亲回答说："早着呢，水州还没到呢！"

列车又走了半个小时,突然慢了下来。窗外闪过一些破败的房屋,一个和临河站一样小的水泥站台上写着"水州"两个字。母亲从我身边站了起来,说去解手。她走后没有多久,车就停了。几个扛着大包小包的男人走进了车厢,他们东张西望,到了我近前叫了起来:"这里有一个空位!"我赶紧说:"这里有人。""有人我们也坐!"我急中生智,把腿放到了座位上。他们冲我瞪起了眼睛,就在我不知道怎么办才好的时候,母亲回来了。那几个人这才悻悻地离去。"可把我急坏了,"我说,"他们差点把位子抢了去!"母亲显得有些心不在焉,不停地用手绢扇脸上的汗,一边伸长了脖子,左顾右盼,对我的话压根就没听见。"娘,你在找什么?""没,没什么。"母亲慌忙说,"热,太热了!你不觉着吗?"

车厢里散发着浓重的臭脚丫子味和腐烂的食品味。提着大水壶的列车员来了,母亲赶紧从包里翻出牙缸,倒了满满的一杯。我摸了摸杯子,一点儿都不烫,顶多五六十度。母亲说:"在家千日好,出门事事难,有水喝就行了,还要它烫嘴不成?"

我们对面有一个其貌不扬的老头,戴着一顶灰色的鸭舌帽,看出我们是第一次出门,就摆出一副见多识广的样子说:"有的车就比这个好得多,比如说从北京到上海的那辆,水不但随便喝,而且冒热气。还有啊,人家的列车员还出来表演节目!有唱歌的,有跳舞的,还有唱歌跳舞的!""是吗?"我听着非常有趣,可是母亲连看都没看他一眼。

窗外远远地出现了一些光秃秃的小山丘,条状的山石像根根穷人的肋骨。可对于一个生活在平原上的孩子来说,这已经足以使他手舞足蹈。我把脸贴在玻璃上,兴奋地喊:"娘!快看,山!""看见了。"母亲的语气十分平淡,这使我极为不满。"你见过吗?"我挑衅地问。"没有。"母亲面无表情地摇摇头。没见过却装出一副见怪不怪的模样,我心里暗笑母亲还不如对面的老头。此刻,他摘下了一直戴着的鸭舌帽,他原来是个秃子，鲜红的头皮和猴子屁股一个颜色。他笑着告诉我："再往前，有比这更高的山！"

忽然，母亲暗淡的眼睛一亮，脸上随即现出灿烂的笑容。一个身材高大的中年男人出现在车厢门口，母亲用力挥了挥手——"哎！"他的脸上顿时也露出了微笑，大步向我们走来。我的脑子转得飞快：这人好像在哪儿见过！等到他来到近前，一股淡雅的烟草味让我一下子就明白过来了：是他！那个清晨买票时遇见过的干部！母亲把身子往里面挪了挪，让他坐下。这下，我被紧紧地挤到了车窗上，于是，我很不满地看了看他。"叫叔叔！"母亲说。我不情愿地嘟囔了一句。"哎。"他很高兴地答应着。"你们娘俩是去哪儿呀？"他拿眼睛瞟着母亲。母亲先是一愣，既而恍然大悟了，"哦，我们？我们上泉城！""是吗？"他惊喜地拍了拍大腿，"太好了，我也是去泉城！"

烈日下开始出现绿油油的山岭，上面弥漫着白色的雾气。远远地可以看到一座残败的石头墙，上面刻着大大的一个"寿"字。列车员推着食品车过来了，我的肚子咕噜咕噜地叫了起来。他指着小推车上那些花花绿绿的袋子问："瓦，想吃什么？"我什么都想吃，口水都要流出来了，又被我咽了回去。我摇摇头。他笑了，又问我母亲。我母亲脸上洋溢着少女般的羞涩。"随便。"她轻轻地说，雪白的牙齿半露在嘴唇外边。

"来三个夹心面包，两根炸鸡腿，还有一袋熏牛肉。"他说。于是，我吃上了过年都没吃过的好东西。吃完饭，他又从黑色的公文包里取出两盒崭新的扑克，问我会不会打"八一"。我说自己只会"摸五张"。他愣了，问我什么是"摸五张"。我告诉他：就是两个人轮流摸五张牌，反着出，看谁的大。"不一样的花怎么办？"我说："不管花，只看大小。""那有什么意思？"他笑着说，"还是让我教你打八一吧！不过，八一需要四个人。"他这样一说，对面的老头来了精神，身子一下子坐得倍儿直，"我会！"

我们玩了四局，先是我和母亲一帮，他和老头一帮。输了两局后，母亲对他说："我不和瓦一帮了，他的手臭死了！"于是，他就和我一帮，接下来，依然是输。但他丝毫没有埋怨我的意思，而是一个劲儿地夸我越打越好，倒让我有些不好意思起来。午后三点的时候，我突然看见窗外三四个巨大的灰色烟囱出现在山脚下。它们每一个都有十来米粗，三四十米高，口上源源不断地冒着白烟。它们深深地吸引了我，因为此前我从未见过这么壮观的景物。"那是什么厂子？有那么大的烟囱！""发电厂。"他弹了弹烟灰，那动作漫不经心而又潇洒流畅。"那不是烟囱，"他向我解释说，"而是凉水塔，泉城快到了！"

果然，他的话刚刚说完，广播里就传来女播音员悦耳的声音："旅客同志们，本次列车的终点站泉城就要到了，请大家准备好自己的行李……"我心里暗想，这家伙真厉害，比火车知道得还早！火车的速度放得很慢，一座座高楼大厦扑面而来，我听见了自己的心跳。母亲飞快地查着牌，"抓紧再玩一会儿吧！"老头还有些意犹未尽。"不了，"他突然响亮地喊了一声，"泉城到了！"

母亲的脸一下子红了。

我们夹杂在拥攘的人群中出了站。穿过长长的地下通道，我被一个变戏法的小女孩深深吸引。她和我年龄相仿，长着一双大眼睛，穿着打着补丁的旧衣裳。她跪在地上摆弄着几个鸡蛋大小的绒球，乌黑的眼睛紧紧地盯着过路的每一个人。可是，他拽着我走开了，说是怕那个女孩缠上我。油漆脱落的穹形玻璃天棚上，电灯没白没黑地照着。人群像潮水把我们冲到岸边，我从来没有想到世界上有这么多人，站在站前广场上，我感觉自己孤独得像一只蚂蚁。那个我叫不上名字的男人一只手牵着我，另一只手牵着母亲。我想不通自己怎么那么相信他、顺从他。人海茫茫，我和母亲就像一大一小两个溺水者，紧紧地抓住一根救命的树枝。在站口，这根树枝被一个报刊亭阻挡住了去向。他停下，我们自然也停下了。我看见他从口袋里掏出零钱，买了一份报纸和一张地图。他把报纸夹在腋下，伸出被烟熏黄的修长的食指，在那张蛛罗密布的地图上指点了几下，随即抬起头来，指着对面的一座蓝色大楼，像一位将军一样发出不可抗拒的命令——"过去坐车！"

要想穿过这条算不上多宽的街道，并不比泅渡一条波澜壮阔的大河容易多少。我们站在街道中央举步维艰，来往的车辆不断阻止我们向前走的愿望，对岸的公交车站近在咫尺，却又遥不可及。由于过分紧张，我的手心沁出了汗水。他低头看了看我，微笑着把我的手攥得更紧。我突然想，在另一侧，他是不是也这样攥着我的母亲？

我们终于坐上了摇摇晃晃的蓝色电车，电车拖着两条长长的大辫子，使我回想起母亲补票回来，飞奔的身影。车厢里连个落脚的地方都没有，他示意母亲和他一样抓紧吊环。白色的塑料吊环同不锈钢横梁碰撞，发出清脆的丁零声。我站在他的前面，身子倚着椅子的侧背。突然，一个急刹车，车厢里所有的人都情不自禁身子前倾，透过人群的夹缝，我看见母亲失足扑倒在他怀里，然后在他的搀扶下缓缓地重新站直，捋了捋额头上的头发。

我们在一条狭窄而又热闹的街道上下了车，并且很快找到了那家教养蝎子的学校。那其实是一家小旅馆，门口挂着两块牌子。他和我们一起进去，我偷偷问母亲，他怎么还和我们在一起。母亲说，因为他想帮忙帮到底。一个戴眼镜的中年人接待了我们，他自称是赵老师，然后他又叫来了另外一个年龄更大的人，说是校长。校长热情地和他握了手，然后问："你们两口子全学？"这句话把我吓了一跳，他却不慌不忙地指了指我母亲，"不，她自己学。我是陪她来的。"校长稍稍有些失望，指着墙上一排排奖状，开始向我们介绍学校的情况。那些奖状有的写着"奖给富民兴省单位"，有的写着"农民致富的良师益友"，有的干脆写着"桃李遍天下"。校长又拿出一本厚厚的影集，指给我们看他和某个省长的合影，还有毕业生养蝎发财后的照片。我注意到，有一个人脸上长满了麻子，还有一个是白癜风患者。然后，校长把影集一合，"走，我领你们去参观参观种蝎！"

校长领着我们走上一段脏兮兮的楼道，污水遍地，脚下一个劲儿地打滑。走廊里所有的房间门都大开着，一些人光着膀子躺在床上。有人喊了一声"校长"，校长颇有些得意地告诉我们："这些都是我们的学员！"在走廊的尽头，一间房子紧锁着。校长叫老赵开了门，一边解释说："蝎子是最怕光的了！"借着门口射进的光，我们看见里面地上砌着几个不大的水泥池子，也就一米来高，里面搭着许多湿漉漉的瓦片。老赵用戴着胶皮手套的手揭开瓦片，几百只蝎子密密麻麻地聚集在一起，懒洋洋地摇着尾巴。从前，为寻找一颗丢失的弹子球，我在自己家门前的臭水沟盖板下面见过一只蝎子，不过长得非常小。我用火把它活活烧成了灰，它在火中跳着摇摆舞，浑身的关节喀吧作响。

"蝎子就是好静不好动的东西。"校长接着又说，"这仅仅是一部分样蝎，我们在郊县还有专门的养殖场，规模是东南亚最大的。""东南亚"是哪儿？我正纳闷，他却不知怎么"哼"地冷笑了一声。校长没有察觉，大声说："再看看这边！"我们跟着转过身去，才发现旁边还有一个水泥池子，里面黑压压地堆着许多屎壳郎模样的虫子，有的仰面朝天躺着，有的扇动着笨拙的翅膀，有的还口吐白沫，样子非常恶心。

"这是什么？"母亲首先发出了疑问。

"土鳖。"校长说，"这是蝎子最爱吃的食物，蛋白质含量高着呢！"

母亲皱着眉头问："这东西到哪儿去弄啊？"

"养的，"校长说，"我们自己养的。五毛钱一个，一窝能生二十多个。"

"蝎子吃得多吗？"母亲忧心忡忡地问。

"不多，"校长说，"一只土鳖能够一只蝎子吃一天。"

母亲不做声了，默默地在心里盘算。

"我早给你们算好了，"校长爽朗地笑了笑，"一只蝎子一年能下两窝，一窝能产一百只子蝎，也就是说一只蝎子养一年就是二百只。一只蝎子一块钱，就是二百块钱。养一百只就是两千块，养一千只呢就是两万块，刨去种蝎、土鳖、人工，一年最少挣一万五千元！"

"一万五？"母亲瞪大了眼睛。

"最少落一万五，"校长说，"养得越多挣得越多！我们去年最多的学员养了一万只，一下子就挣了十五万！怎么样？还犹豫吗？"

"我的天啊！"母亲张大嘴巴，看看身边的他。他好像颈椎有毛病似的扭了扭脖子，笑笑说："太闷了，得出去喘口气。"

我们顺着原路下来，校长和老赵在后面。我听见母亲偷偷问他："怎么样，你看？"他回头看看那两个人，他俩也仿佛正在谈论什么。"我看，纯粹是骗人的。"他轻轻地吐了个烟圈。"那怎么办？"母亲停住了。"走，"他拉了拉母亲的袖子，"先住下再说吧！"

老赵对他和我母亲说："学费是二百八，优惠价二百五。住宿有八人间、四人间和两人间，价格分别是五块、十块、二十，每人每天。"他想了想："就要个四人间吧！"老赵不好意思地笑了笑说："对不起，我得看看你们的结婚证。"我看见他向我母亲使了一个眼色，我母亲把大黑皮包放在桌子上，先抽出雨伞，后又把牙缸、牙刷和衣服统统拿到桌子上。最后，在皮包的夹层里掏出一个红本本。母亲由于找得急躁，手有些发抖。他果断地接了过去，在老赵的眼前亮了一下。我看见上面贴着我母亲和我父亲的相片，下面写着他俩的名字。相片上的母亲看上去比现在年轻漂亮多了，但不知怎么，一脸的不高兴。父亲却咧着大嘴，露着两颗大门牙，一副天真无邪的笑。可能是年代久了的缘故，纸页皱巴巴的，还有破损的痕迹，用糨糊粘着。老赵认真地把我父母的名字抄写在笔记本上，对那张照片却根本没怎么看。我的心里掠过一缕难以言说的惊恐,抬起头,看了看他,他正平静地把玩着手里的打火机,蓝色的火焰像出鞘的宝剑,寒光一闪,随即回到了鞘中。

我们到街上吃了晚饭。街道成了自行车的海洋,五六十的老太太也穿着鲜艳的裙子,跑堂的伙计两只手拎着十七只碗,嘴里还吆喝着"借光借光"。"城市真好!"我对母亲说。母亲点点头说:"这里天天都像赶大集。"我们吃完饭,大街上亮起了灯。五颜六色的灯光把我们的身子都染成了彩色。我们从一家商店出来,又进到另一家商店。他为我买了瓜子、话梅和汽水。在一家商店里,母亲看中了一条连衣裙,他要买下来。母亲却犹豫了,"算了吧,"她说,"白天再到别处转转。"

我们回到旅馆。在门口,母亲突然低声对我说:"记住,如果有人问你他是谁,你就说他是爸爸。"话梅从我的舌尖底下溜走了,我不小心咬着了自己的腮帮子,疼得直咧嘴。"你怎么了?"母亲认真看了看我。"没怎么。"我想:这是怎么回事呢?母亲又说:"记住!"

我们走到自己房间门口,碰到了好几个端着脸盆去水房洗刷的人。他们打量了打量我们,但什么也没有问。他从老赵那里要来了钥匙,我们开了门在各自的床上躺下了,母亲和他都没有脱衣服,墙角还闲着一张床,我嚼着话梅很快就睡着了。

教室设在一楼一个大房间里,和我学校里的教室没什么两样,也是前面竖着一方大黑板。教室里稀稀落落地坐着二十来个人,先是校长讲话,然后是大家鼓掌。我顺手拍死了一只趴在胳膊上的蚊子。校长讲完以后就离开了,一个我没有见过的瘦子开始讲课。他先是在黑板上画了一只巨大的蝎子,我刚开始还以为是只龙虾,可他讲的却是:"我们先来认识一下蝎子的生理结构。"他给蝎子的每一部位都取了名字,听着非常拗口。公蝎子和母蝎子只有一点微小的差别,就跟男人和女人一样只差那么一小点。母亲悄声对我说:"记下来。"于是,我照着葫芦画瓢,也在自己的笔记本上画了一只蝎子。我画的比他画的好看多了,简直就是一条龙,这使我隐隐有些得意。但是,各个部位就不那么好区分了,我偷眼瞅了瞅母亲,她在认真看黑板,于是,我就在本子上胡乱标了一气。我画了龙须,画了龙爪,画了一条世界上最美丽的蝎子。渐渐地,我听得入了迷。因为,老师讲道:小蝎子生下来就爬到妈妈的背上,爬不上去的就被妈妈吃掉。太刺激了!这时候,母亲捅了捅我的胳膊,"你在这里好好听着,我出去一下。""干什么去?""厕所。"母亲轻声回答。

母亲足足过了一个小时才回来,这时,课已经近了尾声。"怎么这么长时间?"我有些不满地问。"我找不到厕所,去了街上。""哎呀!"我说,"你的记性怎么这么差?厕所不就在水房对面吗?你忘了?"母亲不好意思起来,"是吗?我真的忘了。"瘦子老师拍了拍手上的粉笔灰,"下午,我们学养殖蝎子所需的环境。现在——下课!"

第二天一早,母亲就把我叫醒了。我揉揉眼睛,看见母亲已经穿戴整齐地站在床前,身后站着笑眯眯的他。"这么早干什么呢?"我还没有从梦中醒来。

"走,我们去爬山!"他说。

"爬山?"我一下子叫了起来。

"嘘!"母亲制止了我,"别人还睡觉呢。"

"不听课了?"

"不了。"母亲说。

我们悄悄地出了旅馆的门,天刚蒙蒙亮,街道上行人稀少。几个清洁工在埋头扫着垃圾,点着了一堆树叶。远处还有一辆洒水车,缓缓地轧过尘土飞扬的街面。他再次从公文包里掏出地图,看了看。然后,让我们跟着他左拐。公交车站上,一辆没有辫子的汽车刚好开出。"追上它!"他一声令下,三个人撒腿如飞。没有辫子的汽车空空荡荡,作为一天里最早的一批乘客,我们坐在上面,心情别提有多舒畅。走过了一个又一个街口，城市把它的各个部位充分展现给了我们。我看见一座座花团锦簇的广场，连成一片的高楼大厦，平地而起的立交桥。"城市真好！"我再次由衷地发出赞叹，母亲再次点头表示赞同。

一轮鲜红的太阳跳到了我的眼前，城市的高楼大厦不见了，代之是一座薄雾氤氲的山岭，上面绿树葱茏，亭台楼阁掩映其间。车在山脚下停了下来，我禁不住欢呼起来。

依我的意思，立刻上山。可是他说："吃饱了才有力气。"于是，我们在一家小餐馆里简单地吃了早饭，这才一步步地向山上走去。这座山并不高，也不陡峭，但很有名气。因为，据说中国远古时代的一个非常著名的帝王在这里耕种过，所以山上修建了许多纪念他的庙宇，引来众多的朝拜者。我们很快就爬到了山顶，山顶上有一座大庙。三三两两的香客，跪在一个神龛前磕头。对面是一尊很大的神像，相貌狰狞。他买了几炷香，分给我母亲一半。然后，两个人跪下来，举着香拜了三拜，又恭恭敬敬地磕了三个头，站起来，把香插在香炉里。

"好了。"他笑着对母亲说。

"嗯。"母亲点了点头，我们就出来了。到了庙的后头，最高的一块大石头上，那里矗立着一个亭子，据说也非常有名，但我没看出有多好。时间还早，亭子上没有人。我们站在那里看了看四周的风景，城市的高楼大厦裹在一团雾中，看不真切，凉飕飕的风让我禁不住打了几个寒战。他平静地说："走吧？"母亲转过头来，神情不知怎么竟有几分怅然。我们顺着石梯下来，我在前面偶然回了一下头，看见他正拉着我母亲的手，见我回头，就放开了。我假装没看见，低头走路。

从山上下来，我们乘车去了市中心一座以泉水著称的公园。那篇《泉城的冬天》的课文中提到过这个公园。一进门有一个方方正正的水塘，水很深，但清澈得可以看见底下的石子。他告诉我，这就是公园的泉水汇成的。很多人伏在水塘边洗手、洗脸。他又说："用泉水洗脸可以明目。"于是,我和母亲也都伏了过去。水真凉啊,凉得刺骨。他又说:"这水的温度常年保持在五度,冬天也不结冰!"他把我说得一愣一愣的,他是谁?怎么知道这么多事情?过了水塘,有一座小山,上面种植着郁郁葱葱的核桃树和藤萝,鸟在看不见的地方唧唧喳喳地叫。我们沿着一条弯曲的小径往上走,走到一个石板桥时,看见桥头上有一对年轻男女正紧紧地拥抱在一起,嘴巴贴着嘴巴,男的一只手插到了女的腰里。看见我们,他们躲也不躲,倒是把我们弄得不好意思起来,讪讪地低头走路。过了桥,他突然趴在我母亲的耳朵上说了句什么,随即就"哈哈哈哈"地大笑起来,让我感到莫名其妙。母亲不知怎么一下子大红了脸,挥动着拳头就冲他打过来,他一跳跳到了我的身后,两个人围着我展开了游击战。"好了好了,不闹了!"他举起双手投降。母亲却不依不饶,"谁和你闹了?"最终还是结结实实地在他背上捶了好几拳,他就"哎呦哎呦"装腔作势地喊疼。"娘,"我问,"他刚才说什么呢?"母亲的脸红得像一只苹果,"小孩子别问那么多!"

很快,我们就看见了那眼非常有名的泉水。一个不大的水池子,里面咕嘟咕嘟地冒着几个小水泡。旁边一块石碑上刻着某朝某代某个皇帝的御书"天下第一泉"。我不由得大失所望,母亲也说:"电影上演的那么好,原来就这么一洼水啊!""等下了雨就多了。"他笑着说,"好几个月都不下雨,地下都干了!不过,就是这样的景,临河也没有啊!"母亲说:"我还以为泉城天天下雨呢!"我们听了他的话都觉得很有道理,是啊,临河镇有什么呢?于是,我们渐渐觉出了这泉水的好,几乎要寻出它的美来齐声赞美它。因为我们毕竟见到了天下第一的泉水,尽管它没有水,也是天下第一。

随后,他带着我们去了动物园。我第一次看到真的老虎、孔雀和熊猫,还有一头西藏独角犀牛,像一尊雕塑似的纹丝不动地站着。我偷偷从地上捡了一块木屑扔进去,木屑落在它的脚下,它竟瞅也不瞅。狮虎山旁边有几个照相的摊位,看见我们过来,就热情地上前打招呼:"留个影吗?十分钟取相!"我动了心,悄声对母亲说:"我想和老虎照张相。"母亲看了看他,他爽快地说:"照吧!你们娘俩一起照!"于是,我和母亲站到老虎洞口的栅栏前,摄影师就要按动快门的时候,母亲突然向他喊了一声:"你也来吧!""不了!"他摆了摆手。这时,快门响了。

我们在一条连椅上坐下来等。我坐在他俩中间,他抽着烟,母亲把目光投向远处。相片很快就冲洗出来了,我咧着嘴一脸傻笑,母亲的一只手臂正高高扬起在半空中,嘴巴微张着,眼睛看着镜头以外的地方。

"这张相片照得不好。"母亲咬了咬嘴唇。

"挺好的。"他说。

母亲看了看他,再没有说话,却轻轻地叹了口气。

接着,我们来到一个大商场里。他给我母亲买了一条五颜六色的连衣裙,衣领开得很低,母亲一个劲儿地说穿不出门去,但还是喜滋滋地要了。他给我买了一只绘有铁臂阿童木图案的塑料文具盒和一只写着"振兴中华"字样的书包。这一天是我有生以来最快乐的一天。我们把泉城最好玩的地方都玩了一个遍,虽然它们并没有传说中那么好玩。在市政广场上,我们甚至还遇到一群金发碧眼的老外。他们操着我听不懂的话嘀里嘟噜地说个没完,我跟在他们后面感觉比看狮子老虎还过瘾。直到晚上九点多钟,我们才回到旅馆。老赵看见我们进来,惊奇地询问:"喂,你们今天去哪儿了?一天没有听课,校长还以为你们失踪了呢!"他回答说:"我们去一个亲戚家了,你告诉校长,别让他担心!"

第二天下午,校长再次出现在教室里。因为今天是学习的最后一天了,他有很多话要讲。他看见我和母亲,先是关切地询问了一气,然后非常惋惜地说:"你的课可落下了。要不,再多学两天,我们这里随到随学。"母亲说:"不了。"然后,她向瘦子老师借来昨天的笔记,让我认真抄下来。

　　校长并没有提参观养殖场的事,而是竭力向大家推销种蝎和土鳖。凡是买的,校长都同他们签订了回收合同,按上鲜红的手印,并说了许多鼓励的话。校长问到母亲时,母亲犹豫了一下说:"我去和他爸商量商量。"

　　他正躺在床上看报纸。母亲问他怎么办。他反问母亲:"你说怎么办?"母亲摇摇头说:"我知道怎么办就不来问你了。"他坐起来说:"依我看,绝对是骗人的。蝎子没那么好养,也不可能赚那么多钱,要不全世界的人都去养蝎子了。""我觉着也是。"母亲愁眉不展地说,"可是,总不能这样空着手回去,怎么……怎么向他交代?"我不知怎么,一下子就听出了母亲说的"他"是谁,心里忽然有一种异样的感觉。"别人都买多少?""不一样,"母亲说,"有二百的、三百的,还有五百的,一千的……""最少的多少?""二百。""那你买一百吧!全当养着玩……"他说。"好吧。"母亲心不在焉地答应着,又问,"土鳖呢?""什么土鳖?"他不屑地笑了,"纯粹是些屎壳郎!"

　　第二天早晨,我们坐上了回去的列车。我恋恋不舍地望着窗外的一切,真盼着列车永远停在这里。他真好,自己的事情一点儿都没有办,整整陪伴了我们三天。他回去怎么交代?他家里有什么人?他到底是谁?望着他的侧影,我脑子里闪过一系列的问号。一百只蝎子关在脚底下的一只小木箱里,发出沙沙的响声。母亲短暂的学业既已大半荒废,我不由得担心起了蝎子的命运:它们能够活多长时间?

　　回去的路线和来时的路线完全一致,我不再贪恋外面的景色。我的牌艺进步很快,欢笑充满了整个归途,只是缺少了那个有趣的老头,代替他的是一个年轻的女大学生,她长得很像临河火车站那个漂亮的剪票姑娘。我和他已经彻底成为一对亲热的父子,搂着脖子扳着腰,就连女大学生也夸我们爷俩亲。我从来没有过这么让我快乐的父亲,我发现自己已经深深地爱上了他,就像爱我的母亲一样。可是,分手的时刻终于到来了。在氺州车站,他起身向我们告别:"再见,亲爱的孩子。"他用胡子扎了我的脸,又含情脉脉地同母亲拉了拉手。他的背影消失在站口的人群中,列车再次开动了,我们还要继续向前,直到返回破烂不堪的临河镇。看见身边的位子空空荡荡,我的泪水再也控制不住。我张开嘴巴,哇哇大哭,泪水模糊了外面的世界,我失去了多么好的一位父亲!

母亲轻轻把我搂在怀里,用手擦去我脸上的泪水。她悄声在我耳边说:"傻孩子,再过一个小时,他就会乘车回到临河,像我们出发时一样……"

蝎 子

我们在临河车站下了车。又看见了这座小县城,我感觉它格外地肮脏和土气。因为,我刚刚从大城市泉城回来,看惯了高楼大厦,乍看到这些低矮破旧的建筑,很有些不适应。一群工人在忙着搬运东西,母亲严肃地对我说:

"见了你爹,千万不能对他说起那个人。"

我完全明白她的意思,点点头。地排车吱扭扭地响着,扛包的人、押车的人、拿着铁锹的人。其中一个戴凉帽的认出了我们。

"嫂子,回来了?"

他大声向我母亲打招呼。他姓刘,经常去我家喊父亲干活。母亲答应着,随即反问了一句:

"你怎么知道我们出门去了?"

"是你家我哥说的。"

母亲其实早猜出了他怎样回答,因此没有说什么。

"你快回家去吧,"小刘说,"我哥出事了!"

"怎么了？"母亲猛地一哆嗦。小刘回答说：

"前天干活砸伤了脚！"

我们匆匆赶回家里的时候，父亲正一动不动地仰卧在床上，光着膀子，只穿着一件短裤，一只脚悬在空中，打着厚厚的石膏。

"你是怎么弄的？"听见母亲问话，父亲才回过头来。他的眼睛红红的，好像没有睡好觉。"搬东西砸的。"他有气无力地回答。

"怎么砸的？"

"东西从上面滚下来砸的。"

"什么东西？"

"铁。"

母亲轻轻摸摸父亲的脚面，父亲疼得牙缝里挤出"嘶"的一声。

"疼吗？"母亲恨恨地说，"别人怎么没挨砸，单砸着你！"

父亲没有说话，把头转回去，闭上眼睛。

"吃饭了吗？"母亲又问。

父亲吃力地摇摇头。

"没吃，碗怎么在那儿？"桌子上扔着没有洗的碗，上面沾满了米饭的残渣。

父亲显然不想多说话，摇了摇头。

母亲把碗拿起来，闻了闻，立刻把它放下了，"熏死人了，少说也有两天了！"

"娘，"我拍拍脑袋叫了起来，"蝎子往哪儿搁呢？"

"先放在墙角，死不了！"母亲边说边摸了摸父亲的额头，"呀！"她也叫了起来，"你发烧啦！"

母亲回头又冲我喊了一声："瓦，你快去叫赤脚医生！"

按照临河镇的方言，"赤"字发平音，因此很长一段时间里，我都把"赤脚医生"当成是"吃脚医生。"吃脚医生老黄常年穿着一件白大褂,挎着写有"为人民服务"字样的小药箱,风尘仆仆地出没在每一个需要他的地方。吃脚医生常说他最崇拜的人是那个"夹拿着大人",不远万里来到中国的白求恩。不出诊的时候,他就在自己的家里抄写《雷锋日记》。他最常挂在嘴边的一句话就是毛主席的名言:"一个人做一件好事并不难,难的是一辈子光做好事!"

我来到吃脚医生家门口的时候,正碰见他那和我同岁的儿子小黄仰着脖子,吹着一个大气球从家里出来。那个气球是白色的,顶上有一个怪模怪样的小脑袋。

"小黄!"我把他叫下。

"干什么?"小黄把气球交在手中,连连喘了好几口粗气。

"你给我那个气球玩玩?"

"不。"

"你家里反正若干。"

"若干我也不给你玩。"

"你咋这个鸟样?"

"嗨,瓦,你敢骂我?"

"骂你又怎么了?"

"你老实点,不老实,我让我爸爸给你戴上环!"

"什么环不环的?"我正纳闷他说的是什么意思,吃脚医生从屋里出来了,"小黄,你又偷我的避孕套吹气球了!"

小黄拎着气球拔腿就跑,一眨眼的工夫,就没了人影。"他娘的!"赤脚医生骂了一句,随后问我:"瓦,你来干什么?"

吃脚医生老黄给我父亲试了体温:三十八度五。他对我母亲说:"再晚一会儿就麻烦了!"母亲冲了一大碗姜糖水,连同老黄给的阿司匹林一起让父亲喝了。父亲喝完以后就呼呼睡着了。我们吃晚饭的时候,用力推他,想叫他一起吃,可是,他翻了一个身,就又睡了过去。半夜里,父亲的鼾声如同滔滔河水，使整个床都不住地颤动，以至于我做了这样一个梦：河水泛滥，淹没了整个县城。第二天早晨，父亲醒了，他的烧已经退了。他一口气喝了四大碗米粥，吃了两个馒头和半根腌萝卜，把昨天耽误的饭全都补上了。不用说，他已经完全好了。这时候，他才有力气告诉我们事故的经过。

废品站的一些废钢铁要运到烟台港，一根八米长的三角铁突然从车厢沿上溜了下来。父亲说：

"幸亏我的鞋子大，要不就整只脚残废了！"

这根三角铁把父亲的脚钉在了地上，砸裂了他右脚的食趾和中趾的骨头。工友们把父亲送到人民医院，在那里拍了个片，做了一个简易的包扎手术。医生说：

"伤筋动骨一百天，他至少得一百二十天不能再干活！"

"一百二十天？"母亲掰着指头算了算，"天啊！一百二十天就是四个月啊！我家可怎么办呢？"

按照医生的嘱咐，父亲需要一个星期去医院换一次药。大约是第二个星期的时候，我闲着没事就陪着母亲和父亲一块儿去。前天夜里刚刚下了一场小雨，天气突然变得秋天一般凉爽。父亲穿上了绿色的军装，母亲穿着一件紫色的夹衣。父亲拄着拐杖，一蹦一跳的，显得十分活泼。我和母亲一边一个扶着他，即使这样，走不了一百米，就要停下歇歇。路过银行门口时，我们突然遇到了他。他夹着那只我熟悉的黑色公文包从一人多高的台阶上下来，穿着一件蓝色的中山装，脖子下的风纪扣敞开着，露出白色衬衫的一角。一辆北京吉普车停在台阶下，他伸手打开车门，一刹那，他的目光和我们的目光交织在了一起。"是你！"我惊喜之下，叫出声来。母亲却把头低下了，他也低下了头，缓缓地钻进车里。车开走了，掀起的灰尘直扑到我们的脸上。父亲仿佛什么都没有觉察，一声不吭地继续往前走。我和母亲赶紧跟了上去。

从医院里回来的路上，没有再遇到他。快到家门口的时候，一直不声不响的母亲突然"呜"的一声哭了。仿佛一声汽笛，猛地拉长了她与我们之间的距离。我不知道她为什么要哭，父亲并不是得的什么不治之症，几个月就会痊愈。我们的生活充满了阳光。谁也没有安慰母亲，最后，她用自己的衣袖擦了擦自己的眼睛。

那些蝎子深深地吸引了父亲。当他的烧刚刚退后，他就请求来看他的工友帮忙弄来水泥和砖瓦，在屋子里的东墙角砌了一个方方正正的池子，又用一些破烂瓦片，搭起一个个蝎巢。他不断地向母亲请教：

"是不是太高？是不是还矮？还需要不需要放沙子？"

母亲支支吾吾地答应着。她一定没有想到父亲居然对养蝎这么热心。她渐渐地乱了方寸，当父亲再次询问她蝎子最喜欢吃什么这个简单的问题时，她竟然说了声：

"草。"

"什么？"

父亲惊异地瞪大了眼睛。父亲的眼睛澄澈得像一个儿童，母亲在他的注视下，不由得面红耳赤。关键的时候，我为母亲解了围。我记住了那个像屎壳郎一样肮脏的东西的名字，并且响亮地把它说了出来，就如同在课堂上回答老师的提问一样。

"土鳖！"

"土鳖？"父亲愣了。

"就是一种像屎壳郎一样的虫子，长着翅膀，但不会飞。"

"哪儿有这东西？"

"养的。"

"别的虫子也行，"母亲慌忙说，"像蚯蚓、菜青虫、蛾、面包虫都行。"

也许是为了掩藏内心里的什么，当父亲提议把窗帘拉上的时候，母亲丝毫没有犹豫就同意了。因为，蝎子喜欢阴暗。从那以后，我们在房间里也过起了不见天日的穴居生活。霉菌开始爬上墙，在碗橱壁上雕出一朵绚烂的花，蜘蛛在房间正中表演走钢丝。空气中散发着一股奇怪的臭味，类似茉莉花与腐烂尸体、枯枝败叶交融在一起，莫名的恐惧丝丝缕缕缠绕着我由于生活贫乏而异常发达起来的想象力。父亲弄来了螳螂、菜青虫、蚯蚓等他能够弄到的所有昆虫。有一次，他甚至从一只猫的嘴里抢下了一只奄奄一息的老鼠。那是一只黄白杂色的小猫，或许是平生第一次捉老鼠，骄傲得不得了。父亲连番向那只猫发射了笤帚、簸箕、马扎三样暗器，就在他准备把手里的拐杖掷出去的时候，那只猫号啕大哭着蹿上了邻居的墙，将嘴里的猎物留给了父亲。它涉世尚浅，从来没见过父亲这样的人。父亲用一片梧桐树叶包裹着那个血肉模糊、颤动不已的小生命进了屋。他不是想拯救它，而是把它交给蝎子，做它们的美餐。我和母亲目睹了那些蝎子像钓鱼一样把长长的尾巴扎进老鼠的背，用钳子般的螯夹住老鼠的皮肉，用细小而尖锐的牙齿一点一点地将老鼠的身子掏空，它们透明的身体被血染得通红，更像是一只只烧熟了的虾。最后，他们连同老鼠的骨头慢慢消化掉。这前后大约花了三天的时间。父亲的脸上始终堆着慈爱的笑容，那是对待我都未曾有过的。他用一根小木棍轻轻拨弄着蝎子，嘴里还不断地说：

"都别抢，都有份！"

几乎每天早晨，父亲都要数数蝎子的数目。他通常要数很多遍才能数清楚，因为那些蠕动的躯体很容易使人眼花缭乱。父亲小心翼翼地把瓦片翻来翻去，生怕漏掉一只。我听见他每次数完之后，都嘟囔一番：

"快了，该快了。"

父亲的耐心是有限的，他等到花儿也谢了的时候，再也等不下去，就决心亲自为蝎子操办它们的婚事。他用一双红漆筷子把他心目中的公蝎，夹到他心目中的母蝎身上。他曾经向我们抱怨：分不清蝎子的公母。

母亲解释说：这么小的东西就是不好分，那玩意儿在人身上都那么小一点，何况本来就这么小的蝎子。父亲觉着她说的有道理，就再没有说什么。那些蝎子显然不习惯叠在一起，支撑不了多久，就一起摔倒在地。这种徒劳的工作，父亲整整做了一个星期。

　　一个星期后，父亲惊喜地发现了一只动作明显迟缓、笨拙的蝎子。它的尾巴像是灌了铅，拖也拖不动。于是，父亲认定它怀孕了。就在池子的一角，单独为它搭了一个巢。父亲没有想到这样的事情会像传染病一样顷刻间蔓延起来，怀孕的蝎子成倍地增长，父亲不得不改变原先的设想，他来不及为孕蝎搭建另外的寓所，只好把那些没有怀孕的蝎子清除出来。清除的工作越来越轻，因为怀孕的蝎子已经占到了蝎群的大半。母亲也眉飞色舞起来，因为这充分说明她学业有成。在饭桌上，她甚至跟父亲商量：等蝎子繁殖多了，就在院子里搭一个大棚子。等到卖了钱还要去泉城感谢感谢老师。父亲点头答应，我也感到十分高兴。因为母亲再次说到了泉城，我想，下一次旅行就不会是遥遥无期了。

　　这时候，不幸接踵而至，就像大雪紧挨着小雪。那天早晨，麻雀在树上叫着，叫得人心里发慌。事实上，麻雀的叫声早已被我遗忘，我听见父亲惊慌失措的叫喊吓跑了门前树上的麻雀。父亲跪在地上，仰头向着屋顶。我和母亲赶紧从床上跳了下来，三步并作两步到了他的身边。父亲眼含泪水，指着他膝盖旁边的一样东西让我们看，那是一只蝎子，静静地躺在地上，像死了一样。

　　"不是像死了一样！"父亲声嘶力竭地纠正，"是死了，是真的死了！"

　　"它为什么会死呢？它怎么就死了呢？"父亲含混不清的声音里涌动着悲伤的泪水，他愤怒地挥舞着拳头。母亲和我都低下了头，我突然想起了当初在泉城时，他说过的一句话：

　　"蝎子可没有那么好养，要不，全世界的人都去养蝎子了！"

那只死蝎让父亲难过得一天都没吃东西，他含着眼泪在院子里的梧桐树下挖了一个坑，把蝎子埋了。他用这个庄严的举动回敬了母亲要把死蝎喂鸡的建议。傍晚，我们又发现了第二只死蝎。因此，父亲不得不把那个坑刨开，再把它埋掉。两具小小的尸体依偎在一起，宛若一对和美的夫妻。父亲的晚饭自动取消了，我和母亲不声不响地拨着碗里的饭。

这一天半夜里，父亲突然爬上了母亲的身体。母亲在睡梦中惊醒，"啊"的一声叫了起来。巨大的恐惧激发了她的力量，"扑通"一声，父亲从母亲的身上摔了下来。借着清凉的月光，我看见父亲痛苦地趴在床上，枕头从床头滑落了下去，他侧着脸贴在床单上，眼睛瞪得很大，那只伤脚高高翘起，而且微微颤动，像极了蝎子的尾巴。

一百只蝎子全部死光了的时候，父亲的脚伤彻底痊愈了。他主动拆除了那个水泥池子，又把那些瓦片搬到屋山上。窗帘打开了，阳光亮得刺眼，我们家的一切都恢复了正常。秋天已经来临，我走进了东方红中学，成为一名 student。这是我刚刚学到的一个单词，我喜欢英语，我用英语说的第一个句子是：

"I am your father！"

轻舞飞扬的日子

母亲一直没有机会穿他给她买的那件裙子，这成为她生活中最大的一个遗憾。眼看着天气一天天地冷了起来，母亲也一天比一天灰心。寒冷钻到了她的心里，怎么也不肯出来。

父亲照旧去火车站干活。有时，整整一天都没有活。他和他的工友们坐在班房里，非常无聊。于是，他们就玩起了"抓大头"的游戏。他们总共是五个人，就做了五张阄。分别写着"一元"、"二元"、"二

元"、"三元"和"跑腿"字样。父亲抓到了字的笔画最多的一张,他们纷纷掏出钱递给父亲说:

"你去买!"

父亲知道买什么,因为这样的游戏已经玩过多次了。父亲迈过四道铁轨,然后从一道铁丝网下面钻出去,这样就来到车站北街的国营副食品商店。父亲用三块钱买了两瓶高粱大曲,然后用剩下的三块钱买了一包花生米和两包榨菜。父亲把这些东西用上衣裹好,光着膀子跑了起来。街上的人都忍不住笑话他,因为在他们看来:身子比酒重要得多。

自从蝎子死后,母亲的生活日见清淡。她坐在窗台下面蹬缝纫机,一蹬就是半天。她把破烂衣服裁成布片,给一家三口做了三十多双鞋垫,恐怕几年都穿不完,考虑到我的脚还会不停地长,母亲只给我做了六双。有一天上午,我放学放得早,一进屋,吃惊地看见母亲穿着那件在泉城买的花连衣裙,正像只孔雀一样在镜子前踱来踱去。裙子里面套着秋衣、秋裤,背后的拉链只能拉到一半。母亲看见我,吓了一跳,赶紧往下脱,嘴里结结巴巴地问:

"你怎么回来这么早?"

"老师有事,"我看着她说,"娘,你穿着吧!挺好看的!"

"是吗?"

母亲停住了。我用力点点头,母亲就把脱下来的一只袖子穿上,再次照照镜子说:

"我觉得也是!"

我在板凳上坐下来,支着下巴,看着她,过了半天才说:

"娘,该做饭了,我饿了。"

母亲这次不得不真的把裙子脱下来,她一边脱一边叹息。当她把裙子放好,重新换上平时穿的衣服时,再也忍不住满腹的委屈。她的嘴唇剧烈地抽搐了几下,泪花滚滚地落到地上。

她不得不转过身去，避开我的目光。窗外是落光叶子的梧桐树，干枯的手臂抱不住无边无际的虚空，树干上有几颗大而无神的眼睛。母亲的肩头跳了几下，仿佛着了凉。

母亲坐在门口，用汤匙默默地刮着地瓜，地瓜皮沾得满手都是。我过去，表示愿意给她帮忙，却被她用手挡了回去。我悻悻地走到院子里，低声对那棵树说："可饿死我啦。"忽然，"哗"的一声，母亲一盆水差点泼到我的身上。她失魂落魄地冲我笑了笑，突然问：

"瓦，你这两天上学路上，遇见他了吗？"

我的脑子反应得极快，我看着母亲那张饱含期待的脸，我并不想让她失望，但不知怎么，还是老实地摇了摇头。

母亲再也等不下去了。下午，我和父亲都走了，她穿上过年时穿的西服领的蓝色上衣和藏青色的涤卡裤子，又在脸上抹了淡淡的一层雪花膏，出门直奔位于十字大街东首的人民银行。由于走得匆忙，当她一级一级地爬上银行高高的台阶，竟累得气喘吁吁。银行的大门口挂着蓝色的棉布门帘，一块块木头门板整整齐齐地码在门洞里。银行里的营业员看见我母亲这身打扮，都有些诧异，因为这样的装束显然为时过早。她们并不了解母亲的苦恼，母亲所有稍微体面一点的衣服都不合时宜。如果不是天气太冷，我毫不怀疑她会把那件连衣裙穿出来。

母亲直呼那个人的名字，令她们大吃一惊。她们弄不清这个装束奇特的女人同他是什么关系，因此，不约而同地摇了摇头。母亲不甘心，又问了一遍，这才有一个人打破了沉默，大声告诉母亲说：

"他出去了。"

母亲像一阵风一样刮走了，她们坐在铁柜台后面，过了半天还能听见"呜呜"的风声。她们手捧各自的茶杯，心想：冬天已不会远。

那天，父亲在火车站和同事们喝酒。酒精把他的脸膛烧得通红，弹尽粮绝时，天也暗了，他们拍打着屁股，各自回家。母亲还没有做晚饭，这使得父亲很奇怪,但他也没有多想,坐在椅子上就睡着了。

过了几天,我下午放学时,走出校门口突然听见有人在喊我的名字。我寻声望去,一个穿着灰色风衣的中年男子,站在墙边,抽着烟。是他!我情不自禁地跳了起来。

"你怎么在这里?"我亲昵地搂住他的腰,他有些紧张地把我轻轻推开,并且看了看四周。

"我找你有点事。"

"什么事?"我说,"娘那天还问我呢。"

"问你什么?"他盯着我的眼睛。

"问我有没有见到过你。"

"你怎么说?"

"我能说什么?我一次都没见过你。"

他沉默了一会儿,把烟蒂丢到地上。

"走,瓦,你跟我过来一下。"

我跟着他拐进学校对面的小巷里,站住。他从上衣口袋里掏出一个白色的信封。

"什么?"

"信。"

"给谁的?"我的神经一下子紧张起来,似乎预感到有什么事情发生。

"给你娘。"

"为什么……为什么要写信?"

"你不要问,记住,把它交给你娘。"他把信塞到我手里,转身就走。

"等等……"我伸手招呼他,"我娘她不识字。"

"那……你念给她听吧……"他说完,就头也不回地迈开大步走了。在他身后,一个小小的旋风卷起了纸屑和尘土,挡住了我的视线。

那天晚上，我们一家围坐在灯下吃烀地瓜。地瓜是秋后家里最主要的食物，地瓜有很多种吃法，蒸、炒、煮、烀、炸、腌……每年到了这个时节，母亲总爱说：

"地瓜浑身都是宝。"

可是今年，这句话却听不到了。显然，母亲已经彻底厌倦了地瓜以及和地瓜一样索然无味的生活。

我没有马上把那封信给母亲，就连碰见他的事也没有提。我一边转动着粥碗，一边想：这样做是否欠妥当？

我把那封信用小刀轻轻割了一道口子，里面是一张叠得整整齐齐的信纸。我把它小心翼翼地抽出来，在台灯下展开。为了防备母亲发现，我用自己的数学课本挡着。信纸的抬头处写着我母亲的名字，然后是一句"对不起"。

他的这封信写得有些语无伦次，但我还是弄明白了他的大体意思。他首先告诉我母亲：他马上就要调到外地去工作了，一个我没有听说过的地方。那是一个很远的地方，因为他用了"远隔千里"这样一个词。他还说他和我母亲是"有缘无分"，什么叫有缘无分？我不太懂。然后，他向我母亲"真诚地道歉"，说："那是一个美丽的错误。"错误怎么还会美丽呢？我还是不太懂。他叫我母亲彻底忘记"他和过去"，"就像什么都没有发生过"。最后，他祝愿我母亲"生活幸福、永远年轻漂亮"。信尾的落款只有一个字："李"。

父亲在越过铁丝网，去往车站北街副食品商店的路上，意外地从一个干草垛里发现了一窝鹌鹑蛋。那堆草垛坐落在一个很大的水塘边，还不到结冰的节气，水湛蓝湛蓝的。一些干枯的菖蒲无力地摇摆。父亲从那里经过，一只不大不小、长得像鸡一个模样的鸟突然迎面盘旋而起，把父亲吓了一跳。父亲认出了那是一只鹌鹑，它眨眼间就逃之夭夭。在它刚才伏着的地方，一窝鹌鹑蛋就明晃晃地晾在那里，白壳上带着黑斑，像一堆鹅卵石。鹌鹑选择这样一个地方产卵有它的一定道理，这里是一个死角，少有人至，像父亲那样从铁丝网下面钻过来的更是几乎没有。父亲数了数，总共是七枚蛋，他把它们一一捡起来，它们尚含着母鹌鹑的体温，父亲把它们放进自己的棉袄口袋，然后小心翼翼地站起来。

母亲形容日渐惨淡，她把自己整天关在家里，如同一个灰姑娘。她的手由于气候干燥，裂开了一道道口子。她用友谊牌香脂轻轻涂抹到伤口上，感觉像撒上盐一样疼。父亲从来不关心这些，他天天在工地上喝得微醺，回到家里倒头便睡。日子像天气一样干巴巴的，拧不出一丝水分。母亲把地瓜切成片，穿到铁丝上，挂了整整一院子，空气中就充满了干地瓜的气味。母亲终日神情恍惚，饭做得越来越不及时。有好几天，我都饿着肚子去上学，还有几天耽误了下午的课。在挨了老师的几次批评之后，我再也无法忍受。我跑回家，对正坐在窗台下一边纳鞋底，一边出神的母亲大声说：

"你整天这样阴死阳活的有什么用？"

母亲吃了一惊，瞪大了眼睛看我。我又说：

"你不要等了，也不要盼了，他早就走了！"

"你说什么？"母亲站了起来，放下手里的针线。看到母亲这焦急而迷惑的神情，我的心里突然感到莫名的愤怒。

"他走了，"我说，"他和你散伙了！"

"啪！"我的脸上挨了一记耳光。母亲愤怒地冲我咆哮：

"你看看你是什么态度。"我低下头，不做声了。

"到底是怎么回事？你遇见他了？说啊你！"

母亲用力摇晃着我的肩膀。我挣脱了她，跑到桌子跟前，从抽屉里取出了那封信。

"我本来不想告诉你的。"我嘟囔着，泪水突然流了出来。

母亲急切地抽出信纸，展开。

"我不认字，上面说什么？"

"说，他要到别的地方去了，叫你别再想着他。"

母亲的脸一下子变得煞白，她对我说："你念给我听听！"

我只好一句一句地念，我刚刚念完最后一句，母亲转身就往外走。

"你干什么去？"

"我找他算账！"

我追出去，死死拽着她的胳膊。"他早就走了。"我说。

"你怎么知道？"

"我……"我说，"这封信，他已经给我好多天了。"

"啪"一声，母亲抬手又给我一巴掌，没等我哭，她却先出了声："呜……"紧接着身子一软，倒在了地上。

父亲回到家里，天已经黑了。他奇怪的是，母亲已经躺下睡了，被子蒙着头，只有一缕头发露在外边。父亲找来一个鞋盒，铺上稻草，从口袋里掏出那些鹌鹑蛋，放进去。

母亲一连躺了两天，父亲居然没怎么在意。他的心思全花在那些鹌鹑蛋上了，一没有活，他就跑回家看它们。他把盒子放在窗台上，让阳光照着它们，又在上面均匀地撒了些稻草，仿佛是怕它们着凉。我站在他身边，偶然说了句："吃了吧！"父亲就恶狠狠地瞪了我一眼，我从来没见过父亲生气，吓得我再也不敢说什么。

我又喊来了吃脚医生。吃脚医生还是给了几片阿司匹林，我真怀疑他有没有别的药。母亲每顿饭都只喝些稀的，然后又是蒙头大睡。有一次，我把手伸进去，想试试她是不是发烧，就觉着手上潮乎乎的，把手拿出来，上面布满了豆大的汗珠。

父亲在忙他自己的事情。他见我和母亲都对他漠不关心，就找来芦花母鸡帮忙。他把那些鹌鹑蛋转移到鸡筐里，然后让母鸡伏在上面。那是一只正值更年期的母鸡，并不肯配合父亲的工作。父亲就用麻绳把她的一只脚紧紧地拴在鸡筐上，又给鸡筐盖上盖子，然后搬了块磨刀石，压在盖子上。

我突然明白了父亲想做什么：他要让母鸡和鹌鹑蛋来共同完成蝎子未竟的事业。

母亲终于不再折磨自己，她要重新生活，更好地生活，活给那个侮辱她的男人看，即使他看不见，她也要活，她这样一想，病就好了。她起床后做的第一件事情就是把被子抱到院子里去晒。她用笤帚杆用力抽打着棉被，直到把那个软弱的身体赶走，"砰砰"的声音传出很远。这时，她忽然听见一阵"咯哒咯哒"的声音响应着她。她四顾之下，发现了那个压着磨刀石的鸡筐。她走过去，把磨刀石搬掉，然后把盖子揭开。那只幽闭多日的母鸡一下子跳了起来，它忘记了自己脚还拴在筐子上。结果，"扑通"一声，连筐带自己一起栽倒在地。母亲解开绳子，放开它。这只解放了的母鸡欢天喜地地在院子里连跳带唱。母亲飞起一脚，把筐子踢出老远。几个小东西惊慌失措地从筐子里蹿了出来，刚刚在地上滚了几下，就瘫了。母亲惊讶地追上去看，看见地上是一摊接一摊的黄色液体，散发着呛鼻的腥臭，液体里面有一簇黑色的绒毛。这些小东西力气太小而跑得又太快，结果把自己的身子丢得七零八落。

母亲回到屋里。她翻箱倒柜地找出那件连衣裙，由于情绪激动，她几次找到它，又几次把它放下，重新再找。最后，她拿着那件连衣裙来到门口，当着明晃晃的太阳，用剪刀把它剪得粉碎。那些布屑徐徐落地，仿佛缤纷的羽毛。仿佛轻舞飞扬的日子，在顷刻间损失殆尽。在剪刀欢快的鸣叫声中，母亲的脸上依次闪现出"远方"、"蝎子"、"鹌鹑"和"他"的面孔。

特　务

　　父亲是一个终年沉默寡言的人。直到今天，我已二十五岁，可是和他还没有过一次五分钟以上的交谈。在我还是个孩子的时候，我从来没有想象过会出现这样的情形。我总是认为他的沉默里隐藏着巨大的秘密，他之所以不肯告诉我，是因为我还太小，告诉我我也不理解。我望着他沉默寡言的身影，内心里充满莫名其妙的畏惧。直到现在，我还在期待着他开口对我说出那个灼人的秘密。

　　即使在蝎子和鹌鹑两个梦想相继破灭之后，父亲仍然对生活充满热爱。我不知道他是不是真的对母亲那段隐秘的外遇毫不知晓，至少表面上看不出来。母亲继续心猿意马地打发着日子，我埋头于乱七八糟的功课里，只有父亲在沉默中茁壮成长，他越来越显现出与众不同的地方。有一天黄昏，他居然赤着脚攀上光秃秃的梧桐树，眺望西天的云霞，为的是掌握明天的天气。隔壁的张三老婆正在蹲厕，不经意抬头，看见树上一个猴子般的家伙，吓得失足落进了茅坑。为这事儿，母亲向她赔了一箩筐好话。还有一次，他在厕所里一口气蹲了半个多小时，把我憋得够呛。最后，他在我的千呼万唤中出来了，可是等我进了厕所，却发现里面刚清扫过的茅坑里一点儿粪便都没有，使我不得不怀疑他有某种不可告人的隐私。

　　这样让人啼笑皆非的小事还有很多很多……

　　不久以后，发生了一件惊天动地的大事。那是上午九点十五分，下第二节课后，我们站在东方红中学坑洼不平的操场上准备做课间操。天空中突然出现了一个硕大的圆状物体。上半是橘黄色，下半是火红色，缓缓地从东南方向飘了过来。"是热气球！"我们的班主任，一位山东大学物理系的毕业生首先叫了起来。我们仰着头注视着那个热气球越来

越近,广播喇叭里突然传来教导主任的声音:

"大家不要慌,不要乱!"

这声音提醒了大家,大家抱着脑袋呼隆隆地跑回教室。喇叭喊得哑了,也熄灭不了大家贪生怕死的念头。

我们躲在窗帘后面紧张地注视着那个飞行物,它越来越大,足有篮球场那么大。在圆球下面挂着一个大筐,里面好像还有一个人,穿着黑色的衣服,看不清他在做什么。"他会不会有枪?"我的脑袋一下子大了,似乎听见子弹从上空呼啸而至。

大约过了十分钟,热气球从我们的视野中消失了。孩子们重新涌向操场,抬起头向远方眺望。我看见老师们站在办公楼顶层的阳台上,也仰起头看天。

这个家伙来干什么?它怎么什么都没有留下就走了?就好像从来没有来过。坐在课堂上,我的思绪一点儿都集中不起来。它太神秘了,不是吗?就连我们的政治老师,一个素以博学著称的老头,在下课时,也一脸严肃地说了句:

"说不定是从台湾过来的。"

"台湾!"我们脑子里的弦一下子绷紧了,仿佛一场战争爆发在即。

中午吃饭时,我绘声绘色地讲述了热气球的事情。母亲整个上午都待在屋里,没有看见过,表现出了较大的热情。

"是吗?"她的眼睛闪着少有的光彩。

"我骗你干什么?"我一本正经地说,"听说是从台湾过来的。"

"台湾?"母亲瞪大了眼睛。

"说不定要打仗了。"我开始信口开河。一直默不作声的父亲突然放下碗站了起来,出了门。我吃惊地看着父亲进了院子前面的厕所里,半个脑袋露在墙外面。两分钟后,父亲从厕所里出来,在院子中央,用肮脏的手擤了一大把鼻涕。我突然生起他的气来,大声质问道:

"你见过吗？你！"父亲吃惊地抬起头，向屋里望望，当确认是在问他时，淡淡地回答说："见过。"

仅仅过了两天，一件更神秘的事情发生了。这一天是星期天，早晨父亲刚走一会儿，就回来了。我和母亲还没有吃饭，父亲说：

"今天没有活。"

"没有活？"母亲疑惑地问，"你刚去了就知道今天没有活？"

父亲老老实实地说："车站的人们说的。"

母亲没有再说什么。用她的话来说，是因为"已经没有力气和他说话"！至少有四次，母亲眼含热泪对我说：

"你的爹总是在撒谎！"

因为，她问父亲喂没喂鸡，父亲说喂了，实际上，"他根本就没喂，他就会撒谎！"这样的小事如果发生在以前，母亲是不会放在心上的。可是，自从那场可怜的爱情结束以后，母亲就变得格外多愁善感。

我总觉着父亲有些不对劲。他仿佛在隐藏着什么，我忽然觉着几天前的那个热气球同他之间似乎存在着什么联系。

吃完饭，母亲出去串门听说了这样一个消息：一位中央首长乘坐的专列今天要从临河经过。母亲是听吃脚医生的老婆说的，吃脚医生老婆是听吃脚医生说的，吃脚医生是听医院的人说的，医院的人是听副食品公司的人说的，副食品公司的人是听火车站上的人说的。母亲回到家里，不满地责怪父亲：

"这么大的消息，你怎么不早告诉我们？"

父亲一脸无辜的模样，"是吗？有这么回事？我不知道啊！"

母亲有些不相信，我也不相信。父亲一定是故意瞒着我们，他想干什么呢？

整个临河镇都沸腾了，因为，这么大的领导人，人们先前只是在广播匣子里听见过，在报纸上看见过。人们争先恐后地涌向火车站，虽然不一定能看到首长,就是光看看他乘坐的专列也是一种莫大的荣耀啊!到了车站近前,人们才发现车站的大门已经紧紧关闭了,门口还站着两个荷枪实弹的解放军战士。人们顺着车站的围墙向南北两个方向转移,因为大家知道火车站的围墙必定要有两个大缺口,总不能把火车也关在墙里边!可是,到了缺口近前,大家绝望地发现那里也站着解放军。整个车站都被解放军戒严了,望着空空荡荡的铁轨,很多人和我一样难过地流下了泪水。

突然,一个硕大的脑袋从铁轨对面的铁丝网下面冒了出来,接着,颤巍巍地站起身来。我的眼尖,一下子就认出来了:是父亲!穿着肥大的蓝色工作服,两只袖子像没有胳膊一样在风中摆动。人们顿时一阵惊呼!立刻,就有解放军喊了起来:

"站住!站住!"

两名战士飞快地冲着父亲奔了过去。父亲显然是受了惊吓,居然跨上铁轨,朝着这边跑了过来。他跑到中间,迎面有两个战士堵截过来。他一转身,顺着铁轨向北跑去。一名战士边追边喊:

"站住!再不站住,我就开枪了!"

父亲慌慌张张地回头看了看,居然没有停下。他刚跑了几步,就听见了"砰砰"两声枪响。"啊!"人群中又是一声惊呼,我的脑袋"嗡"的一声,险些昏过去。父亲摔倒在两道铁轨中间,两名战士冲过去,把他从地上抓起来,反扭着他的胳膊,向车站办公室走去。父亲没有死,身上也好像没有受伤。这时候,我才明白过来:刚才那名战士是朝天放的枪,父亲听到枪响,就吓得腿一软,摔倒了。

他们刚刚进了车站办公室,远处就有一列火车开了过来。车站里的战士全都打起了敬礼,骚乱的人群也变得鸦雀无声。那是一列看不出有什么特别的列车,也是绿色的车体,呜呜地冒烟。只是,它的速度格外快,响亮的笛声刚刚触及人们的耳鼓,列车已经在人们的视线里消失了。

人们睁大眼睛，却什么都没有看清楚。但是，人们转念又想：列车里的中央首长却能看见我们，这是多么大的荣耀啊！于是，脸上竞相绽放出幸福的笑容。

车站大门口的警哨已经解除，大门却迟迟不开。母亲用力拍打着铁门，要求进去。一个年轻战士隔着铁门大声吆喝道：

"你闹什么？里面正在审讯特务呢！"

人们一听，目瞪口呆：原来平日里沉默寡言、枣木疙瘩般的我的父亲居然是个特务！我的脑海跟着一热，果然不出我的所料：父亲这么长久的期待真有他不可告人的目的！

"他不是特务，"我母亲大声辩解着，"他是我孩子的爹！"

"什么？"战士打量了打量我母亲，"原来你是特务的老婆？"

我母亲又喊："我也不是特务老婆！快放我进去！"

战士说："好，你等等，我去请示请示领导。"

过了一会儿，战士出来了，"好，你进来吧！别人不让进。这小孩是谁？"

我母亲回答："是我儿。"

战士这才让我一块儿进去。我们走到办公室门口，战士喊了一声：

"团长，我把特务老婆和他的儿子带进来了。"

"进来！"

我们走进去，看见屋里有四五个人，父亲单独坐在一张椅子上，对面的连椅上坐着三四个人。一个四十来岁相貌威严的军人站了起来，开口先把刚才那个急于表功的战士训斥了一通：

"什么特务不特务的？你胡说什么？"

这个战士立时就低头耷拉脚了。

"出去吧！"团长说完这话，这名战士才如释重负地退了出去。

"你是他家属？"

"嗯。"母亲点点头。

"你说说他平日里的表现。"

"他，他……"母亲结巴开了，"他平日里就这个样，连句话也不会说，连个屁也不会放。"

团长又看看我父亲，"你还有什么说的？"

父亲老老实实地摇摇头。

"你再说说你的目的。"

"我……我……"父亲说，"我没什么目的。我就是想看看中央首长。我知道那边有个窟窿，铁丝网下边，别人不知道。"

这时，旁边坐着的一个人说话了：

"就是这样。他这个人实际上很老实，平日里干活很卖力，对同志们也好。就是心急点儿，光想着看中央首长，什么都忘了。"

这时，我和母亲才认出来，是车站运输队的小刘。

"行了，"团长说，"我心里有数了。"他对我父亲说："你先回去，有什么事，再找你。幸亏首长的专列还没有到，要不你就闯大祸了！这事要出在早两年，你就没命了！"然后，他又回头对小刘旁边的一个人（我们这才看清那是火车站的站长）说："以后，一定要加强管理和教育！"站长连连点头称是。

团长又对我母亲说："家属一定要协助我们做好他的思想政治工作。"

母亲赶紧把头点得像鸡啄米。

看见我们一家三口从里面出来，人们竟然不约而同地向后退去。母亲腆着脸想和几个熟人打招呼，他们却忙不迭地躲到了一边。我们走，人群就跟在后面跟，我们一停住，他们也停住，而且还在唧唧喳喳地议论着什么。母亲受不了，她叫着父亲的大号连卷带骂起来：

"我操死你娘啊，你哪里死不了啊，非得去找这个麻烦！"

父亲想辩解："我……我……我……"

"你个屁！"母亲更是气不打一处来，抬起胳膊朝着父亲的脸上就是好几巴掌。父亲躲闪不及，鼻子里流出血来，却不敢还手，只是用胳膊挡着脸。几个街坊再也看不下去了，上来拉住母亲。父亲趁这个机会，拔腿逃跑了。

一直到傍晚，我们都没有见到父亲的影子，问了很多人，都说不知道。母亲不由得担心起来，父亲会不会一时想不开……母亲后来告诉我，这是她当时真实的想法。母亲顿时感到一阵凄凉，在她少女时代，曾有个算命的瞎子说她是克夫的命，这么多年都当那是一派胡言，现在越想越觉着害怕。母亲的害怕倒不全是出于对我父亲的担心，更多是为她自己。她现在突然醒悟过来：原来自己的命是与这个木头般的男人紧紧联系在一起的，而那场风花雪月的爱情到头来只是一场噩梦。失去了那个男人，只是失去一个幻象，而失去了我的父亲，自己将一无所有。

母亲急匆匆地出了门。我听见她站在巷口的寒风中，一遍一遍地呼喊我父亲的名字，那声音孱弱、嘶哑，让人联想到叫魂。也许在母亲的心里，父亲就是一个没有魂魄的人。我听见母亲的呼喊渐渐透着哭腔，仿佛一个失去了儿子的母亲痛不欲生。我在屋里再也坐不住了，决定把母亲叫回家。外面不知什么时候起了雾，月亮裹着一团纱。枯树枝在风中瑟瑟发抖，露水冰凉，打在我的额头上。远处的高音喇叭正播放着现代京剧，声音缥缈几不可闻。我从梧桐树下走过，走到山墙根的时候，忽然听见身边一阵"沙沙沙沙"的响声，头皮猛地一阵发麻。我下意识地问了一句："谁？"声音停住了。我赶紧走，那声音又响了起来。我吓得一口气跑到巷口，看见母亲正形只影单地站在那里，还在喊我父亲，只是声音已经哽咽得送不出喉咙。

"娘！"我喊了她，拖着她走进院子。我指着山墙，小声说：

"那里有东西！"

"什么东西?"母亲抹了把脸上的泪水,她显然还未打起精神。

"我亲耳听见的!"

"那能有什么,就一堆草。"

母亲走了过去,我紧紧跟着她。我再次听见了那"沙沙"的响声,而且比刚才还响亮。当我们驻足想仔细辨析它的准确来源时,它却又突然消失了。也许是巨大的悲伤能使人无所畏惧,也许是内心压抑太久的痛楚需要一个机会释放,母亲突然像发了疯一样,朝着那堆稻草扑去,拳打脚踢、连抓带挠。有如平地里刮起一阵狂风,一时间尘土飞扬,草芥漫天飞舞。就在这时,一个五大三粗的黑影突然从草堆里升起,"啊!"我和母亲异口同声地发出一声尖叫。黑影从我们的中间跃过,嘴里发出受伤野兽般的哀号,他向前狂奔,跑到院子中央的灯光里,我们一下子认出他就是我的父亲。原来,他从来没有离开我们,而是在我们家里一直潜伏到现在!

漫漫无声

1

那一年年底是一段格外热闹的日子,全世界的人们都在欢庆新世纪的到来。尽管按照天文学的说法,2001年才是二十一世纪的开始。可是,人们管不了这些,人们似乎迫不及待地想把二十世纪甩到身后。人们登上乞力马扎罗山,登上勃朗峰、珠穆朗玛峰,人们穿越南极大陆,穿越本初子午线、国际日期变更线,人们来到斐济、汤加、基里巴斯、乌斯怀亚、好望角……迎接2000年第一天的朝阳。在中国南方,有两座相邻的小城为了争夺"新世纪第一缕曙光",甚至打起了官司——这两个城市分别被南北两家国家级天文台认定为"2000年1月1日中国最早接受阳光照射的地方"。于是,两家不约而同地都办起了"曙光节",从北京、香港、台湾请来了众多当红明星,热热闹闹地一直唱到天亮。这一年,总的说来高兴的事儿挺多,比如澳门回归了、隋遇结婚了——

在这个吉祥的日子里,结婚的年轻人特别多,隋遇和院小蕾就是其中的一对。而且,他们就住在前面所提到的两个"太阳升起最早的地方"中的一座小城里。作为"曙光节"的一项重要活动内容,市里举办了由二百对新人参加的声势浩大的集体婚礼。按说,既然是2000年,应该找两千对新人才是,可惜这只是一个人口不足五十万的小城,这二百对新人也是煞费苦心才凑齐的。

  1999 年最后一个白天里,二百对新人在小城的中心广场上举行了隆重的集体婚礼。晚上,又被赶到城外东海边的乱石山上,等候零点的到来,好敲响新世纪的钟。乱石山原本是一座荒山,现在整修一新,从外地移植来几百棵松树,给荒山披上了绿装,并更名为"碣石山",夺曹操"东临碣石,以观沧海"诗意。山顶上新建一座"曙光亭",里面悬挂一巨型铸铜"世纪钟",据说比北京大钟寺的那口钟还重 150 克,正在积极申报吉尼斯世界纪录。零点到来之际,二百对新人轮流撞响"世纪钟",共撞二百响,象征 2000 年。隋遇和院小蕾恰好排在第一百零一名,前有新人后有来者。撞钟之前,院小蕾仰起头对隋遇说:

  "我们许个愿吧!"

  当时,四周人声鼎沸,隋遇没听到。院小蕾便自己偷偷许了一个愿,许完后她把这个愿望说给隋遇听,把隋遇吓了一跳——

  "愿我们永远相爱!"

  "永远……"

  隋遇觉着这个词太渺茫了,他对渺茫的东西素来不感兴趣。但他并没把自己的这一想法告诉院小蕾,而是把她紧紧搂在怀里,任她脸上绽放出灿烂的幸福的笑容。

  "几百名中外嘉宾和数十万人民群众共同迎接新世纪的到来,放飞美好的希冀……"当地的电视台在报道时极尽煽情之能事。记者无意间给了隋遇夫妇一个特写镜头,从电视上看去,这一对新人真是郎才女貌,天造一双地造一对。他们笑得那样甜蜜,简直令人嫉妒。

  钟声把庆祝活动推向了高潮,接着,成百上千枚焰火拔地而起,把天空照得亮如白昼。人们一个个仰起头,忍着脖子的酸痛,看那焰火的余烬像流星雨一般飘飘洒洒地坠落,赞叹的尖叫声不绝于耳。最壮观的是一种名叫"银河"的巨型焰火,架设在两台相距百米的长臂吊车中间,点燃后如天河倾泻而下,云霞满天,蔚为壮观。"银河"足足持续燃烧了半个小时,最后花火散去,露出"2000"四个荧光大字。这时人们无不欢呼雀跃,竞相把手里的饮料瓶和气球等物抛向空中。而一台名为"激情跨越——2000"的盛大的文艺晚会则要一直持续到"新世纪"——"我们唱着东方红,当家做主站起来;我们讲着春天的故事,改革开放富起来……"

小城的人们尽情享受了一顿文化大餐,可惜天公不作美,黎明之际没有等来曙光却等到一场中雨。演出不欢而散,现场一片狼藉。

"曙光节"一过,雨也停了,隋遇和院小蕾的小家里也安静了下来。这是一座普通的三居室,刚刚落成不久。房间里一切都是新的,散发着家具淡淡的油漆味。客厅里的窗户上贴着大红的"喜"字,雪白的墙壁上挂着巨幅的婚纱照。新娘身着洁白的婚纱,笑靥如花,妩媚动人,新郎穿一套笔挺的黑色西装,英姿飒爽。两个人亲密地依偎在一起,背景是一片绿色的草地。

开着的电视机里,满是欢庆新千年的文艺节目,全世界都沉浸在狂欢中。隋遇懒洋洋地倚在沙发上,半闭着眼睛,手里抓着遥控器。卧室的门开着,院小蕾穿着一件红色短袖薄毛衣,正在收拾东西。一只不大不小的旅行包,院小蕾放进两件崭新的粉色内衣,回过头来问隋遇:

"你的牛仔裤呢?"

"在阳台上。"隋遇头也不抬地回答。

院小蕾来到阳台上,阳台的窗户上也贴着"喜"字。院小蕾从衣架上取下牛仔裤,扔给隋遇:

"快换上!"

隋遇站着把牛仔裤穿上,院小蕾又说:"别磨蹭,快把电视机关了!"

"好的。"隋遇一边应着,一边扬起遥控器又搜了一遍电视节目。

在众多歌舞升平的娱乐节目中突然闪过这样一个镜头：一辆满载着尸体的卡车，碾过一段坑洼不平的土路，泥水四溅。车上裹着一张油布，油布太小，根本遮不住那些尸体，一个瘦骨嶙峋的男人的身体从车厢里垂下来，悬在半空荡来荡去。屏幕左下角的图标显示，这是一个名为"世纪回眸"的新闻综述节目。话外音一个温柔的女声解说道，刚才的画面是1994年卢旺达种族大屠杀中的一幕，在这次种族清洗中，共有50多万图西族人被杀害。随后，250万卢旺达人踏上了疯狂大逃亡之路。许多人死在拥挤的路上，人们在路边挖出一个大坑，把死者扔进去，继续匆匆上路。接着，画面切换到1998年春天的内罗毕——一群人拉着一具烧焦的尸体在街头游行，群情激昂地呼喊着口号——接下来是1998年8月的刚果（金），内战夺去了250万人的生命。镜头掠过一群瘦得皮包骨头的孩子，掠过几个黑人妇女干瘪的耷拉的乳房，来到1999年的东帝汶，又是一群孩子，面对乌黑的枪口，睁大惊恐的眼睛——同年的科索沃，两名荷枪实弹的南联盟士兵坐在一辆坦克上，坦克上面竖着一面绘有骷髅、白骨的旗帜——贝尔格莱德，空袭过后，一个流离失所的老妇人颓然坐在一家千疮百孔的商店门口……

"快点了！"院小蕾催道。

"你看呀，"隋遇突然指着屏幕说，"如果二十一世纪还有这样的事情发生，那么我就对这个世界彻底失望了。"

院小蕾往电视上匆匆扫了一眼，"我没工夫，"她说，"这和你有什么关系？"

是啊，和我有什么关系呢？隋遇想说什么，但又不知道该说什么。

"你干什么都这么磨蹭，怎么说你也改不了。"院小蕾嘟囔着把电视机关掉，几乎是连拉带拽地把隋遇弄出了门去。

"等等，我鞋子还没穿好呢——"

"早管着干吗……"门在院小蕾身后发出哐的一声闷响。

2

"你已经是至少第二十次提到这座医院了!"

这天早晨,隋遇终于忍无可忍,大声质问院小蕾:"你是它的义务宣传员,还是入了它的股份?"

院小蕾至少第二十次用泪水回答他:"你为什么不去看看?你怕吗?"她的手里反复折叠着一条蓝色毛巾。

院小蕾的泪水突然引起隋遇一阵强烈的反感,他打量着这个认识了五年之久的女人,吼叫道:"我没病,愿意去,你自己去看!"

"我们都去看看,好吗?"院小蕾的声音突然温柔起来,她的嘴角抽搐着。

隋遇顿时泄气了,他是个吃软不吃硬的人。现在,他的耳朵里只有院小蕾的呜咽。

"你还记得那个下雨的晚上吗?"她问。

"什么下雨的晚上?不记得了。"

"可是我记得!"院小蕾近乎咆哮地说,"那天我想回家,可是你拦着不让我回去。你把我带到你的宿舍,冰冷的没有暖气的宿舍,我们的衣服都淋透了,你的欲望是那么强烈!你都忘了吗?你疯狂地吻我、咬我,把我按倒在床上,脱光我的衣服……可是现在,你活像一个太监,你比太监还要太监。我们足有半年没做爱了,你说,你这不是有病吗?你为什么不承认呢?"

她的话使隋遇无言以对。隋遇想起来了五年前那个雨夜,那是他们第一次做爱时的情景。接下来,隋遇听见自己说:

"我也想去看医生,但是,一想到去检查这个,就觉着恶心。"

隋遇这样说无疑是承认自己有病。院小蕾听了,果然信以为真:

"有什么恶心的？我们是夫妻，正大光明，法律赋予了我们生儿育女的权利，谁也无权干涉。"她擦干眼泪，露出雨后的彩虹，热情地鼓励道："现在去看还来得及，报纸上说了：三十岁以后就很难治了。"

随遇想说问题不在这里，可是他犹豫了半天，什么也没说出来。

第二天，一个阳光灿烂的星期六的早晨，他们踏上了去往菊州求医的旅程。坐在公共汽车上，隋遇自然而然地想起了两年多以前那次蜜月旅行。

至少在两个月前，他们就在策划这次蜜月旅行。他们的婚假只有一周，除去"曙光节"耗费的三天，还剩下四天的时间。因此，他们只能选择近一点的地方，于是就选择了菊州。这是本省的省会，院小蕾曾经在那里上过大学。那里距离他们居住的小城只有三百里地，如果不嫌辛苦，当天就可以来回。前几天，他们从报纸上看到了两条和菊州有关的消息。一条是："亚洲最大的野生动物园——菊州野生动物世界赶在新千年到来之际开业了"，另一条是："菊州当代商城千禧大酬宾全场五折"。

"就去菊州吧！"院小蕾说，"去看看那个野生动物园，再买些衣服回来。"

"好吧，"隋遇点点头，"正好可以见见戈德。"

作为一天里最早的客人，他们登上了开往菊州的长途汽车。车上满满登登的，如果晚到一步就坐不上了。车子开上高速公路，院小蕾揉着眼睛说有些困，随即就枕着隋遇的肩膀打起瞌睡来。隋遇从来没有在车上睡觉的习惯，尽管早晨起得很早。外面没什么好看的风景，他后悔没有带上一本书。车厢前悬挂的电视机里在放一部香港喜剧片，讲一户平常人家中六合彩改变命运的故事。隋遇感到有些好笑，不是因为片子好笑，而是因为他几乎每次出门，在车上看到的都是这部片子。周围的人们大多看得聚精会神，不看的则昏昏欲睡。只有隋遇，一副心神不定不知所措的样子,就好像是平生第一次出门。

　　隋遇无意间把目光转移到了自己的肩膀上,转移到院小蕾那张熟睡的脸上。平心而论,院小蕾算得上是一个漂亮女孩,皮肤白皙细腻,长长的睫毛,一双水汪汪的大眼睛。隋遇能感觉到她头部的重量,鼻翼呼出的热气,她的脸柔软而温暖,她睡得那样坦然,对隋遇充满了信任。隋遇突然感到有些惶恐不安,这种感觉在他已经不是第一次了。

3

　　他们到达菊州不到十点半。他们下车后并没有马上找旅馆,而是先去了菊州大学。戈德是菊州大学的比较文学教授,同时也是一位著名诗人。他比随遇大十几岁,他们是在几年前的一个诗歌沙龙上认识的,谈得很投机,很快就成了忘年之交的好朋友。戈德住在一座破烂不堪的旧筒子楼上,那是菊州大学的教工宿舍。这里其实是他的工作室,他的家在市中心。他和妻子分居多年了,很少回去住。

　　黑漆漆的走廊里阴暗而潮湿,横七竖八地堆满了旧家具、液化气罐等杂物,一个公共卫生间大敞四亮着门,成群的苍蝇飞出飞进。戈德的工作室位于厕所斜对过,防盗门外严严实实地糊着一层绿色的纱网。

　　"我已经等了好长时间了。"戈德微笑着开门,冲着隋遇身后的院小蕾说:"你好。"

　　院小蕾也微笑着说了声:"您好。"

　　"隋遇找了一个好漂亮的媳妇啊,"戈德笑着对隋遇说,"你真是一个有福的家伙。"

　　"什么呀。"院小蕾的脸红了。

　　房间里陈设极其简陋,唯一值得一提的是一张宽大的写字台和上面的一台联想五八六电脑。狭窄的室内堆满了书籍和杂志,从地板一直堆到房顶。靠近窗子的墙上挂着一副精美的世界名画挂历，隋遇记得那年第一次来的时候，挂历的画面就是列宾的《休息》，现在，列宾那位温柔美丽的妻子依然倚在沙发上小憩，歪着头，左手的食指微微翘起，放在太阳穴的位置上，杂色花纹的长裙一直拖到地上，只是裙子的颜色陈旧了许多，上面沾满了灰尘。这是否说明戈德的生活一成不变？隋遇下意识地想。

"我这里连个坐的地方都没有。"戈德一边抱歉地说着，一边随手从地上拿起一本书，铺在一把油脂麻花的椅子上："将就着坐！"

隋遇看出那椅子其实是戈德的饭桌，因为上面还存留着一个明显的碗底印。他没说什么就坐了下来，但随即就又把那本书从屁股底下抽了出来。这时，他才注意到书名是《存在与虚无》。

"怎么？"

"没什么，"隋遇笑着说，"这本太厚。"

戈德又扔过一本书，"这本怎么样？"

这是一本德里达的访谈录，名字叫《一种疯狂捍卫着思想》，二百来页，隋遇点点头："这本还差不多！"

戈德的容貌在昏暗的光线照射下显得消瘦而且憔悴，头发和胡子都凌乱得如同野草。他用右手支着自己的下巴，左手捂着肚子。隋遇问他哪儿不舒服，他的语气中浸透着忍无可忍的怨愤——

"这狗日的胃！"

隋遇笑了，他想到了耶稣和其他一些受难者，感觉有几分滑稽。

他们说了一会儿话，就从房间里退出来，来到树木遮天的大街上。昨夜刚刚下过一场雨，天色还有些阴沉，地上晃动着几片碎玻璃似的小水洼，梧桐树干上湿一块干一块，仿佛一张变幻莫测的脸。吃饭还早，他们信步去了附近的一家书店。在书店的一个角落里，隋遇发现了戈德的一本新书：《最后的乌托邦》。漆黑的封面上面，印着一行红色的字。

戈德苦笑着告诉隋遇："一本都卖不掉！"

他们出来时在门口遇见一个四十多岁，腰里挂着手机，身材魁梧的男人正粗声粗气地询问营业小姐："除了《上海宝贝》，你们还有什么宝贝？"

营业小姐操着方言很重的普通话回答："还有《小城宝贝》、《北京宝贝》和《广州宝贝》……"

这时，那人突然认出了戈德，"嘿"了一声，重重地拍了拍戈德的肩膀："干什么呢？教授！"

戈德笑着说："陪一位朋友，转转。"

等到出了书店，那胖子的声音追了出来："教授，改天我请你吃饭！"

戈德没有回头，含糊答应着。隋遇问戈德："刚才那家伙是干什么的？"

戈德回答："商人！曾邀请我写一部都市情感剧。"

"你写了吗？"

戈德"嘿嘿"笑了笑："一集一万，不写是傻帽！"

戈德带着隋遇夫妇去了一家餐厅。餐厅里几乎人满为患，只是在墙角处还闲着一张桌子，像是专为他们留的。他们要了六道菜和两杯扎啤。

"你也来一点吗？"戈德指着啤酒问院小蕾。

"不要。"院小蕾慌忙摆手。

服务员穿着雪白的短袖衫和黑色的一步裙，有着白皙的皮肤和细长的眼睛，耳垂上挂着两个银光锃亮的耳环，嘴角挂着职业性的僵硬的微笑。

戈德指着隋遇的鼻子笑话他："你的眼神多么色啊！"

隋遇慌忙说："你瞎说什么呢？"

戈德说："我像你这么大的时候，见了异性都不敢说话。你们这些七十年代出生的孩子们，真是坏透了！"

隋遇把嘴一撇,"你没必要那么虚伪吧?"

戈德说:"你不信拉倒。"

隋遇说:"不拉倒还能怎么?来,喝酒啊!我的都干了,你怎么还没见动弹?"

戈德推说胃疼,但还是一口气干掉了。两个人都不胜酒力,一会儿就晕乎了。戈德的毛病又犯了,他要朗诵自己的诗歌。这是古往今来所有诗人的通病,从李白到金斯伯格,无一不是朗诵艺术家。

现在,戈德拍着隋遇的肩膀大声说:"你听听,我刚刚写完的。"

隋遇点点头:"我听着呢,你尽管朗诵就行。"

于是,戈德就大声朗诵起来——

说起民主自由

我就热血沸腾

但在一个女人面前

我却不知所措

"扑哧"!隋遇把嘴里的酒喷了一桌子。他拍着自己的膝盖,笑得前仰后合:"太棒了!太棒了!这首诗叫什么题目?"

"《我的青春时光》。"戈德笑着呷了一口啤酒。

"继续念啊!"隋遇催促道。

"没了。"

"这么短?"

"对,"戈德笑了,"我的青春时光本来就这么短。"

这时候,院小蕾起身去了洗手间。隋遇又把那两句诗歌重复了一遍,点点头,"真是不错!"然后又叹了一口气,"唉!我也是不知所措啊!"

戈德夹了一口菜,放在嘴里慢慢咀嚼,既而用筷子敲打着桌沿,一字一顿地说："我早就预言你的婚姻不会幸福。"

戈德说的是一个月前的事情,隋遇打电话告诉他自己要结婚的消息。戈德吓了一跳,他问:"你是不是把她的肚子搞大了?"

"哪儿有的事!"隋遇敷衍道,"我只是厌倦了这种没有规律的生活。"

戈德说:"我告诉你一个经验:没跟三个女人上过床,是不可能真正了解女人的。你现在几个?"

"一个。"隋遇想了想说。

"真的假的?"戈德有些不相信。

"真的。"隋遇还是说得斩钉截铁。

"那你的婚姻肯定会早完蛋的!"

"为什么?"隋遇有些诧异地看着戈德。

"还为什么?"戈德不屑地说,"因为你还根本不了解女人!"

"哈哈哈哈!"隋遇情不自禁地笑了起来,他弄不明白戈德是在开玩笑还是陈述真理。

戈德的脸被酒精烧得通红。他显得疲惫不堪。他也斜着眼睛,陷入了沉思。两个月以前的一天,他在上课时突然发现下面多了一副新面孔。那是一个三十多岁的女人,神色悲哀地坐在教室后面的一隅。

"你猜她是谁?"他问隋遇。

"不知道。"隋遇摇了摇头。

"她就是我的妻子。"戈德的语气非常平淡,但仍透露出一丝悲凉。他用餐巾纸擦了擦嘴,接着又说:"那只是漫长的跟踪和监视的开始……"

戈德的妻子没收了他的手机和传呼,但没过几天,就又把这些东西还给了他。因为,她发现没有了这些东西,更加无从知道丈夫的行踪。于是,在一天中的任何时刻,戈德都有可能被妻子呼叫,甚至是在深更半夜的睡梦中。戈德一狠心,就把手机和传呼都停了,但是更为不幸的事情随之发生了:妻子开始如影似祟地跟踪他,甚至中午戈德坐在学院门口的小摊前吃凉皮的时候,仍能感觉到妻子那忧郁而绝望的目光如同炽烈的阳光打在自己身上。

一天晚上,戈德正和一个年轻女孩在一起,忽然传来猛烈的敲门声。戈德本不想理会,但那敲门声越来越急促,而且不见停止的迹象。于是,戈德只好赶紧把女孩藏在了他那张宽大的写字台下面,然后,整理好衣服打开门。戈德自我解嘲道:

"这多像那些俗不可耐的电影里的情节!"

妻子穿着一身洁白的睡衣,如同一个梦游者出现在他的面前。

"你怎么来了?"

戈德惊讶地打量着妻子的装束。妻子没有回答,一言不发地走到房子的中央,不停地抽搐着自己的鼻子,似乎闻到了房间里同性的味道。戈德顿时紧张到了极点,因为那个女孩每次临来之前,身上总要洒一种气味独特的香水,他对那种气味十分地着迷。他曾经问她那是什么香水,她却怎么也不肯告诉他。渐渐地,他自己也弄不明白了,自己究竟爱的是那个女孩还是爱她用的香水。戈德不知道怎样迎接马上就要来临的暴风骤雨。然而,妻子的嗅觉似乎很不灵敏。后来戈德才知道她当时已经感冒一个多星期了。妻子走到那张凌乱的单人床跟前,小心翼翼地把皱巴巴的床单抻平,然后,她开始脱自己的衣服。看见妻子的睡衣像深秋的落叶从她的肩头滑落,戈德不禁目瞪口呆。

妻子赤身裸体地躺在尚带着那个女孩体温的床上,叉开双腿,命令戈德和她做爱。妻子双脚蹬得写字台吭吭直响,戈德的心也怦怦乱跳起来。他怕那个女孩会忍不住,可是她竟然一点动静都没有发出来。戈德不禁恍惚起来，是不是她早已经走了，还是妻子的到来只是一个梦魇？最后，戈德的妻子累了，睡着了，而且打起鼾来。声音越来越响亮。戈德听着这久违的鼾声，内心里涌起无尽的悲哀。毫无疑问，这鼾声是促使他离开家的原因之一，但绝不是最主要的。那么什么是最主要的呢？戈德只要一想到这个问题，就会陷入无边无际的麻木之中。

戈德把妻子压在自己身上的沉重的大腿挪开，蹑手蹑脚地下了地。他摸到写字台的正面，俯身去看那个女孩是否还在。这时候，就听见黑暗中"啪"的一声响，自己的脸上重重地挨了一巴掌。戈德一只手捂着自己的脸颊，用另外一只手去拉那个女孩。女孩的身子瑟瑟发抖，两个小时的蜷缩已使她四肢麻木。戈德只好蹲下去抱她，一头撞在抽屉上，火辣辣地疼，撞起一个大包。撞击的响声也惊动了他的妻子，戈德紧张地注视着她，谢天谢地，她只是翻了一个身，嘴里嘟囔了一句什么，就又睡了过去。戈德抱起女孩，在妻子如雷的鼾声里仓皇逃遁。出门的那一瞬间，他看见女孩明亮的眼神从妻子臃肿的肉体上划过，同时脸上泛起一抹轻蔑的微笑。

"有一天你也会老的……"戈德突然想对那女孩说这话，话到嘴边又咽了下去。

戈德抱着女孩来到楼下，轻轻地把她放在地上，他的胳膊已经麻了。

"我们换个姿势吧！"他说。

女孩一听，"扑哧"笑出声来。戈德马上明白她是为什么笑了，因为那是一句他们做爱时常说的话。戈德伸手想把女孩搂在怀里，她却把他的手挡开，这说明她仍在生他的气。

"我背着你吧！"戈德说，"总不能老在这里。"

戈德背起了女孩，感觉她柔软的乳房在自己的背上一颤一颤的，就像一对沙球，隐约发出富有节奏的声响。路边行道树的叶子纷纷落在他们的身上，如同金子做的雪花。戈德忽然听见一阵风声由远及近，他随即就明白了这是自己的错觉。那不是风，而是女孩越来越响亮的呜咽。接着，戈德在自己的脸上抹去了女孩的泪水。现在是子夜，灵魂出窍的子夜。我们能到哪里去呢？到哪里去呢？这时，女孩在用力拍打着他的肩膀，示意让他把她放下。

"你能行吗？"戈德疑惑着，但还是服从了她。

女孩的双脚一落地，就飞跑起来，白色的高跟鞋敲打着路面，发出清脆的响声。

"你去哪儿？你去哪儿……"

女孩没有回答，戈德快走了几步，却没有追上去。

戈德目送那个女孩消失在街口，随即转身离去。他从自己住的楼下经过，却没有停留，而是继续向前。他沿着大街走了很久，除了露宿街头的乞丐和空乘的出租车，他再没有遇见一个人。

后来，戈德茫无目标地拐进一条灯火绰约的小巷，小巷里鳞次栉比地坐落着许多洗头房、洗脚房和发廊。暖昧的灯光里，几个袒胸露背的女孩拎着酒瓶坐在各自的门槛上抽着烟，打着哈欠，看见戈德，懒洋洋地打招呼：

"先生，要不要放松一下？"

戈德摇了摇头，他像一名醉汉踉跄着步伐，把她们推开。她们中有人用恶劣的脏话骂了他，有人放荡地笑，有人甚至在他的裤裆里狠狠抓了一把，钻心的疼痛使他几乎直不起身来。女孩们哄堂大笑，但他都没有理会，弯着腰，捂着裤裆，继续拖着沉重的身体向前走。他走出巷子，马路对面是一个灯火通明的广场，正中是一座昂然屹立的伟人的雕像。戈德走下通往对面的地道，地道里的灯泡多有破损，灰暗的灯光照出墙壁上贴的层层叠叠的牛皮癣似的广告，空气中散发着一股呛鼻的臊臭。戈德面对墙壁站住，掏出家什冲着墙滋了一阵，那东西软得像一条绳子，老是不听使唤，不时把尿洒到他的鞋子和裤腿上了。

"老了，不中用了。"

戈德自言自语地系着裤子从地道里走出来，几只黑色的鸟悄无声息地擦着他的肩膀飞过。

"那是夜莺吗？为什么我听不到她们的歌唱？"戈德抬起头，努力地辨认着，"哦，错了，是蝙蝠。"

戈德从地道里走出来，才发现自己已经到了火车站。他被人群裹挟着穿过广场，走进嘈杂的候车室里，一些人正在焦急地等待着离开这座城市，同时又有很多人刚刚来到这座城市，整个候车室像一部巨大的飞速转动的机器，令人眼花缭乱。戈德忽然感觉很困，他从地上捡了一张报纸，铺在墙角一张中间有一个大窟窿的连椅上，躺下来，一眨眼的工夫竟然就睡着了。他的脑袋下方正对着旁边一个光头汉子脱下来的两只看不出颜色的破皮鞋，他居然一点臭味都没有闻到。

这一夜，戈德冻醒了好几次，但都马上又睡了过去。他甚至做了一个梦，梦见自己多年前读大二那年春夏之交，和几个同学乘火车离开北京去四川旅行的情景。在火车上，一个白衣女孩抱着吉他自弹自唱，几年后她成了自己的妻子。火车一路晃荡……多少年少轻狂的梦想……天快亮的时候，戈德被人彻底弄醒了。他睁开眼睛，看见一名身穿车站制服，手持扫帚的中年妇女站在他面前。

"起来！"她的语气冷冰冰的，威严而不容置疑。

于是，戈德就爬了起来，无条件地服从权威是他的习惯。

"走开！"女人又说。

于是，戈德就开步走。他看见别的椅子上还都横七竖八地卧着一些人，不由有几分生气。但等到走出候车厅时，就释然了。那些人全都衣冠不整，是一些成年流浪在外的人，这样的人没谁敢惹。而自己，一副书生气……这样想着，戈德又感到有些落寞。初升的太阳照在脸上，他茫然地顺着地道走下去。有一阵风吹起了衣领，他情不自禁地打了一个冷战。这时，他忽然意识到自己的身上缺少了什么。于是，他把手伸到衣兜里，这才发现里面的钱包不见了。

院小蕾的归座打断了戈德的讲述，他清了清嗓子问隋遇："你们怎么安排的？"

"下午随便逛逛，明早去菊州野生动物园，"隋遇说，"听说那里是亚洲最大的。"

"是野生动物世界。"院小蕾纠正道。

"都一样，"隋遇问戈德，"你去过吗？"

"没有，"戈德摇摇头说，"听说那里本来是应该明年三月开业的，但为了赶着向新千年献礼，就提前开了。"

"现在什么都在赶这个时尚。"院小蕾说。

"喝得不少了，我该走了。"隋遇晃动着脑袋。

"我也该走了，"戈德看看表，"下午还有一节课。"

外面不知从什么时候又开始下起雨来。他们不约而同地仰起头看了看天空，雨像从灰蒙蒙的天空中垂下的根根银丝线。

戈德忽然说："我感觉这雨似乎是下在我的身体里面。"

隋遇想了想，"这是老年人才有的感觉。"

戈德随手拍打着路边的一棵树，呵呵笑道："树犹如此啊！"

隋遇不禁笑了，想安慰他，但不知道说什么好，只能在心里深深地叹了一口气。

戈德坚持送隋遇夫妇去旅馆，由于是旅游旺季，附近的几家宾馆都住满了人。最后，只找到了一家简易旅馆。令他们喜出望外的是，这里居然很安静也很干净。

办完登记手续后，戈德匆匆离去。关上房间的门，隋遇突然觉着仿佛又回到了家里。房间里的陈设与家里没有一点相似之处，隋遇的这种奇怪的感觉也许是因为两个人又待在了一个封闭的空间里，只有两个人。

房间里的空气有些闷热，隋遇走到窗前，把窗户拉开一条不大不小的缝隙。窗外有一棵高大的法国梧桐树，树叶发出好听的沙沙声，和雨构成美妙的合奏。

隋遇打开电视机，听一个年轻外国女歌手唱一首他听不懂的歌。隋遇的英语不好，只能听出循环反复的几个单词："good time…spare time……"

院小蕾叫他把电视声音关小一些，"我累了……"她话音刚落就睡着了。

5

菊州野生动物园坐落在北郊一片名叫"野龙岭"的山区，离城大约有四十公里。旅游巴士沿着山路盘旋而上，四周是茂密青松覆盖的山谷。空气湿漉漉的，雾气弥漫，有些冷。车在山顶上停下，山顶被削出一片偌大的广场，足足可以停靠一百辆车。紧靠着停车场的就是野生动物园的大门，四周围着一圈新建的宾馆服务区。看到那些富丽堂皇的宾馆，隋遇就后悔了。他想不通这么多人到这座山上干什么，人们高高兴兴地来，高高兴兴地离去，留下一堆堆的垃圾。

虽然门票贵达八十元一张，售票窗口处还是排起了长长的队伍，而且拐了好几道弯，足有二三百米。好家伙，要等到什么时候才能买上票呢？

"要不，咱们回去吧？"他试探着说。

"回去？"院小蕾正在兴头上，一下子瞪大了眼睛，"大老远来了，怎么就走呢？我还没见过野生的老虎呢！"

"你以为它们真是野生的吗？"

"怎么，不是放在外面吗？"

"傻瓜，只是换了更大的一个笼子而已。"

"哎呀，你总是这么扫兴，"院小蕾不高兴了，"你想回去自己回去，反正我是不走！"

说着，她快跑几步，抢在另外几个人前面站到队伍的尾部。

"好吧。"隋遇无可奈何地摇了摇头，在一张长椅上坐下。

他们两个人轮流排队，整整排了四个小时。中间院小蕾去买了一些食物和饮料，回来时一边走一边嘟囔："贵死了，一根火腿肠要两块钱，一桶方便面你猜怎么着？六块！"

隋遇笑笑说："你知足吧，刚果人民什么都吃不上呢。"

院小蕾瞪了瞪他，"呸！帮我拿着！"

观光巴士缓缓驶来，载着他们向丛林深处去。绿色的铁丝网墙把这个占地数千亩的公园隔成好多区域，就像电影《侏罗纪公园》里一样，唯一的不同只是里面没有恐龙而已。肉食动物和素食动物分开，飞禽则占领了一座峡谷和一张巨网下并不宽阔的天空。奔跑跳跃的羚羊，绅士风度十足、踱着四方步的大象……几只长着癞皮疮的狮子懒洋洋地趴着，老虎在泥地里打滚，胆小的旱獭边跑边回头张望，鳄鱼像湿漉漉的树皮浸泡在水塘里，孔雀们集体患着感冒，此起彼伏地打着喷嚏，羽毛脱落了一地，酷似一群落魄的母鸡。他们用随身携带的相机互相拍照，又请别人为他们拍了几张合影。他们整整拍了一个胶卷，把甜蜜的笑容留给了每一头野兽，每一棵花草树木。

从山上下来，天空又下起雨来。两个人在路边的旅游商店里花二十块钱买了一把雨伞，依偎着站在路边等车。足足等了两个小时，才有一辆满载游客的车过来。车上却连一个空座都没有，两个人又依偎着站了一路。汽车开进市区，雨天天黑得早，城里已经是灯火阑珊。下了车，隋遇忽然发现伞落在了车上。

院小蕾催着隋遇回去拿，隋遇懒得走路，说了声："算了吧。"

院小蕾一听就生气了，"你不去我去！"

说着，她跑过马路，向车站跑去，几乎被一辆飞驰的汽车撞个正着。司机摇下玻璃，恶狠狠地骂。隋遇赶紧跟过去，院小蕾的身影却已经看不见了。隋遇正自茫然，院小蕾垂头丧气地从车站里出来了。她的手中空空如也，雨水挂在脸庞。

"为什么偏要去找呢？车早就走了。"隋遇不无歉疚。

"没有伞怎么办？"院小蕾一脸愠怒。

"我们可以坐车。"

"我不，我要走，我要在雨中漫步。"

"什么？开玩笑吧，雨这么大！"

"我不管。"院小蕾从隋遇身边绕开，径直向前走。

"别耍小孩脾气好不好？"隋遇突然有些恼火。

"你别管我，你去坐你的车就行！"

"什么事情值得发这么大的火？"

"是你在发火！"

两个人站在人行道上你一言我一语地吵了起来，很快就都被雨淋湿了。这时，一辆出租车带着水花开了过来，灯光亮得刺眼。隋遇招手叫车停下，他几乎是连拉带拽地把院小蕾弄到车上。

"你放开我！放开我！"她连踢带咬地反抗着。

司机惶恐地看着他们，隋遇大声对他说："你不要害怕，我们是夫妻，合法的夫妻！"

院小蕾闹腾了半天也累了，逐渐安静下来，只是披头散发地伏在座位上呜咽。隋遇心里是那样堵得慌："一天的好心情都被你破坏了！"他说。

"呸！"院小蕾不依不饶地说，"是你是你……"

"好吧，是我的错，是我不该让老天爷下雨……"隋遇有气无力地说。

他们早晨去野生动物园的时候，以为下午能挺早就赶回来，因此就把原来的房间退了，想再换个宽敞的地方住。可是，谁承想排队买票就耗费了那么长时间。

他们一连去了几家宾馆，都住满了人。

"和你在一起，总是有一种走投无路的感觉。"从第四家宾馆里悻悻地出来，院小蕾气鼓鼓地埋怨道。

一种极度灰心和绝望的情绪，像这场雨猛地浇透了隋遇的心。

"是啊，走投无路，那好吧，我们可以就此结束……"一阵热血涌上胸口，他几乎要脱口而出。可是，片刻的沉默后，他说出来的却是——

"办法总比困难多，让我们再找找……"

最后，他们来到了院小蕾的母校。这是一座古老的大学，校园里长满了参天大树。院小蕾的心情好了许多，她指着一座灯火通明的大楼告诉隋遇：

"那就是我们系。"

为了看一看自己当年住过的宿舍，她甚至不惜拎着裤管，绕过一片偌大的水塘。她兴致勃勃地说起上学时的事情，都是一些女孩们之间那种天真幼稚的琐事。她的记忆与隋遇无关，却使隋遇也陷入了回忆之中。当然，他是在回忆自己的大学时代。在这宁静、幽深的校园里，两个人怀着不同的梦，像两个夜游神跌跌撞撞。在院小蕾的带领下，他们来到了一家校园招待所。它是由地下室改造而成，潮湿、闷热、逼仄。两个被淋成落汤鸡的人管不了这么多，他们开了房间，脱了衣服，用衣架把衣服晾上。房间狭小，床上没有凉席，空调坏了，嗡嗡地响个没完。

"你还说我斤斤计较，"院小蕾把嘴一撇，"你才总在抱怨呢，这条件就对得起你了，你以为这世界什么都得依着你？别太追求完美了！"

院小蕾的睡眠真是好极了，没用了十分钟她就睡着了。

隋遇则在床上辗转反侧，难以成眠。也许院小蕾的任性是无意的，可是他依然为此感到厌倦。他回忆在他们相识至今的时光里，似乎充满了这样无谓的琐屑的吵吵闹闹。具体的情形都已忘得一干二净，可那种无法诉说的失望和疲倦却渗入了骨髓。偶尔泛起，就会感觉到手足冰凉。也许院小蕾说的对，是他自己太追求完美，可是不管怎样，他还是觉着两个人之间不知什么地方就是有些不对劲。

隋遇睁着眼睛，注视着黑暗的房顶，他不知道现在是几点。他下意识地想，如果一生就只这么一个黑夜，那又将如何？隋遇想来想去，居然觉着没有任何值得留恋和惋惜的。死亡无非是绵长、寂静的睡眠，谁又能保证活着不是这睡眠中的一个梦？不知过了多久，他终于迷糊过去了。

6

院小蕾坐在梳妆台前，专心致志地往脸上涂一种防晒的护肤油。然后，一丝不苟地用发夹固定好头发，戴上一只小巧玲珑的头饰。每一次出门，院小蕾都要把自己打扮得漂漂亮亮。即使去看病，也不例外。隋遇喜欢她这种一丝不苟的态度，每当院小蕾出发前精心准备之时，他总是莫名地被感动。

菊州市鼓楼医院——一座电视里经常出现的医院。在院小蕾喜欢看的肥皂剧中间，经常插播它的广告。广告上说，这是一家集科研、医疗、教学于一体的大型专科医院，主治男女不育不孕及各类生殖、泌尿系统疾病。它的主打广告语是："婚后无子莫发愁，寻福得子到鼓楼。"

电视里看着这座医院巍峨雄伟，等亲眼见了，才发现只是一座普普通通的五层旧楼。一楼门厅里寥寥落落的，二楼走廊里的椅子上却坐着不少等待看病的人。有大腹便便的孕妇，还有满脸愁云的中年妇女，更多的则是像隋遇和院小蕾这样心神不定的年轻夫妇。隋遇想，他们恐怕也是和自己一样慕名而来吧。

他们的邻座是一对农民夫妇，有三十出头的样子。男的身材矮小，眼睛细小有神，穿一件咖啡色的不怎么合身的西服上衣，下面穿一条黑裤子，脚上则是一双磨烂的皮凉鞋，没穿袜子。女的体态过于庞大，却穿着一件横纹的上衣，还裹着一块现在已很少见的方格头巾，看上去比她丈夫老得多。夫妇俩满脸愁容地坐着，小声说着什么。隋遇听出他们已经去过了很多地方，花了很多钱。可还是没一点结果，不由得同情地多看了他们几眼。女人看见隋遇在看她，脸上露出一抹羞涩而怯弱的微笑：

"你们也是……"

"嗯。"隋遇微笑着点点头。

"你们是哪儿的？"院小蕾好奇地探过头来。

"黄岩。"答话的是那个丈夫。

"我老家是安徽的，他是黄岩。"女人补充道，她没有忘记问院小蕾："你们结婚几年了？"

"时间不长。"院小蕾的声音听上去很平静。这时，隋遇的目光已经移到了别处。

走廊的尽头，昏暗的角落里，坐着一对非常年轻的恋人。女孩坐在最里面，一头乌黑的长发，把脸埋在男孩的膝盖上，男孩搂着她的肩膀。男孩有一张少年特有的苍白的脸，看样子顶多有二十岁。男孩的神情忧郁不安，不时往众人这边扫上两眼。看样子，那是一对大学生。隋遇顿时明白过来，女孩怀孕了，他们是来做堕胎手术的。隋遇不由得想起了结婚前的一件往事——

有一次，院小蕾的例假拖了好几天都没有来。她以为自己怀孕了，叫隋遇去和她去医院。当时，他们是那样无知，连早孕试纸都不知道。他们约好第二天早晨在车站门口会合，乘车去邻县的人民医院。因为，那里不必担心遇见熟人。那一夜，隋遇失眠了。他第一次遇到这种情况，他从来没想过会发生这种事情。

那天晚上,隋遇第一次开始认真考虑自己同院小蕾的关系。他想了很久,惊讶地发觉自己其实并不爱她。尽管他努力回避这个念头,可是它却依然执拗地存在着。不爱一个女人,却又使她怀孕,从道德上是讲不过去的,何况还要把一个胎儿杀死。隋遇突然感到自己罪孽深重,他甚至对自己充满了鄙夷。他想起不知谁说过的一句话:一个人仅仅生活着是不够的,还要认真地生活……可是,与此同时,一个邪恶的念头突然在他的脑海中闪现:逃跑!让院小蕾自己去!人往往在重大的时刻暴露出自己内心的黑暗,如果肯听从黑暗的召唤也许更好,然而隋遇究竟不能。因此,当早晨的阳光照到脸上时,几乎彻夜未眠的隋遇还是如约来到了车站。

十分钟后,院小蕾也来了。令隋遇意外的是,她居然是骑着自行车来的,而且穿着一件漂亮的新衣服。她在隋遇身边跳下车子——

"走吧!"

"去哪儿?你怎么骑着车子?"隋遇感到丈二和尚摸不到头脑。

"上班呀,"院小蕾眨了眨眼睛,"要迟到了。"

"什么?"隋遇瞪大眼睛,指着院小蕾的身体,"不……不什么了吗?"

"哈哈哈哈,"院小蕾笑了起来,"傻瓜!"她拍拍自行车座椅,"快上车吧,它来了……"

隋遇的脸上情不自禁地浮现出笑容,那真是一次幽默的和解,他觉着说不出地轻松。

"你偷着乐什么呢?"院小蕾不解地推了他一把,但她只是随便问问,她更关心的是:"什么时候才能轮到我们呢?"

"车雪,谁是车雪?"一名护士手里拿着一打挂号证,出现在门诊室的门口。那一对少男少女从角落里站了起来,女孩捋了捋长发,一张白皙靓丽的脸孔，闪烁着青春的红晕，可是，眼圈通红，目光里充满忧伤。男孩把她送到门诊室的门口，然后退回到原处，双手抱着自己的脑袋坐下。隋遇的心里突然泛起一阵怜悯，情不自禁地叹了口气。

那个叫车雪的女孩很快就出来了,但又被护士领到了另外一间房间，那间屋子上面挂着"手术室"的牌子。"你过来一下。"护士颇有些严厉地招呼那个男孩。女孩把一打单据塞到他手里："去交钱吧……"

她的声音很低，宛如小提琴发出的游丝般的颤音。

医生问了院小蕾的一些基本情况，然后把她带到隔壁的一间检查室。过了一会儿，院小蕾从检查室里面出来，眼睛里滚动着泪花。

"怎么了你？"隋遇的脑海中还想着刚才那个女孩。

"没什么。"院小蕾摇摇头，接过隋遇手里的包，从里面掏出一卷纸巾，擦了擦眼睛和鼻子。

"咱们走吧。"她挽起隋遇的胳膊。

"走？医生怎么说？"

"医生说我没病。"院小蕾说着，嘴角抽搐起来。

"没病你哭什么？"

"她把我弄疼了。"院小蕾说。

"这就完成了吗？"隋遇有些惶惑。

"医生说让我周一再来，通一通输卵管，才能最后确定。"院小蕾哽咽道："我怕"。

"别怕。"隋遇说完后，觉着自己说了一句废话。

院小蕾的手里攥着一把病历，隋遇接过来翻了翻，上面龙飞凤舞地写着一些汉字和英语单词，看不明白怎么回事。他把病历又还给了院小蕾："装好，别弄丢了。"

他们出了一楼大厅，那一对男孩女孩正站在那里。女孩背对着他们，白皙的脖颈上露出一条银项链。

"你别哭了。"那个男孩把手放在她肩膀上，她耸了耸肩膀，那只手无力地滑了下来。

7

一周以后，隋遇夫妇再次来到了菊州鼓楼医院。一个四十多岁，看上去挺严厉的女医生为院小蕾做了输卵管输液实验，实验结束后，她告诉隋遇说："你的妻子一点问题都没有。"

院小蕾狠狠地瞪了瞪隋遇，隋遇看到她的眼里噙着委屈的泪花。

"下一步怎么办？"他孟浪地问。

"下一步？"女医生严肃的目光从镜片后面射过来，"下一步就该你了。"

"我？"隋遇好像完全没有心理准备。

"这是夫妻双方的事情，不要任何事情都算到妻子身上。"女医生看上去很不高兴，"小伙子，不要有大男子主义啊。"

"啊？"隋遇一时语塞，他觉着医生言重了，最起码是误解了他。

"抓紧看看吧。"女医生缓和了一下口气。"早生孩子对母亲和孩子都有好处。"

"也是……也是在这里看吗？"院小蕾试探地问。

"当然不是了，"女医生似乎对院小蕾的话感到可笑，"我们是男女分别治疗，你们应该去对面，那个写着男性生殖研究所的房间。"

"改天再说吧。"出了门诊室，隋遇半开玩笑半试探着说。

没想到，院小蕾勃然大怒，"不如让我死了再说吧！"

她的声音强健有力，把隋遇吓了一跳。隋遇看见院小蕾脸色铁青，眼睛里燃烧着愤怒的火焰。

"怎么了？"他笑着说，"我只是和你开个玩笑而已。"

"用不着，"院小蕾甩开隋遇的手，"我讨厌你没完没了的玩笑，从认识到现在你有一句话是真的吗？"

隋遇惊呆了，他像看一个陌生人似的打量着院小蕾。

"告诉你，隋遇，"院小蕾几乎是咬牙切齿地说，"不把病治好，我是饶不了你的，我受够了，我真的受够了！"

她的声音很大，引得周围的人们都把目光投了过来。隋遇突然感到一阵巨大的失望，像彗星拖着巨大的尾巴，一点一点地将自己的内心覆盖了。

"为什么要把私人的事情公开化？我不喜欢这样，我真的不喜欢……"隋遇摇摇头，同时在内心里对院小蕾说。当然，他什么也没说出来，而是顺从地抬手去敲对面的门。院小蕾在他身后弯下腰，深深地吸一口气，狠狠地止住啜泣。

"进来。"一位三十七八岁、短小精瘦，长着一张猴子似的脸的男医生从堆满书籍和杂志的办公桌前站起来，接过隋遇递过来的挂号证。他的胸卡上写着"姚"什么，隋遇没看清。

"坐！"这位姚医生很客气地指了指对面的座位。隋遇说声"谢谢"，拉着院小蕾坐下。

"她查过吗？"姚医生朝着院小蕾跷起无名指和小指。

"查过了，病历都在里面呢，"隋遇说，"她…没问题。"

"是吗？"医生面无表情地看了看院小蕾，铺开一张处方笺，开始询问一些基本情况："姓名……年龄……工作单位……"最后是："结婚几年了？"

隋遇回答："两年了。"

"不，是两年零六个月。"院小蕾既像是补充，又像是纠正。

"两年零六个月。"姚医生低声重复着，认真地记了下来。

"性生活怎么样？正常吗？一星期几次？"医生扬起脸认真地问。

尽管隋遇早就猜测到会碰到这样一些尴尬的问题,但还是不由得感到窘迫。

"正……正常……"他结结巴巴地说。

"不!"院小蕾突然说。

医生吃惊地看了看院小蕾,又看看隋遇:"一周……一周几次?"

"一周一次吧。"隋遇故作轻松地说,同时拿眼睛瞟了瞟院小蕾。

"一周一次?"院小蕾挑衅般地看了看隋遇,"是一月一次,甚至几个月也没有一次!"

她说得理直气壮正义凛然,隋遇情不自禁地打了一个哆嗦。医生摇着笔杆子愣了下,随后嘟囔着写道:"一周以上一次。"

"有无采取避孕措施?"

两个人互相都没说话,医生看看他们,在本子上写了一个大大的"否"字。

姚医生放下笔,坐直了身子,一本正经地对他们说:"高质量的性生活是很重要的,没有高质量的性生活就不可能有好的生育,这是很简单的道理。高质量的性生活既促进夫妻家庭的和睦,又是健康文明的标志。要有高质量的性生活,首先要营造和谐的性爱氛围,诸如抚摸、亲吻等等,我就不细说了。其次还要学习科学的性知识,掌握科学的性技巧——比如说,做爱的频率不能过频也不能过少,一般每周二至三次,过频和过少都会影响精子的质量。再比如,做爱的时候应适当把女同志的臀部抬高——下面可以垫上枕头、坐垫等东西,以柔软舒适为原则,不宜过高,当然也不宜过低,这样呢,可以保证插入的深度,增加受孕的机会……"

隋遇感到既尴尬又好笑,特别是听到"女同志"、"原则"这两个词的时候。他再次看看院小蕾,院小蕾羞涩地低着头,但可以看出她听得很认真。

姚大夫说着站了起来,向隋遇招了招手:"你跟我来。"

隋遇不知所措地跟着他走进了房间里的一扇侧门。那是一间内室,里面只有一扇窗户,而且拉着窗帘。房间里光线很暗,有一种阴森森的感觉。

"把裤子脱了。"

医生说着,随手戴上一副一次性的透明胶皮手套。隋遇只好乖乖地把裤子脱了。医生走过来,一把抓起隋遇的命根子,用力扯了扯,然后又像掏鸟窝似的摸了摸下面,似乎想验证一下它的真实性。胶皮手套冰凉。隋遇顿时感到莫名的恐惧,他后悔真不该听院小蕾的,谁能保证这家伙不是一个变态狂呢?好在医生很快就把它松开了,隋遇长出了一口气,仿佛刚才医生抓住的不是他的命根子而是他的脖子。

"能勃起吗?"医生边摘手套边问。

"能。"隋遇尴尬地回答。

"穿上吧!"他把手套扔进一个纸篓里,那里面盛满了一次性胶皮手套。

隋遇提上裤子,这时医生又问:

"能射精吗?"

"能。"隋遇的脸腾地红了,像是撒了个谎。医生认真地看了看隋遇,似乎是要看出什么破绽。

"给你。"隋遇没看清医生从哪儿拿了一只小小的塑料杯子,它有果冻布丁那样大小。

"干什么?"他愣住了。

"化验精液。"医生有些不耐烦。

"这……"一种从未有过的羞耻感漫上了心头,隋遇拿着那只杯子,不禁呆住了。

"到厕所里去,自己……"医生做了一个肮脏的手势,而脸上的神情分明在说：不会吗？难道这还要教？

隋遇拿着那个杯子出来，如同遭了强暴似的羞愧难当。

"怎么样？"院小蕾关切地问。隋遇没有回答，院小蕾看见那个杯子似乎也明白了怎么回事。

隋遇看了看院小蕾，院小蕾鼓励地推了他一把："快去吧！"

隋遇把头一低，向洗手间走去。洗手间里幸好没有人。隋遇站在暖气板旁边，向窗外望去。窗外是医院病房区的后院，院内杂草丛生，几件缺胳膊少腿的动物雕塑或伏或卧其中。一条长长的铁丝把院子劈成两半，上面晾晒着几床血迹斑驳的被褥。院子一角有一棵高大茂盛的臭椿树，上面黑压压地栖着很多麻雀。隋遇不由想起一个叫塞弗尔特的捷克诗人的诗句：

  当我站在那些树下
  并吮吸它们丰富的气味
  四周的生命仿佛突然塌下
  一种奇异而奢侈的感觉
  如同被女人的手所触摸
  ……

和塞弗尔特相比，隋遇是多么地不幸，他做梦也没想到自己会被一个男人的手所触摸。接着，隋遇又想起了同事请他猜过的一个下流谜语："一棵树不牢靠，下面长着乱茅草。"隋遇在想：树和那玩意儿到底有多少相似的地方呢？隋遇把手伸进去，感觉到它的温暖、潮湿，但软得如一条虫。最后，一阵抑制不住的恶心涌上来。于是，他对着手里那只杯子，恶狠狠地吐了一口浓痰。

院小蕾看见隋遇刚走了几步就又回来了，感到十分意外："怎么了你？"

"我要点零钱，"隋遇说，"去门口买份报纸。"

院小蕾先是一愣，随即就从手提袋里掏出一把零钱递给他。隋遇匆匆下了楼，穿过两边种满紫荆和腊梅的水泥甬道，出了医院的大门。一踏上车水马龙的街头，隋遇的心顿时狂跳起来，一个久违的念头像一道闪电闪过他的脑海——逃跑！消失在茫茫人海中！从小，隋遇就有一个梦想，那就是活在所有认识他的人的视野之外。从小，隋遇就对陌生人和远方充满了向往。现在，这个念头再次跳出来袭击了他，他的心战栗了，几乎在一瞬间，眼里爆发出滚滚泪水，街道模糊成一团黏稠状的液体。

从第一次踏上这条求医之路起，隋遇就清楚地意识到这是一条万劫不复之路。自己无论如何也不该来，可是，他却来了……离开是很容易的，只要是抬起一只脚，快走几步，或者伸手拦住随便哪一辆出租车，就能离开这里，离开院小蕾，离开医院，离开习以为常的生活，消失在异乡的人流中……可是，隋遇最终没有走。他在路边呆呆地站了一会儿，就转过身来，向树下的报摊走去。他想买一份他喜欢的《南方周末》，可是已经卖光了。于是，就改成了《环球时报》。然而当卖报人把报纸递给他时，他又改变了主意。因为他突然想起了自己买报纸的目的，《环球时报》显然无助于提高自己的性趣。报摊上倒不乏花花绿绿的生活类小报，上面登着大幅的半裸的美女照片，有的直接写着"怎样使你性趣盎然"、"性技巧指南"、"一个卖淫女的忏悔"等撩人的标题。可是，隋遇却不想买。隋遇踌躇不已，卖报人诧异地打量着他。隋遇后来想，他说不定把自己当成了从医院里跑出来的精神病人。

"随便买份不就行了？"卖报人撑不住了。

"哦？"隋遇如梦方醒，随手指着一份当地的晚报说："就来它吧！"

隋遇走进门诊大楼，一抬头就看见院小蕾伏在二楼的楼梯口正焦急地往下张望。他快跑了几步，上了楼。院小蕾一下子抱住他：

"我还以为你走了呢,抛下我不管了呢……呜……"

隋遇的心不禁一颤,他抚摸着院小蕾的头发,微笑着说:"傻丫头,我怎么会跑了呢?我怎么会呢?"

院小蕾的情绪渐渐稳定下来,她从隋遇的怀里抬起头,抹了抹眼泪。

"买的什么报纸?"

隋遇把那份晚报递给她。

"我还以为你会买一份黄色小报呢,"院小蕾有些不好意思地笑笑,"可转念又一想,你肯定不会。"

"为什么?"隋遇的心里一动。

"我也不知道为什么,"院小蕾眨眨眼睛说,"大概是因为我很了解你吧。"

"了解我?"

"对呀,"院小蕾很自信地点点头,"知夫莫如妻吗,嘻嘻。"

"不一定……"隋遇想说,连我自己都不了解自己,你怎么会了解呢。可是,他觉着那样说的话未免太残忍,就止住了。

"取了吗?"院小蕾问。

"还没有呢。"

"快去取吧,"院小蕾说,"我都饿了。"

"你可以先吃点饼干什么的。"

"不,我等你。"院小蕾说着,把报纸塞到隋遇的腋下,并推了他一把。

隋遇把隔离门插上,蹲下身,他翻着份晚报,努力想从字里行间读出一点"有意思"的东西。这份报纸足有三十多个版面,可是隋遇用了不到一分钟就翻了个底朝上。随遇一向不喜欢看晚报,他现在更觉着自己的做法是何等英明。文娱版上有几张丽人的照片,本来是挺可人的,可是旁边的文字却令隋遇感到既可笑又恶心:×××喜欢在晚上躺在床上数星星，×××说祖国就是我的妈妈，×××和××婚变再起波澜，××自暴初恋恋情……隋遇蹲得腿都麻了，可是那玩意儿始终无法勃起。最后，隋遇狠狠地把那份报纸揉成一团塞进了废纸篓。

这时，他突然想起了鲁岚。

8

"突然"这个词并不准确，因为鲁岚的身影一直在隋遇脑海里潜伏着。应该说，他突然放弃了强制自己不去想她的念头。鲁岚是隋遇在西安读大学时的恋人，毕业五年多了，他们一次都没有见过面，但一直通过电话保持着联系。鲁岚的老家是兰州，现在青岛工作，距离隋遇的家乡有一千多公里。他们都喜欢大海，大学毕业前夕，两人约定一起去青岛，而且也在青岛联系到了接收单位。可是，当他毕业从学校回到家里，准备向母亲告别时，母亲却一下子哭了。

"为什么要去那么远的地方的呢？"她激动地说，"我只有你这一个孩子，你不在家的时候，我就感觉房子里空荡荡的，现在，好不容易你大学毕业了，却又要走，而且是去那么远的地方……"

隋遇感到既惊讶又难过："妈，我只是想离家越远越好。"

"为什么？"母亲抬起头，惊讶地看着隋遇。

"不为什么。"隋遇说。

"在家千日好，出门事事难。"母亲无助地说。

"可是……"

"你不要说了，"母亲痛苦地摆了摆手，"小遇，妈把你养这么大不容易，你爸爸去世早……"

"妈，你想哪儿去了？"隋遇情不自禁地叫了起来。

母亲叹了一口气，继续说："我知道你心比天高，你从小就是一个爱幻想的孩子，你从来不和别的孩子一样，你放学上学都是踢着石子走路，你从来不和别人打架，虽然他们常常欺负你，你心里藏着好多东西，连我也不肯告诉。老实说，我一向对你既喜欢又担心。你知道妈很不容易，我即使失去了世界上所有的一切，我也不愿意失去你……"

那天晚饭时，天空下起了雨，而且停了电。雨顺着屋檐流下来，打在美人蕉上，然后又从美人蕉上反弹起来，溅在门外的砖地上。房间里光线很暗，母子俩默不作声地吃着饭，主食是米饭，菜是一盘芸豆炒肉和一盘酸辣土豆丝。母亲端着碗站起来去盛饭，电饭锅就在隋遇的身边，隋遇伸手想接过来替她盛。母亲一把把隋遇的手打开，由于情绪激动，碗从手里滑落，掉在地上，摔成了好几半。隋遇俯身去捡那些碎片，母亲的哭泣连同密集的雨声汇合在一起，笼罩了整个世界。

第二天早晨，雨过天晴。母子俩绝口不提昨天的争论。中午吃饭时，那人来了，坐在老式的八仙桌旁边喝茶、看报纸。

母亲问他："一块儿吃吗？"

他说在家里吃过了。然后，他很和蔼地问隋遇："要去青岛吗？"

"哦。"隋遇一愣，随即恍然大悟，是母亲叫他来的。

"青岛是个好地方啊，红瓦绿树，碧海蓝天。"他从口袋里摸出一颗烟，点着，深吸一口，然后又吐出来。

隋遇没有答腔。他又问："为什么要去青岛呢？你那里有同学吗？"

隋遇想了想回答："有。"

"原来是这样，"他点了点头，"好啊，好男儿志在四方。"

"你……"母亲诧异地回过头来。

他似乎没有注意到她的反应，继续说："男孩子嘛，应该出去闯一闯，世界大着呢。可是……"他停顿了一下，隋遇不由紧张起来。

"可是，你有没有想过，事业这个东西是很难捉摸的——我年轻的时候也有着四海为家闯荡天涯的念头，年龄大了，才知道远方和身边没什么两样……"

隋遇瞪大眼睛看着他,他已双鬓苍苍,厚厚的眼袋垂得很低,面容憔悴。当他说到"事业"的时候,隋遇感到的是羞愧,而当他说到"远方和身边没什么两样",隋遇突然感到了耻辱。

隋遇最终没有去青岛。正巧本市开发区管委会在报上登广告招人,学经济的隋遇报了名,很快就接到了上班的通知。他打电话告诉鲁岚,鲁岚在那边哭着把电话挂断了。隋遇默默地抽了一支烟,然后把烟蒂狠狠地踩在脚下。

结束了,也许是新的开始。一个月后,隋遇再次鬼使神差地拨通了鲁岚的电话。他对她说:"我依然爱你。"

"爱我?是真的吗?"鲁岚说,"我又有男朋友了。"

她的声音很平淡,他忘记自己当时是否为此感到了惊讶。

"祝福你"。

"谢谢,"鲁岚说,"也祝福你。"

鲁岚的声音有些哽咽,他很想知道她是否哭了,可是这时候,鲁岚已经把电话挂了。几天后的下午,鲁岚突然又把电话打了过来:"喂——"

隋遇起初并没有听出来。一个尖锐的声音猛地像铁丝一样钻进了他的耳朵——"我和他上床啦……"接着是一阵绵长的啜泣,隋遇的心里猛地一阵痉挛。他把电话轻轻地挂断。

五年了,隋遇不知道鲁岚换了多少份工作,多少位男朋友。他从来没有问过那些男人叫什么,是干什么的,是不是比自己好。就在鲁岚打来电话的第二天,隋遇开始追求院小蕾。院小蕾是财务科的一名出纳,和隋遇同时上班。有一次,科长派隋遇去领奖金。院小蕾正满头大汗地坐在开放冷气的办公室里,胡乱敲打着计算机键盘。汗珠从她小巧玲珑的鼻梁上渗出来,如同粒粒珍珠。旁边围满了焦急等待的人。

"我来试试吧!"隋遇突然说。

她怔怔地看了看他，从椅子上站了起来。几分钟后，他拍拍手说："好了！"

她有些不相信，一试，果然畅通无阻。她把早就按部门数好的奖金甩给他，他在奖金发放单的存根上写下了自己的名字。

后来，隋遇发现巧得很，她竟和自己上下班同路。单位的同事大多家在乡下，吃住都在单位里。隋遇以前自己骑车总觉着有些孤单，后来他问她，她说自己也一样。他俩渐渐熟悉了，有意无意地上下班一起走。单位坐落在南郊外环路上，和市区之间由一条三级马路连接。在这条路的中间还有一条弯曲的岔道，通向一片树林和农田深处。那天下午下班后，他们骑车走到这条岔道口时，他突发奇想："走，我们走那这条小路。"

她一愣，"能到城里吗？"

"能，怎么不能。"他很肯定地说，其实，他根本没走过。

没等她表态，他不由分说地腾出一只手，把她的车把扭了过来。于是，她只好跟着他走。在那片树林里，他跳下车子。她也停了下来。他突然抱住了她，开始吻她。她还没反应过来，但也没有拒绝。两辆自行车一起倒在了地上。乌鸦和喜鹊藏在高高的树梢上叫着，看不见它们的身影。

在西大后门外，也有这样一片树林。黄昏时分，隋遇和鲁岚经常手挽着手去那里漫步，他们在树林里如饥似渴地亲吻，一次次地在树与树中间的草地上倒下身去……冬天，草丛暖茸茸的闪着柔和的金光。落光叶子的树上，一丛丛鸟巢清晰可见。有一次，鲁岚的头发挂在了树干上，隋遇把那片树皮剥下来，帮她摘下头发。然后掏出笔，在树皮的背面画了一个扎蝴蝶结的女孩，又写上鲁岚的名字。

"这可一点都不像我，"鲁岚眨眨眼睛，"你画的是你老婆吧？"

"你不就是我老婆吗？"

"我可没说，"鲁岚说，"谁知道你这小子将来娶哪个坏女人！"

"坏女人？"时隔多年，隋遇想，院小蕾可绝对不是什么坏女人。

树林外面不远处有一条铁轨，能听见火车轰隆隆的响声，却看不见火车。每次从树林里出来，鲁岚总是低头不语，长发遮住半张脸。

"你怎么了？"

"没怎么。"

"不高兴？"

"没有。"

总是这样的询问，总是这样的答复。隋遇忽然想，莫非从那时起，鲁岚就知道这是一段无望的爱情？

一个月后，他们的关系发展到了床上。当院小蕾在他身下发出处女的呻吟时，隋遇的眼前突然闪现出了鲁岚的脸。那是一张兴奋的脸，一张绝望的脸，一张交织着欢乐和羞耻的脸。他的身体猛地一阵战栗，汁液如泪水喷涌而出，他绝望地扑倒在院小蕾身上。

"我无法不在和她做爱的时候想到你！"

过了不久，他和鲁岚恢复了通话。鲁岚沉默了片刻，叹了一口气："我也一样……"

隋遇想，当一个人在和情人做爱时，心里想的却是另外一个人，这是不是一种罪过？不管怎样，他和院小蕾做爱的次数越来越少。相反，他渐渐习惯了在电话里同鲁岚用语言相互抚摸、相互占有，渡过波澜壮阔的大海，抵达宁静的港湾。他们能够清楚地听到彼此的喘息，甚至闻到混合着彼此身上的汗水和体液的气味，一次又一次地把他们带回到那座开满栗树花的校园。

大二那年五一节后第四天，天很晚了，教室里只剩下他们两个。他们谁都不想走，他们都在期待着什么事情发生。十一点过后，整座大学陷入一片黑暗中。隋遇把两张桌子拼在一起，把自己的外衣铺在上面，然后把鲁岚抱了上去。那天晚上，天很黑，几乎看不见星星，还刮着潮湿的风。他从她身上下来,她独自在黑暗中躺着,眼睛紧闭,胸脯不住地起伏着,呼吸均匀而沉重,像潮水退后的海岸。她的皮肤是如此之白,仿佛是嵌入黑夜里的一尊白玉雕像。隋遇轻轻地告诉她"你流血了"的时候,她一下子坐起来,"哇"的一声哭了。她的身子瑟瑟发抖,一对轻盈、娇小的乳房随之颤动着,像两只小兔子。它们太可爱了,隋遇情不自禁地从后面把她搂在怀里,双手捧住那两只小兔。一个女孩肯为自己的初夜哭泣,这样的女孩绝对是一个好女孩。隋遇不知道现在是否还能找到这样的好女孩。

当隋遇从院小蕾身上下来时,他惊讶地发现她居然睁着眼睛。

"完了吗?"她问。

"完了。"一阵沮丧蓦地袭上心头,刹那间隋遇甚至产生了后悔的念头。

后来,隋遇发现,在每次做爱的过程中,院小蕾都自始至终地睁着眼睛。他曾经试着把她的眼皮拉下来,可是,他的手刚刚离开,她的眼睛就又睁开了。

"干什么?"她问。

"你应该把眼睛闭上。"

"为什么一定要闭上?"

"为什么……"隋遇也说不出为什么,他只能说:"我不习惯。"

"可是,我也不习惯闭着眼睛呀,黑咕隆咚的。既然做都做了,为什么不能看呢?"

隋遇一时语塞。后来,他经过反复的思索,终于想出了原因——自己害怕肉体和灵魂同时醒着。如果有一双眼睛在注视着肉体的迷醉,灵魂就会深深地不安。那双眼睛似乎总在鄙视他的灵魂,无声地谴责它不负责任、放任自流、虚伪、得过且过……尽管每次做爱时,隋遇都尽量避免不去看院小蕾的眼睛。可是,他的灵魂还是不由自主地被那目光惊动。这时,他就情不自禁地浑身战栗,从院小蕾的身体上滚落下来。

"你怎么了?"院小蕾喘息着。

"没怎么……"疼痛如泪水从隋遇的胸前滚过,心沉甸甸的,变成了石头,硌在胸口。

9

现在,作为准病人的隋遇,在厕所里用手机拨通了鲁岚的手机。也许,只有她能够帮助自己完成这个艰难的任务。不断有人进进出出,隋遇的腿都快要断了,可是他却不能站起来。鲁岚不知什么原因一直不接电话,急得隋遇都出了一身热汗。

铃声响了七声,鲁岚总算接了起来:"喂,什么事?"

"你在哪儿呢?怎么不接电话呢?"隋遇听见话筒那边声音嘈杂。

"我在车上呢。"

"车上?去哪儿呢?"

"有什么事吗?"鲁岚不耐烦地说,"我正忙着呢。"

"忙什么呢?"

"忙……我要结婚了。"

"什么?"

"我要结婚了,"鲁岚大声说,"你不祝福我吗?"

"结婚?"隋遇不由得愣了,"和谁?你怎么早没告诉我一声呢?"

"告诉你?"鲁岚的声音突然变得冷漠了,"我为什么要告诉你呀?有这个义务吗?"

隋遇觉着鲁岚反问得很有道理,但又有些不甘心,"他…他是谁呀?"

"是谁并不重要,"鲁岚说,"反正比你对我好。"

隋遇有些不知所措,"不管怎样,你应该早点告诉我一声,太突然了，我有些承受不住。"他有气无力地说。

"你承受不住？你当初结婚的时候考虑过我的感受吗？"鲁岚的语气简直是愤怒了。

"对不起，"隋遇说，"我们为什么不能心平气和地说呢？我们为什么非要吵架呢？"

"我没想和你吵，"鲁岚的声音果然平静了许多，"我只是对你已经彻底失望了，你知道我对你的感情，可是又能怎么样呢？你会和她离婚娶我吗？不会。如果会的话，你当初就不会背叛我了……"

隋遇在沉默中挂断了电话，也松开了那只一直放在下面的手。

院小蕾远远看见隋遇从厕所里出来，连忙站了起来："怎么样？"

隋遇苦笑着摇了摇头。

"怎么回事？"院小蕾感到很意外也很失望，紧接着又关切地问，"你的腿怎么了？一瘸一拐的！"

隋遇再次苦笑着说："没…没什么……"

院小蕾沮丧地从他的手中接过那只空空的塑料小杯，看着他："怎么回事？"

"走吧！"隋遇无可奈何地摇摇头。

"走？"院小蕾感到很吃惊，"往哪儿走？"

"回去啊！"

"回去？"院小蕾勃然大怒，"就这样回去？我们来干什么呢？就这样白白地回去？你愿意回去自己回去吧，我不走！"

隋遇惊呆了，他觉着院小蕾有一种不达目的誓不罢休的劲头。

"那……那你说怎么办？"他结结巴巴地问。

"怎么办？"院小蕾一脸厌恶地看着隋遇，"去问问医生！"

"好吧。"隋遇垂头丧气地说。

姚医生正在摆弄一些瓶瓶朵朵，看见他们两个进来，问道："取了吗?"

隋遇摇了摇头。

"太紧张了是不是?"医生认真地说,"放松一些才好。"

隋遇微笑着,没有说话。"大夫,还有别的办法吗?"院小蕾问。

看着她那期待的神情,隋遇又感到了耻辱,他狠狠地瞪了瞪院小蕾,可是院小蕾丝毫没有觉察到他的不满。

"要不这样吧,"医生指着一间写着休息室的门说,"你们到那里面去吧,里面有床,也安静。"

隋遇疑惑地看着这个医生,他不知道是这名医生太热情,还是医院本来对此就有专门的考虑。

"谢谢啊。"院小蕾突然说。

隋遇吓了一跳,"不,不了,我们改天再来吧。"说着,拽着院小蕾的手就往外走。

"你干吗呀?"院小蕾不满地反抗着,眼睛望着医生,像是向他求援。

医生点点头说:"也好,你们改天再来吧。我每周一、三、五上班。对了,还要记住,三至五天内不准同房。"

"你别碰我!"

过马路时,隋遇想扶一把院小蕾,可是院小蕾却生气地把他的手挡开。隋遇没再说话,院小蕾却依旧愤愤不平:"自己有病,还不想接受治疗。你以为,我不知道你怎么想吗?"

"我怎么想呢?"坐在去往车站的出租车上,隋遇微笑着询问。

"我偏不说,"院小蕾一脸的愤怒和不屑,"你这个卑鄙的小人!"

10

"我们得开个家庭会议了。"

那个周末，他们回老屋吃晚饭。饭后，母亲坐在沙发上，一边用木头梳子梳头一边轻描淡写地说。

"家庭会议？"隋遇说，"好啊，什么内容呀？"

母亲瞪了他一眼，"别老嬉皮笑脸的，我还没找你算账呢！"

院小蕾在一旁抿着嘴，不做声，一脸奇怪的表情。

"小蕾，"母亲和蔼地问，"你和隋遇结婚多长时间了？"

"嗯？"院小蕾一愣，"两年多了吧？"

"是两年多了，你们是一九九九年十二月二十九号结的婚，今天是二〇〇二年四月十九，整整两年零五个月了，你们怎么还不要孩子呢？"母亲的目光从隋遇的脸上扫过，落在院小蕾的脸上。

"妈，这事儿你别问我，你问您宝贝儿子吧！"院小蕾没好气地说。

母亲的目光又回到隋遇身上，"怎么回事，你有什么想法吗？"

看看隋遇没有吱声，母亲又说："耙子街的小武你还记得吗？"

隋遇想了想说："我怎么会不记得？我和他是三年的初中同学呢！"

母亲说："他比你结婚还晚半年，昨天我看见他和他媳妇逛街，他还喊我阿姨呢，她媳妇的肚子都这么大了——"

母亲说着，用筷子在空中画了一个大大的圆圈。

"还有你姑家的表妹阿霞，"母亲接着说，"她去年年底结的婚，已经在家坐月子了，生了个七斤八两的胖小子。她比你还小两岁呢！你也是快三十的人了，怎么一点正事都不干呢？还像个孩子似的，就知道瞎玩！"

"我怎么不干正事了？"隋遇诧异地看着母亲，"我不是天天上班、好好工作吗？"

"别打岔！"母亲生气地说，"我还不知道你吗？从小脑子里就藏着一部小天书，你有什么想法，倒出来给家里人听听啊！"

"我什么都没想啊。"隋遇有些慌张。

母亲的声音变得低沉沙哑:"每当看见和我这个年龄的老太太,抱着孙子或孙女,我就赶紧低下头。我一出门,最怕碰见街坊邻居和熟人们,他们总是一个劲儿地问,你家的媳妇有了吗怎么还没有啊……害得我都不敢出门了。"

隋遇漫不经心地掏出一支香烟,"要孩子急什么呀。"

"不准抽烟!"母亲劈手把烟夺了过来,扔在地上。

"要孩子急什么?"院小蕾也气不打一处来,"等老了再要?到时候你自己生吧,我可不生!"

"好好,"隋遇笑着说,"我自己生!"

"你给我严肃一点好吗?"母亲的声音陡然严峻起来,"你到底怎么想的?"

"我也不知道。"隋遇笑了。

他这一笑,院小蕾再也无法保持沉默,"呜"地哭了出来:"我知道,你有神经病!神经病!"

隋遇又笑了笑说:"也许。"

"滚到一边去!"

母亲再也忍无可忍,站起来,搡了隋遇一把,"我全当没你这个儿子,你再也别回来,别让我见到你!"

回到自己家里,院小蕾就趴在沙发上嘤嘤啜泣。隋遇在书房里敲一篇稿子,听得有些心烦意乱。于是,他走出去对她说:"好了,该睡觉了!"

"你别管我!"院小蕾抓起一只靠背枕,狠狠砸向隋遇,隋遇一躲,枕头掉到了地上。

"干吗发这么大的脾气呢?有话好好说吗。"随遇微笑着,弯腰拾起那只枕头,放回到沙发上。

"说你个头!"院小蕾啐道,"卑鄙!虚伪!无耻!下流!"

"怎么可以这样说呢？"隋遇不紧不慢地说，"总不能图一时之快，将人贬得这么一钱不值呀。"

"冤枉不了你，"院小蕾咬着牙齿说，"隋遇，求求你行吗？"

"什么事？"

"你告诉我，你为什么不想要孩子？"

隋遇沉默了一会儿："我也不知道。"

"你不知道，我知道！"院小蕾大声说。

"那你说为什么？"

"因为你根本就不爱我！"院小蕾说，"难道不是吗？"

隋遇情不自禁地打了一个激灵，连忙摇了摇头："不是。"

"怎么不是？我说到你心里了吧？不是你哆嗦什么？"

"我没哆嗦。"

"别不承认，"院小蕾说，"你现在还在抖呢。是你的良心在抖，是吗？"

隋遇惊讶地看着院小蕾，他突然觉着自己低估了这个熟悉的女人。

"无话可说了吧？"院小蕾的脸上泛起痛苦的胜利的笑容，"那么，你告诉我——"她一字一顿地说，"不爱我，为什么还和我结婚，说呀？"

隋遇注定无言以对。也许……他想，如果院小蕾当时不跑到家里找他，不扑在他怀里哭泣，他就不会和她结婚。这样看来，和院小蕾结婚是出于对她的怜悯，可是，自己有什么资格去怜悯别人？也许，没有那条小路，没有那片树林，没有那座福利楼房……他们之间就什么也不会发生。如果，院小蕾不是在做爱时仍然睁着眼睛，他也许会爱她……"也许"和"如果"都是无济于事的，因为一切都已经发生了。不爱一个人，却和她结婚，这本身就是一种罪。何况说还要孩子，那岂不是明知故犯，罪加一等？隋遇想，也许自己真的罪孽深重。

"你怎么不回答呢？只要你说一声不爱我，我立刻就和你离婚，还你自由——"院小蕾激动地挥舞着手。

隋遇再次感到了惊讶，他想起自己从哪本书上看到过这样的话：一个男人如果自以为完全懂得一个女人，那只不过是他的错觉而已。隋遇忽然觉着，自己长期以来就是生活这样一种错觉里。

他听见院小蕾继续说道："然后，我就自杀！"

这是一句很有分量的威胁，隋遇想。他并不认为院小蕾真有自杀的勇气，但他也不敢肯定她干不出来。对于院小蕾，他越来越没把握。相反，他感觉院小蕾对他的心思却了如指掌。因此，他只有期望最好不出现那种极端的状态。

隋遇是一个和平主义者，他认为世界上的好多事情，都是可以通过和平解决的。比如巴以冲突、印巴危机……

"这个世界已经混乱不堪了，"他不止一次对院小蕾说，"我不想让我的孩子生活在这个没有希望的世界上。你看看电视新闻，天天都有战争、屠杀、暴力、流血、哭泣……"

"闭上你的臭嘴吧！"院小蕾总是毫不含糊地将他的话打断，"我不想听你的混账逻辑，你又不住在巴勒斯坦，不住在阿富汗，这些关你什么事？亏你想得出来，居然把这些当成不要孩子的理由！"

"这个理由还不充分吗？"隋遇说，"我是认真的。你想一想，世界上的人们都只把自己的不幸当成不幸，随意夸大自己的善良和痛苦，惟恐他人不知。与此同时，却以践踏他人为快事。满耳朵都是嘈杂的声音，人人都在自说自话，却没人肯倾听……"

"你在作诗吗？"院小蕾的神情半是奚落半是惊骇，"你病得真是不轻，要不要去看看呢？听听你这离题万里的连篇废话，不是发高烧就是神经不正常！"

"怎么是离题万里呢？"隋遇一本正经地说，"我在认真地回答你的问题呀。"

"认真？哼！"院小蕾气得哭笑不得，"让你的认真进疯人院吧！"

11

母亲主持召开的家庭会议结束后，隋遇和院小蕾至少有一个月的时间没有回家吃饭。隋遇并没有生母亲的气，也不是畏惧母亲的禁令，他知道那只是一句气话。可是，不管怎样，心里老觉着有什么障碍，不愿意见到母亲。直到这天临下班时，接到他打来了一个电话。

"小遇吗？"那声音听上去特别苍老。

"谁？"隋遇不禁一愣。

"是我。"

隋遇这时已经听了出来。"你……你好……有事吗？"他感到很惶惑，因为他从未给他打过电话。

"好长时间没见你了，很忙吗？"

"没有……是啊……"

"今天晚上回家吃饭吧？"他的声音里含着某种期待，甚至是恳求。

"好的。"隋遇犹豫了片刻，最终还是答应了。

隋遇骑着自行车独自回家，院小蕾因为还生他的气，拒绝和他同去。母亲已经把饭做好了，神情黯然地坐在饭桌旁。他照常是坐在八仙桌旁看报纸，房间里一团烟雾。

"回来了？"他欠了欠身子。隋遇至少有一两个月没有见到他了，不知道他在忙些什么。也许是光线太暗的缘故，他看上去格外地消瘦和憔悴。

"嗯。"隋遇点点头。

"小蕾怎么没有来？"母亲和他几乎是同时发问。

"没有，她回娘家了。"隋遇撒了一个谎。

"洗手吃饭吧。"母亲说。

"好的，"隋遇一边洗手一边问他，"你呢？"

"我吃过了，"他说，"你快趁热吃吧，你妈早就做好了。"

吃饭的过程中，他不停地询问"上班忙吗？"、"还没改作息时间吗？"诸如此类的问题。隋遇一一回答着，但他心里明白：他来绝对不是只为这个，他一定有什么事。最大的可能是，母亲再次找他来做说客。他一直在寻找一个合适的契机，好把谈话引到正题上。

"你工作有四五年了吧？"他突然问。

隋遇一愣，"五年了。"

"五年，时间真快啊。"他感叹道。隋遇没做声，他等待他下面的话。

"五年，"他又说，"看得出来，你成熟了不少。"

"是吗？"隋遇只觉好笑。

"当然了，你自己没觉察出来？"他认真地说，"你和五年前相比，发生了很大的变化。"

他停顿了一下，似乎是想观察一下隋遇的反应，令他失望的是隋遇显得无动于衷。于是，他只好自己继续说下去："昨天，我遇见了你们单位的领导，他们对你都评价都不错，说你是一个积极上进的好员工。还说，年底准备推选你为先进工作者呢。"

"是吗？谁说的？"隋遇笑了，他觉着"先进工作者"的荣耀离自己实在太遥远了。

"反正是你单位的领导，你就别管是谁了。"他喝了一口茶，把杯子盖轻轻翻扣在桌子上。

"你终于长大成人了，也成家立业了，能够自立于社会了，这么多年的苦日子总算没有白熬。"他说着，伸手去抚弄灰白而细密的头发。隋遇忙把目光移开。

"你说的什么呀？"母亲不满地抬起头来，"乱七八糟的！"

"你看,我是在说正事,"他显然不服气,"我和小遇在探讨人生嘛……"

"探讨人生?哼!"母亲气呼呼地说,"我叫你来不是让你扯什么大道理的,有什么说什么!"

"好,有什么说什么。"他的语气一下子矮了三分。隋遇知道,他一向有些惧怕母亲,但想不出是为什么。他说完这句之后,就沉默了。母亲也没再说什么,隋遇也没说什么。他再次喝了一口水,然后站了起来:"我走了。"

隋遇感到有些意外,"再坐一会儿吧。"

母亲却一脸冰霜,"爱走不走。"

他尴尬地笑了笑,抬腿迈出了屋门。每次他来,隋遇都要送他到院门口。这次,也不例外。他推着自行车,隋遇为他打开院门,走到隋遇身边时,他突然停下来,从口袋里摸出一张纸。

"我给你看样东西,"他的神情十分严肃。

"什么?"一种不祥的预感突然袭上隋遇心头。

"上周我去医院做了个检查,刚出来结果。"

他的声音很平淡。那是一份化验报告单,隋遇匆忙把它展开,他指着上面的几行字给隋遇看:纤维胃镜配合胃黏膜活检,发现 Ca ,$T1 N1 M0$,直径约 5.4 毫米……

"这是什么意思?"隋遇指着中间那些英文字母问。

"癌、肿瘤……"他淡淡地说。

"什么?"隋遇瞪大了眼睛。

"不要告诉你母亲。"他从隋遇手里抽回那张报告单,整整齐齐地折叠好,放进上衣口袋里。

"我的时候已经不多了。"他看着隋遇说,"你是我最喜欢的孩子……"

隋遇一时没反应过来，只是呆呆地站着。他看了隋遇一眼，迈出门去。隋遇看着他翻身跨上自行车，车身晃动了几下，很快就稳住了。隋遇转过身去，关上门。

　　回到自己家里，一进门，隋遇意外地发现院小蕾的母亲在这里。她一向很少到女儿家来，当年她虽然勉强同意了女儿同隋遇的婚事，但心里始终疙疙瘩瘩的。母女两人分别坐在长沙发的两端，中间隔着两个空位。没有开电视，谁都不说话，房间里的气氛显得有些沉闷。隋遇注意到院小蕾双眼红肿，像是刚刚哭过。

　　"伯母来了。"隋遇微笑着向岳母打招呼，院小蕾的母亲"哼"了一声，站起身就走了，门"砰"的一声巨响。

　　"怎么了？"隋遇似乎感到有些莫名其妙。院小蕾把头扭到一边。

　　"吃饭了吗？吃的什么呀？"隋遇转到院小蕾的跟前。

　　"管我干什么？我饿死你也别管！"院小蕾向着隋遇吼道，两行泪水潸然而下。

　　隋遇吓了一跳，"干什么发这么大脾气？有什么话不能平心静气地讲呢？"

　　"呸！"院小蕾霍地站了起来，"你这个伪君子！"

　　她一把推开隋遇，冲进卧室，"哐"的一声把门关上，紧接着又是一声清脆的"啪嗒"声，显然是把门锁关上了。

12

　　这一夜，隋遇是在沙发上睡的。这是院小蕾对他的惩罚。隋遇始终无法入睡，他在想晚饭上的事情。隋遇很小的时候就知道这个男人与自己的关系非同一般，但弄不明白到底是怎么回事。他常常出现在隋遇的梦里，甚至风雨交加的夜里也不例外。可是，黎明到来之前，他就会自动地消失。因此,他给隋遇留下的印象极其模糊,闪烁不定。相当长的时间里,他拿不准他是真有其人,还是只是自己的幻觉。直到上小学后的一天,有个比自己大好几岁的孩子突然嬉皮笑脸地喊他:

"□遇!□遇!"

他被喊得莫名其妙,"我不姓□,我叫隋遇!"他郑重地纠正。

"是吗?"那个大孩子说,"你真的姓隋吗?不,你姓□!你连自己姓什么都搞不清楚?哈哈!"

周围的孩子都跟着哄笑起来,"□遇!□遇!□遇……"

隋遇回家把这件事情告诉了母亲,母亲阴沉着脸色说:"不要理那帮坏孩子!"

在此后的成长岁月中,隋遇无数次遭遇到类似的诘问,以及嘲讽、轻蔑、莫名其妙的眼神。他朦朦胧胧地觉着自己和别的孩子都不一样,但再也没有向母亲说起过这些事情。初中一年级那个暑假,隋遇为寻找一只乒乓球,从母亲卧室里衣柜下面的一只抽屉里无意间发现了一个厚厚的棕色硬皮笔记本。他好奇地打开它,眼前的一切突然倾斜、晃动起来……

隋遇从来没有见过自己的父亲,只见过两张发黄的黑白照片。一张是六寸遗像,由一寸免冠照片扩大而成的,穿着深色的中山装,不苟言笑。另一张是三寸照,父亲坐在一辆解放大卡车的驾驶室里,穿灰色工作服,右手握着方向盘,左手搭在摇下的车窗上,手腕上戴着一块大钻石手表,脸上洋溢着灿烂的笑容。两张照片上的父亲都很年轻,浓眉大眼,一张棱角分明的国字脸。隋遇知道自己的父亲是一名卡车司机,死于一场车祸。那天,父亲去外地送货,由于下雾路滑又辨不清方向,不幸翻倒在一条山沟里。不知是谁曾经向隋遇这样讲述过,反正在他的脑海中已形成了这样一个根深蒂固的意识。然而,那本棕色笔记本上却清楚地写着那个早晨:"9月4日,晴……早晨八点,他出发了,再也没有回来……"

这本棕色笔记本，是母亲的日记。日记告诉隋遇，父亲那天黎明出差回来，一进屋，意外地撞见了他和母亲在一起。父亲转身离去。刚上班，他接受了领导的任务，去二百公里外的一个城市送一车货。其实，领导本来没有安排他，他本应该休息，是他主动要求去的。临走时，领导还拍着他的肩膀，表扬他是一名雷锋式的好同志。父亲发动起卡车，向着隆隆的太阳奔去。中午时分，他死在一片炽烈的阳光中。那是一条寂静的山谷，开满火红的杜鹃花。可是，他至死也不知道，妻子肚子里怀的并不是自己的孩子。如果不是他猝然离世，母亲一定会告诉他真相，然后与他离婚。可是，他没有给母亲这样一个机会。

丈夫的突然去世，使她离婚的打算化为了泡影。此后的二十年里，他和她无数次谈起结婚之事——他的妻子十几年前就去世了——但始终没有勇气将其付诸行动。他们都觉着，如果他在世，会比这好办得多。死去的人比活着的人强大，尽管他默不作声，可是，他的身影无处不在、无时不在。他们甚至连一次和谐的性生活都无法完成了，每当他试图进入她身体的时候，她看到的总是丈夫巨大的黑影，像蝙蝠拖着沉重的翅膀，慢慢地、慢慢地覆盖了她。于是，她便失声尖叫，用力将他推开。

"不，不！"她失魂落魄地喊道，"不！"

这时，他只有收拾好自己的衣服，垂头丧气地离开，像一个打了败仗的老兵。

随着时光的流逝，他率先进入了晚年。几年后，她也提前从工作了三十多年的小学内退回家。他再也没有力气翻过高高的院墙，潜入她的闺房。被更年期综合征困扰的她，出于莫可名状的心理，对他的态度也越来越冷淡。有一次，她居然冲他嚷道：

"没有你的话，我比现在强多了！"

"什么？"

他瞪大眼睛，简直不敢相信自己的耳朵。她自知理亏，低下了头。

他一甩袖子，气鼓鼓地离去，眼睛里老泪纵横。

13

作为小城京剧团的前团长，他拾起了荒弃多年的胡琴，召集散落在街头巷尾的旧友，组建起了小城历史上第一个老年艺术社团：晚春京剧社。

他最喜欢《洛神》里的唱段，常常一个人哼唱得潸然泪下——

> 满天云雾湿轻裳，
> 如在云河碧汉旁。
> 缥缈春情何处傍，
> 一汀烟月不胜凉。
> 思想起当年事心中惆怅，
> 再相逢是梦里好不恓惶……

每当唱起这段，他都不禁想起自己死去多年的妻子。他的妻子活着的时候是团里的顶梁柱，全城家喻户晓的著名青衣演员，三十二岁时死于肝炎。即使不死于疾病，她恐怕也很难躲过随后到来的那场运动。她给他留下了两个孩子，都是男孩。这两个孩子小时候都是品学兼优的好学生，长大成人后都是坚定的现实主义者，丝毫没有继承他那多愁善感的性格，更难找寻妻子身上那种善良、温柔、浪漫的气质。他觉着老天一定搞错了，这两个孩子一天天长大，赢得的称赞与日俱增，他却越来越失望。他的心里逐渐升腾起一个愿望，那就是：再造一个儿子，一个真正属于自己的儿子。

从一开始，他就清楚这是一个邪念。可是，他实在太软弱了，无法控制自己的意志。而就在这时，隋遇的母亲闯进了他的生活。她是镇中心小学的语文教师，文学青年，在小城文化馆主办的《向阳花》杂志上发表过几首歌唱祖国歌唱时代歌唱火热生活的小诗。她的诗写得拙劣、天真，带着那个时代特有的空洞、夸张的气质。

当时，她刚刚结婚不久，穿着一件鲜艳的红棉衣，梳着一条粗壮的大辫子，辫梢上还打着一个红色的蝴蝶结。她和自己的丈夫是小学和中学时的同学，两家隔着很近，上学和放学，他们都一直结伴走。他对她很好，处处都向着她。同学们也都起哄，喊他们"小夫妻"。后来，两个人都参加了工作。他家里人托了媒人来说亲，她的父母同意了，她也同意了。她觉着嫁给他是天经地义的事情，因为他是她最熟悉的男孩，她觉着这就是爱情。

文化馆和京剧团在一个院子里，共用一个办公室。他第一眼见到她就怦然心动，因为他觉着她很像自己那死去的妻子。很难说这种感觉从何而来，因为单从长相上看，她和他妻子并无半点相像。真正打动他的也许是她身上洋溢的那种恬静而灿烂的青春气息，令他陡然产生一种再生之感。"文革"已经临近尾声，小城逐渐风平浪静，剧团的工作正逐步恢复正轨。他几经沉浮，又再度出山。他请她为剧团正在排演的革命戏曲晚会撰写串场词，要知道以前这项工作总是他亲自干。后来，他又请她修改他写的那些注定不能发表和演出的剧本。然后，他请她一起去看团里的演出。再后来，他请她到团里的资料室做客，那其实是他利用职务之便为自己建造的一个书房。里面除了几架书外还有一张桌子、一张床、一架扬琴，墙上挂着他喜爱的京胡。他常常在这里读书、填词，累了就在床上休息休息，或者拉上一曲。隋遇就是在这间资料室里被造出来的。那年，他的大儿子十八岁，二儿子十六岁，都已经参加工作。二十多年后，他们俩一个当了镇长，一个当了人事局局长，都是地方上响当当的人物，比他当年要强多了。人们为此而格外尊重他，可是他却常感到莫名的恼火,这两个有本事的儿子,他偏偏一个也看不中,他觉着自己的人生简直失败得一塌糊涂。

这么多年来,隋遇一直对他很客气,也可以说是冷淡,就像对待一个素昧平生的陌生人。他想,也许自己应该恨他,却怎么也恨不起来。如果说自己爱他,偏偏又不愿见到他,甚至不愿听到他的名字。母亲似乎也是这样,他们母子间有一条不成文的规矩:谁也不准提他。隋遇看得出来,随着时间的流逝和年龄的增长,他和母亲的感情并没有与日俱增,相反彼此却越来越厌倦。他偶尔来一次,就会很快陷入无谓的争吵中。这争吵通常是母亲发动的,仿佛她所有的不幸都是他造成的。隋遇时常不无悲哀地想,即使两个人真的如愿以偿地生活在一起,就一定能相亲相爱到死吗?隋遇并不知道,当晚年的他拉起久违的《洛神》,心中也泛起了同样的疑惑和伤感。

如今,那张诊断书把他和死亡联系在了一起。隋遇不得不认真地来思考一番这件事情的意义及其可能带来的后果。死亡,意味着缺席,意味着一只看不见的手把他从他和母亲的生活中抽走——这会出现什么样的后果?一段空白?一片黑暗?一个轻松的呼吸?一次温柔的睡眠?一场不会苏醒的梦……隋遇觉着都不是。唯有一点是肯定的,即自己的自尊正在遭受到某种伤害。

隋遇心想,当他把身患癌症的消息告诉自己时,实际上不乏对自己的威胁。面对一个垂死的父亲,你拒绝生育,就是拒绝将他的生命延续下去,就是对他生命的彻底厌弃和否定。隋遇清醒地意识到,他向自己提出了一个何其严峻而尖锐的问题——要么尊重他作为父亲的"遗愿",要么成为不孝之子。隋遇觉着他把生育这件事情搞得太形而上了,真的,这样不好。隋遇认为生不生孩子,只是一个个人喜好的问题。有的人渴望成为父亲,而有的人不想,就这么简单。如果没有那层威胁的意思,隋遇可能会为他身患绝症感到伤心难过,可是,现在,他只能感觉到悲哀。

隋遇想：也许不生孩子才是自己唯一的希望。

14

刺眼的阳光迫使隋遇睁开眼睛。院小蕾一把扯开客厅里的窗帘。隋遇揉着眼睛坐起来，他看见院小蕾披散着头发，眼圈乌黑。他的目光从她身上移开，去找寻墙壁上的石英钟：上面的指针指在九点三十五分。幸亏是星期天。隋遇疲倦地打了一个哈欠，他想自己入睡时差不多天都快亮了。

"我们得好好谈谈了。"院小蕾冷冷地说。

隋遇惊奇地发现，她的额头上竟有两条细细的皱纹。

"好啊，"他下意识地捂着嘴巴问，"谈什么呢？"

"你看看你这副模样，真恶心！"院小蕾皱着眉。

"我没有睡好，"隋遇说，"沙发没有床舒服。"

"我就睡好了吗？我整整一夜都没合眼，沙发不好睡，是你活该！"院小蕾突然歇斯底里般地嚷了起来。

"是吗？"隋遇表现得很惊讶。

隋遇的态度把院小蕾彻底激怒了，她的身子筛糠般地颤抖起来，脸色也变得煞白，眼睛一动不动地盯着他。隋遇突然有些害怕，他佯作若无其事地笑笑："什么事？说呀。"

"我们也该有个孩子了，我们要个孩子吧，我想有个孩子，"院小蕾突然扑到了隋遇的怀里，"我求求你了，隋遇……呜呜……"

隋遇防不胜防，身子站立不稳，退后了几步，跌倒在沙发上。院小蕾伏在他身上号啕大哭，泪水濡湿了他的胸口。接着，隋遇感到肩头一阵疼痛，不禁"啊"地叫了起来。原来，院小蕾在悲伤与盛怒之下，竟然朝着他的肩膀狠狠咬了一口。

"你这是干什么？"隋遇捂着肩膀，疼得龇牙咧嘴。

"我想有个孩子，我想有个孩子！"院小蕾哭泣着，"别人都有孩子，我为什么不能有孩子？参加新世纪集体婚礼的那二百对新人，至少生了一百五十个小孩了；比我结婚晚的，李小芳、郑国华、贾丽也都有孩子了，就我没有！不管怎样我一定要生一个小孩，我喜欢孩子，我喜欢孩子！"

院小蕾说得并不夸张。他们住的这座楼上，绝大多数都是和他们差不多同时结婚的年轻人。不知不觉中，几乎每个小家庭都有了孩子。有一个周末的上午，隋遇坐在书房里看书，忽然被一阵嘹亮的啼哭声惊动了。他从阳台上往下望，惊讶地看到楼下的花坛里足有二十多个一两岁的孩子，被各自的父母或奶奶、外婆看着，或蹒跚学步，或爬上爬下地嬉戏。一个不小心摔痛了，其他孩子就条件反射似的一起仰起头哇哇大哭。

"这些孩子是从哪儿冒出来的？跟雨后春笋似的！"他不解地问院小蕾。

"你说从哪儿冒出来的？"院小蕾没好气地说，"这些全是咱们楼上的。"

"是吗？"隋遇这才注意到那些小孩的父母都是自己的同事。

"小孩哭哭啼啼的，真烦人！"他自言自语地说。

"你不是从孩子长起来的？"院小蕾生气地质问道，"难道你一辈子不生孩子？"

"影响我看书了，"隋遇摸着电脑显示器的棱角，"我想不起'平林漠漠烟如织'下一句是什么了，是'寒山一带伤心碧'，还是'一蓑烟雨任平生'？"

"是混蛋乌龟王八蛋……"院小蕾怒不可遏地挥起了拳头。

隋遇当然知道院小蕾喜欢小孩，有时候，在路上走着，遇见可爱的小孩，她总忍不住要流露出喜悦的目光，想方设法地碰碰人家。如果是熟人的孩子，她更是一定要接过来抱一抱、亲一亲。

"你这么喜欢孩子，怎么自己还不要呢？"

有一次，她的一个带孩子的女同学这样心直口快地问她。

"我……"她羞愧难当，一时不知怎么回答。

"要孩子急什么呢，还早呢。"隋遇打着哈哈说。

"不急？等你老了再要吧！"老同学走后，院小蕾红着眼圈，忍无可忍地吼道。

隋遇知道，总有一天，她的拳头会落在自己身上。

"好，好，没人能够剥夺你当母亲的权利。"他有气无力地说。

"没人？你不是在剥夺我的权利吗？"院小蕾伤心地说，"昨天我母亲来，你知道她说什么？"

"她说什么？"隋遇并不关心，但为了表示关心，还是问了一句。

"她说我傻，说我不该嫁给你，她说你脑子有问题，她说还不如早嫁给郑常仁，人家的孩子都两周岁了。"

"郑常仁是谁？"隋遇有些好奇地问。

"不知道拉倒，"院小蕾说，"谁都比你强！"

隋遇摆了摆手，"不行，这我倒得问问，你怎么从来没跟我说起过呀？郑常仁？"

院小蕾的脸上现出极端痛苦和厌恶的神情——

"隋遇，你不要装出这个样子来，你真想知道他是谁吗？你真吃醋吗？你巴不得我跟别人好呢，你这虚伪的东西！"

"我怎么不会吃醋呢？"隋遇很认真地说，"你从来没有提起过这个人呵，看来你有什么事情瞒着我，告诉还不告诉我是你的事，可是我有知道的权利。"

"好，我就告诉你，"院小蕾气呼呼地说，"郑常仁是我妈同事的儿子，在财政局工作，现在已经干到办公室主任了。我和你结婚以前，他妈曾经向我妈提过亲，我妈对郑常仁很满意。可是，我正和你谈着。我对我妈说，你喜欢他你嫁给他吧。我妈狠狠地把我骂了一顿。现在想想，我当时怎么那么傻，人家家庭又好，工作能力又强，人长得也不比你差。我真是像我妈说的一样，中了哪门子邪？"

"是啊，我也觉着挺可惜的，"隋遇不动声色地说，"你怎么不嫁给他呢？要不咱俩离婚，你去跟他，千万别再耽误了呀！"

"去你妈的，"院小蕾再也忍无可忍，"隋遇，你不是人，你这个伪君子，全世界的男人加在一起也没有你卑鄙无耻！你真的在乎吗？你巴不得我跟你离婚，你好落得轻松。我告诉你，没门！我就是死，也不会让你得逞的！"

"怎么用得着这么上纲上线的？"隋遇惊讶地说，"我只是想知道那个郑常仁是谁，我只是好奇而已……"

"闭上你的臭嘴吧，"院小蕾大吼道，"我真的够了，够了！"说着，扑到沙发上再次失声痛哭。

隋遇听着哭声持续了将近一分钟，伸手拍了拍院小蕾的肩膀，"别哭了。"他的声音很温柔。

"别碰我！"院小蕾闭着眼睛，很响亮地给了隋遇的胸口一拳。

"我知道你想有一个孩子，我也理解你。"隋遇捂着胸口说，"可是，你想过没有，我们是否真的有能力抚育一个孩子，即使我们有能力，时代是否允许我们这样做？你天天看电视，也知道世界上每天都发生那么多大事。每天都有人死于非命，他们死于战争、疾病、瘟疫、洪水、地震……尽管科学技术越来越发达，人类却并没有真的像通常所说的那样变得更文明，而是越来越自私，越来越不宽容。世界上的苦难非但没减少，反而增多了。在这样一个不安定的世界上，增加一个新的生命就是增加一个新的受害者。按照斯宾格勒的理论：文明每隔四千年一个周期,我们正处在一个毁灭的夹缝里……"

"不要再强词夺理了!"院小蕾猛地翻过身来,"你这是杞人忧天,那些事和你有什么关系呢?生儿育女是天经地义的事,只要地球照样转,该吃饭就吃饭该上班就上班该生孩子就生孩子,扯那些淡干什么?生孩子,不是一件天经地义理所当然的事吗?你为什么非要搞得那么复杂?你无非是想掩饰你内心那些阴暗、见不得人的东西,却说得天花乱坠。如果这个世界真的毁灭了,也是你这种人造成的!"

隋遇怔怔地看着院小蕾,几乎不敢相信这些话是她说的。

"怎么,无话可说了?说中你的本质了吧?"院小蕾冷笑着,嘴角不停地抽搐着。

15

最近半年来,隋遇的睡眠一直不好,陪伴他的是一整夜一整夜的奇怪的梦。早晨醒来,这些梦大都会忘记,但也有的依然顽固地留在他的大脑里,似乎别有深意。隋遇喜欢这些琢磨不定的梦,他总觉着它们在向他暗示着什么,他像转动魔方似的把那些梦颠来倒去,想弄懂它们的含义,但往往累得满头大汗,依然一无所获。

隋遇的失眠症与日俱深。他不是入睡困难,而是经常半夜里醒来,然后就再也难以入睡。这时,他便蹑手蹑脚地下了地,抱着被子,轻轻掩上卧室的门,来到客厅里。客厅墙角放着一个很大的鱼缸,里面养着十几条热带鱼。有一只通体透明,能随着光线变换色彩的鱼,隋遇特别喜欢。卖鱼的人管它叫"七彩神仙鱼"。隋遇不知道鱼儿们是不是睡着了,每当长夜难眠的时候,他总要看看它们。加氧器发出不大不小的噪音,在这静寂的深夜里,却显得格外刺耳。鱼儿藏在幽暗的水底,藏在假山和水草中间。为了看清它们,隋遇把小抄网伸进水里,一只、两只……

数到十二的时候,他突然发现少了一只。不是别的,正是那条最漂亮的七彩神仙鱼。它去哪儿了呢?隋遇低头寻找,很快在地上发现了它。它一动不动地躺着,嘴巴睁得很大,用一种奇怪的眼神看着隋遇。它已经死了。它为什么要从鱼缸里跳出来呢?它是怎么跳出来的呢?水面距离鱼缸上壁还有十厘米的距离,它居然能够跳出来。这不能不说是个奇迹。隋遇把它捡起来,扔进了卫生间马桶中。湍急的水流把那条鱼冲进了幽深的地下管道,他突然有一种奇异的感觉,仿佛自己的生命也一起被冲走了。

一天晚上,单位里有一个应酬,去一家川菜馆吃饭。隋遇吃了不少辣椒,半夜里肚子疼得难受。跑到卫生间里,发现手纸架上空着,他便心急火燎地跑到另一个房间里去拿手纸。他记得床底下放着满满一袋子手纸,拖出来一看,竟然是一袋整整齐齐、干干净净的白棉布。他先是一愣,接着眼睛就情不自禁地模糊了。他记起来了,那是去年夏天院小蕾上街时买来的。

"累死我了,热死我了!"院小蕾从冰箱里取出一瓶可乐,一屁股坐在沙发上。

"这是什么玩意儿?"隋遇好奇地翻着她扔在地上的大纸袋。

"百货大楼处理的,纯棉的,很柔软。"她说。

"你买这些干什么?"隋遇感觉莫名其妙。

"干什么?将来可以给我们的小孩做尿布呀。"

"你想得真长远。"他突然感到一阵不安。

"当然了,未雨绸缪嘛……"院小蕾颇为得意。

这一夜,隋遇注定再也无法入睡。紧接着他又想起了两年前的一幕。那是一个夏天的夜晚,吃过饭,院小蕾拉他一起去看他们的新房。新房还在建设中。那是一座六层楼,已经临近封顶。高高的塔吊、脚手架、水泥搅拌机、探照灯,工地上一片繁忙的景象。

"马上就要盖完了,我们快要住进去了!"院小蕾兴奋地说。

"早着呢,还有内外装修,很麻烦的。"隋遇说。

"那得多久呢?"

"我想还得好几个月。"

"啊?那么长时间,他们就不能快一点吗?"

"我倒希望越慢越好。"

"你说什么?"她吃惊地看着他。

"没什么……"他故作轻松地笑笑。

他们踩着地上的污水和垃圾,小心翼翼地向楼房近前走去。楼梯口搭着一条竹篾跳板,把他们引入一套公寓里。室内地上满是砖头、烟头等杂物,墙壁裸露着红砖,门和窗子还只是一个个大窟窿。他们手牵着手,各个房间里转转。院小蕾不停地解说着,好像生怕隋遇看不明白:

"这是主卧室……这是餐厅……厨房……这是小卧室……卫生间……"

她跑到阳台上,回头向隋遇招手,"老公,快看,阳台真大呀!"

虽然他们还未举行婚礼,可是她叫"老公"叫得理直气壮,因为他们已经领取了结婚证。隋遇渐渐地明白,当她喊"老公"时,往往是她心情舒畅,甚至想撒娇的时候,而她喊"隋遇"时,则是对他感到不满和怨愤的时候。随着时间的流逝,他更多的是听到她对他直呼其名,而"老公"一词不知不觉地从她嘴里消失了。

"我要在这里种好多花……呵,这里还有壁橱!"

一会儿,她又忧心忡忡地说:"老公,你看,我们睡哪个房间啊?"

"当然是主卧室了。"

"主卧室靠着阳台啊,多不方便呀!"

"可是夏天凉快,冬天暖和呀。"

"这倒也是……还有,我们的床怎么放才好呢?南北还是东西?我看报上说了，南北睡对身体健康有好处，符合地球磁力线方向，对了，我们一定要买一张实木床，不，所有家具都要实木的……"

看着院小蕾的认真样，隋遇忽然感到一阵自卑。对，是自卑，按照隋遇自己的理解，"自卑"就是自己觉着自己卑鄙。

"你们干什么的？快出来！"一束手电筒光突然打在隋遇脸上，隋遇本能地拿手一挡。

"这是我们的房子。"院小蕾理直气壮地迎了过去。

"赶紧出来，正在施工呢。"一个戴着安全帽监工模样的人收了手电筒，对着院小蕾奇怪地笑了笑，就转身走了。

他们从楼里出来，月亮已经升得老高了。院小蕾坐在后面，紧紧地搂着隋遇的腰。自行车唰唰地响着。

"你怎么不说话？"

"我怎么不说话了？"

"你就是，"院小蕾嗔怪道，"你好像不怎么高兴。"

"没有，我很高兴，"隋遇说，"不信，我笑给你看。"

晚风送来一阵栀子花香，院小蕾把隋遇抱得更紧了。隋遇回头望望那座热火朝天的工地，突然产生了一个奇怪的念头，他盼着这楼永远不要盖完，遥遥无期最好。实在不行，就来一场地震！于是，他骑得更快了，而那座楼房投射在马路上的阴影也随着飞快地长了起来、追了上来。

茶几上放着一把水果刀，隋遇将它反复展开又折上。他小心翼翼地抚摸着刀刃，感觉到它犀利、寒冷的质地。一把水果刀，如此之重，又如此之轻。隋遇想，只要用这把水果刀在血管上轻轻一割，一切就都迎刃而解了。或者，干脆在下面来一刀，彻底做个阉人……这些都不失为打破僵局，使生活重新开始的好办法。可是，他想了半天，又把水果刀慢慢放下。

隋遇在沙发上躺下，打开电视，把音量调到最低。夜深人静，只有寥寥几家电视台还在播映。隋遇对它们充满了感激。尽管，他对那些电视节目并不感兴趣。可有了它们，隋遇就不会感到恐惧和孤单。那些电视机里晃动的人影，对应着一双不眠的眼睛。隋遇自作多情地想，这些节目不会是专门为他自己服务吧？为了证实这个可笑的念头，隋遇甚至在小范围内做过一定的调查。他巧妙地、装作若无其事地、尽可能地询问他身边的人们，想找出一个和他一样的失眠症患者。可是，所有的人都摇头予以否认。人们通常还神秘地朝隋遇反问："你不会失眠吧？"

"我哪儿会呢？"隋遇惊慌失措地说，"我睡觉跟死猪似的！"难道失眠是一件可耻的事吗？没有人会告诉他答案。

并非每一次失眠都能成功地离开卧室。有几次，隋遇半夜醒来，发现自己被院小蕾紧紧地搂抱着。她的胳膊勾住他的脖子，像一只猴子蜷缩着身体挂在树上，又像一只水蛭，深深地吮吸着他的胸膛。她的呼吸均匀、绵长，脸上挂着恬淡的微笑。她睡得这样坦然、安详，姿势始终不变。隋遇不敢把她的胳膊拿开，即使她的肘部压迫着自己的心脏，使他喘息困难。隋遇在黑暗中睁大眼睛，他想从枕头下摸一支烟，放到鼻子上闻一闻。然而，这个小小的愿望遥远得根本无法实现。他怕惊动她，哪怕最轻微的动作也不敢做。他只能默默地，眼睛一眨不眨地看着她，直到黎明将近，她习惯性地翻一个身，像一尾鱼离开岸边，独自游向深邃的大海。这时，隋遇才如释重负，但同时总有一种莫名的失落袭来，使他的眼角情不自禁地变得潮润。

一天夜里，院小蕾突然从梦中笑了起来，笑得那样欢畅、灿烂、不能自禁……如果不是隋遇将她推醒，她恐怕要一直笑到天亮。

"你笑什么呢？"他好奇地问。

"嗯……"她嘴里嘟囔着什么，翻了一个身又睡着了，嘴角的笑容一直保持到清晨。

"你昨天夜里做了什么梦，笑得那么开心？"早晨洗脸的时候，他又问。

"嗯？是吗？"她想了想，"我怎么忘得一干二净了？反正是觉着特别有意思，可笑坏我了！"

"为什么……"隋遇结结巴巴地问，"为什么我从来没有你这么开心呢？"

"为什么？"院小蕾把牙刷往牙缸里一戳，"君子坦荡荡，小人长戚戚！"

隋遇脸上现出了几分尴尬的微笑，"有道理，有道理……"

16

四天之后，隋遇和院小蕾再次来到了菊州鼓楼医院。

昨夜的一场大雨把天空刷洗得分外干净，在天空和大地交界的地方，空气呈现出一种不可思议的几近透明的银白色。坐在车上，望见路边的树木飞速向后闪去，田野绿得透明，隋遇默默吟诵起一句古诗："渭城朝雨浥轻尘，客舍青青柳色新。"然而，他的心并不像天气一样好，相反多了一层忧郁。这天，隋遇本来是不想来的。因为他一夜都未睡好，做了许多乱七八糟的梦。早晨醒来后，他惊奇地发现自己梦遗了。他赶紧去冲了一个澡，等换好衣服，院小蕾这时也已经穿戴整齐了。

"咱们走吧。"她说。

"走？去哪儿？"隋遇有些慌张。

"当然是去菊州看病了，"院小蕾瞪着他，"你昨晚怎么答应的？"

"昨晚？"隋遇想起来了，昨晚院小蕾就跟她说过去医院的事。他先是不同意，继而含糊其词，最终耐不住她的纠缠，勉强答应了。

"今天真的不行。"隋遇苦笑着。

"怎么不行？"

"不行就是不行。"隋遇不知该怎么解释，他感觉既羞涩又尴尬。

"我已经受够了！"院小蕾几乎是在怒吼，"不行也得去，我不管你有什么狗屁理由！"

"我……"隋遇心里有个声音在催促他：你怎么不照实说呢？夫妻之间还有什么说不出口的吗？可是，隋遇就是说不出口。最后，只得被院小蕾揪着衣领，拽出家门，一直拽到了开往菊州的公共汽车上。路上，不时有人投来好奇的目光。那情景，就好像是一个逃学的孩子被母亲从游戏室里揪回家似的。

"这次肯定还不行。"隋遇嘟囔着。

"行不行你说了算吗？"院小蕾白了他一眼。隋遇就不说话了。

那位长着一张猴子脸的姚医生居然还记得他们，他和蔼地向他们打招呼：

"来了？"

"来了，"院小蕾礼貌地冲他笑了笑，"又来打扰您了。"

"不客气，"姚医生问隋遇，"今天状态怎么样？"

"还，还可以吧……"

"那就好，"医生看了看隋遇，伸手去拿架子上的塑料杯子，"喏，拿着——"

"大夫，"院小蕾突然说，"我们能去那里面吗？"她指着医生背后那扇关着的门，脸涨得通红。医生和隋遇都是一惊，隋遇的心底泛起一阵难言的酸楚。

"可以，可以，"医生认真地说，"门没锁。"

院小蕾在前面，隋遇机械地跟在她身后。推开门，里面空荡荡的，只有一张洁白的床。

"进来呀。"院小蕾咬着嘴唇，招呼隋遇，像是主人在招呼客人。

隋遇的脑海中再次闪过那个熟悉的念头——逃跑！可是，他看见了院小蕾眼里晶莹的泪光。

"不要紧张,我帮你……"她颤抖着声音。

17

夫妻俩出了医院的大门,沿着熟悉的街道向车站走去,谁都不说话。马路边,一家装饰一新的百货商场刚好开业。礼炮长鸣,彩纸漫天飞扬。由人装扮成的两只巨大的灰熊,摇摇晃晃地向路人招手,一群天真烂漫的孩子兴高采烈地围着它们。

"进去看看。"院小蕾突然说。隋遇点了点头。一进大厅,隋遇就感觉来到了一个童话世界。到处是鲜花、花伞和气球,营业员穿着整齐的蓝色套裙,个个笑语盈盈。整个大厅被分隔成好几个专区,像一座巨大的迷宫,又像一个巨大的万花筒。院小蕾径直向着一个挂有"儿童天地"标牌的专卖区走去。隋遇赶紧跟了过去。这里不愧是"儿童天地",里面全是儿童玩具、儿童用具和儿童服饰。院小蕾的眼睛里渐渐放射出光彩,微笑荡漾在脸庞。她像一只飞进花丛的蜜蜂,不停地走走停停,这也看看,那也瞧瞧。她拿起一件小小的花连衣裙,放在自己身上比了又比——

"我愿意有一个小女儿,把她打扮得花枝招展。"

她像是对隋遇说话,更像是自言自语。她看中了一张雕有白雪公主和七个小矮人的小床,但很快又被一张形似弯月的吊床吸引。她喜欢会眨眼的芭比娃娃,又舍不得会说话的机器猫。她爱不释手地把玩着一只橡皮奶嘴,又把它放下。她好奇地摆弄着一只鸭子造型的儿童坐便器,惊叹商家考虑得竟如此周到……她把隋遇远远抛在了后面,隔着琳琅满目的商品,隋遇默默地注视着她。他的表情极其复杂,说不清是怜悯还是感动。

两个人坐在回家的车上。院小蕾抱着一只史努比布偶，使劲地摁着狗鼻子。这样看上去，史努比的脸活像一只鹦鹉。她一会儿用力，一会儿松开，那只布偶就一会儿变成鹦鹉，一会儿变回狗。

隋遇凑在院小蕾耳边说："这下好了，花一件的钱，买了两件。"

院小蕾白了他一眼，停止了手里的动作。

到家已是暮色苍茫时分，二人疲惫不堪地爬上楼。隋遇一只手拎着那只绒线狗，另一只手拽着院小蕾。院小蕾的手绵软无力，现在，她变成了那个不肯回家的孩子。

"我等你们半天了！"

钥匙刚捅进锁孔，门就开了，母亲慈祥地出现在他们面前，两个人都吃了一惊。

"我包的饺子，西红柿鸡蛋的和羊肉绞馅，两样，刚出锅。"母亲一脸和蔼又兴奋的笑容。

隋遇下意识地往桌子上一瞅，可不，几盘热气腾腾的饺子散发着浓郁的香味。

"哈，我正饿坏了呢！"隋遇大叫。

"羊肉是你的，西红柿是小蕾爱吃的。"三个人坐下来，母亲忙着调换碗碟。

"您放那儿就行，够得着。"院小蕾赶紧说，"您先吃。"

"我不饿。"

"你怎么来了？"隋遇问。

"饺子馅子前天就调好了，可你们不回去，放冰箱里，都不新鲜了，我只好赶着包出来了。"

"你自己吃就行，还给送来，又不是什么稀罕东西。"隋遇说。

"好吃吗，小蕾？"母亲看着院小蕾。

"嗯，好，好吃。"院小蕾的脸上浮现出笑靥。

"那就多吃，我就知道你爱吃西红柿，小遇，吃你自己的！"母亲简直眉飞色舞。

隋遇没把两人去看病的事告诉母亲，他怕她惦念。母亲还以为两个人去上班了呢。

"我寻思着早该回来了，都快六点了。左等不来，右等也不来……"母亲喜滋滋地说。

18

又过了一个星期，他们再次来到了菊州医院。化验结果出来了，并不出乎隋遇的预料。姚医生把一张报告单递给他，上面印着一张黑白照片，照片上是一群拖着长长尾巴的"蝌蚪"。

"这就是你的精子。"姚医生把隋遇带到电脑前面，屏幕上一片模糊不清的灰色区域，里面游动着那些黑色蝌蚪。隋遇发现它们很懒散，很疲倦，有的甚至连动也不动。

"正常的精子密度应该在每毫升六千万至两亿之间，你的只有五千九百万多一点。精子的活率应该在百分之六七十以上，你只有百分之五十八。更重要的是，你的精子液化很差，超过了一个小时。你的精子就像，就——"

姚医生说到这里，停下来对着隋遇察言观色了一番，看着隋遇面无表情的样子说：

"糨糊。"

隋遇一愣，医生似乎很为自己这个妙喻得意，他微笑着继续发挥下去：

"这样，精子是很难游出这片黏稠的沼泽，游进广阔的大海——子宫的。"

姚医生说着，将右手甩了出去，又收回来。

"你知道吗？一亿颗精子里面只有一至两颗幸运地进入子宫，平稳地安全地着陆。一亿分之一，这是多么小的几率呀，"医生激动地说，"这比中福利彩票特等奖的几率还要低几百倍呀！多么不容易！而且，这里面还未排除女性安全期的因素！"

看见隋遇麻木的神情，姚医生似乎有些生气："总而言之，我是想让你明白，创造一个生命是多么地不容易。"

"那怎么办？"院小蕾几乎是焦急地问。

姚医生吃惊地看了看院小蕾，似乎觉着这个问题不该她来问。

"怎么办？"他沉吟着，"打针、吃药都见效很慢，你的属于特别严重的症状，一个小时以上，即使是高质量的精子也窒息了。"

死在路上？隋遇下意识地想。

"那怎么办？"院小蕾又问。

"最好的办法就是人工授精。"

"人工授精？"这下，隋遇和院小蕾同时反问。

"对，"医生解释道，"所谓人工授精，就是指将男性的精液，用科学的人工方法输送到子宫里……"

"什么是科学的人工方法？"隋遇突然打断了他。

姚医生像是吓了一跳，他可能为隋遇突然表现出的关切感到惊讶，或者是可笑——病人终于撑不住了。于是，他决定捉弄一下这个玩深沉的病人：

"凡是男性精液质量尚可，但是性功能不正常者如阳痿、阴茎过于短小等症状，不能将精液射入女性阴道者，或阴道狭窄、阴道痉挛、子宫异位不能直接接受男性精液以及宫颈黏液过稠、精子不易穿透，精液和精子量过低及过少，精子活力不足者，均可实施人工授精术。"

这么长的句子，他几乎是滚瓜烂熟地背了出来，然后，颇有些得意地看着这对年轻夫妻。

"您还没有回答我的问题,到底什么叫科学的人工方法?"隋遇面无表情地看着他。

"科学的人工方法就是科学的人工方法——"姚医生显然被隋遇的冷漠激怒了,他慷慨激昂地说:"就是用注射器将你的精液注射到你爱人身体里,明白了吗?"说完,他的目光挑衅地注视着隋遇。

"这个办法行吗?"院小蕾结结巴巴地问,"成……成功率……"

"成功率百分之七十五,"姚医生果断地说,"我们这里已经成功做了两千两百例了。全国的平均成功率是百分之四十六,我们这里比全国平均水平高出近三十点。"

姚医生说着,自豪地指了指墙壁上满满的一圈锦旗。锦旗上面写着诸如"妙手回春"、"送子观音"之类阿谀奉承的话。

"那需要很多钱吗?"院小蕾又问。

"不算多,做一次也就一千多元吧。"姚医生一副胸有成竹的样子,"一般情况下,顶多做两次即可。如果两次不成功,我们就不会继续做下去,因为再做下去也没有太大的意义了。"

"是这样。"院小蕾如释重负地吐了一口气,接着又有些紧张地问:"手术复杂吗?需要多长时间?"

"这不是手术,是技术。"姚医生自以为得意地更换了一个字眼,看来,作为一名经验丰富的医生,他懂得如何举重若轻地化解病人的恐惧和焦虑。

"仅仅是一针而已。"他伸出食指,做了一个扎针的动作。

"难道你不觉着他那个动作带着猥亵的色彩吗?"

出了医院,隋遇问院小蕾。

"我没觉出来，人家只是模仿了一个扎针的动作而已，"院小蕾有些厌恶地回答，"是你想得太多，你满脑子猥亵的念头！"

"我猥亵？"隋遇愤愤地说，"你为什么那么容易相信一个陌生人，而不相信你的丈夫？"

"因为我对你太了解了，你不值得相信。"院小蕾几乎不假思索地回答。

"什么？"隋遇瞪大了眼睛，"你真的这么自信？"

"什么自信？"院小蕾有些迷惑不解。

"你以为你真的那么了解我？"

"当然。"院小蕾斩钉截铁。

隋遇显得有些沮丧，"可是，"他干吐了口唾沫说，"不管怎样，我不会做什么人工授精的手术。"

"为什么？"院小蕾的脚步停下了。

"我觉着恶心，"隋遇说，"我一听到那个词，就想起配种站、种猪什么的。"

"那是你自己不把自己当人看。"

"还有啊，那个医生总让我不放心。"隋遇想了想说，"我给你讲个故事吧，这是一个外国作家写的——"

"外国的故事我不听。"

"你先听我讲，"隋遇有些着急，"这个故事里有一个医生，他用自己的精液冒充患者的精液来使众多患者的妻子受孕，你想想看，多么可怕！"

"是很可怕，"院小蕾点点头说，"你的思想。你怎么变得这样？"她几乎是痛苦而又惋惜地注视着隋遇，"你怎么把人想得这么坏？照你这可怕的逻辑，世界上的一切都不值得相信。"

"我是说完全有这种可能，"隋遇说，"你想啊，他是一个医生，他做什么，我们无法知道。我们是弱势群体，我们怎么能够确定那确实是我的精液，而不是……我们有可能被欺骗，被愚弄，被奸污……"

"行了！"院小蕾愤怒地打断了隋遇的话。

"我真的不明白，你为什么要这样呢？"她痛苦地摇着头，眼睛里闪烁着晶莹的泪花，"你为什么不能像一个正常人，理性地、公正地看待一切？而是非要站在生活的反面？就像看电影，你非要站在银幕背面。我知道你身世特别，可是总的来说老天爷对你还是很公平的呀。你上过大学，有一份不错的工作，有房子，有一心一意和你过日子的妻子……按说你应该知足了，应该心平气和了。可是，你没有，相反却变本加厉，这样做对你有什么好处？如果说有的话，"她用力咬了咬嘴唇，"难道只是为了折磨我、伤害我？在我伤痕累累的心里再撒上一把盐？"

"你说到哪里去了？"隋遇感到心惊肉跳，"是你想得复杂了，小蕾，我只是真诚地表达了自己的一个看法。我并没有说一定不做这个手术，我只是对医院表示怀疑。他们真的这么准确？他们就不会误诊？"

"我也希望是误诊，"院小蕾竭力缓和了一下语气，"你把希望寄托在下次的检验结果上。可是，万一，如果结果还是一样，你怎么说？你还会拒绝手术？"

"不会的。"隋遇有气无力地说。

"你是说什么不会？"院小蕾步步紧逼。

"我是说不会再出现这样的结果的。"

"你这样肯定？"院小蕾说，"要是万一还是这样，你怎么着？"

"我……你说怎么办就怎么办……"隋遇的声音听上去彻底筋疲力尽了。

他俩一个在前，一个在后，默默地走着。长途车站门口，有几个摆摊算命的先生在招徕客人。他们懒洋洋地倚在栅栏墙上，脚底下铺着红布，全都戴着墨镜，不知是不是真的盲人。院小蕾突然在其中的一个摊位前蹲下，前面的隋遇还浑然不晓地继续向前走。

"到家得先睡一觉……"他一回头，这才发现院小蕾没有跟上，于是赶忙退了回来。

"你干什么呢？"

院小蕾看了他一眼，没有回答。她把手伸给算命先生。那是一个长着一张麻脸的中年人，十指修长，还留着尖尖的指甲。

"你干什么？"隋遇突然有些光火，他拽着院小蕾那只伸出的手："走，看什么命！"

"你管我干什么？我爱怎么样就怎么样！"院小蕾大声嚷道。

"月有阴晴圆缺，人有旦夕祸福。有灾避祸，无灾祈福。年轻人，算一算总归没错的。"算命先生摇头晃脑地开口了。

隋遇狠狠地瞪了他一眼，又对院小蕾说："快走啊，车快要开了！"

"我不走！"院小蕾斩钉截铁地说，"我要算算我这辈子到底有没有孩子！"

"你……"隋遇有气无力地说，"信这些玩意儿，真可笑！"

"小伙子，你这话就不对了。"算命先生不爱听了，一把摘下墨镜，露出一双白色的鱼眼："这玩意儿怎么了？"他指着地上红布上的字说："伏羲先天八卦，文王后天八卦，《周易》，你懂吗？全世界都研究！"

"我不懂。"隋遇没好气地说，伸手又去拽院小蕾，终于把她拽了起来。

"你把我胳膊拽下来了，"院小蕾挥手在隋遇背上打了好几拳，"你这个伪君子，为什么不让我算？"

"你为什么要信那玩意儿呢？"坐上公共汽车，隋遇百思不得其解。

"为什么不能信？准着呢！"院小蕾不服气地说。

"准？你怎么知道？"

"我就知道，我又不是没算过！"

隋遇一愣，"什么时候算过？"

"你关心这干什么？"院小蕾冷冷地说。

"我想知道。"

"那我就告诉你，结婚之前我就算过。"

"结婚之前？算过什么？"

"你说算什么？"院小蕾白了他一眼，"哼，那时候我真傻，我妈不同意，我居然跑去街上算了一卦……"

隋遇惊讶地看着院小蕾，这件事情她从来没有跟他说过。

"卦上怎么说？"

"你真的关心吗？"院小蕾叹了一口气，"我那时真傻，不听我妈的话，却去听一个算命的瞎说……"

隋遇突然觉着心头热乎乎的，他本能地转移了话题："这是一首什么歌？"这时，车厢里正回荡着一首节奏欢快热烈的歌曲。

"是《常回家看看》。"

她惊奇地看了看他，奇怪他连这么大众的歌曲都听不出来。

列车穿越黑夜里的原野。透过敞开的车窗，可以嗅见溽热的暑气，夏天特有的烦躁不安的情绪像霍乱迅速地传染给每一个人。男人们光着膀子，女人们扇着裙子，疲倦不堪、东倒西歪的民工像麻袋一样堆积在狭窄的过道里。这是属于穷人的硬座车厢，肮脏、破旧，散发着令人窒息的臭味，吵嚷声、唾骂声、脚步声响成一片，空中挥舞着数不清的手、扇子、衣服、食物，场面壮观得令人晕眩。在这些为了生计奔波忙碌的人们之外，还有一批特殊的旅客，那就是放暑假的学生，浩浩荡荡，塞满了每个大城市的车站。他们和民工流、旅游流一同构成暑运的主要客源，并同民工一起瓜分了硬座车厢的座席（那些有钱旅游的人自然不在此列）。每年七月，总是有一些刚刚毕业的年轻人怀着无所适从的茫然，怀着歇斯底里的狂想和忧伤，去填补车厢里那些昏暗的角落。

五年以前，隋遇和鲁岚就是他们中的两个，不畏炎热，紧紧地拥抱着坐在一起。对隋遇来说，那或许仅仅是一场爱情游戏的最后一幕，而对于鲁岚来说，那是漫长的痛苦的开始。在去往青岛的路上，半夜，车停在一个不知名的站点，隋遇一觉醒来，看见对面也停着一辆列车。看不清车牌，只见灯火辉煌，恰是硬座车厢。他便情不自禁地回想起了五年前列车上发生在他和鲁岚之间的那一幕，那样矫情的爱情故事，几乎每个大学生身上都发生过，没什么大不了的。他突然记起，当时他就是怀着这样的意识，洒脱地同鲁岚挥手告别。她执拗地把他送下车，像一块口香糖紧紧地粘在他身上，火车就要开了，她仍没有上车的意思，一个劲儿地抽抽搭搭地哭。

"哭什么？"他心烦意乱地说，"过几天又见了。"

她似乎没听到，还是一个劲儿哭。这时，列车员站在车厢门口没好气地吆喝道："走不走？不走开车了！"他顺手从流动小贩手里抓了两瓶汽水塞给她，硬把她推上车去。车门关了，她站在玄关处，神色凄然地向他挥手。他也扬了一下手，然后提起行李包，顺着同火车前进方向相反的方向向站口走去。当时，鲁岚为什么那么依依不舍？他不是说好了回家一趟，立刻赶到青岛与她会合吗？难道她并不相信隋遇的许诺？也许，她的泪水不仅仅出于离别带来的感伤，更是源于对爱情前途的迷惘。那么，当初隋遇为什么一定要先回一趟家，而不是直接跟鲁岚一同去青岛呢？隋遇当时给鲁岚的解释是，他家中只有母亲一人，他必须先跟母亲道个别，不然母亲会担心的。现在，他惊讶地发现，这个理由根本就站不住脚。可是，善良的鲁岚就那么轻易地相信了。是否存在这样一种可能——隋遇根本就不想和鲁岚去青岛，或者说，他不想再把这段爱情继续下去，回家只是一个借口而已。这么多年过去了，隋遇已经忘记自己当时真实的想法，也许，他并未忘记，只是不愿意深想。

"事情已经过去这么多年，想那么多又有什么用呢？"

他自我宽慰道。这时，火车重新徐徐启动，继续向着黑夜中更深处前进。隋遇爬上床铺，重新进入睡眠，在睡梦中，他感觉自己正在赶赴那次被延误了五年的约会……

站在一望无际的大海边，隋遇感到了巨大无比的孤独。盛夏的海滨人潮涌动，水中、礁石上、栈桥上……到处都是人，一把把遮阳伞，像盛开的硕大的花朵，从海边一直开到山坡上。隋遇下意识地想，如果鲁岚就在人群中间，他是否能够把她认出来？隋遇已经不能准确地回忆起鲁岚的模样，甚至不能回想起他们无数次做爱经历中她的一声呻吟。五年的时光足以抹去许多记忆，也许就在那些身着艳丽的泳装，健康、自信、快乐的女孩们中间，藏着一个只属于他自己的鲁岚。她不会随着时间的流逝而改变，也不占用现实生活的空间。她招之即来，挥之即去……

如今，鲁岚是隋遇生活中唯一的希望，他想抓住她，像抓住一根稻草。一根稻草是不足以救命的，他当然明白这一点。隋遇奋力向着深海游去，他想自己也许只是想抱着一根稻草溺死。隋遇回头看看，人群、欢笑以及那些依山而建的殖民时代的欧式建筑都荡漾在水面上，远远的，如同幻影。脚下的水越来越凉，一种抽筋的预感突然袭上心头。隋遇赶紧回转身去，向着人流密集的岸边游了回去。人们的笑声越来越清晰、响亮，隋遇突然感觉那是一阵高过一阵的嘲笑，是专门给予他这个胆小鬼的馈赠。羞辱压迫着他的胸腔，使他无法抬起头来。直到一阵猛烈的浪头把他推向沙滩，泛着白色泡沫和金色阳光的浪花呛得他情不自禁地咳嗽起来。

这次从医院回来第二天，隋遇就接到了到青岛参加一个业务培训会议的通知。几乎在一瞬间，隋遇已经打定了主意：要把这个好消息告诉鲁岚。他觉着这简直是上天对他们的恩赐。可是，他一连给鲁岚打了好几遍电话，却总是占线或无应答。隋遇不免有些沮丧。回到家里，他把这个消息告诉了院小蕾。

院小蕾点了点头说："嗯，主任对你不错嘛。"接着，又忧心忡忡起来："多长时间啊？"

"来回得半个月吧。"

"半个月？那我们什么时候去拿化验结果呀？"

"等我回来再说吧。"隋遇情不自禁地皱了一下眉。

"你可早点回来呀。"

隋遇笑了，"我还能一去不回了？"

"谅你也不敢。"院小蕾说完，便着手开始为隋遇收拾行李。碗面、火腿肠、可乐、矿泉水、酱肉、牛肉干、鱼片、花生米、开心果……整整塞了一大包，隋遇叫道："什么乱七八糟的，这么多！你想累死我吗？"

"你在路上吃嘛，让你带着你就带着，走一两天呢，多闷啊。你看，你把袋子都弄烂了，你放下，快放下。"

隋遇只好不再坚持，院小蕾把东西收拾好，又说："把你身上衣服脱下来洗一洗。"

隋遇乖乖地把衣服脱了，院小蕾一把抓起来，塞进了洗衣机里。

"你要什么东西吗？"院小蕾洗衣服的时候，隋遇突然想起了这个问题。

"我什么都不要，"院小蕾说，"你把刷子递给我。"

"什么也不要吗？"

院小蕾想了想说："你看着办吧，我想不出来。"

"你这可太难为我了，"隋遇抓着头皮，"你知道我不会买东西。"

"你买个飞机来吧。"院小蕾咯咯笑了起来。

"我买个火箭呢还买个飞机。"隋遇也被她孩子气的话逗乐了。

可是，到青岛已经两天了，隋遇还没能和鲁岚取得联系。电话不是打不通，就是没人接。隋遇只知道鲁岚是在一家进出口公司上班，但却不知道具体在哪儿。鲁岚没有告诉他她单位的电话，就像他不让她往他的单位打电话一样。这毕竟不是正大光明的事情，渐渐地，鲁岚有些撑不住了：

"我们不能老这样下去，跟做贼似的，我都有犯罪感呢。"

"犯罪？"隋遇觉着她有些言过其实，虽然他也时常感到某种不安。

"我们只是通通电话而已，"他安慰她，更像是安慰自己，"如果这样是犯罪的话，就等于说思想有罪。多数人都会有性幻想，虽然不一定都有一个声音。声音，难道不是幻觉的一部分？"

隋遇时常陷入恍惚之中——那个电话里的声音真的是来自一个叫鲁岚的女人？世界上是否真有这样一个女人？他们之间真的发生过什么？也许，这些只是自己的幻想而已。不然的话，为什么自己千里迢迢地来到她所居住的城市，她倒反而像被蒸发掉了，没有一丝存在的痕迹。

"那个叫鲁岚的女孩早就死了，在你背叛她的时候。"

第四天下午，鲁岚总算接听了电话。

"我没有背叛你。"他辩解道。

"没有？你拒绝和我在一起就是背叛。"

"不是的，我有我的苦衷，"他说，"是你背叛了我。我没有和你在一起是我的不对，可是，我们可以从长计议啊。而你，根本没有给我机会，你几乎是迫不及待地投入了别人的怀抱。"

"我迫不及待地……我很贱，是吗？"

"我不是那个意思。"

"你想过我的处境吗？你知道一个女孩孤零零地待在这座陌生的城市里是什么滋味？"

"我知道，可是这也不能成为你背叛的理由。"

"我背叛？是我背叛！'背叛'这个词至少意味着我曾经真心地爱过你，可你呢？你真的爱过我吗？"

"你怎么这么想呢？我当然真心地爱过你。"

"是吗？"

"难道不是吗？"

"当然不是，你记得吗？当我们第一次做爱的时候，你甚至呼喊着别的女孩的名字。"

"什么？没有啊，你的记忆有问题吧？"

"怎么，记不起来了？可我记得清清楚楚，我永远都忘不了。当我把贞操献给我心爱的男人的时候，他却在呼喊别人的名字。这么多年了，尽管我从来没有说起过，可我一直记得，一想起那一幕，我就难受得要死。"

"鲁岚，你不要这样激动。你一定记错了，或者你听错了……"

"我没有！你一边抚摸我、亲吻我，一边却在动情地呼喊着'燕子'、'燕子……'这么多年过去了，你告诉我，燕子是谁？"

"燕子？燕子……"

隋遇拿着电话，目瞪口呆地站在那里。他冥思苦想，终于记起来了。那是他在《读者》上偶然看到的一则故事里的人物，一个卑微的怀春少女。故事的具体内容他早就忘记了，那只是一个平常的带着几分矫情的青春故事。可是，故事中一个小小的情节触动了隋遇：在学校里放映的电影中间，莫名其妙地出现了一段三级片的镜头。在众人的尴尬与不安中，一个叫燕子的女孩突然不能自控地哭出声来。难道她从银幕上看到了自己？这个女孩一定和她的男友做过了什么，而他的男友却无情地弃她而去。这个虚构的人物的遭遇打动了隋遇，以至于他在和鲁岚做爱的时候，鬼使神差地喊出了现实中并不存在的她的名字。他恍惚记得，那天夜里，在硬邦邦的课桌上，在混合着甜蜜和悲伤的战栗过后，她曾经问过他：

"谁是燕子？"

当时，出于某种难以捉摸的心理，或许只是想和她开个玩笑，他诡黠地冲她笑笑，什么也没说。那是她唯一一次问起，也是他唯一一次向她说起"燕子"。如今，当她再次提起，他不由得惊呆了。难道，这样一个虚构的人物竟然造成了他俩之间的互相猜疑、背叛，失之交臂？隋遇太不敢相信了。如果鲁岚说的是真的，那么她就在无形中承担了那个名叫"燕子"的女孩的命运。在震愕中，隋遇并不想向鲁岚解释那个"燕子"的真实情况。他知道，即使自己讲了，鲁岚也不会相信。即使她相信了，也无法挽回这些年来的阴差阳错。隋遇想起了院小蕾的话——"在我伤痕累累的心里再撒上一把盐……"

"好了，过去的就让它过去吧，无论发生过什么，重要的是活生生的现在，"隋遇痛苦地说，"为什么我们总要争吵，而不是相互温暖呢？"

"是你不对！"鲁岚依然不依不饶。

"好，是我不对，对不起，"他舔着干裂的嘴唇说，"我想见你。"

"现在？"她在电话那边犹豫了。

"难道你不想？"

"不……有必要吗？"

"什么？"隋遇不敢相信自己的耳朵，"难道你不想？我们已经五年没有见面了……"

"五年……"

"是呀，五年啊。"隋遇想，人生中有多少个五年呢？

"我是怕……虽然，我也想……"

"你怕什么呢？"

"怕见你，"她幽幽地说，"怕你认不出我，我老了……"

隋遇不由得笑了，"有多老？满脸皱纹？"

"反正……我怕……真的,这么多年过去了,发生了好多事情,我们可能都不像从前一样了……也许,不见更好……"她依然犹豫不决。

这番谈话进行得相当地艰难,但隋遇最终还是说服了她。他们约定明天傍晚六点在鲁迅公园门口见面,那里离隋遇住的宾馆不远。放下电话,隋遇情不自禁地叹了一口气——太不容易了。为了这次见面,隋遇早已提前做好了准备。到青岛的第二天,他就特意去买了一件崭新的红色T恤和一条泛白的蓝色牛仔裤,这是他大学时代最喜欢的打扮,也是鲁岚最熟悉的打扮。他想,鲁岚一定会喜欢的。试裤子的时候,隋遇惊讶地发现自己比以前胖了许多。他熟悉的24码连拉链也拉不上去了,最后不得不选择了一条27码的。在试衣镜前,他感到惆怅起来。不知道鲁岚什么样子了,是胖了还是瘦了?还是不是那个清纯、羞涩的女孩?

在鲁迅公园门口,隋遇焦急地等待着鲁岚的到来。每看到一个单独经过的女孩,隋遇都会情不自禁地心跳起来。有一个穿着蓝色裙子的高个女孩袅袅婷婷地走来了,而且边走边四下张望。隋遇竟然失声叫了出来:"鲁岚,鲁岚!"那个女孩回过头来,怔怔地看了看隋遇。认错了,隋遇连忙说:"对不起。"女孩不满地嘟囔了句什么,向前继续走去。那个女孩顶多有二十岁,尽管身材和长相都与鲁岚有几分相似,可毕竟要年轻一些。虽然隋遇不知道鲁岚现在是什么模样,但绝不会永远停留在二十岁。刚才经过的那个女孩,只是他记忆中的鲁岚。隋遇看了看表,已经是六点十五分了。他突然觉着,鲁岚很可能不来了。她不想见他,她已经说过。她是否在电话里答应了他?也许,她说的是另外一个地方,自己听错了……隋遇一阵胡思乱想。

隋遇一动不动地站着。不远处,太阳一点一点地向着大海沉没,晚霞把天空染得通红。白天将越来越短,而黑夜将越来越长。空气中的盐分很大,裸露的皮肤禁不住发痒和变白。隋遇用左手去挠右手的手腕,又用右手去挠左手的手腕,动作由缓慢逐渐变得急促。不知过了多久,他忽然听见有人在喊他：

"隋遇、隋遇……"

隋遇的心猛地狂跳起来，他抬起头，看见马路对面站着一个年轻女人，正微笑着向自己挥手。那个女人头上戴着一顶白色的凉帽，鼻子上架着紫色的太阳眼镜，穿着一件蓝色的吊带裙，小腹明显地凸起。隋遇先是一愣，他以为那女人认错了人。可是，他又听见她喊：

"隋遇，你看什么呢？"

这声音听着是那样耳熟，带着往事特有的气息，这声音裹挟着溽热的空气滚滚袭来，撞击着隋遇僵硬、麻木的大脑。对面那个年轻女人的面孔突然像一面潮湿的镜子模糊了，街道如大海一样汹涌澎湃，隋遇即使向前迈动哪怕一步也变得无比艰难……

21

隋遇一动不动地站在阳台上，眺望西天的落日。

十分钟前，母亲打来电话。

"他死了……"她说。她本来不想哭的，但是最终还是忍不住了。

他心里猛地一惊："怎么回事？"

"……窗户……摔倒……呜呜……"

母亲说着说着，电话突然断了。

"喂……喂……"

隋遇急切地问，随即又把电话拨过去，那边传来的却是忙音。隋遇仿佛看见电话在母亲的手中无力地滑落下去，她的人也瘫倒在地。

隋遇的脑海里一片空白。他知道自己应该立刻赶回家，赶到母亲身边，可是，不知怎么，他连动也没动。过了几分钟，他终于动了，但只是从客厅来到阳台上。阳台上摆着许多花，长得繁盛，开得绚烂。这些花都是院小蕾养的，有几盆隋遇都叫不上名字。看到这些花，隋遇就想起院小蕾。院小蕾拎着一盏喷壶，一脸幸福地在阳台上忙碌。当晶莹的水瀑溅落在那些生机盎然的花叶上，她的皮肤也变得红润、灿烂。

"我想生个女孩，我会给她穿上最漂亮的裙子，把她打扮得花枝招展。"阳光在她脸上不停地跳动。

"我要是生个女孩，谁也不能不高兴。包括你，包括那个老妖婆。谁要是不高兴，我就一辈子不理她，不信等着瞧吧！"她抿着嘴唇，得意扬扬地发狠。

有几次，隋遇坐在电脑前写作。院小蕾系着围裙，一丝不苟地洗衣服或拖地。无论做什么家务，她总喜欢系上围裙。她觉着只有这样，才像个家庭主妇的样子。她故意把墩布用力在桌子下面拖来拖去，同时嗔骂道：

"抬起你的蹄子来！"

有时候，她会边晾衣服，边唱起歌来：

　　三轮车，跑得快
　　上面坐着个老太太
　　要五毛，给一块
　　你说奇怪不奇怪
　　你说奇怪不奇怪……

小区内有一座幼儿园，每天早晨八点三十分，那里就会准时响起歌声。那是小朋友们做游戏的时间，欢快的儿歌飘过寂静的街道，传到他们的耳朵里。有多少个清晨，刚刚睡着的隋遇被这儿歌唤醒，痛苦地用被子捂住自己的耳朵。可是久而久之，院小蕾居然也学会了唱。

"我们要是有个孩子，上幼儿园多方便！"

她半是得意,半是遗憾。通常,她还会就接送孩子的问题一本正经地和隋遇讨论一番:"一三五你接送,二四六是我的。哦,对了,星期六休息,我占一天的便宜,呵呵!"

院小蕾唱得兴高采烈,隋遇却无法工作下去了。他的心里弥漫着无法言述的忧伤,他的眼睛里滚动着沙砾般的泪珠。他觉着这样纯洁的歌声简直是对自己的刑罚,他羞愧难当,无地自容,手指在电脑上敲出一连串乱码。

隋遇给院小蕾留了一张纸条,出了门。纸条上写的是:我回家了,晚饭你自己吃吧。

一进门,隋遇立刻长出了一口气。母亲并没有晕倒,也许是刚刚爬起来,只是他没有看到。母亲无力地坐在沙发上,身子几乎下滑到了地上,她歪着头,眼睛半睁半闭,脸上泪痕未干。

"妈。"隋遇怯生生地叫道,心怦怦直跳。

母亲痛苦地摇了摇头。

隋遇在母亲的旁边坐下,"妈,您喝水吗?"

母亲再次摇了摇头。可是,隋遇还是倒了满满一杯水。这个动作只是为了缓解尴尬,为了填补因无事可做而产生的空白。

隋遇默默地陪着母亲坐了半天。然后,他起身去了厨房。二十八岁了,隋遇似乎还是第一次烧饭给母亲吃。他炒了一道莴笋和一道红烧茄子,尽管他小心翼翼,但还是把葱花炝糊了。烟火呛得他直咳嗽。最后,他又煮了半斤面条,然后,把母亲喊来吃饭。母亲宛如一尊木雕,手捧着碗,机械地拨着筷子,嘴唇不停地蠕动着,却什么也吃不进嘴里,眼泪无声地滑落到碗中。她那样消瘦,肩膀塌陷着。隋遇别过头去,目光却鬼使神差地落在了房子正面的八仙桌旁。那把古色古香的梨木椅子空着,椅子上方吊着一盏昏暗的电灯,椅子的阴影投射到隋遇的脚下,隋遇下意识地把脚挪开。恍惚间,隋遇看见他就坐在那把椅子上,用狭长的发黄的手指，夹着一根雪白的香烟。淡淡的蓝色的烟雾，散发着类似迷迭香的气味。多少次，母亲和隋遇请他坐到餐桌旁，和他们母子一起吃饭。他总是不肯，而是微笑着注视着他们。现在，隋遇突然想，他也许一直在等待一个名正言顺的时机，他渴望和他们在一起。可是，再也没有这样的机会了。

22

就在隋遇和院小蕾为了生育奔波求医的同时，他在小城人民医院里动了癌灶切除手术。早在半年前，他就觉着胃部疼痛。他有慢性胃炎的老毛病，因此就没把这当成回事。等到疼得实在撑不下去了，到医院一查癌已发展到了中期，胃黏膜附近淋巴结已被侵及。

手术进行得很顺利，但不等于说能够彻底根除。为巩固手术效果，他又接受了一个星期的化疗。这只是一个疗程，目的在于控制癌细胞的复发和扩散，而要想使病情得以巩固，至少得做四个疗程。他感觉刚刚结束的这一个星期简直就是在地狱里度过的。每天将近二百毫升的药水注入他的体内，这些药物的毒副作用极大。主治医生是一位德高望重的老医生，也是他的一位老朋友，意味深长地对他说了四个字："癌退人亡。"

他明白这四个字的意思，他已经深深领教到了这些药的厉害。一个星期的时间，他的体重整整下降了五公斤；头发大把大把地脱落，露出猩红色的、婴儿般的头皮；浑身没有一点力气，翻一个身，抬一下胳膊都很困难；看见食物就条件反射般地呕吐，只能靠葡萄糖水和少量的汁状食物维持着生存。最令他痛苦的是，大小便失禁。他是一个爱清洁的人，即使老了也不例外。衣服从来都整整齐齐干干净净，连一丝土都不沾。每星期洗一个澡，两天换一次内衣。可是现在，身体经常浸泡在屎和尿中，真让他既感羞愧又觉悲凉。

　　两个当领导的儿子工作都很忙，没有时间靠上，儿媳妇又多有不便，孙子们又太小。俩儿子商量了一番，各自从自己的部下中挑选了一名年轻利落的兵，代替自己充当父亲的勤务员，轮流值勤。他对自己两个儿子的此举感到有些震惊和恼火，但无力发泄。很快，他又原谅了他们，理解了他们。这两个年轻人轮流值勤，认真负责，从他俩身上，他真的看到了两个儿子的影子。妈妈的，没骨气的东西！他暗自唾骂这两个小青年。他鄙夷地想，如果是自己家的老人，这俩家伙恐怕没这份耐心。他们这样忠心耿耿，无非是在竭力讨好自己的上司，以谋求所谓的锦绣前程。他对他们充满了蔑视和不屑，因此根本就不想配合，让他们轻易得逞。他故意大发雷霆，把他们递过来的药片或削好的水果打翻在地，他指使他们做这做那，使他们不等坐下又站起来。他们不知所措、神情沮丧，眼睛里偶尔也浮现出委屈与怨愤的泪光。看到他们痛苦，他却感到无比的高兴。活该！这些小人！年纪轻轻，就不老实做人！他在心里诅咒。他们实在熬不住了，也会不顾一切地歪倒在他床边沉沉睡去。听着他们的鼾声，他又情不自禁地自责起来。他问自己，自己的做法是不是太残忍了？他们毕竟也是普通人家的孩子，想混个出人头地也着实不容易。如果要恨，应该恨自己的儿子，向人家发泄算哪儿门子事？他们还那么年轻，和隋遇年龄相仿。

　　一想到隋遇，他就不由得感到阵阵辛酸。他一直期待着能见见隋遇，因为他是他最爱的孩子。他觉着妻子生的那两个孩子没一点和自己相像，倒是隋遇，举手投足间都能依稀见出自己年轻时的模样。正因如此，他才对隋遇格外地担心。他担心隋遇不能适应这个社会，担心他太理想，太浪漫……他想找个机会好好跟隋遇谈谈，想让他明白这个世界上有太多的凶险和差强人意之处。虽然他们之间几乎没有任何交流，但他能感觉到隋遇是爱他的，他一定会听他的。可是，隋遇却一直都没有露面。

他一定很忙，他自我安慰道。但"忙"这个理由是站不住脚的，他明明知道，于是，他的思想便不由得滑到了自己不愿去想的地方——他不想见我，他不承认我这个父亲。这也不能怪他，他也不容易，一个私生子，名不正言不顺的，他希望我死，好把这耻辱的一页掀过去……他禁不住胡思乱想，心口感到阵阵绞痛。

这一天早晨，太阳很好。他一觉醒来，感觉身体出奇地舒畅。"勤务员"打来了一份稀饭，自己居然全喝了下去。喜得那小伙子不得了，他自己也感到惊喜。今天一定有什么事情发生，他心里突然钻出一种预感。这样一想，心情就无法平静了。护士查完房刚走，门就开了。他眼前顿时一亮，但随即又黯淡了许多。来的不是隋遇，而是她。

"你，你怎么来了？"

"你不告诉我，我就不知道吗？"她阴沉着脸，"我还以为你死了呢。"

他笑了，心里很温暖。她手里拎着许多东西，"勤务员"接过去放到桌子上。

"你买这么多东西干什么？我这里什么都有。"

"你有是你的，我买是我的。"

她的声音已经软弱了许多。她走到床头，仔细端详着他，他也微笑着看着她。她的脸上呈现出无限凄然，他赶紧对"勤务员"说："小李，你先出去吧。"

小李疑惑地看看他，又看看她，默不作声地退了出去。

小李刚出去，她就果不其然地扑到他身上哭了起来，"你怎么这样了……呜……"

他伸手轻轻拍打着她的头，笑笑，"我不挺好吗？"

她哭了半天，才稍微平静下来。从头上拿过他的手，小心翼翼地抚摸上面肿起的血管，整只手枯瘦、乌黑，如同一段树根。

"怎么会这样？怎么会？"

"整天拿针攮，跟纳鞋底似的。"

他的话几乎把她逗乐了，但立刻就转喜为怒，"活该，怎么不把你嘴巴给缝起来？"

他突然感觉一种抑制不住的冲动，探出手想去触摸她的胸部。她吓了一跳，慌忙躲闪："你干什么呀？"脸上像少女般绯红。

"你说呢？"他吃力地嘿嘿笑笑。

"没正经的老东西！"

"就算没正经吧，反正没两天活头了。"他调皮地眨了眨眼睛，"你过来。"

"又想干什么？"

"让我亲亲你——"他的眼睛里饱含着期待。

"还是我亲你吧！"她想了想说。

于是，她俯下身，去吻那张枯萎的有些变形的脸。他的皮肤粗糙，坑洼不平，长满了细密的胡子茬。她舔到上面的时候，发出细微的沙沙响，就像锄草机一圈一圈地芟刈着青草。他的眼睛大大地圆睁，眼球是蔚蓝色的，使他看上去活像是一匹老马。他的泪水是苦咸苦咸的，他的唇是冰冷的，在药物和疾病共同作用下，口腔里散发着古怪的恶臭，令她直想呕吐。可是，她吻了，毫不含糊。她用力吸吮他那僵硬的舌头，仿佛吸吮他的生命之根，疼得他喉头滚动，发出串串呻吟。直到意识到他有窒息的危险，她才把舌头拔出来。他不知道什么时候已经把她上衣的纽扣解开了。和当地多数老年妇女一样，她没有戴胸罩，也没有穿胸衣。两只乳房像两只干瘪的水袋耷拉着，黑色的乳头仿佛陈年的莲蓬子。可是，她的皮肤居然奇迹般地保持着青春时代的白皙，提醒着他永远不要忘记曾经发生的一切。他喘息着，抚摸着她，近似贪婪地舔着嘴唇，她便心领神会地把它们凑上去。他像年轻时一样吻着它们，孟浪、慌张、饥不择食、毫无章法，只是它们再也无法挺拔。他突然闻到阵阵浓烈的槐花的香气，是五月下旬，槐花衰败时发出的最后的绝望的馥郁的残忍的香气。二十多年前，他们曾经无数次在河边幽会，那里有一片偌大的槐树林。那条大河在他们身边平静地流淌着，见证了他们辛苦异常的爱情。衣服的窸窣声与槐花的摇铃声混合在一起，空气中簸扬着尘土般的花絮，河上弥漫着浅蓝色的薄雾。多少美好的日子都一去不回！世事一场大梦，人生几度秋凉。他的泪水滂沱而下，沿着宽阔的土地恣肆流淌……

　　半个月后，他出院回到家中，正是泡桐花开烂漫的时节。那天夜里风雨交加，早晨泡桐花摇落了一地。在这座小城里，最常见的有两种树。一种是槐树，一种是泡桐。槐树是那种刺槐，每年四五月间开花，白如雪花，而且散发着馥郁、甘洌的香气。深吸一口，醉人心脾。而到了夏末初秋，雨水多起来了，喇叭状的泡桐花开了，把整条街道、整座小城都染成了紫色。槐花盛开或泡桐花开的季节，小城都会变得陌生起来，如同一座梦中之城。那是两个截然不同的梦，一个是宁静的雪的世界，一个是疯狂的神秘的王国。那天半夜里，窗子突然被风刮开了，寒风裹着泡桐花瓣，打在他身上。他被冻醒了，摸索着下了地，急急忙忙地去关窗子，却一不小心被椅子绊倒了，椅子腿重重地戳在腹部，他尝试着爬起来，却没能做到。他转念一想，自己不一直在等待着这一天吗？于是，脸上绽放出了安详的笑容。

　　他去世的消息很快传遍了小城。在这座小城里，任何事情想不为人知都是很难的。何况说，他又是一个不大不小的名人。

　　为了悼念他，晚春京剧社特地排演了一台节目，其中包括他最心爱的《洛神》，在文化馆前面的街心广场上演出。那天晚上下着淅淅沥沥的小雨，到场的观众寥寥无几，但演出照常进行。由于没有年轻女演员，宓妃一角只能由一位较瘦弱的老人扮演。老人穿上白缎绣花帔，胸前饰以五彩亮珠璎珞，手持白色云帚，单这打扮便显得滑稽，再以沙哑而老气横秋的男声模仿那清越女声——

　　……雍丘王他那里目不转瞬，
　　心震荡无语何以为情……

观众们无不捧腹。凄凉的唱腔随风飘至不远处隋遇住的楼上，一只手轻轻把窗子关上。

23

"后天，是他下葬的日子。"母亲突然放下饭碗，喃喃地说。

隋遇没有吱声。

"你去不去？"母亲又说。

隋遇心头打了一个激灵，"什么？不去！"他拼命摇头。

"怎么，你不想去？"母亲显得十分吃惊。

"不去！"他也感到很意外，母亲怎么会提这样的问题。他觉着自己的回答理所当然。

"你怎么能不去呢？"

"我为什么要去呢？"

"你知道他和你什么关系吗？他是你的生身父亲啊！"二十八年了，母亲终于亲口说了出来。

隋遇心里一阵狂跳，"我……知道，所以……我不去。"

"什么话？"

"我不去，永远不会去！"他的声音陡然提高了。

"永远？葬礼只有一次。"

"我知道只有一次,所以我也不去。"

"什么话?你必须去!"

"妈!"

"不要叫我,你这个无情无义的东西。"

"不要骂我,你应该理解我。"

"我理解你?我当然理解你,知道他死了,你连一滴眼泪都没有掉!"

"我为什么要掉眼泪?"

"为什么?哼,草木之人!"

"我不和你说了,我很难过。"

"你也会难过?"母亲瞪大眼睛看着他,"你以为不说话就没事了?你太让人失望太让人伤心了,你的心是石头长的吗?他病得那么厉害,你也不去看他,一次也不去!你知道他是多么盼着能见你一面,如果你去一趟,不管是假意真心,他也许就不会死了。说你杀了他也不过分!你不知道,他是多么地爱你,比我爱你更深。每当我说你的不是,他总是护着你。他把你宠坏了,他自作自受。他现在恐怕也知道后悔了,后悔也没有用……唉,早知今日,何必当初呢,所有的一切都是竹篮打水!"

是啊,竹篮打水一场空……隋遇在心里喟叹道:真的是这样……

24

第二次的化验结果令隋遇大吃一惊。

"这次精子的总数和密度倒是够了,总共179.12M,每毫升25.82M,可是精子的活率——a+b+c级只有46.67%,还不如上次,液化时间仍然在60分钟以上。"姚医生指着电脑屏幕,面无表情地看着隋遇:"这样的话,生育仍然很成问题。"

"这怎么可能？"隋遇脱口而出。

"你说什么？"姚医生显然有些不高兴。

隋遇意识到了自己的失态，连忙说："我的意思是……这准确吗？"

"百分之百的准确，"姚医生斩钉截铁地说，"我们这里引进的是全套进口设备，国际先进水平。"

"我是说，"隋遇支吾道，"需要检测几次为准？"

"一般来说，两三次的平均结果就可以了。"姚医生很认真地说，"不过，像你这种情况，液化时间这么长，再做恐怕也还是这样。"

"那，那怎么办？"院小蕾又插话了。

"怎么办？"姚医生瞥了一眼院小蕾，"我上次已经说过了，最好的办法就是——"

"人工授精？"隋遇说出这四个字，立刻便感到一阵厌恶。

"对，人工授精。"姚医生赞许地看了看隋遇。

"什么时候可以做？"院小蕾问。

"当然是在排卵期了。"姚医生被院小蕾的问话逗乐了。

院小蕾的脸红了，她稍稍稳定了一下情绪，又问："大夫，手术需要多长时间？"

"很快，"姚医生很干脆地回答，"一支烟的工夫。"

"成功率……"

"我已经说过了，"姚医生不满地说，"成功率百分之七十五，我们这里已经成功做了两千两百例了。全国的平均成功率是百分之四十六，我们这里比全国平均水平高出近三十点。"说着，他再次指了指墙壁上的那一圈锦旗。

"是这样……"院小蕾尴尬地笑笑。

"还有别的办法吗？"隋遇问。

"别的办法？"姚医生吃了一惊，显然他已不自觉地把隋遇忽略了。

"我是说,除了人工授精就没有其他办法了?"

"这个吗,不好说,"姚医生认真地摇了摇头,"至少到目前为止,还没有特别有效的药物。要知道,这也是医学上的一大顽症。"

"吃药什么的……别的办法……只要不那个……"隋遇一副不甘心的样子,院小蕾在他身后生气地拽了拽他的衣角。

"这个,"姚医生沉吟了片刻,"有是有,但不一定管用。"

"您说说。"

"这样吧,我给您开一个简单的西医疗法,再开一副中成药吃吃,看看怎么样吧。"姚医生一脸不抱任何希望的样子。

"您请——"

"隋遇!"院小蕾很不满地瞪了他一眼。

他惶惶地笑笑,"先试一试,先试一试。"

姚医生笔走龙蛇地开出一张方子,扔给隋遇。隋遇接过来,只见上面龙飞凤舞地写着:

　　鹿胎丸 200g

　　VitE 100g

　　α− 糜蛋白酶 5g

　　斯利安叶酸 0.42g

　　生理盐水 100ml

　　20ml 注射器 10 支

"这怎么用?"隋遇问。

"鹿胎丸和维生素 E 是你吃的,糜蛋白酶加斯利安叶酸用生理盐水稀释,注射用。"

"注射?"

"对，"医生解释道，"就是做爱之前半个小时，用注射器将这些药水注射进你爱人的阴道里。记住，注射器要拔下针头，否则的话，会很危险的。"医生的脸上露出一抹不易被察觉的微笑。

两口子目瞪口呆地听着医生的讲解，半天才回过神来，"要……多长时间？"

"多长时间？你先把这些药用完再说吧，我说过的，效果不一定很明显，因为你的病症毕竟很严重。"姚医生迟疑了一下，"最好还是人工授精。"

他把"人工授精"四个字说得很重，也许他只是想强调一下而已，可是，在隋遇听来，分明带着不怀好意的味道。他不由得皱起眉头，脸也红了。

"既然……那还要这些药做什么？"院小蕾嗫嚅着。

"既然徒劳无用……"隋遇想，院小蕾肯定是想这样说的。

"不能这样说，"姚大夫顿时严肃起来了，"只要是药，肯定是有用的，否则的话，我也不会开。我之所以把药效忠实地告诉你们，是出于我的医德。不至于让你们希望越大，失望越大。我已经指出，最好是做人工授精术。可是，您的先生不肯。患者有自由选择的权利，我尊重你们的权利，才又提出了用药这第二条路。这条路走通了，自然更好；如果走不通，你们还可以回到第一条路上来。办法总比困难多，条条大路通罗马。我随时准备为你们服务，能够圆患者的求子之梦，是我最欣慰的事。"

这个医生的语言表达能力真的很不错，隋遇情不自禁地赞叹道，同时觉着他更加可疑。

25

　　站在落叶飘零的大街上,隋遇才意识到秋天已经来到了。虽然人们还都穿着艳丽、单薄的夏装,可是秋天确实已经来了。人们总是想挽留住夏天,就像用各种化妆品、养颜术来挽留青春,用微笑、赞美和身体的抚慰来挽留爱情。这些都是自欺欺人、无济于事。想到这里,隋遇的肩膀不由得一颤,仿佛着了凉。

　　隋遇站在一家药品商店门口。五分钟前,院小蕾进了那家药店。为了能够省几个钱,院小蕾建议不要在医院里拿药,而在外面的药店里买。隋遇突然发现院小蕾有这种精打细算过日子的本事,说她是那种贤妻良母类型的女人应该没错。他几乎要感动了。院小蕾让他一起进去,他拒绝了。如果不是这样,他还不会意识到秋天已经来临了。

　　院小蕾终于从药店里出来了,手里拎着一只塑料袋,里面是一些长方形的药盒。

　　"今天是白露。"她说。

　　"你怎么知道?"

　　"药店里的日历上写着呢,好大的一本日历。"院小蕾说着,挽起他的胳膊:"我们现在去哪儿?"

　　"当然是回家了。"隋遇说。

　　"你好像有些不高兴?"院小蕾认真地看了看隋遇。

　　"没有。"

　　"真的没有?"

　　"真的没有。"隋遇从院小蕾手里接过袋子,漫不经心地把那些药掏出看,"呵,这药居然是治妇科的,你看呀——"

　　"瞎扯!"

"不信你看呀，这里写着呢——主治妇女子宫虚冷、崩漏、带下，我一个大男人家吃这个干什么？这不成心拿我们开涮吗？"

院小蕾把那盒鹿胎丸夺过来，仔细又看了一遍，也有些疑惑："可不，怎么给你开这药呢？我吃还差不多！"

"那就给你吃吧，我们是不是听错了？兴许就是开给你的！"

"不可能，"院小蕾摇摇头说，"我听得真呢，让你吃你就吃吧！医生说的还有错？"

"你怎么这么迷信呢？"隋遇皱着眉说，"医生也是人呀，再说庸医多着呢！"

"让你吃你吃就行了，怎么这么多毛病？"院小蕾有些不耐烦，"这上面全都是名贵药材，只有好处没有害处！"

"好吧，我就当一回女人。"隋遇垂头丧气地问，"现在我们往哪里去？"。

"是啊，我们往哪儿去？"院小蕾轻叹道，"为什么和你在一起，总是有走投无路的感觉呢？"

"走投无路……"

活到了二十八岁零两个月零十四天，隋遇第一次意识到：自己这一辈子都不可能有孩子了。阳光明媚，清风荡漾，这个念头突然闯进了隋遇的脑海，他毫无思想准备，不由得心里一颤，慌忙看看周围，车水马龙的街道，匆匆赶路的行人，对面那幢装有巨大的蓝色玻璃天幕的写字楼……隋遇知道生活还在照常继续，自己完全没有必要为刚才那个一闪而逝的念头恐惧，脸上重又浮现出麻木的微笑。

"现在你还有什么话说？"院小蕾的声音含着幽愤，但也不排除难过的成分。

隋遇笑笑，没有做声。

"我早就看出你心里有鬼，怎么样，终于看出病来了吧？从此以后，我可不用再自怨自艾，问题不在我身上！回去后，先把这个消息告诉你妈，让她心里有个数。如果以后还像对待犯人似的对我，我可不依！"院小蕾一口气说了这么多，胸脯急剧起伏着。

"好的。"

"回去之后先吃药，"院小蕾说，"管它管用还是不管用。"

"好的。"

"别光'好的好的'的，吃了药不行，还得来人工授精！"

院小蕾说得那样大义凛然，该重读的词组也重读了，她的发音与医生的发音十分相似，令隋遇不由得大吃一惊。

"你不要装出一副可怜样，一切医生说了算，我可怜你，谁可怜我呀？真是的！"院小蕾居高临下。

"好，好，"隋遇苦笑着，"我总觉着那个医生不是什么好东西……"

"闭嘴！"院小蕾简直怒不可遏，"是你心理太阴暗，才看谁都不像好人。在你心中，世界上除了你之外，再没有一个值得相信的人……"

"我不这样认为。"隋遇插嘴道。

"怎么不是？只有自己有病的人，才会看着别人有病。你不但身体有病，你的心理也不健康。像你这样的人，根本没资格做父亲。这是上天对你的惩罚，你居然还执迷不悟！"

"你误会了，"隋遇自顾自地说，"我并不相信我自己。"

"你有病！"院小蕾啐道。

"我知道，我是一个病人，还是一个有罪之人。"隋遇语速十分缓慢，好像在认真思考的样子，"既然这样，为什么还要费尽千方百计地想要生一个孩子呢？"

"滚吧，你这个混账东西！"院小蕾愤怒地甩着双臂，既而泪水呼啸而出，"我怎么会嫁给你呢？我真是瞎了眼睛啊！"

"那为什么不离婚呢？"隋遇终于说了出来。

"离婚？你想得美！"院小蕾恨恨地说，"我不会那么便宜你的，既然你不想让我痛快，我也不会让你好过。你怎么折磨我，我就怎么折磨你，我要折磨得你奄奄一息，我要和你同归于尽。"

院小蕾的话使隋遇倒吸了一口凉气，"你说得太夸张了，我们之间没有这样的深仇大恨，不是吗？"

"有！"院小蕾斩钉截铁道。

"你说有就有吧，"隋遇有气无力地说，"凡是你说的都是对的，凡是你说的我都得照着做，你是真理的化身，你代表最广大人民的利益，行了吧？"

"不行！"院小蕾怒气未消，"你以为你很幽默吗？我讨厌你这所谓的幽默，像讨厌你本人，诗人没一个好东西！"

风马牛不相及的话，院小蕾却将它们浑然一体地拧在了一起。隋遇不禁惊诧于院小蕾这种从形而下的生活中直接提出形而上意义的能力，他哭笑不得地看着她："你真伟大，怎么能这么说呢？我算什么诗人？我从来不是诗人，我是病人，生不出孩子的病人。"

虽然隋遇表面上说笑风声，可他心里却平添了一抹挥之不去的沉重。他从来没有想过，自己居然是一个不育症患者。换句更直接的话，就是一个没有生育能力的男人。要想得到一个孩子，必须通过医生和冰冷的注射器。生育是私人的事情，而人工授精将它公众化。隋遇一直认为，生育是两情相悦的自然结果。只要两个人相爱，孩子就是顺理成章、水到渠成的事。以前，他固执地以为那些所谓的不育不孕症患者都是因为相爱不深，现在，轮到自己头上，他才认识到人类确实真的存在这样一种疾病。想到这里，隋遇的嘴角情不自禁地泛起一缕苦笑。他觉着，上帝跟自己开的这个玩笑有些过头了。

车就要出市区时，隋遇突然看见了戈德，他背着一个红色的旅行包，从一辆出租车里出来，急急忙忙地穿过马路，风吹动他的长发，一副风尘仆仆的样子。隋遇往对面看去，对面是一家西餐厅。他是去那里吗？隋遇敲着窗子，想引起他的注意，可是这显然是徒劳的。

"你干什么？"院小蕾有些疲倦地问。

"瞧，戈德。"

"哪儿呢？"

"那——"隋遇伸手去指，戈德的身影已经被车挡住了。

好长时间没联系了，也不知道他最近怎么样。隋遇下意识地想。

"你自己顾好自己就行了。"院小蕾仿佛猜中了他的心事，要不怎么会这么说呢？

26

隋遇抽动注射器针管，感觉就像是在手淫，这个动作令他情不自禁地作呕。倒是院小蕾沉着冷静得多，她几乎是熟练地用剪刀把盛有糜蛋白酶白色粉末和斯利安叶酸的药瓶盖子打开，又按比例将生理盐水倒入其中，将其稀释，然后从隋遇手里拿过注射器，把药水抽进去，直到抽满。最后，她拔下针头，把注射器还给隋遇：

"来吧！"

她飞快地在床上躺下，脱下自己的内裤。她的大腿粗壮有力，阴阜高耸，阴毛茂盛、浓密。面对这样一具肉体，隋遇不知怎么一点情欲都没有。他颤抖着手，举着那只注射器，像举着自己的阳具，像举着一杆标枪，像举着手臂向生活投降，慢慢地，慢慢地向那里靠近。当注射器就要凑到它的时候，她突然喊了起来：

"等等！等等！"

他一愣，下意识地将手里的武器收回。她猛地坐了起来，神色大变，"我很紧张，"她痛苦地抱住自己的头，"我害怕！怎么办？"

"害怕？"

"我看见它一点一点地逼过来，我甚至感觉到了它是那样冰冷，像冬天里的铁，我受不了，我真的受不了！"她语无伦次，既而"哇"地哭了出来。

他赶紧安慰她："怕什么呢？医生就是这样说的吗，再说，人工授精不也是用注射器吗？"

"那不一样……"她喃喃道。

"怎么不一样？"

"那么多凉水打进去，什么性趣都没有了，还怎么做爱呀？"她没回答他的问题，继续哭，身子瑟瑟发抖。

隋遇抱住她，惊讶地发现她竟出了一身的冷汗。

"那怎么办？"他说，"我们可是按照医生说的办的。"

"我不管，"院小蕾惊恐万状地喊道，"我反正不用这些东西！"

隋遇把注射器收了起来。"这下可不怪我了，"他无可奈何地摊开双手，"我已经尽心尽力，是你自己不肯。"

隋遇意外地发现注射器真是一件行之有效的武器。每当院小蕾想做爱的时候，他把它拿出来，她就立刻没了兴致，真是屡试不爽。道德的天平渐渐向着隋遇这边倾斜，他由一个罪人变成了无辜者，而院小蕾成了负罪者。问题不在我身上，隋遇的内心无比轻盈，像一个中场球员传出一脚好球后那样愉快，睡眠也比以前好了许多。

可是院小蕾的现状就不那么令人乐观了。她整天茶不思饭不想，一副失魂落魄的样子。一天早晨，隋遇醒来，发现她竟然不在身边，惊愕之余，赶紧下地去找——她正躺在客厅里的沙发上看电视，眼睛里布满了血丝。

"起来，"他笑着推了推她，"你怎么占了我的位置？"

她报以一声长长的叹息，两行浑浊的泪珠在眼圈里滚了几滚，好歹没有掉下来。

他有些不忍，脱口而出："要不，咱们去人工授精？"

她怔怔地看了看他，犹豫了一会儿说："你先把那些药吃完再说吧，我现在……我现在……一点心情都没有……"

27

这天晚上睡觉前，隋遇突然接到戈德打来的一个电话。由于疲于奔"病"，隋遇已经好长时间没和他联系了。虽然，每到菊州，他总会想起他。可是，却没有心情告诉他自己人在菊州，更别说去见上一面了。

"我是向你告别的。"戈德说。

"告别？"隋遇一愣，"你要去哪儿？"

"去一个很远的地方——"

"什么地方？"

"比尤特弗群岛。"

"比尤特弗群岛？"这是一个隋遇连听都没听说过的地名："在哪儿？很远吗？"他又问。

"在地球的那边，南太平洋以东，一个小国。"戈德说。

"哦……去那里干什么？"隋遇又问。

"那里的一所大学聘请我去当教授。"

"要去多长时间？"

"签了五年的协议。"

"五年？！"隋遇吃了一惊。

"对。"

"那……嫂子呢？"

"嫂子？"戈德在那边笑了，"我们已经离婚了。"

"离婚了?"隋遇更是大吃一惊,"什么时候?我怎么不知道?"

"有两三个月了。"戈德想了想说。

隋遇想了想,跟自己和院小蕾动身去看病差不多同时。

"祝贺你。"隋遇鬼使神差地说。

"啊?呵呵,"戈德笑着问,"你什么时候呢?"

"呵,遥遥无期。"

"呵呵,不要对生活抱有什么幻想。"

"不是的,"隋遇说,"我从不幻想。"

"那就好。"

"怎么想到去那里呢?你去过吗?"

"没有,正因为没去过,甚至我以前也不知道有这样一个地方,突然接到邀请函,待遇还不错。"

隋遇想了想说:"你不觉着这很冒险吗——去一个自己一无所知的地方?"

"危险无处不在,"戈德反问,"谁能保证那里不会比这里好呢?"

"你说的有道理,"隋遇想了想,"可是谁又能保证那里会比这里好呢?"

"是呀,所以不妨去呀。"戈德笑道,"吾心安处即故乡。"

"和你谈话总是很累,"隋遇垂头丧气地说,"我厌倦了形而上的东西。祝你好运吧!"

他想了想又说:"我能说什么呢?愿老天保佑你!不过,你一走,对我来说是件遗憾的事。因为,你是我最知心的朋友。真的。"

"我也会想你的!"戈德爽朗地笑了。

"什么时候走?"

"下周二。"

"哦,"隋遇犹豫了一下,"很遗憾我不能去送你,多保重,祝你一路顺风！"

"不用客气，谢谢，也祝你一切都好。"

戈德爽朗的笑声又响了起来。就在电话要挂断的时候，隋遇突然又想起了什么："戈教授，先别挂！"

"还有什么事情？"

"我要请教你最后一个问题，"隋遇吞吞吐吐道，"我……究竟该不该生一个孩子？"

"和谁？"

"当然是我的妻子了。"

"哈哈哈哈！"戈德在那边狂笑起来，"这样的问题也问我？小兄弟！"

"你知道，我很信任你。"隋遇红着脸说。

"这是一件大事，"戈德的语气严肃起来，"需要认真对待。"

"你的意思是——"

"小道求人，大道求己。"戈德说，"你应该自己解决，我帮不了你。"

"你的回答令我失望。"

"只能这样，对不起了，兄弟。"

"好吧，"隋遇无奈地摇了摇头，"对了，还有一个问题——"

"什么问题？"

"您怎么没有孩子呢？是生理上的疾病还是别的原因？原谅我的冒昧，"隋遇急切地说，"你知道我一直没有把您当外人。"

"我不介意，"戈德沉吟了一会儿，"我们有过，后来又没了。"

"什么意思？"

"那是一次意外，"戈德缓缓说道，"那时候，我们还很年轻。那次我喝了些酒，后来发现她怀孕了。出于优生的考虑，我动员她做了引产手术。"

"她肯吗?"

"她起初死活不肯,可是我坚持不让步,哪怕那只有千分之一的可能,我也不愿意去冒这个风险——有一个白痴后代,何其恐怖!我最终说服了她,她恋恋不舍地做了。"

戈德叹了口气,继续说道:"可是,后来,我们却再也不能有孩子了。流产手术留下的后遗症,她竟再也不能生育了。我本来想要一个健康、聪明、优秀的后代,到头来却连个白痴孩子也没落下。我常常想,如果那个孩子生下来是什么样子呢?他现在是不是正在天堂上,心满意足地微笑着注视着我的痛苦?上帝给了我一个机会,我却根本没把它当成一回事。那时我年纪轻轻,自以为来日方长,什么都可以重来。上帝狠狠地教训了我,惩罚了我。我倒心甘情愿,只是我的妻子,她是多么无辜呀!"

"那个女生,她和你一起去吗?"沉默了一会儿,隋遇问。

"不,我甚至没有告诉她,她还年轻,应该有自己的幸福。我希望她忘记我,永远。"

"那你的妻子呢?"隋遇问,"你以为没有你,会幸福吗?"

"会的,"戈德肯定地说,"她的一个大学同学,也是我的大学同学,收留了她,他们已经结婚了。如果没有我的话,他们早就该是一对了。他一直在爱着她,这么多年都没有结婚。他会对她好的,比我强一百倍。"

"是这样,"隋遇沉思着,"我知道你为什么要到那个天涯海角般的地方去了,你想重新开始。"

"重新开始?"

"你会重新开始的,你会恋爱,结婚,然后有一个属于自己的孩子。"

"恋爱?也许。结婚?可能吗?孩子?我绝不会再有孩子了,我的孩子在天上!"戈德的声音沙哑而苍凉,给人一种拔地而起,盘旋而上的感觉。

28

又过了几天，便到了阴历的七月十五日。这一天是民间的鬼节，每家都要给死去的亲人上坟。晚上，街巷口还会纷纷放起社火，招引那些亡魂回家探望。每年这一天，隋遇的母亲都要去远郊的公墓看望自己的丈夫。隋遇依稀记得小时候曾经跟着母亲去过几次，后来就淡漠了。今年似乎有些特别，隋遇主动提出陪母亲去一趟。母亲有些意外地看了看他，眼神里竟然似乎透着感激。

"那最好了，最好。"

母子二人乘公共汽车坐到终点站，又跨过一座架设在水田里的破石桥，然后走入一个小村庄里。母亲说，那座桥原来只是一座木桥，木桥塌了换成了石桥，现在，石桥也快塌了。他们从村子中间的马路上穿过，两边是整齐的白灰粉刷过的房屋，村子里的狗和鸡一个劲地叫。十几个孩子在小学校门前的空地上追逐打闹。母亲说："这里原先只有几户人家。"过了一会儿，她又说："住在这里可真好。"他们走上一个高岗，把村子甩在了后面，眼前出现一片原野，一座废弃的石牌坊上斑驳的大字隐约可认出某某公墓的字样。这公墓的院墙像一些支零破碎的假肢，散落在一条小河的河岸上。四周长满了芦苇和野草，远远看见有人过来，几只野鸡仓皇掠起，野兔和黄鼠狼跑得飞快。放眼望去，几十座土丘隐没在草丛中。

"这里来的人越来越少，"母亲说，"不是你陪着，我还真不大敢来呢。"

尽管这样，他们还是碰见了三四个人。他们面无表情地擦肩而过，只有一个五十来岁的瘦女人，母亲才微笑着点了点头。

"来了？"女人沙哑的声音轻得刚刚送出喉咙。

"来了。"

那女人走过了，隋遇问："你认识她？"

"嗯。"母亲点了点头，"那女人才不容易呢，丈夫死得早，她一个人带着三个孩子，后来又嫁了个男人，那男人爱喝酒，天天打她，往死里打。我那年来，正赶上她趴在坟上哭得死去活来。我怕她出事，就去劝她，劝着劝着反被她带得哭了。呵呵。好几年没碰上她了，也不知道她现在怎么样了。她是姓什么来着，我都忘了。"母亲说着说着，眼圈红了。

他们终于来到了那座坟前。如果没有坟前的墓碑，谁也无法把它同周围的坟墓区别开来。好在位置比较高，没有像有的坟墓一样被水淹没。

"不过，"隋遇下意识地想，"这或许是早晚的事了。"

隋遇拨开草，看了看墓碑上那个名字和后面的生年卒月，然后在心里合计了一下。这个人死的时候，和他现在般大。这个人对隋遇来说，自始至终都是一个陌生人。隋遇想着这个和自己一样年轻的人，不知道他是否欢迎自己到来。

"去借把铁锹吧。"母亲红着眼睛说。

隋遇顺着她手指的地方望去，不远处的地里，有一个农民正在干活。于是，他点点头，朝着那边跑过去。那是一个四十多岁的中年人，身材健壮，一脸络腮胡子，他怔怔地望着隋遇，似乎听不懂他的话。最后，他还是把铁锹借给了隋遇，弯腰捡起了地上的镰刀，这其间，没有说一句话。隋遇扛着铁锹回来时，看见母亲正坐在地上哭。隋遇没有理她，往手心里吐了口唾沫，干了起来。铁锹很锋利，隋遇堵了坟上的两个大老鼠洞，又铲去上面过长的芦苇和荆条。一大群蚂蚁花瓣一般散落开来。母亲擦了擦眼泪，展开一张黄表纸，铺在地上，从篮子里把水果和点心拿出来，一一摆好，然后点着了香。

"多亏你和我来，我自己来会害怕呢。"

"有什么好害怕的。"

"唉,这地方太偏了。"

隋遇干完了手里的活,把铁锹插在一旁,自己点了一颗烟。这次,母亲没有阻止。他蹲在地上,带着劳动过后的一份疲惫和满足,看着坟头上几棵野草在微风中招摇,一轮彤红的落日正从坟头上无声地下沉。他想象着那个早亡的卡车司机,正从土丘里走出来。他俩像一对亲兄弟那样在地头上并排蹲着,分享了一盒香烟和一个平静的黄昏。

炊烟从村庄上空升起来了,更高处是大团大团绣着金边的云朵。女人在呼唤贪玩的孩子回家吃饭,声音与暮色合为一体。乌鸦从树顶上俯冲而下,隐没在草丛中。蟋蟀弹琴,蛙鸣阵阵,溪水裹着落花越流越快。那个独自劳作的农民不知什么时候已经不见了人影,母子二人离开了那座废弃的公墓,沿着崎岖的坡道穿越村庄走回公路,踏上了最后一班返城的汽车。

隋遇心头一直有个疑问,想说出来,可看着母亲疲倦而空洞的眼睛,没忍心说出来。

那个作为他亲生父亲的男人,埋在哪里呢?埋在哪里,不是埋在心里呢!隋遇唯一明白的是,不论是母亲还是他自己,都不会到他坟上去。无论对于死者还是生者来说,最好的纪念就是永远地遗忘。而这个明明与自己无关的父亲,却将永远被他们祭奠。经过一个路口,车子猛一个急刹车,隋遇恍惚看见面前的玻璃窗上突然映出了一张男人的脸,心头陡然一惊,定睛再看,原来是自己的影子,有些不好意思地笑了。然而,他随即又有了一个意外的发现,自己看上去已经不那么年轻,比实际年龄起码要大上五六岁,甚至可以说是个中年人了,因此显得十分陌生。这是怎么回事?隋遇感到百思不得其解。他盘算着到家先问问院小蕾,自己看上去是不是真的比实际年龄老,可是一下车,他就把这事抛到了九霄云外。

早晨四点来钟，隋遇又醒了。他轻轻掩上卧室的门，光着身子来到客厅里，打开电视机，看了一会儿体育节目。他想，看一会儿电视就会重新感到困，以便把中断的睡眠继续下去。电视里正在转播世界杯半决赛，巴拉克在终场前15分钟攻入制胜之球，终结了韩国队的"梦想之旅"。球赛结束了，隋遇不但没有感到困，反而更加精神了。他起身再次拧开卧室的门，看见妻子仍然在熟睡，并且发出均匀的鼾声。然后，隋遇来到了阳台上。这时，他惊讶地发现天其实已经蒙蒙亮了。马路上出现了零散的行人和车辆。

隋遇关掉电视，穿好衣服出了门，他骑着自行车，沿着弯曲的街道，向城外的河边驶去。这是一条古老的大河，在流经入海口附近这座小城旁时，归于平静，如同一面湖水，闪烁在茂密的树林后面。河边的林荫路上很静，不时能听到几声鸟鸣，缥缈得如同幻觉。树木很美，树叶青翠欲滴，露水打湿隋遇的头发，令他心情轻松愉悦。这时，迎面远远地走来了一群人，隋遇于是就放慢了速度。他们近了，是四五个步履蹒跚，穿着灰色、黑色衣服的老人。就在擦肩而过的瞬间，突然有人喊了一声：

"小遇！"

隋遇的身子猛地一颤，他听着这声音非常熟悉但又一时想不起是谁。他已经到了他们的身后，陡然刹住车子，跳了下来。他们都回过身来，看着他。隋遇看到有一双目光最灼热，他认出来了——是他！

"你！"他惊叫道，"你怎么在这里？"

"是啊，"那个瘦高个的老头和蔼地说，"我和你这几位伯伯散散步。"

隋遇打量着他，只见他头发灰白，脸上长满了皱纹，颧骨高高地凸起，神情有些倦怠。他穿着一身灰色的中山装，扣子一直扣到脖子底下，脚上是一双崭新的黑布鞋。

"合脚吗？"隋遇指着布鞋问。

"还行，"他赞许地看着隋遇，"就是稍微宽一点。"

鞋子是母亲亲手做的，隋遇记起几次回家，都看见母亲坐在窗台近前，戴着花镜，使劲地用锥子上鞋底，使劲地勒那种粗麻线。他并没有意识到她是在为他做鞋，颇有些不以为然地说："费那些工夫，还不如花个十块八块的去买一双呢！"

母亲看了看他，没有说话。

母亲做好了鞋子，又用手工做了一双鞋垫。她用圆珠笔在布样上画出花草图案，又绣上八个大字。左脚上绣的是"万事如意"，右脚绣的是"一生平安"。这双鞋垫精美极了，隋遇觉着将它们放在鞋里踩着未免可惜。他的情绪莫名其妙地突然有些低落。

他把旁边的几个老人向隋遇介绍："这是后街的李叔叔，这是老年大学的孙伯伯，这是文化馆的董老师，这是……"

隋遇一一向他们问好，他们一个个都友善地赞许道："好高的个子呀"、"真是一表人才……"最后，他们对他说："你们爷俩好好地谈谈，我们去那边等你。"他点头同意，隋遇看见他们消失在石头砌成的防汛堤下面。

他说："走，我们到河岸上坐坐。"

两个人在河边的长条石上坐下。

"你妈好吗？"

"还好。"

"哦。"

……

"就你一个人，"他看看四周，"她没和你一起来吗？"

"没有,她还在睡觉呢。"

隋遇的脸红了。他知道他为什么这样问。在他和院小蕾的恋情尚未公开前,有一天早晨,他们到河边玩,恰好碰见了正在和几位老友散步的他。他们顺着河边漫步,兴之所至,便轮番清唱几句。隋遇和院小蕾正好和他们走了个头碰头。

"小遇!"那次,也是他先认出了他。

"哦?"他顿觉尴尬,"你……好……"松开院小蕾的手。

"怎么没上班吗?"他看看旁边的院小蕾,和蔼地问。院小蕾穿着白色的长裙,很好奇地打量着这个老人。

"今天休息。"隋遇支支吾吾道。

他们匆匆说了两句就分手了。走出去有一百米远,院小蕾还不停地往回看。

"看什么看?走呀。"他用力拽了她一把。

"那个老头……他是谁呀?"院小蕾突然把脸探到了隋遇的眼前,"我怎么瞅着你和他长得很像啊?"

"什么?开什么玩笑!"隋遇心里"咯噔"一下。那时候,院小蕾还不知道他的身世。可小城里有那么多人知道,包括院小蕾的父母,这正是院小蕾母亲拼命反对他们结合的根本原因。隋遇有时也偷着照照镜子,虽然心里拼命抗拒着那个念头,可是他也不得不承认,他和他确实长得太像了。小城如此之小,找两个长得相像的人都很困难,可是,他却偏偏长得那么像他。以至于院小蕾第一眼见,就觉着奇怪。顶着这样一张别人的脸活着,怎么能不绝望呢?隋遇比任何人都理解自己,都爱自己。他想,也只有自己才有能力捍卫自己。

他从口袋里掏出一盒烟,取出一支,问隋遇:"抽吗?"

隋遇摇了摇头。

"我记得你以前抽烟的……"他有些诧异地看着他。

"可是我现在突然不想抽了。"

"不抽烟好,不抽烟好。"他嘟囔着,咳嗽起来。

隋遇小心翼翼地帮他捶背,他的背冰凉。"不要紧,老毛病了,老毛病了。"

他有些不习惯地谢绝了他,但突然又有些伤感地说:"我经常觉着冷,老了,没有火候了。"

隋遇想说点什么,又觉着无话可说,两个人都沉默了,他抽着烟,烟火明明灭灭的。烟随风飘到隋遇的鼻孔里,他不知不觉地感到头脑有些发沉。河水缓慢、缓慢地流淌着,浪头在岸边回旋,似乎若有所思、犹疑不定。

"喂——该走了?"

"喂——好了吗?"

如果不是这两声遥远的呼唤,隋遇恐怕真要睡着了。他的身子一颤,睁开眼睛,只见那几个老人站在防波堤那边,向这边挥手。

"哦?好了,走吧!"他站起来。他也跟着站了起来。

"再见。"他说

"再见,"他接着加了一句,"保重!"

他回过头来看了看他,脸上浮现出微笑,像是石头上开出的一朵艰难的花。

"等等,"他转身之际,突然说,"我有一件东西送给你!"

"什么?"隋遇还没明白过来,手里觉着多了一件小东西,那东西有一粒花生米大小,很坚硬,好像是一枚石子。他把他的拳头攥紧:"回去再看吧——石头也会开花的!"

他愣了,他不懂他这句话的意思,但也没问。

他们一起消失在防波堤下面。紧接着,一只小船拨开水面,向着河的对岸驶去。他们全都站在船头,微笑着向隋遇挥手道别。浪花直扑上船舷,看上去他们就好像是站在浪花里。只有摇橹人背对着他,摇橹人穿着一身黑衣服,不停地振动手臂,脊背上下起伏。船渐行渐远,慢慢消失在水雾中。

隋遇跳上自行车,头也不回地一通猛蹬。他一口气骑上高高的拦河大堤,看见堤下的小城沉浸在灿烂的金色阳光里,像一只剥开皮的蜜橘,灿烂、饱满,散发着诱人的香味。街道上人群川流不息,回头再看看那条藏在郁郁葱葱的树林后面的河流,隔得那样遥远,陌生得如同是另外一个世界。

隋遇骑车穿过最繁华的街道,忙碌的人群、嘈杂的市声使他倍感亲切和温暖。他在一家卖早点的店铺前停下车子,买了豆浆、油条和院小蕾爱吃的果酱饼。就在他准备掏钱的时候,一样东西从指缝里漏了下去,掉在地上,又弹了起来。隋遇定睛一看,那是一枚坚果的种子,金黄色,鹅卵状,不大也不小,像一枚杏核。这枚果核一跳跳过了隋遇的头顶,跳过热气缭绕的茶炉,跳到了马路的中央。就在它想再度弹起时,一辆蓝色货车飞驰而来。卡车过后,马路的中央留下一小撮碎木屑,活像一把凌乱的小骨头。木屑潮湿,渗出青涩的绿意,酷似一个小小的绿色婴儿,痉挛着,挣扎着,正努力从地上爬起来……

"今天你吃药了吗?"

隋遇情不自禁地想起了电视里的药品广告。最近一段时间,这一句话已成了院小蕾对他特有的日常问候语。

"吃了。"

往往隋遇这样回答后,院小蕾还要把药盒找出来核对一下。那是一种黑色的药丸,每日两次,一次服两粒。一盒吃十天,两盒吃二十天。

隋遇觉着自己就像一个被判死缓的罪犯，缓刑期只有二十天。看着那些塑料板上的空洞越来越多，隋遇悲哀地想到属于自己的时间已经屈指可数了。这些药片吃完后，他再也找不出别的理由不去做人工授精术了。当然，如果他翻脸不认账，硬是不去，恐怕院小蕾也拿他没办法，可是，那样做绝对不是隋遇的风格。他反对暴力，仇恨暴力，他希望有话好好说，一切以和平方式解决。可是，当和平方式解决不了什么问题的时候呢？那时，隋遇就会像一个不肯回家的孩子被母亲拽回家那样，像一只被强行征用配种的牲口被主人牵到配种站那样被院小蕾拽着，去那座他想起来就头疼的医院，不，是监狱，是断头台、绞刑架……

隋遇好多次梦见自己赤身裸体地被吊起来，一个戴着胶皮手套穿白色大褂的人，像是医生，又像是刽子手，他一把抓住自己的生殖器，像挤奶工挤奶那样用力挤它。隋遇拼命控制那种想泄的念头，可最终无济于事。他看见自己的精液浑浊如同泪水，汩汩流进"挤奶工"另一只手里举着的玻璃瓶子里。这梦境也许是缘自在医院里院小蕾帮自己完成的那次自慰。后来，他听见枪栓拉动发出的声响，荷枪实弹的士兵对准自己奄奄一息的身体一阵扫射。子弹密如雨水，在滂沱的雨水中，隋遇看见了自己的妻子，她脸上洋溢着诡异的微笑，看上去遥远而陌生。士兵又回过头来，向着妻子扫射。这下，枪里射出的却是水，不，是他浑浊的精液——射入这个熟悉而又陌生的女人的身体内。他听到一阵沉重的叹息，在天空炸裂如同响雷。这响雷将他从梦中击醒，他猛地推开被子坐了起来。外面，黑夜还很漫长，冷冷清清的街道上亮着几盏昏暗的路灯。院小蕾睡得很安详，嘴角挂着一抹恬静的微笑，隋遇长出了一口气，他知道她不会有这样的噩梦，他希望她永远都不会有。

两盒药已经吃光了一盒。隋遇把空药盒揉成一团，扔进垃圾筒。"砰"——如同一声沉闷的心跳。然后，打开崭新的药盒，打开崭新的一天。对隋遇来说，这新的一天并非通往拯救，而是通往毁灭。其实，隋遇知道前面并非是绝路，自己还有别的路可走，比如自杀、出走。自杀固然彻底，但太残忍。隋遇想到了自己的母亲，他知道自己无论如何也不能那样做。那样，等于同时宣布了母亲的死期——她一定承受不了这个打击。出走，倒是可以考虑。在一个极其普通的早晨，阳光明媚的早晨，他像平时上班一样离开家，就再也不回来，像霍桑笔下的那个韦克菲尔德。临走前，他要告诉她一声吗？告诉她，她一定不会让自己走的。不告诉她，她会担心的。最好，是给她留一封信。写清楚自己为什么要出走，要去哪儿……想到这里，隋遇情不自禁地哑然失笑：自己怎么知道自己要去哪儿呢？如果知道，那还叫出走吗？

也许，以前，他或许心里还隐隐有一个目标，那就是去青岛，和鲁岚在一起。可是，自从在青岛见到鲁岚后，他的这个梦就永远地破灭了。他忘不了自己仓皇逃窜时，鲁岚那无比惊诧的表情。他解释不清，为什么在见到鲁岚的时候，自己竟会转身逃跑。难道，仅仅是因为她怀孕了的缘故？从青岛回来后，隋遇就更换了手机号码。那个号码是他和鲁岚之间唯一的联系，也可以说是联结他和一个隐秘的梦想的唯一的纽带。现在，他把它断了。是不是意味着他已义无反顾地告别过去，勇敢地走向了未来走向了新生？在隋遇的潜意识里，未来通往一个暮气沉沉的午后。中年的他和院小蕾，还有一个上中学的孩子，男孩或女孩，烟熏火燎的厨房，褪了色的窗帘，油漆剥落的家具，咯吱作响的椅子，屏幕上老是雪花的电视机，怎么擦也擦不干净的地板，琐屑、沉闷的生活，合衣而眠，一张床上两个背靠背睡觉的人，沉重而悠远的鼾声，镜子里两张衰老的脸，手心里大把大把的脱发……

这天晚上，隋遇回了母亲那里。母亲披着一件紫色的毛衣，半躺半卧在沙发上。看样子，又感冒了。

"你还知道回来吗？"

看见隋遇，她劈头就问。显然，她在生儿子的气。

"您感冒了？"

"还没死呢，"母亲没好气地说，"你是不是要等我死才肯回来？"

隋遇突然觉着无话可说了，他甚至想转身就走。可是，他还是抑制住了自己的冲动，在母亲身边坐了下来。

"吃药了吗？没发烧吧？"

"装什么孝顺，"母亲生气地把他的手拨开，"我问问你，你这段时间忙什么呢？你知道自己多长时间没回来了吗？"

"我很忙，"隋遇想了想，"我忘了上次回来是什么日子了。"

"六月三十，我都记着呢，"母亲说，"今天是七月十三，整整十四天没家来了，好歹有个八月十五挡着，不然的话，你还不知道什么时候才想着家来趟呢！"

隋遇无言以对。

"我问问你，你到底忙些啥？"

隋遇说："这不忙着看病、治病嘛。"

"看病？什么病？谁有病？你还是她？"

隋遇觉着很不好意思开口："就是看那个病，你最关心的那个生孩子的病。"

"是吗？"母亲一下子来了精神，"这可是我的心病，快说，到底怎么样了，是谁的毛病？"

"你就别管是谁了，"隋遇惶惶地说，"反正医生给开了药了，也吃着呢。"

"医生怎么说？"

"医生说先吃吃药看看，估计没什么大问题，就是调节调节。"

"那就好，药一定要按时吃，你叫院小蕾别落下，千万别落下！"

隋遇不由得想笑，但又笑不出来，相反，心里酸酸涩涩的。

"哎，要是早去看不就早好了吗？"母亲摇摇头，"要是早看，不就赶上了吗？"

"赶上什么？"隋遇先是一愣，随即就豁然开朗。母亲说的是他，那个长眠于地下的人。

"不管怎么说，你也得常回家看看。即使不回来，也要打个电话。离着不到几里路，倒像是隔着好几个省。"

母亲转移了话题，但眼睛里的泪水却越发地闪亮。看见隋遇只是微笑，她又说："前邻两个儿子都在乡镇工作，三天两头的还往家里跑。"

"行，我尽力而为吧。"隋遇说。

"你不要敷衍，这样吧，每周一三五回来，怎么样？"

"不好办吧，"隋遇说，"我要上班，要不星期六、星期天吧？"

"好，就星期六、星期天，你和小蕾都回来。"

"她就别强求了，"隋遇说，"她不大爱动，她心情不好。"

"想开就好，"母亲说，"你也别逼她，不是她的错，病不由己嘛。你问问她喜欢吃什么，我给她做。"

"好的好的。"隋遇连连点头。

"我信不过你，"母亲突然又说，"你给我写个保证书！"

"什么？"隋遇不禁笑出声来。他觉着母亲可爱极了，简直像个孩子。

"别笑！"母亲严肃地说，"我不相信你。"说着，她顺手从桌子上撕下一张台历，递到隋遇手里。

隋遇突然有点难过，"好吧。"他从口袋里掏出钢笔，问："怎么写？"

"就写你刚才说过的话——我保证，每周六、周日回家……"

"我保证，每周六、周日回家……"隋遇一笔一画地写道。

"现在这个年月，谁也不能相信。"母亲满意地把那张纸折叠起来，装在自己口袋里。她像是喃喃自语，又像在忠告隋遇。

31

　　母亲的话让隋遇陷入了忧伤。外面已经是万家灯火时分，末班公共汽车喷着呛人的尾气，吃力地拐过街角。护城河桥头上，站着几个俯视流水的老人和一对贴着腰亲嘴的恋人。再往前走，烧烤的烟气、啤酒的香味扑面袭来，还有五颜六色闪亮的灯光，喧嚣的音乐，难以辨析的吵嚷声，孩子们的奔跑、喊叫……这是盛大的人间，这是沸腾的生活，琐屑、杂乱、浑浊、不容分说、催人泪下……

　　隋遇被人流裹挟着，脚步渐渐飘离了地面。他在离地两公分的空中走着，像一股风，在人群的夹缝里穿梭而过。突然，一首熟悉而陌生的歌曲，掠过冷饮店倾斜的玻璃房顶，掠过乌烟瘴气的大排档，掠过巴黎春天婚纱摄影店身着盛装的塑料模特们茫然的眼神，掠过福利彩票销售点前做着发财梦的人们，送进隋遇的耳中——"门前一道清流，夹岸两行垂柳，风景年年依旧，只有流水总是一去不回头……"

　　这首歌在喧嚣的市声里显得那样可疑，简直令人难以置信。这首歌猛地把隋遇带回到了童年他熟悉的场景——窗台下摆着一架崭新的"工农"牌缝纫机，它有着黑色的机头和银光锃亮的手轮，母亲端坐在缝纫机前，一边蹬缝纫机，一边唱歌，唱的便是这首隋遇说不上名字的歌。隋遇抱着一个皮球，仰起头痴痴地望着母亲，母亲穿着一件白色碎花连衣裙，梳着长长的乌黑的粗壮的辫子，头上还戴着一只紫色的发卡。在隋遇幼小的心里，母亲是那样美丽，她的歌声是那样悦耳动听，他觉着母亲是世界上长得最美丽、歌声最好听的女人。这么多年过去了，那架缝纫机早已锈迹斑斑，它先是默默地躲藏在储藏室的一角，后又被送进了废品收购站。而母亲，也已经步入晚年，额头上爬满皱纹，头发一根接一根地变白，换过了四颗牙齿，除了絮絮叨叨，从不唱歌，从不说笑……

隋遇情不自禁地寻声望去，前面不远处是一间刚刚开业不久的音像店，歌声正是从那里面传出来的。隋遇几乎是急不可待地一脚踏了进去。这是一间不大的店面，铺着粉红色的地板革，房顶上垂着几盏火红的灯笼。门口的柜台后面，一个十八九岁的少女坐在那里。她长相一般，化着和她的年龄极不相称的浓妆，用一种麻木的目光打量着每一个进门的顾客。隋遇的心一下子凉了半截，他想那支歌曲无非只是一种巧合而已，不带任何深意。现在，已经换了另一首，是一支俗不可耐的热热闹闹的流行歌曲。隋遇本来想买那张唱片，却突然没有了兴致。也许是为了缓解心中的失落，他漫不经心地浏览起架子上那些碟片来。不知不觉中，竟然挑选了四五张。店里全是一些香港和好莱坞的娱乐片，而且一看便知是盗版货。隋遇只是想打发时间，随便什么都行，只要能把这个夜晚打发掉就行。这个夜晚，他莫名其妙地灰心，什么都不想干。

隋遇抱着那些碟片到家里，令院小蕾吃了一惊。

"你什么时候变得也这么媚俗了？"她半是嘲讽，半是诧异。以往，院小蕾偶尔从街上租几张碟片回来看，隋遇总是忍不住要说她"媚俗"。现在，轮到院小蕾反击了。

"跟你学的。"

隋遇心不在焉地应付着，打开机器放碟。结婚快三年了，夫妻两人第一次共同坐在沙发前看电视。看看身边全神贯注的院小蕾，隋遇心里有一种说不出的感觉，他很不习惯地把身子往旁边挪了挪。可是，院小蕾随即就又靠了过来。

第一张是一部搞笑的鬼片。古今中外大杂烩，稀奇古怪，热热闹闹，插科打诨，乱七八糟。院小蕾被逗得前仰后合，隋遇也情不自禁地被逗乐了。可是，他的心里同时泛起了一阵对自己的深深的鄙夷。第二部片子是一个现代味十足的东西。几个富家子弟和几个摩登女郎乘船到一个海岛上度假，在那里发生了一连串奇遇。原来的情人纷纷投入了别人的怀抱，好似一番重新洗牌。但返回时，又都重修旧好。这个比较有意思，隋遇想：在象征世界之外的孤岛上，和在现实世界里，有多大的不同啊。

看完这个片子，已经是十点钟了，隋遇有点困，起身准备去睡觉。可是，院小蕾不干。她抓着隋遇的手，撒娇似的央求道：

"再看一个，好不容易你今晚不写东西，再陪我看会儿吧！"

夫妻两人好久没有这样亲昵的动作，看着院小蕾一脸期待的神情，隋遇于心不忍，就又坐了下来。第三部片子也是一个现代生活片，刚开始还没什么特别，演着演着就有些不对劲了。镜头由室外转向了室内，又从客厅转到了卧室，既而又来到了床上。一对激情男女，先是拥抱、接吻，接着便相互脱去了衣服，脱得一丝不挂，然后开始疯狂地做爱。他们的动作幅度很大，镜头晃动不停，女人的尖叫高亢嘹亮。他们不断地变化姿势，从传教士式到女上位，应有尽有，仿佛要穷尽人类完美的可能。隋遇惊讶地发现，男女之事中竟有如此大千世界。做爱的场景持续了至少五六分钟，仍不见停止的迹象。隋遇猛地清醒过来，他霍地站起来，准备去把电视机关掉。一只柔软的手抓住了他，"隋遇——"声音温暖、急切，他回过头去，看见一张被欲火烧红的脸……

他们相拥来到了床上，开始了自相识至今五年来从未有过的冒险之旅。客厅里电视机上的那一对仍然不知疲倦地干着，和他们展开了热火朝天的劳动竞赛。他们后来居上，压过了电视机的叫喊，电视里风平浪静了，他们还在抵达巅峰的路上做最后的冲刺。这时，院小蕾突然用力推了隋遇一把，隋遇心领神会，抽出武器，躺下去，让院小蕾跨上他的身体。这是刚刚从录像片里学来的一招，虽然操作还不娴熟，但却足够新鲜刺激。隋遇看见院小蕾披着长发从黑暗中升起，大口大口地吞吃着空气。即使这时，她仍然睁着眼睛，她的眼睛是黑暗中唯一发光的物体。一种绝望带来的快感，或者快感带来的绝望，掺杂着支离破碎的疼痛、模糊不清的记忆、热乎乎的黏稠的冲动……一起从隋遇的大脑深处破堤而出，隋遇像一个饮弹而亡的战士轰然倒下，在最后的时刻，他情不自禁地奋力呼喊——

"啊，燕子！燕子！"

32

仅剩的两片药已经吃完了，把空药盒扔进垃圾筒，隋遇知道，自己的死期到了。从那次看碟片到现在，他们再也没有做爱。对于那天晚上发生的事，他们都讳莫如深。那太不可思议，那也许只是一场梦，隋遇不知道院小蕾是不是也这样想。令他奇怪的是，院小蕾并不急于提起去医院的事。她不提，他自然不会主动要求，时间就这样拖了一个多月。有一天做饭时，隋遇忽然想明白了，院小蕾保持沉默到底想干什么。她希望他良心发现，主动采取行动，而不是总是一副逼上梁山的样子。

"我并不想强迫你，要不要孩子随便你，我豁出去了，怎么不是一辈子！"

上次看病回来，在车上，院小蕾就曾这样说。隋遇不得不承认，这样的话语比那些哀求、那些愤怒的指责有力得多。也就是说，院小蕾已经明确地表达了自己的态度：我哪怕一辈子没孩子，也要和你在一起！这等于告诉隋遇：不要心存幻想，你一点希望都没有！隋遇的心一下子沉了下去，手指被菜刀切破了一层皮，血缓缓地渗出来。他拧开水管，让水流冲刷着伤口，在疼痛中逐渐感觉到麻醉⋯⋯

第二天早晨，隋遇正睡得香甜，卧室的门突然被撞开了。

"隋遇，你看，你看！"

一个激动的声音将隋遇惊醒。隋遇一骨碌坐了起来，他看见院小蕾身穿睡衣，站在床头，手里举着一张细细的狭长的彩色硬纸条。

"什么东西？"他感到莫名其妙。

"阳性！居然是阳性！"院小蕾兴奋地喊道。

"什么？"

"早孕试纸呀，你看，中间这条红色的，比上边那条深。"

隋遇从她手里接过试纸，"哪儿呢？我不会看。"

"笨蛋！"院小蕾拍了一下隋遇的头，将试纸的包装盒拿来，上面印着使用说明。她一字一顿地念给隋遇听，教他怎样看。

"这条是标准线,这条是测试线,这条的颜色比那条的颜色清晰……这说明我怀孕了！"

隋遇的眼睛都圆了，"不可能！"

"我也觉着不可能，可它确实显示的是阳性，而且，我的例假一直很准时的，已经拖了四天了。"

隋遇扳过院小蕾的手说："你看，人家上面的颜色多么清晰，你再看这上面，很模糊。不要这么容易激动，准时？呵呵，你忘了那一次了？"

院小蕾不由得笑了："我觉着也不可能，那就再观察两天看看。"

接下来，院小蕾每天都早早起床做测试。试纸上出现的那条红杠越来越清晰，到了第三天，已经完全盖过了标准线。

"我的天呀！"院小蕾瞪大眼睛，一只手捂着张开的嘴巴。

"最好还是到医院里，去找医生看看，"隋遇搔着头皮，有气无力地说，"我总觉着这事玄乎……"

33

一个阳光明媚的早晨，隋遇和院小蕾再次坐上了开往菊州的长途汽车。在菊州鼓楼医院，还是那个姚大夫接待了他们。

"你们终于来了？我知道你们一定会来的。怎么，想好了？"他微笑着说。

隋遇和院小蕾相互对望了一眼，他们都感觉有些滑稽。

"大夫，"还是院小蕾开了口，"我想来查一查，我是不是怀孕了。"

"什么？"姚医生吓了一跳，把翘着的二郎腿放了下来。

"它好长时间没来了。"院小蕾鼓足勇气说。

"你用过早孕试纸吗？"

"用过。"

"什么结果？"

"显示阳性。"

"你不会看错吧？"看样子医生还是将信将疑。

"不会的，比标准线深许多呢。"

"那就怪了，"医生喃喃地说，"要不再给你检测一下？你早晨吃饭了吗？"

"没有。"院小蕾摇摇头。

"去验一下血吧！"

一个小时后，化验结果出来了。姚医生拿着化验单直发愣，"看来……看来你是真的怀孕了，恭喜……恭喜你们了！"

"真的？"院小蕾的脸涨得通红，激动地跳了起来。

"我真的怀孕了？我居然真的怀孕了！"

一直到走出医院大门，院小蕾还兴奋不已。

"我以后要当妈妈了？我真不敢相信。"接着，她又陡然伤感起来，"我的肚子会越来越大，我再也不能穿漂亮衣服，我会接连不断地呕吐，受罪的日子来了，天啊，这可怎么办呀？"她激动地撼动隋遇的肩膀，眼睛里闪烁着幸福的泪光。

"活该，这就是报应，谁让你那天骑在人民身上作威作福呢！"一直沉默无语的隋遇在一旁嘿嘿地笑了。

临出医院时，他们遇见了第一次来看病时遇见的那一对农民夫妇。

他们也认出了他们。

"怎么样？"隋遇关切地问。

那个小伙子疲倦地摇了摇头。

"别灰心，"院小蕾热情地说，"听医生的好好治疗。"

那个女人摘下花头巾，惊异地看着院小蕾，"你有了？"

"嗯，"院小蕾满脸幸福地点了点头，"有了。"

女人看看身边的男人，两人的眼睛里都露出艳羡的光。

夫妻俩坐上了回家的汽车，车厢前面的电视机里居然又在放那个六合彩的电影，连院小蕾也感到厌倦了——

"中了！我中奖了！哈哈哈哈！"

"真的中了？哈！"

"天啊！"院小蕾打着哈欠，捂着嘴巴，把头靠在隋遇的肩膀上，睡着了。这次，她睡得格外香甜，格外心安理得。因为，再也不用舟车劳顿地折腾了，在为争取做母亲的权利而进行的正义斗争中，她已大获全胜。她的头压着隋遇的脖子，使隋遇感觉有些气闷。于是，他打开车窗，外面是大片的金黄的原野，丰收的原野，谷物散发着苦涩的清香，不知从哪里传来遥远的细若游丝的歌声。隋遇忽然想到今天是星期六，明天就是中秋节。他要带着院小蕾回家，把这个消息告诉母亲，母亲一定会很高兴、很高兴。

在一个不知名的小镇旁，车停下来。前排的两个男人下车了，他们从行李架上取下各自的皮包。一张铺在行李架上的报纸跟着飘飘扬扬地落了下来，正好落在隋遇的身上。隋遇认出那是一张上周的旧报纸，上面角落里的一则短短的消息吸引了他的目光，令他情不自禁地从座位上跳了起来：

哥国一飞机失事

著名诗人戈德魂断太平洋

随遇屏住呼吸,去读那新闻的正文:

斯塔社消息:9月10日,由哥国首都弥赛亚城飞往比尤特弗群岛共和国首都纽沃德港的一架小型客机在距离比尤特弗主岛西海岸二十公里的南太平洋中坠毁,机上25名乘客及4名机组人员全部罹难。其中,包括一名中国公民。经查实,此人为中国八十年代的著名先锋派诗人戈德。据悉,戈德先生受聘于比国一大学,不幸于赴任途中遇难。这次事故的原因目前尚不清楚,由哥、比两国共同组成的专家组正在就此展开紧张的调查……

创作谈

毕竟虚空

一九九六年初春，我在山东滨州的一个书摊上买到一套出版不久的《余华作品集》（中国社会科学出版社1994年12月第一版）。非常诡异的是，在那些弥漫着暴力的书页间，散落着一些尚未褪色的血迹，一些"鲜血梅花"，仿佛来自书里的人物。阅读这些小说让我感到前所未有的新鲜和亲切，于是，我开始了模仿它们的写作。几年后，这套书已经被我翻成散页。借用张清华先生的话来说，我也由一个努力成为诗人的文学青年，"突然变成了小说家"。

毋庸讳言，我的写作直接受益于西方现代文学和中国当代先锋文学运动，这种趣味延续至今。至今我仍然认为现代小说和现代诗一样，本质上是一门西方的舶来艺术。尽管中国古典文学和民间文学里有着极其丰富的现代性甚至后现代性艺术实践，但这一伟大的传统被后来国家意识形态主导下的现实主义叙事完全淹没，直到上世纪八十年代先锋文学崛起，中国文学才完成了地方经验与普世方法论的结合，小说才重新真正回到了小说。因此，我对出生于五六十年代的一批中国作家常怀感恩，他们是我的师长、父兄。这似乎也决定了我们这一代写作者难以走出他们的影响。因为我们与他们的关系不是对立和反叛，而是继承与发扬。或者说，我们的写作是他们的余绪，七〇后一代处在六〇后与八〇后（分别代表文学黄金时代和文学市场时代）的中间地带，这注定了隐忍、暧昧的文学性格和不易标识的文风，但这并不意味着个性与意义的消弭。

最初开始写作之时，我绝未想到写作会是如此悲欣交集的旅程。对文学的追求，甚至直接导致了我个人生活的动荡不安，内心千疮百孔。翻检自己在漫长时光里写下的这些文字，"一种吐露家庭秘辛似的苦涩油然而生"（S·薇依），此外，更有深深的羞耻。一是因为写得这么少，还不好，心中充满只能如此的遗憾。另一方面，又觉着已经过于劳师动众，生命本是虚空，何苦如此多情。明镜亦非台，写下即尘埃。

本雅明评论波德莱尔时说，"现实的景深每天都在测量他失败的深度"，而我的小说最多是暴露自己失败的"浅度"。收入本书的《哺育》是我写的第一篇小说，作为未发育成熟的标本留存下来。《看守所》《织女牛郎》《M先生故事多》等可以看做是一些一挥而就的短诗，《鱿鱼》《圣诞快乐》《湮灭》《革命逸事》等是更纯粹的诗。《我的父亲母亲》是我早期被较多提及的一篇作品，为谋求发表便利，我曾一度向现实主义写作低头，《欢乐颂》《北京果脯》等可以见出其间的苟且和坚持。写作《漫漫无声》时，我怀着向加缪致敬的野心，现在想想，虽然狂妄，但尤不能不为那时的年轻与真诚所打动。而且，我至今不后悔自己在同加缪写作《局外人》时一样的年龄，写出了《漫漫无声》。它最初作为一个七万字的中篇小说发表在《小说界》杂志上，后来我将它改写和扩展成了一个小长篇。现在回头看看，中篇有中篇的道理，在此恢复原貌。

我年轻的时候，一度很热衷于写创作谈之类的东西，那时总有许多话要说，生怕读者看不懂自己的作品，生怕才华与见识不为人知。"为学日益，为道日损。"损之又损，唯有沉默与日俱增。文学记录下生命的磨损，一些蠕动的痕迹，而已。文字有如物证，历历在目，而写下它的人已走出很远。那纸上得来的终归于纸上，一切毕竟虚空。

借此机会，衷心感谢邀请我加入此套丛书的张清华先生，感谢王月峰兄为编辑此书付出的辛勤劳动。纸短情长，尽在不言中。

瓦当

2014 年 3 月 21 日于芝罘

图书在版编目（CIP）数据

北京果脯 / 瓦当著. —济南：山东文艺出版社，2014.9

（身份共同体·70后作家大系 / 孟繁华，张清华主编）

ISBN 978-7-5329-4719-5

Ⅰ.①北… Ⅱ.①瓦… Ⅲ.①短篇小说—小说集—中国—当代②短篇小说—小说集—中国—当代 Ⅳ.①I247.7

中国版本图书馆CIP数据核字(2014)第137774号

北京果脯

瓦当 作品

主管部门	山东出版传媒股份有限公司
出版发行	山东文艺出版社
社　　址	山东省济南市英雄山路189号
邮　　编	250002
网　　址	www.sdwypress.com
读者服务	0531-82098776（总编室） 0531-82098775（发行部）
电子邮箱	sdwy@sdpress.com.cn
印　　刷	山东临沂新华印刷物流集团
开　　本	700毫米×1000毫米 16开
印　　张	24　插页/2
字　　数	290千字
版　　次	2014年9月第1版
印　　次	2014年9月第1次印刷
书　　号	ISBN 978-7-5329-4719-5
定　　价	40.00元

版权专有，侵权必究。如有图书质量问题，请与出版社联系调换。